Veit Heinichen
Entfernte Verwandte
Commissario Laurenti
ahnt Böses

Veit Heinichen

Entfernte Verwandte

Commissario Laurenti
ahnt Böses

PIPER

Mehr über unsere Autorinnen, Autoren und Bücher:
www.piper.de/literatur

Von Veit Heinichen liegen im Piper Verlag vor:
Die Zeitungsfrau
Scherbengericht
Borderless

Dies ist ein Roman. Die historischen Figuren sind nicht zu leugnen. Alle anderen entsprechen keinen realen Personen, Ähnlichkeiten sind unbeabsichtigt und rein zufällig. Sie sind literarische Erfindungen und folgen den exemplarisch verwendeten historischen Fakten, ihr Handeln aber dem Erzählfluss des Romans.

ISBN 978-3-492-07062-1
© Piper Verlag GmbH, München 2021
Gesetzt aus der Arno Pro
Satz: Satz für Satz, Wangen im Allgäu
Druck und Bindung: GGP Media GmbH, Pößneck
Printed in Germany

Unschuld ist eine Form von Geisteskrankheit.
Graham Greene, Der stille Amerikaner

Präludium

Die Gemeinde Beausoleil trug ihren Namen in diesen Tagen zu Recht. Die Schatten der Häuser wurden Anfang Juni schon früh kürzer, gegen Mittag würde flimmernde Hitze die Straßenzüge beherrschen. Wie jeden Morgen verließ Jacques Minuzzi um acht Uhr seine Wohnung im obersten Stock eines Gebäudes aus der Belle Époque am Boulevard de la République. Er wartete noch, bis die schwere Haustür hinter ihm ins Schloss gefallen war. In Fußnähe lagen Rathaus, Post und eine Dienststelle der Police Nationale, wo er die Escalier du Riviera hinunterging und sich wenig später im Fürstentum Monaco befand. Dort lag sein Büro am Boulevard des Moulins in direkter Nachbarschaft zu einer Schweizer Privatbank. Wie an jedem anderen Tag der Woche trug er ein weißes Hemd und Krawatte unter dem maßgeschneiderten Dreiteiler, dessen Jackett er nicht einmal auf dem Rückweg am Nachmittag ablegen würde, wenn er trotz der Rolltreppen, die ihn wieder hinaufbrachten, ins Schwitzen kam. Der Weg war nicht lang und tat ihm gut. Und zu dieser Stunde waren noch nicht viele Leute unterwegs. Der Verkehr erwachte erst, Geschäfte und Büros gingen den Tag ohne Hast an. Es war fast alles so wie immer.

Jacques Minuzzi kannte keine materiellen Sorgen, er arbeitete nur noch aus Gewohnheit und Leidenschaft, in zwei Wochen würde er fünfundsiebzig Jahre alt. Vermögen hatte er genug angehäuft, so viel, dass selbst seine fünf Enkelkinder noch gut versorgt sein würden. Doch seine Kompetenzen im europäischen Steuerrecht, als Vermögensberater sowie seine internationalen Verbindungen waren heute gefragter denn je. Die Wohnung in Beausoleil lief auf den Namen seiner zweitjüngsten Enkeltochter. Offiziell war auch Minuzzi Bürger des Fürstentums. Er war dort geboren worden und längst nicht der Einzige, der sich dieses Tricks bediente. Sein persönliches Einkommen blieb steuerfrei, während er, wie schon sein Vater, seit langen Jahren in Immobilien auf französischem Boden investierte. Eigentlich war sein Leben perfekt verlaufen. Nur seiner Frau Roberta war die Eintönigkeit des mondänen Lebens bereits vor über zehn Jahren zu eng geworden. Das Weingut im nahen Piemont hatte ein Vermögen gekostet, auch die Sammlung moderner Kunst und ihre in großer Regelmäßigkeit veranstalteten Empfänge verlangten häufige Zuschüsse zu ihrem Budget. Nach Beausoleil kam sie höchstens für Familienfeste oder, der Etikette wegen, zu exklusiven Anlässen wie dem *Festival International du Cirque de Monte-Carlo*, dem *Grand Prix de Monaco* oder der Saisoneröffnung im berühmten Opernhaus der Grimaldis im Grand Théâtre.

Minuzzi hätte nur am Telefon mit ihr über die andeutungsreichen Briefe zur fragwürdigen Vergangenheit seines Vaters sprechen können, die er seit etwa zwei Monaten ausgerechnet an die Adresse in Beausoleil erhielt und nicht in sein Büro. Der unbekannte Absender wusste offensichtlich über Jacques' Leben Bescheid. Minuzzi war beunruhigt, aber nicht besorgt. Steuerrechtlich konnte ihm niemand Probleme bereiten, und sein Vater Arnaldo selig hatte nie über jene Zeit im Nordosten Italiens gesprochen, woher er stammte. Verwandte ersten oder zweiten Grades, die er zu den Anwürfen hätte befragen können, hatte Jacques dort nicht. Andere Personen zu fragen, verbat sich von selbst, jeglicher Tratsch über seine Person wäre schädlich. Schon die ersten beiden Briefe waren auf Italienisch verfasst worden. Er hatte sie schließlich ratlos im Kamin verbrannt. Den dritten hingegen, der erst gestern eingetroffen war, würde er dieser Tage vielleicht doch einem der Privatermittler zeigen, die er im Auftrag seiner Kunden bei strittigen Forderungen durch Vermögensteilungen, Scheidungen und Ähnlichem einsetzte. Doch auch das war ein zweischneidiges Schwert, und im Zweifel konnte jeder Mitwisser seiner Reputation schaden. Auch wenn Jacques Minuzzi frei von persönlicher Schuld war, könnte die düstere Vergangenheit seines Vaters seinen eigenen makellosen Ruf belasten. Vorausgesetzt natürlich, die Vorwürfe wären auch nur halbwegs glaubhaft.

Am Boulevard de France überschritt Minuzzi die unsichtbare Staatsgrenze und nahm die letzte Treppe hinunter. Vor dem Maison du Caviar wurde gerade der Gehweg erneuert. Wie jeden Morgen richtete der Kellner die Tische unter den Sonnenschirmen und kehrte den Staub der Baustelle zur Seite. »Bonjour, Monsieur Jacques«, grüßte er den gelegentlichen Gast. »Auch heute wartet ein schöner Tag auf uns.«

»Eine Spur zu warm vielleicht, mon cher Émile«, lächelte der Mann im Dreiteiler im Vorübergehen und bog am noch provisorisch errichteten Kreisverkehr in den Boulevard des Moulins ein, der ihn ohne weitere Anstrengungen bis zu seinem Büro führte. Eine kleine Grünfläche mit vier hohen Palmen über dichter mannshoher Bepflanzung lag auf der Straßenseite gegenüber.

Als er den Eingang der Apotheke passierte, fasste Jacques Minuzzi sich ruckartig an die Brust und brach mit aufgerissenem Mund und weit geöffneten Augen auf dem Gehweg zusammen. Innerhalb weniger Augenblicke verfärbten sich seine Weste und das Jackett durch einen sich rasch vergrößernden dunklen Fleck. Ein weißer Fiat Panda stoppte vor dem Palmengärtchen, ein Mann mit Sonnenbrille sowie einer tief ins Gesicht gezogenen gelben Ballonmütze trat hinter den Bäumen hervor und setzte sich auf den Rücksitz. Der Wagen verschwand so schnell, wie er gekommen war, in der nächsten Seitenstraße.

Die Untersuchungen am Tatort dauerten nicht lang. Das Fürstentum sollte von negativen Schlagzeilen beschützt werden, so gut es ging. Vor einiger Zeit hatten die Vorwürfe in der *Monaco Tribune* und dem *Nice-Matin* gegen den bisherigen Direktor der Police judicaire monégasque und seine Verstrickungen mit einem russischen Milliardär für Aufsehen gesorgt. Ein Nachfolger war noch nicht bestellt. Die Sicherheitsbehörden waren bemüht, sich von weiteren Skandalen fernzuhalten. Sie sperrten den Gehweg um das Opfer, das den Ermittlern mindestens vom Sehen bekannt war, nur kurz und nicht einmal weiträumig ab und errichteten einen hohen, undurchdringlichen Sichtschutz. Die Kriminaltechniker aus Nizza waren schon bald vor Ort und nahmen Spuren und Daten auf. Normalerweise hing in Monaco an jeder Ecke eine Überwachungskamera. Wegen der Baustelle aber fehlten sie derzeit ausgerechnet an dieser Kreuzung. Kaum hatte der Gerichtsmediziner die Leiche begutachtet, wurde sie bereits abtransportiert. Da der Todeszeitpunkt bekannt war, würde er sie erst in seinem Labor in Nizza eingehend untersuchen. Lediglich die Brieftasche sowie ein blutdurchtränktes Schriftstück hatte er in transparente Beutel gesteckt und den Ermittlern übergeben. Trotz des Blutes konnten die Beamten die Seiten noch entziffern und ablichten, bevor es sich mit der Gerinnung dunkler verfärbte. Es schien sich dabei um Fotokopien zu handeln. Manche Wörter waren mehrfach dick und fast bis zur Unlesbarkeit durchgestrichen. Commissaire Bénédict, der interimistische Amtsinhaber, beugte sich tief darüber. Er sollte vielleicht doch endlich eine Lesebrille akzeptieren.

Wir wissen so viel und doch nichts, ~~Nora~~. Weil niemand sich die Mühe macht, die unzähligen Informationen zusammenzutragen. Auch deshalb sind zu viele ungestraft davongekommen. Obgleich es an Zeugnissen nicht fehlt. ~~Depe~~, mein Cousin, hat mir ausführlich von den Massakern berichtet. Lange bevor er nach Triest zurückkam, war er von der Partei im Widerstand im östlichen Friaul eingesetzt gewesen. Dort war es Partisanenverbänden 1944 gelungen, die Nazis zurückzuschlagen. Der Widerstand war groß und gut organisiert. Die Vergeltungsakte der Deutschen waren es auch. Ich glaube, die meisten Familien haben Angehörige verloren, die völlig unschuldig waren und nur ermordet wurden, um Terror zu säen. Die Deutschen hatten gehofft, dadurch den Widerstand zu schwächen. Das Gegenteil geschah. Nur will niemand mehr etwas davon wissen. Auch deshalb schreibe ich diesen Bericht. Ich habe viel zu lange gewartet. Als ich jünger war und glaubte, dass mein Leben noch eine Perspektive hat, fiel es mir noch schwerer, darüber zu sprechen. ~~Depe~~ hat so viel gewusst. Ich habe mitgeschrieben und es später aus dem Gedächtnis ergänzt.
Stell dir vor, selbst mehr als fünfzig Jahre später stritten die Menschen noch über die Ursachen der deutschen Untaten. Einige gaben den Partisanen die Schuld, behaupteten, ohne Widerstand hätten die Massaker vermieden werden können. Als wollten sie die Täter entschuldigen, die ihre Opfer wahllos aus der Bevölkerung herausgegriffen hatten. Männer und Frauen, Alte und Kinder. Viele wollten nicht begreifen, was Schuld bedeutet. Und ich sage dir, ~~Nora~~, solchen Menschen kann man niemals trauen. Das habe ich schmerzvoll lernen müssen.
Für einige Wochen konnte die Widerstandsbewegung die Deutschen vertreiben und die Freie Zone Ostfriaul ausrufen. Das war nach der Schlacht am Monte Plaiul oberhalb von Torlano, einem Dorf bei Nimis. Die Partisaneneinheiten hatten

die Kosakentruppen zurückzuschlagen, die sich schließlich zum Sitz des deutschen Kommandos zurückzogen. Die Leute ahnten, dass das nicht ohne Folgen blieb. Aus Angst vor der Rache der Nazis flohen die meisten aus Torlano. Nur wenige blieben. Sie glaubten, die Deutschen von ihrer Unschuld überzeugen zu können. An ihren Haustüren hängten sie Zettel mit Namen und Alter der Familienmitglieder auf, um zu zeigen, dass sie selbst keine Partisanen waren. Es waren vor allem Familien mit vielen Kindern und Angst vor einer anstrengenden Flucht mit ungewissem Ausgang. Aber im Krieg kann man nicht auf Menschlichkeit hoffen.
Ende August 1944 besetzte eine Einheit der Kosaken Torlano. Zusammen mit der 24. Waffen-Gebirgs-Division des SS-Karstwehr-Bataillons. ~~Depu~~ sagte, das Kommando unterstand dem SS-Offizier Fritz Wunderle. Angeführt wurde es von maskierten Faschisten der Milizia Difesa Territoriale. Italiener. Mit Masken! Als wäre ihnen bereits klar gewesen, dass sie eines Tages hierbleiben und zur Verantwortung gezogen würden, während die Deutschen und Kosaken abziehen und in Deutschland ungeschoren davonkommen würden. Die Maskierten durchkämmten die Dörfer, zogen die Menschen aus ihren Häusern und trieben sie in die Osteria. Später holten sie die Armen einzeln heraus und töteten einen nach dem anderen mit Pistolenschüssen. Dann ging der deutsche Offizier in die Osteria, wo er den Wirt, dessen Frau, die Tochter, ihren Mann sowie drei andere Angehörige ermordete. Nur ein Sohn überlebte. Er hatte sich im Kamin versteckt. ~~Depu~~, mein Cousin, kannte ihn und hat später von ihm alles erfahren. Ein Jahr später beging der junge Mann Selbstmord. Ein Pistolenschuss, angesetzt unterm Kinn. Genauso wie die Deutschen seine Familie umgebracht hatten. Er hatte den Anblick nicht ertragen können.
Nach dem Massaker vor der Osteria traf es diejenigen, die sich

im Stall versteckt hatten. Die Männer wurden herausgetrieben und der Reihe nach erschossen. Die Frauen und Kinder noch in den Ställen ermordet, ihre Leichen wurden aufgeschichtet, mit Benzin übergossen und dem Feuer übergeben.
Tags darauf kamen die Menschen aus der Umgebung zusammen, um ihre Landsleute zu begraben. Doch die Deutschen und die Kosaken verhinderten es. Erst nachdem sie das Dorf geplündert hatten und abgezogen waren, konnten die Toten beigesetzt werden.
Die italienischen Faschisten wurden nach dem Krieg wegen Kollaboration verurteilt. Wenig später aber trat die erste Amnestie in Kraft, und sie waren wieder frei. Bis auf einen. Arnaldo Minuzzi, der sich schon vorher abgesetzt hatte. ~~Dope~~ *behauptete, er sei nach Monte Carlo gegangen, wohin er gute Verbindungen hatte. Ich weiß es nicht…*

Ein Samstag im Februar

»Sie ist verschwunden! Spurlos verschwunden. Ohne Hausschlüssel, ohne Handtasche und Mantel. Einfach weg. Und Barbara ist auch nicht da. Unten am Meer hab ich nichts gefunden. Oh, mein Gott, sie wird doch nicht ins Wasser gegangen sein. Und die Kleine? Wo ist sie nur?« Ihre Stimme überschlug sich vor Aufregung.
»Sie hat das Meer doch immer gehasst, Laura.« Proteo Laurenti traute seinen Ohren nicht. »Wann hast du sie zuletzt gesehen?« Sein Blick fiel aus dem Fenster auf die Überreste des römischen Theaters gegenüber der Questura. Selbst in den größten Familienkrisen hatte seine Frau stets die Nerven behalten.
»Ich war keine Stunde aus dem Haus. Sie war mit Barbara allein. Ich bin nur kurz zum Flughafen gefahren, um Livia abzuholen.« Laura konnte sich nicht beruhigen.
»Livia ist da? Davon hast du mir gar nichts erzählt.« Laurenti winkte Marietta in sein Büro, seine langjährige Assistentin, und schaltete den Lautsprecher des Telefons ein. Er flüsterte ihr zu, dass es um seine Schwiegermutter Camilla und die Enkelin ging.
»Du musst sie finden, Proteo. Schick deine Leute los. Ich flehe dich an.«
»Ist ja gut, Laura, sie wird nur einen Spaziergang machen. Mach dir keine Sorgen.«

»Allein? Das hat sie seit Jahren nicht getan. Ich bin die Straße mehrfach abgefahren. In beide Richtungen. Nichts.«

»Wie war sie gekleidet?«

»Dunkler Rock, beigefarbener Pullover, Pantoffeln. Ihre anderen Schuhe stehen alle noch hier.«

Marietta verdrehte die Augen und schrieb mit. Auch sie wusste, dass Laura normalerweise nicht so leicht aus der Fassung zu bringen war.

»Und die Kleine? Hat sie wenigstens eine Jacke an? Es ist Februar«, fragte Laurenti weiter.

»Mach mir jetzt bitte keine Vorwürfe.«

»Was hat Barbara an? Und wo ist Patrizia? Immerhin geht es um ihre Tochter.«

»Patrizia ist bei einem Bewerbungsgespräch. Roter Pullover, gelbe Hose, rosa Socken. Sie trug ein Lätzchen, als ich aus dem Haus ging.«

»Und Schuhe, Laura? Die Kleine wird doch Schuhe tragen. Sie ist viel zu schwer für Camilla.«

»Ich weiß es nicht. Und wenn sie entführt worden sind, Proteo? Wegen dir.«

»Wegen mir, Laura? Du spinnst.«

»Und wenn dich jemand erpressen will, sich an dir rächen?«

»Ausgeschlossen. Mit der Schwiegermutter kann man niemanden erpressen. Du sagtest, du hättest die Küstenstraße bereits abgesucht?«

»Ja, mehrfach. Bis zum Bahnhof sind es über zwölf Kilometer. Wäre sie dort, hätte ich sie finden müssen. Livia hat den Garten und die Terrassen bis zum Meer hinunter abgesucht.«

»Und wenn sie eine der Treppen zwischen den Weingärten genommen hat, auf den Karst hinauf nach Santa Croce?«

»Weshalb? Was soll sie denn dort? Außerdem sind das über

tausend Stufen. Das schafft weder sie noch Barbara. Ich fahr jetzt noch mal los.«

»Nein, Laura, das erledigen unsere Leute. Bleib du für alle Fälle zu Hause. Sag Livia, sie möge die Treppe nach Santa Croce hochgehen. Nur zur Sicherheit. Und setz dich mit Marietta in Verbindung, wenn du mehr weißt. Ich muss in eine Sitzung. Sie wird mich auf dem Laufenden halten.«

»Kannst du nicht einmal in so einer Situation absagen, Proteo?«, rief Laura entgeistert.

»Keine Sorge, der Apparat läuft schon. Wir werden die beiden finden. Beruhige dich. Schick Patrizia eine Nachricht, dass sie umgehend nach Hause kommen soll und nicht beim Aperitif versumpft.« Laurenti legte mit einem Seufzer auf.

»Der Streifendienst ist informiert«, sagte Marietta. »Gib mir noch rasch die Personendaten, damit ich sie nachschieben kann. Wann ist deine Schwiegermutter geboren?«

»Camilla Tauris, geboren in San Daniele del Friuli. Sie wird dieses Jahr fünfundachtzig oder sechsundachtzig oder...«

»Präziser geht's wohl nicht.«

»Schau im Computer nach.«

»Wie lange lebt sie schon bei euch?«

»Seit ein paar Jahren.« Laurenti zuckte die Achseln.

»Was bin ich froh, dass meine Sippschaft weit genug weg wohnt.« Mariettas Familie stammte zwar aus Triest, doch wegen der Arbeit ihres Vaters bei einem großen Finanzinstitut waren ihre Eltern nach Mailand gezogen, als Marietta bereits zur Schule ging. Sie hatten ihr einziges Kind in der Obhut der damals schon betagten Tante gelassen. Den festen Vorsatz, bald wieder nach Triest zurückzukehren, hatten sie nach geraumer Zeit aufgegeben, ihrer Tochter überließen sie die alte Wohnung in der Via Bellosguardo. »Ist Camilla schon häufiger ausgebüxt?«, hakte Marietta nun nach.

»Vergehen? Kann mir vielleicht mal jemand erklären, wie etwas vergehen soll, das bereits Vergangenheit ist?«, protestierte mit ihrer rauchigen Stimme die fünfundneunzigjährige Ada Cavallin, die – gemessen an ihrem Alter – von beeindruckender Vitalität war. Sie schüttelte heftig den Kopf, auf dem ein schwarzes Barett samt rotem Stern saß, wie es einst Che Guevara getragen hatte. Nicht wenige behaupteten im Spaß, sie setze die Kopfbedeckung nicht einmal im Bett ab. »Das kann höchstens vergessen oder verfälscht werden. Wer davon faselt, dass wir eine gemeinsame Vergangenheit wiederherstellen müssten, um ein geeintes Volk zu werden, hat keine Ahnung. Und dann fordert einer dieser Stadtsheriffs auch noch im Internet, die Partisanenvereinigung müsste in Säure aufgelöst werden, weil sie der Zukunft im Weg stünde. Ihr werdet schon sehen, dass er damit ungeschoren davonkommt. Alles Revanchisten.«

Der nachmittägliche Schreck über das spurlose Verschwinden von Camilla und Barbara hatte sich schon nach drei Stunden gelegt, als Ada Cavallin die beiden mit dem Auto vorbeibrachte. Die in ihrem Alter vorgeschriebene Fahreignungsprüfung bestand Ada alle zwei Jahre spielend. Sie besuchte die Laurentis an der Küstenstraße regelmäßig mit ihrem knallroten alten Maserati Biturbo. Und wie immer war sie nach dem Aperitif auch ein paar Gläsern Wein zum Essen nicht abgeneigt.

Mariettas Abfrage hatte rasch ergeben, dass Camilla und Barbara von dem großherzigen Fahrer eines Überlandbusses auch ohne Tickets bis zur Endhaltestelle am Hauptbahnhof mitgenommen worden waren. Dort hatte sich ihre Spur verloren, und Marietta terrorisierte die Kollegen an den Überwachungskameras. Von der Piazza della Libertà waren sie bergauf in einer Nebenstraße verschwunden. Wenigstens trug die kleine Barbara ihre Schühchen, ihre Urgroßmutter hingegen hatte lediglich eine leichte Strickjacke übergeworfen. Im Februar. Wie Camilla Tauris schließlich zur majestätischen Villa von Ada Cavallin fand, blieb ihr Geheimnis. Genauso wie die Antwort auf die Frage, weshalb sie sich keine Lungenentzündung geholt hatte und nun fröhlich und frei von jeglichem Schuldbewusstsein mit der gesamten Familie am Tisch saß. Sie sagte nur, sie hätte eben einen Ausflug zu einer alten Freundin gemacht, die Via Virgilio sei sie ja schon oft hinaufgegangen. Camilla verstand weder Lauras Vorwürfe noch Livias feinfühlige Fragen und erst recht nicht die wütenden Kommentare von Patrizia, die ihr ihre Tochter anvertraut hatte.

Commissario Proteo Laurenti war an diesem Samstag später als geplant von der Arbeit nach Hause gekommen. Beim Aperitif berichtete er davon, dass Feiglinge einer rechtsextremistischen Gruppe im Schutz der vergangenen Nacht im Vorort Opicina, oben auf dem Karst, gehässige Pamphlete plakatiert hatten, auf denen sie fünf Widerstandskämpfer als Terroristen verunglimpften – auf diese Weise hatte schon 1941 das faschistische Sondergericht die Todesurteile gegen die Männer begründet.

Der Präfekt hatte eine Sondersitzung der Sicherheitskräfte und des Inlandsgeheimdienstes anberaumt, in der die bekannten Fakten zu den rechtsextremen Übergriffen der letzten Monate zusammengetragen wurden. Auch die Äußerungen eines dem Vizebürgermeister unterstehenden Stadtsheriffs über die Partisanenvereinigung gehörten dazu. Offensichtlich fühlten sich einige Opportunisten durch die Statements des letzten Innenministers ermutigt, andere zu beschimpfen oder gar tätlich zu werden. Der durch maßlose Machtgier selbst verschuldete Rücktritt des Mannes war ihnen vermutlich entgangen. Oder sie hofften auf seine baldige Rückkehr an die Macht. Seine politischen Gegner fanden hingegen kein Ende, über seine Ausfälle herzuziehen und ihm damit die gewünschte

Aufmerksamkeit zu gewähren. Andererseits fiel es wirklich nicht leicht, darüber zu schweigen.

»Ich habe die Zeit damals selbst erlebt. Die Menschen ertragen ihre Freiheit einfach nicht«, ereiferte sich die alte Ada und fingerte eine ihrer Ultra-Slim Zigaretten aus der Packung. »Das Regime unterdrückte alle, und überall wimmelte es von Denunzianten und Kollaborateuren. Und dann begründet dieser Schnösel von Minister seine Abwesenheit bei den Feierlichkeiten zum Nationalfeiertag der Befreiung eiskalt damit, dass er nicht dafür bezahlt würde, sich an die Vergangenheit zu erinnern, sondern um das Land von Kriminellen zu befreien. Das stachelt doch nur zu Übergriffen an. Diese Idioten sind gefährlicher als jeder Verbrecher.« Sie steckte die Zigarette an und erntete sogleich eine Ermahnung.

»Nicht rauchen, solange Barbara mit am Tisch ist«, kreischte Livia entsetzt.

»Unsinn, ich bin fünfundneunzig geworden und rauche, seit ich denken kann, das schadet auch der Kleinen nicht.«

Patrizia schnappte sich ihre Tochter und ging mit ihr in die Küche.

»Ada«, ermahnte Laurenti. »Wir alle halten uns daran, nicht im Haus zu rauchen. Also, bitte.«

»Ist ja gut«, gab Ada Cavallin nach und drückte nach einem letzten Zug die Zigarette auf einem Tellerchen aus. »Und seine Verkleidungskünste erst!«, nahm sie den Faden wieder auf. »Sag mal, Commissario, hat es euch Bullen nie gekränkt, dass dieser aufgeblasene Kerl sich mit Polizeijacke über der geschwellten Brust in den Medien zeigte? Nur das Ornat des Papstes hat er nicht beschmutzt, dafür küsst er aber unablässig den Rosenkranz. Selbst als Carabiniere trat er auf und als Feuerwehrmann oder als Beamter vom Zivilschutz. Sogar als Finanzpolizist, obwohl seine Partei dafür verurteilt wurde, dass sie dem Steuerzahler Zigmillionen unterschlagen hat. Und will er eines Tages vielleicht mal seriös wirken, dann wird er vermutlich eine Brille aufsetzen, selbst wenn er keine braucht. Ein Travestiekünstler. Er könnte es mit Madonna und Lady Gaga zusammen aufnehmen. Mich wundert nicht, dass sein Verhalten von den Leuten als Freibrief angesehen wird, ihren Frust an anderen auszulassen.«

»Woher weißt du überhaupt, wer Lady Gaga ist?«, fragte Laura und strich sich eine Strähne ihres dicken blonden Haares hinters Ohr.

»Aus dem Internet. Nur weil ich alt bin, bin ich noch lange nicht von gestern«, lächelte Ada.

»Schluss jetzt mit der Politik«, mahnte Laura. »Was glaubt ihr wohl, weshalb wir uns heute hier zusammengefunden haben?« Weder ihrem Mann noch ihrer Tochter Patrizia oder ihrem Sohn Marco, dem jüngsten der drei Kinder, hatte sie bisher den Grund verraten, warum sie an diesem Abend die ganze Familie zu einem gemeinsamen Abendessen einbestellt hatte und Livia extra aus Frankfurt eingeflogen war.

»Wollt ihr euch etwa scheiden lassen?«, raunte ihr Sohn Marco.

»Ruhe.« Laura nahm Livia in den Arm, ihre älteste Tochter. »Es gibt eine große Überraschung. Livia will euch etwas sagen. Es wird ein großes Fest geben.«

»Dirk und ich haben beschlossen, nachdem wir jetzt schon drei Jahre zusammen sind ...« Livia war eigentlich nie um Worte verlegen gewesen. Nicht einmal, als ihr Vater tobte wie wild, weil er erst aus der Zeitung von der Teilnahme seiner damals gerade einmal achtzehnjährigen Tochter an der Wahl zur Miss Triest erfahren hatte. »Nun gut, also einmal muss es ja raus. Dirk und ich werden ...«

»Wer heiratet denn heute noch?«, prustete Marco dazwischen. Er handelte sich einen strafenden Blick seiner Mutter ein, doch er ließ sich nicht beirren.

»Und zwar im Mai. Du Spielverderber«, rief Livia pikiert. »Ich sehe jetzt schon die Hörner, die du ihm aufsetzen wirst.«

Laurenti nahm einen großen Schluck Wein, ging in die Küche und kam mit einer Flasche Spumante vom Karst zurück. »Auf euer Wohl, Livia. Das ist wirklich eine Überraschung.« Laura wich seinem Blick aus. Natürlich wusste sie längst von den Plänen ihrer Ältesten.

»So lange im Voraus plant ihr das? Es ist grade mal Februar.« Marco schüttelte ungläubig den Kopf. »Und danach spielst du dann die Sekretärin für deinen Mann? Oder willst du zu Hause bleiben und warten, bis der Herr Rechtsanwalt abends heimkommt und vor dem Fernseher einschläft?«

»Quatsch, Sekretärin bin ich doch nur geworden, weil ich in Italien trotz meiner Zeugnisse höchstens einen Aushilfsjob gefunden hätte. Sobald wir verheiratet sind, kann ich endlich als freie Übersetzerin arbeiten, wie ich das schon immer wollte.«

Seit drei Jahren war Livia mit Dirk Schöneberger zusammen, einem jungen Wirtschaftsanwalt aus Frankfurt, der dort in einer internationalen Großkanzlei angestellt war und sich in den kommenden Jahren würde Schritt für Schritt nach oben arbeiten müssen.

»Also, dein Papà und ich freuen uns wahnsinnig«, schritt Laura ein und antwortete für Proteo gleich mit. »Das wird eine Riesenhochzeit mit Gästen aus aller Welt. Wir haben viel zu besprechen, aber bis Mai ist Gott sei Dank noch genügend Zeit. Und du könntest endlich das Abendessen zubereiten, Marco. Ich sterbe vor Hunger.«

»Ach, das wird nicht lange dauern. Den Tisch deckt aber ihr. Ich bin schließlich nicht auch noch euer Kellner.« Marco verzog sich in die Küche.

Laurenti entkorkte eine zweite Flasche Spumante, während

die weibliche Mehrheit des Hauses sich bereits in der Diskussion über die anstehenden Vorbereitungen befand. Livia erzählte, dass die deutschen Behörden von ihr mehr beglaubigte Dokumente verlangten, als andere Länder dies tun würden, und sie hatte sich noch um nichts gekümmert. Die deutschen Bürokraten verkomplizierten ihrer Meinung nach die Regeln der Europäischen Union unnötig. Als würden die amtlichen Urkunden außerhalb Deutschlands ein bisschen weniger gelten.

»Mehr als drei Austern für jeden konnte ich nicht auftreiben«, verkündete Marco, der zwei Platten voller Eis und Muscheln hereintrug. »Aber nur wenn Nonna und Barbara keine wollen. Für euch gibt's angemachten Baccalà.«

Ada Cavallin hatte sich neben Lauras Mutter gesetzt. Camilla vergaß seit einigen Jahren die meisten Neuigkeiten sofort. Nur in Gesellschaft ihrer alten Freundin funktionierte ihr Gedächtnis besser. Ada war zwar zehn Jahre älter als sie, aber in jeglicher Hinsicht in bester Verfassung. Sie kümmerte sich oft und rührend um Camilla, bei deren Familie in San Daniele im Friaul sie einst Unterschlupf vor den Nazis gefunden hatte. Einer der Nachbarn ihrer Eltern musste sie als Botin der Partisanen denunziert haben, worauf sie wochenlang in Triest und Umland gesucht worden war. Bei einer Razzia verwüsteten die Deutschen damals ihr Elternhaus und folterten ihre Mutter in stundenlangen Verhören. Adas Vater war da schon längst nach Deutschland deportiert worden. Von den entfernten Verwandten in San Daniele wussten die Nazis nichts.

Die frischen Austern waren im Nu verputzt. Marco verschwand wieder in der Küche und hörte nicht, wie die anderen auf das Hochzeitsessen zu sprechen kamen. Wenig später stellte er eine riesige Schüssel voll dampfender Venus- und Miesmuscheln in der Mitte des Tischs ab.

»Das würden sogar die deutschen Gäste essen«, sagte Patrizia. »Wie viele Leute wollt ihr denn einladen, Livia, und woher werden sie kommen?«

»Mit der Gästeliste stehen wir noch ganz am Anfang. Es hängt auch davon ab, wo wir feiern werden.« Livias Blick ließ ahnen, dass sie bereits klare Vorstellungen hatte. Doch noch hütete sie sich davor, sie zu äußern. »Im Mai müsste das Wetter halten.«

»Wollt ihr etwa kirchlich heiraten?«, fragte Patrizia.

»Das wissen wir noch nicht. Dirk ist Protestant. Wenn überhaupt, dann ökumenisch. Mir ist's eh egal.«

Ihr Vater runzelte die Stirn. Seit Jahrzehnten besuchte er Gottesdienste nur, wenn er dort einen Tatverdächtigen vermutete. Oder wenn es sich um eine Beerdigung handelte. Auch Laura betrat Kirchen ausschließlich aus künstlerischem Interesse.

Marco biss sich auf die Zunge und verschwand für den nächsten Gang in der Küche. Proteo Laurenti entkorkte gerade eine Magnumflasche Rosso Celtico von Moschioni.

»Marco, wo hast du eigentlich diesen köstlichen weißen Trüffel her?«, versuchte er das Gespräch in andere Bahnen zu lenken, als sein Sohn den nächsten Gang servierte. Patrizia schob ihrer Tochter eine Nudel in den Mund, die von der Kleinen skeptisch aufgenommen wurde.

Die Tagliatelle hatte Marco ganz frisch gemacht und, während das Wasser kochte, die kleinsten Knollen gehobelt und in einem Strich Olivenöl und etwas Butter ziehen lassen, dann mischte er die Pasta und einen Hauch geriebenen Parmigiano in die Pfanne und servierte das Ganze schließlich direkt auf den Tellern. Zwei weitere Trüffel hobelte er beim Servieren großzügig über die Nudeln.

»Ich habe da so meine Quellen«, behauptete er wichtigtuerisch. »Die Saison ist ja eigentlich schon fast vorbei. Das hier sind zweihundert Gramm, normalerweise kostet der ein Vermögen. Im Piemont liegt der Preis momentan bei über viertausend Euro pro Kilo und vor Weihnachten war er sogar noch höher. Was tu ich nicht alles für euch!«

Seit einem halben Jahr arbeitete der begabte, doch unstete Jungkoch in der Großküche des städtischen Altersheims. Aber nur vorübergehend, wie er immer wieder betonte. Sein niedriges Gehalt besserte er nebenher gelegentlich bei einem renommierten Catering-Service auf. Die harte Taktung einer gehobenen Restaurantküche schreckten ihn angeblich noch immer vor einer Festanstellung ab. Während seiner Ausbildung hatte er erlebt, wie es dort zuging. Dafür brachte er immer wieder rare Köstlichkeiten mit nach Hause, für die sein Verdienst eigentlich nicht ausreichte. Und in seiner freien Zeit baute er im Garten über dem Meer Gemüse und Kräuter an.

Je länger der Abend dauerte und je mehr Wein floss, desto wilder und konfuser wurde die Diskussion um Livias Hochzeit. Nie hätte Laurenti sich träumen lassen, dass seine Älteste einmal einen deutschen Rechtsanwalt ehelichen wollte, dessen Nachnamen er nicht einmal aussprechen konnte und für den sie als vielsprachige Sekretärin tätig war, weil sie in Italien keinen adäquaten Job gefunden hatte. Immerhin hatte sie damals zur Erleichterung ihres eifersüchtigen Vaters die Angebote der Mailänder Modelagenturen ausgeschlagen.

Klugerweise hatte Livia für die Mitteilung an die Familie ihren *Ex-Ehemann in spe* in Frankfurt gelassen. Auch die Frage ihres Vaters, wie lange sie sich schon mit dem Gedanken trage, ließ Livia unbeantwortet. Zwar hatte sich Proteo Laurenti über die Jahre an den Kerl gewöhnt, der sich inzwischen immerhin weniger naseweis gab als zu Anfang, doch nach wie vor unverrückbar an seiner Meinung über die Italiener festhielt, als handle es sich dabei um einen irreparablen genetischen Defekt der Deutschen. Proteo fand, dass dieser Dirk Livias Schönheit schlichtweg nicht verdient hatte. Doch die Wahl seiner Tochter beklagte er nur engen Freunden gegenüber.

Proteo und Laura, Livia und Patrizia waren sich einig, dass Marco die Verantwortung für das Hochzeitsessen übernehmen sollte, sofern er dabei die Kosten im Auge behielt.

»Also bisher habe ich geglaubt, dass es bei einer Hochzeit an nichts fehlen darf. Da sollte man es krachen lassen. Allein schon, um einmal so richtig anzugeben. Aber ihr? Ihr redet vom Sparen? Klar, das dürfte kein Problem werden, solange nur deutsche Gäste kommen. Die kann ich sogar mit einer einfachen Pastasciutta überraschen«, trumpfte der Jungkoch auf. »Aber Italiener erwarten mehr. Und fangt mir ja nicht mit glutenfrei und vegan und dem ganzen Käse an«, fügte er angeekelt hinzu. »Am besten sucht ihr euch gleich einen anderen Koch.«

An ein ernsthaftes Gespräch war nicht mehr zu denken. Gegen zwei Uhr, als sich die Argumente wiederholten und an dem langen Tisch niemand mehr Wasser, Wein oder Grappa nachschenkte, versprach Proteo Laurenti, am kommenden Morgen als Erster aufzustehen, die Trümmer des Abendessens zu beseitigen und für alle einen Brunch zuzubereiten. Livias Rückflug nach Frankfurt würde erst gegen Abend gehen, wenn sie nicht kurzfristig noch auf Montag umbuchte. Es gab schließlich noch viel mit der Familie zu klären.

Chambéry. Savoyen, Frankreich

Eleonora, ich werde tot sein, wenn du diesen Brief liest. Wirf alles andere aus dem Nachlass weg. Es wird niemandem mehr von Nutzen sein. Ich habe nie etwas Wertvolles besessen. Nur mein Gedächtnis.

Die abgegriffenen Blätter mit der unsicheren Handschrift hatten unter der Wäsche auf alten Zeugnissen und der Geburtsurkunde gelegen. Nora hätte schwören können, dass Vilma Lorenzin zeit ihres Lebens kaum mehr als Einkaufszettel verfasste oder die Besucherlisten im Rathaus, wo sie eine Halbtagsstelle gefunden hatte, als Nora in die Schule kam. An diesen Seiten musste sie lange und im Verborgenen gearbeitet haben, wie die Streichungen und die verschiedenen Tönungen der Kugelschreiber erkennen ließen. Erst Monate nach der Beisetzung auf dem Friedhof von Chambéry in Hochsavoyen hatte sich Nora überwunden, die spärlichen Hinterlassenschaften ihrer Tante auszuräumen.

Als ich alt war, hast du dich um mich gekümmert, so wie ich mich um dich, als du klein warst und deine Eltern sich eine Zukunft aufbauen mussten, die andere euch gestohlen hatten. Wie auch mir. Während deine Mutter von morgens bis abends in der Textilfabrik arbeitete und Papà im Stahlwerk, kümmerte ich mich um dich und schuf euch ein schönes Zuhause. Wegen meiner Behinderung gab es anfangs keine andere Arbeit für mich. Niemand kann eine Einbeinige gebrauchen. Deshalb fand ich auch keinen Mann, der für mich hätte sorgen können. Doch deine Eltern haben mich aufgenommen, als das Unglück geschah. Noch ein Unglück, nachdem die Nazis bereits meinen Vater ermordet hatten, oben in Opicina. Kaum ein Jahr später verlor ich mein Bein. Und auch meine Mutter – was meine Schuld war.

Federica und Mario waren älter als ich und kannten mich, seit ich zehn war. Sie wohnten drei Etagen tiefer. Als die Wunde verheilt war, sorgten sie trotz aller anderen Probleme dafür, dass ich wieder zur Schule ging. Und Probleme gab es genug. Zuerst die Faschisten, dann die Nazis und dann die lange Phase nach dem Krieg, die alles andere als friedlich war. Zu viele Wunden, die nicht verheilen konnten, und Arbeit gab es weder bei uns in San Giacomo noch unten in der Stadt. Immer mehr Flüchtlinge aus Istrien und Dalmatien kamen nach Triest. Und während sie vom Staat bevorzugt wurden, blieben wir Einheimischen oft ohne Arbeit und die Miete schuldig. Nur durch unseren Zusammenhalt schafften wir es irgendwie. Auch Federica und Mario hatten nach dem Krieg keine engen Verwandten mehr, nur die entfernten Cousins in Frankreich, denen es besser ging als uns. 1964 haben sie mich mitgenommen nach Chambéry. Ein Onkel von Mario war schon in den Zwanzigern wegen Mussolini und den Schwarzhemden emigriert. Hierher. Du kamst gleich nach der Ankunft zur Welt. Da ich keine eigenen Kinder hatte, warst du für mich wie eine eigene Tochter.

Verzeih, Nora, ich kann dir nur meine Erinnerungen hinterlassen. Aber sie sind auch die Geschichte deiner Eltern. Dein Vater wollte nie darüber reden. Er wollte auch nicht, dass Federica es tat. Nur ein einziges Mal erzählte er mir, was ihm widerfahren war.

Mario zog es nie in seine Heimat zurück. Als du später in Triest studiert hast, hat er dich nicht davon abgehalten, was mich wunderte. Nora, heute, da du längst mit beiden Beinen im Leben stehst, sollst auch du erfahren, wie es uns damals erging. Es war nicht einfach, mich über den Willen deines Vaters hinwegzusetzen. Er wollte nur, dass du unbeschwert und ohne Groll groß wirst. Ohne böse Gefühle gegenüber Menschen, die du nicht kennst. Auch wenn sie Schreckliches getan haben in einer schrecklichen Zeit. Belangt wurden sie nie, und heute ist es dafür fast zu spät. Nora, ich habe in den folgenden Erinnerungen nichts ausgelassen. Lies diese Geschichten, sie sind für dich. Denk an mich, da ich nicht mehr bin, und bete für mich.
In Liebe, Tante Vilma

Draußen fiel der Schnee in dicken Flocken. Eleonora Rotas Hand zitterte. Sie kam über die ersten Zeilen nicht hinaus. Warum erfuhr sie das alles erst jetzt? Sie war den Tränen nahe. Selbst in ihrem Geschichtsstudium war es meist um die slawische Gefahr, die kommunistische Bedrohung und den Kalten Krieg gegangen. Sie ließ das Konvolut auf dem Tisch zurück, warf den Mantel über, zog die Tür hinter sich zu und eilte nach Hause, ohne einen Blick für die Passanten zu haben, die sie grüßten.

Vilma Lorenzin war 85 Jahre alt geworden und hatte noch jeden Tag zweimal zu den gleichen Uhrzeiten ihre Runde um den Häuserblock gedreht und ein Schwätzchen mit den Nachbarn gehalten. Eine Beinprothese hatte sie nie gewollt und auch einen Rollstuhl lehnte sie empört ab, ihr reichten einfache Krücken. Ihr Tod kam unangekündigt und war friedlich. Nach dem Café au Lait war sie an einem Wintermorgen einfach dahingegangen. Sie saß noch am Tisch, über den *Dauphiné Libéré* gebeugt, in dem Nora beizeiten über das Geschehen in der überschaubaren Herzogstadt schrieb. Ein Feinkosthändler aus der Nachbarschaft hatte Nora angerufen, nachdem Vilma zwei Tage lang nicht bei ihm aufgetaucht war.

Erst Monate nach ihrem Tod hatte sich Eleonora darangemacht, die kleine Wohnung ihrer letzten verbliebenen Angehörigen zu räumen. Sie brauchte länger dafür als gedacht. Die wenigen Kleidungsstücke waren schnell in Plastiksäcke gestopft, die sie in einen Altkleidercontainer warf. Alles andere landete auf dem Müll. Außer den Dokumenten und drei Fotos: Eines von Nora selbst als Heranwachsende auf einem Alpengipfel, ein anderes zeigte die weiße Stadt Triest vom Molo Audace aus, mit dem in der Sonne glitzernden blauen Meer und den kleinen weißen Schaumkronen, die auf den Wellen tanzten. Das dritte Foto stammte von einem Familienausflug zum Amphitheater von Arles, da war Nora gerade vierzehn Jahre alt – Mario und Federica standen vor Vilma, die einen Arm um Noras Schulter gelegt hatte, man sah nicht, dass sie nur ein Bein hatte. Nicht einmal ihre Krücken waren im Bild. Eleonora erinnerte sich nicht, wer das Foto gemacht hatte. Nur den Stierkampf, den sie danach angeschaut hatten, hatte sie noch lebhaft vor Augen.

Und dann diese entsetzlichen Erinnerungen, die sie in Vilmas ungeheiztem kleinem Appartement auf einem Hocker sitzend am letzten verbliebenen Möbelstück las, einem einfachen Küchentisch mit Wachstischdecke. Ging sie zur Toilette, hallten ihre Schritte im Flur wider. Einen Tag später kam sie mit einem Notizblock zurück und begann von vorne. Es dauerte, bis sie Vilmas unstrukturierte Schilderungen sortiert bekam. Einmal hatte sie darüber sogar das Gefühl für die Zeit verloren und beinahe den Anfängerkurs Italienisch vergessen, den sie Jahr für Jahr an der Volkshochschule von Chambéry unterrichtete.

Das alles lag mittlerweile ein Jahr zurück. Ihre noch junge Beziehung zum achtzehn Jahre jüngeren Nicola Dapisin war darüber in die Brüche gegangen. Sie hatte in der Trauerphase nur wenig Zeit für den gutmütigen Kerl übriggehabt, und Nicola hatte währenddessen eine andere kennengelernt. Als sie es wenig später noch einmal miteinander versuchten, war nichts mehr wie zuvor. Blieb er ein paar Tage bei ihr, verwies sie ihn ins Gästezimmer. Doch sie erzählte Nicola ausführlich von der Entdeckung, die sie in Vilmas Unterlagen gemacht hatte. Wenig später unternahmen sie eine Reise nach Triest und in die Städtchen und Dörfer Istriens, aus denen die Familien ihrer Eltern stammten. Systematisch suchten sie vor Ort nach Spuren der Menschen, die Tante Vilma in ihren Erinnerungen geschildert hatte. Nicolas verbliebene Verbindungen zur französischen Polizei waren ihnen dabei sehr hilfreich gewesen.

Bereits zweimal hatten sie sich anschließend von Triest aus, der bedeutendsten Hafenstadt an der Adria, auf eine Kreuzfahrt ins östliche Mittelmeer begeben. Die Innenkabine teilten sie sich zwar, doch Nora hatte auf Einzelbetten bestanden und seinem Drängen erst nach einer ganzen Weile nachgegeben. Und je länger sie Tante Vilmas Aufzeichnungen nachrecherchierten, umso näher kamen sie sich wieder. Diesmal hatten sie die lange Autofahrt nach Triest auf die Nacht gelegt.

»Hat dir Vilma nie erzählt, wie das mit ihrem Bein passiert ist? Oder hast du sie nie danach gefragt?«

»Natürlich habe ich sie gefragt. Und was sie mir nicht selbst erzählt hat, weiß ich aus den Erzählungen meiner Eltern und einer ihrer Freundinnen, die noch älter war als sie. Sie und ihre Mutter waren oben in Servola ausgebombt worden. Als ich in Triest gewohnt habe, war ich an all diesen Orten. Ihr Vater war einer der vielen Arbeiter im Stahlwerk gewesen. Er wurde drei Monate zuvor als kommunistischer Partisan verpfiffen und von den Nazis exekutiert. Ohne Urteil natürlich. Auf jeden Fall fanden Vilma und ihre Mutter in San Giacomo ein paar Stockwerke über der Wohnung von den Eltern meines Papàs

Platz. Sie war knapp zwölf, als der Krieg endete und die Alliierten die Stadt übernahmen. Beim Spielen hat sie in den *Magazzini generali* eine Schachtel Rotstifte gefunden. Dachte sie. Vilma hat sie mit nach Hause genommen und ihrer Mutter gezeigt, die allerdings müde von der Arbeit war und nur einen kurzen Blick darauf warf. Vilma suchte nach Papier, sie wollte ihrer Mutter ein Bild malen. Der Stift explodierte, die Wohnung fing Feuer. Die Feuerwehr kam zwar schnell, doch Vilmas Mutter war bereits tot und sie selbst hatte eine klaffende Wunde am Oberschenkel. Im Krankenhaus wurde das Bein dann amputiert. Von da an hat sich die Familie meines Vaters um sie gekümmert und sie bei sich aufgenommen. Sie ist bei uns geblieben fast bis zu ihrem Tod. Schade, hättest du damals nicht die Geschichte mit dieser Elsässerin angefangen, hättest du sie besser kennengelernt. Vilma war eine starke Frau. Eigentlich hat *sie* mich großgezogen, weil meine Eltern, als sie nach Chambéry kamen, Tag und Nacht arbeiteten. Als ich älter war, fand Vilma eine Anstellung bei der Stadtverwaltung. Und gestorben ist sie schließlich ganz allein.«

»Eine Bleistiftbombe also«, stellte Nicola nachdenklich fest. »Als ich in die Spezialeinheit aufgenommen wurde, musste ich eine Prüfung über Sprengstoffe ablegen. Dort habe ich einiges darüber gelernt. Diese Dinger sind eigentlich Zünder. Eine deutsche Erfindung aus dem Ersten Weltkrieg, später von den Polen weiterentwickelt, von den Engländern vollendet und schließlich von den Nazis eingesetzt – da schließt sich der Kreis wieder. Selbst heute verwendet man sie noch, wenn nichts Besseres zur Hand ist. Du brauchst ein Stück Plastiksprengstoff, steckst das Teil hinein und betätigst den Zeitzünder. Und dann verduftest du, so schnell es geht.«

»Und was hat das mit Vilma zu tun?«, protestierte Nora, die sich seine Geschichten oft genug anhören musste.

»Ich will dir doch nur erklären, warum Vilma darauf reingefallen ist. Für Kinder sehen sie tatsächlich aus wie dicke Buntstifte. Ein bisschen schwer vielleicht. Der Farbstreifen gibt die Zeit von der Auslösung bis zur Detonation an. Es reicht, fest draufzudrücken. Angeblich haben die Nazis sie immer wieder absichtlich irgendwo liegen gelassen, damit Kinder sie finden. Ein perfider Trick. Das weiß nur heute kaum noch jemand. Höchstens Waffenfanatiker und unbelehrbare Kriegsnostalgiker, für die das bessere Zeiten waren.«

»Solche Idioten werden nie aussterben. Die gibt es immer und überall. Stell dir vor, manche der Täter sind sogar zurückgekommen. Italiener genauso wie Deutsche. Die Kirche und die Amerikaner haben ihnen Schutz gegeben. Und der deutsche Staat auch. Zwei ehemalige SS-Offiziere haben später sogar das deutsche Generalkonsulat in Mailand geleitet, ein anderer hat dort als Fahrer gearbeitet. Alle unter ihren alten Namen, verstehst du, Niki, sie mussten sich nicht einmal die Mühe machen sich zu tarnen.«

»Das kannst du mir alles auf der Fahrt erzählen, Norina. Wir müssen jetzt los, wenn wir unseren Plan durchziehen wollen. Wir brauchen für die Strecke sowieso schon lang genug. Und vor Ort müssen wir uns schließlich auch noch vorbereiten. Ich muss das mit ruhiger Hand angehen.«

»Danach kannst du dich ein paar Tage ausruhen, Niki. Freust du dich denn nicht auf die Kreuzfahrt?«

»Ach, die haben wir doch schon zweimal gemacht.« Nicolas Stimme klang gleichgültig.

»Aber da haben wir ganz andere Städte gesehen.«

»Das Meer ist das gleiche. Egal, du weißt, dass ich alles für dich tue.«

»Jaja, das habe ich schon mal gehört. Hast du auch nichts vergessen, Niki? Deine Reisetasche scheint kleiner zu sein als das letzte Mal.«

Am Mahnmal von Prosecco

Proteo Laurenti staunte, als er morgens den großen Salon betrat, um wie versprochen den Tisch abzuräumen und sich um das Frühstück zu kümmern. Das Geschirr stand bereits in der Küche. Nur die mit Brotkrumen und Weinflecken übersäte Tischdecke lag noch auf dem Tisch. Und dahinter, vor einem der Sofas, hatte sich Ada Cavallin auf dem riesigen orientalischen Teppich ausgestreckt und machte Dehnübungen. Er sprach die drahtige Fünfundneunzigjährige nicht an, sie war in der vergangenen Nacht doch nicht mehr nach Hause gefahren. Nur mit Mühe hatte Laurenti sie davon abbringen können, sich betrunken ans Steuer zu setzen. Als Ada nun das Geräusch der Espressomaschine hörte, stand sie neben ihm in der Küche und fragte, ob sie irgendwie behilflich sein könne. Beim Kaffee zündete sie sich eine Zigarette an.

»Aber nur hier in der Küche«, mahnte Laurenti und öffnete die Tür zum Garten, durch die kühle Luft hereindrang.

Der sonnige Februarmorgen über dem glitzernden Meer machte es ihm leicht, in den Tag zu finden. Der Mandelbaum neben der Terrasse verlor schon seine zartrosa Blüten, deren Blätter wie fröhlicher Schnee den wintermatten Rasen bedeckten. Proteo hatte vor, in den Neoprenanzug zu schlüpfen und mit der Harpune ins kalte Meer zu springen, sobald er alles vorbereitet hatte. Mit etwas Glück würde er einen Oktopus oder eine verirrte Dorade erwischen oder sogar einen Zackenbarsch. Wenn er den Fisch dann gleich im Anschluss ausnahm und filetierte, bevor die Leichenstarre einsetzte, ließ er sich noch fürs Frühstück roh als Carpaccio zubereiten. Eine Köstlichkeit, an der selbst Marco nichts zu meckern hätte. So bald würde sich ohnehin keiner der anderen blicken lassen.

Als er kurz nach acht das Tischtuch gewechselt und den Tisch gedeckt hatte, ließ er den zweiten Espresso aus der Maschine, schlug die Zeitung auf und blieb gleich an der ersten Schlagzeile hängen: *Werft sie zurück ins Meer*. Er erfasste gerade noch, dass es sich dabei wider Erwarten nicht um die gängige rechte Polemik gegen die Flüchtlinge aus Afrika oder dem Nahen Osten handelte, sondern um einen Artikel über Zigtausende Menschen, hauptsächlich Italiener, die nach dem Ende des Zweiten Weltkriegs aus Istrien und Dalmatien vor dem kommunistischen Tito-Regime geflohen und dann in Italien bei den eigenen Landsleuten nicht willkommen waren. Auch die linken Gewerkschaften warfen damals offenbar den Flüchtlingen vor, sie würden den Einheimischen die Arbeitsplätze rauben. Alle Italiener aus dem neuen Jugoslawien galten ihnen anscheinend als Faschisten. Als hätte es die im Mutterland nie gegeben, dachte Laurenti kopfschüttelnd. Mit Pauschalurteilen hatte der Commissario tagtäglich alle Hände voll zu tun.

Das Klingeln seines Telefons unterbrach die Lektüre. Chefinspektorin Pina Cardareto, die Sonntagsdienst schob, meldete einen Toten beim Partisanendenkmal von Prosecco, oben auf dem Karst, und fragte, ob Laurenti mitkommen würde. Kollegen aus einem Streifenwagen kümmerten sich bereits um die Tatortsicherung.

Laurenti zog sich rasch an, Jeans, Pullover und eine hüftlange Jacke, er rief Ada etwas von einem dringenden Einsatz zu und hastete die steile Treppe zur Küstenstraße hinauf. Er fuhr los, ohne den Strafzettel zu entfernen, der unter dem Scheibenwischer steckte. Nicht einmal das Auto des Chefs der Kriminalpolizei und Vice Questore in Personalunion verschonten die Dobermänner der Stadtverwaltung, die seit zwei Jahren die Anwohner und Weinbauern entlang der Steilküste mit dem Parkverbot terrorisierten, um das sich jahrzehntelang niemand geschert hatte. Nach allem, was Laurenti gehört hatte, folgten sie einer Anweisung des amtierenden Leitenden Oberstaatsanwalts Pasquale Cirillo, der es sich zur Mission gemacht hatte, mit den Gewohnheiten und dem generösen Lebensstil der Triestiner ein für alle Mal aufzuräumen. Cirillo hatte nicht viele Freunde in der Stadt.

Das Meer unterhalb der Strada Costiera glitzerte im schönsten Stahlblau, der Wind wirbelte die Gischt auf und jagte weiße Wellenhunde übers Wasser. Unter der gleißenden Sonne zeigten sich die Schlieren an der Windschutzscheibe. Die leichte Bora hätte eigentlich für ausgelassene Fröhlichkeit sorgen müssen statt für Tote. Laurenti jagte den Wagen das steile Sträßchen nach Santa Croce hinauf, fand an diesem frühen Sonntagmorgen noch ohne Gegenverkehr durch die engen Gassen des Dorfes bis zur Hauptstraße und kümmerte sich dann wenig um die Geschwindigkeitsbegrenzung. Bereits bei der Ortseinfahrt von Prosecco sah er die Blaulichter der Streifenwagen und das rot-weiße Plastikband, das weiträumig um das Monument herumgespannt war, vor dem sich schon die ersten Schaulustigen versammelt hatten. Einen freien Parkplatz fand Laurenti erst ein ganzes Stück weiter.

Beim Aussteigen nickte er seinem Freund Luis zu, einem gebürtigen Südtiroler, der den Zeitungsladen an der Kreuzung betrieb und neugierig auf der Straße stand. Der Commissario hob abwehrend die Hände, noch bevor Luis etwas fragen konnte. Warum glaubten selbst seine Freunde, dass ein Polizist schon immer alles wüsste, obwohl er meist als Letzter von den schlimmsten Ereignissen erfuhr? Das war im Dienst nicht anders als zu Hause.

»Wenn jemand was weiß, dann du, Luis«, rief ihm Laurenti zu. »Dein Laden ist eine einzige Informationsbörse. Hat dir schon jemand etwas zugetragen?«

»Heute schlafen die meisten länger. Faschingssonntag.« Der Südtiroler schüttelte den Kopf. »Einer der Hundebesitzer soll den Toten entdeckt haben, die müssen ja bei jedem Wetter zur gleichen Uhrzeit raus. Hunde sind wie Kühe, nur dass man sie nicht melken muss.«

»Lass mich wissen, wenn du irgendwas hörst. Ich schau mir das jetzt mal aus der Nähe an.«

Pina Cardareto parkte den Dienstwagen direkt vor seiner Nase am Monument und blockierte die halbe Fahrbahn. Aus der Stadt hatte sie länger gebraucht als Laurenti. Die kleinwüchsige Kalabresin hätte kaum Mühe gehabt, unter der Absperrung hindurchzutauchen, doch sie hob respektvoll das Plastikband für den Commissario an. Die anwesenden Uniformierten schirmten unbeweglich und mit über der Brust verschränkten Armen den Tatort ab. Die beiden älteren kannte Laurenti seit Langem. Gute Leute, die einen Bürojob niemals gegen die Straße eintauschen würden. Die vier anderen mussten erst vor Kurzem den Dienst in Triest begonnen haben und stammten, wie Laurenti an ihrem Zungenschlag erkannte, aus dem Süden. Als sie beiseitetraten, fiel sein Blick auf die Leiche eines dünnen älteren Mannes mit aufgerissenen Augen. Der Tote war nicht sonderlich groß und lag zwischen einem Gedenkstein und den drei hohen Betonspitzen des Monuments, die vermutlich die drei Gipfel des Triglav symbolisierten. Bei klarem Wetter sah man von hier oben sogar die drei Häupter des heiligen Bergs der Slowenen in den Julischen Alpen. *SLAVA PADLIM PARTIZANOM * GLORIA AI PARTIGANI CADUTI* war auf dem Gedenkstein zu lesen, Ehre den gefallenen Partisanen. Und unter dem roten Stern in der Mitte standen die Namen von zweiunddreißig hingerichteten Partisanen. Darüber war in roter Leuchtfarbe ein seitenverkehrtes Hakenkreuz gesprüht worden. Die linke Hälfte des Steins zierte ein Gedicht des in der Nähe geborenen und jung verstorbenen Dichters Srečko Kosovel:

Jetzt ist klar: Nur starke Einheit
im Kampf verleiht neuen Schwung.
Drum gib nicht auf, hab keine Angst.

Der Tote trug einen abgewetzten knielangen, ehemals schwarzen Ledermantel mit vielen Nähten, der wohl schon Jahrzehnte in Gebrauch war. Farblich kaum zu unterscheiden war ein dunkler und etwa halbzentimeterstarker Stift, der weniger als eine Handbreit aus der Brust des Mannes ragte. Pina Cardareto zog sich Latexhandschuhe über, bückte sich und hob mit spitzen Fingern das Revers an. Der helle Rollkragenpullover war auf Höhe des Herzens tiefrot verfärbt. Sie fuhr mit dem Finger über den Fleck und hielt ihn ins Licht der frühen Sonne.

»Noch nicht trocken«, sagte die Chefinspektorin. »Er kann noch nicht lange hier liegen. Um an sein Portemonnaie zu kommen, müsste ich allerdings den Mantel bewegen.«

»Das erledige ich, wenn es so weit ist. Gedulden Sie sich. Der hat keine Eile mehr.« Die klare Stimme von Mara Poggi ließ sie aufschauen. Die Gerichtsmedizinerin nickte Laurenti zu und drängte Pina Cardareto zur Seite, die nur ungern von dem Leichnam abließ und deren Bürstenfrisur sich zu sträuben schien wie bei einem futterneidischen Hund. Hätte sie ihren blutigen Finger abgeleckt, Laurenti hätte sich nicht gewundert.

»Habt ihr endlich die Freundlichkeit, einen Sichtschutz zu errichten?« Die Worte des Commissario an die Uniformierten klangen nicht nach einer Bitte. »Spannt zumindest eine Rettungsdecke vor den Toten. Und zwar bevor die Pressefotografen und Kameraleute hier auftauchen.«

Laurenti hatte missmutig bemerkt, dass einige der Gaffer keine Skrupel hatten, die Szene mit ihren Mobiltelefonen zu fotografieren. Als hätte diese Technologie neben der Muße und Ruhe auch noch jegliche Form von Pietät und Feingefühl zunichtegemacht. War das hier etwa kein Mahnmal zum Gedenken daran, dass sich derlei Verbrechen nie mehr wiederholten? Wer hatte es mit dem Hakenkreuz geschändet? Und wann? Er strich mit den Fingern über die Farbe. Sie war eingetrocknet.

Zwei Streifenbeamte holten glitzernde Folien aus ihrem Wagen und befestigten sie vor den Neugierigen an der Betonskulptur. Mara Poggi nickte Laurenti fast dankbar zu. Die Gerichtsmedizinerin, die ihre langen schwarzen Haare eilig zu einem Pferdeschwanz gebunden hatte, kannte zwar keine Skrupel, Leichen zu zersägen, doch zeigte sie, anders als die meisten ihrer Vorgänger, eine für ihren Beruf bemerkenswerte Sensibilität gegenüber den Lebenden. Sie maß die Körpertemperatur des Toten, während sie seine Augen und die Mundhöhle untersuchte, und diktierte ihre Ergebnisse ins Telefon. »Von der Leichenstarre ist er weit entfernt.«

Ein Surren irritierte Laurenti, einer der Uniformierten deutete nach oben. Der Commissario biss sich auf die Zunge, um nicht lautstark über die Drohne zu fluchen, die keine dreißig Meter über ihren Köpfen kreiste. Wer das Fluggerät steuerte, konnte er nicht ausmachen. Auch Pina Cardareto sah das Ding und hatte die Hand an der Waffe, wo sie reglos verharrte.

»Die neueste Pest. Nach Laubbläsern, Jetskis und E-Scootern jetzt auch noch Privat-Ufos«, knurrte der Commissario. »Auch ich würde das Ding am liebsten abschießen, Pina, aber das würde nur weiteren Ärger bedeuten. Fotografieren Sie es.«

Als fühlte sich der Pilot ertappt, entfernte sich das Gerät, sobald sie es ablichtete. Das Fahrzeug der Kriminaltechniker hielt ebenfalls mitten auf der Straße vor dem Monument. Drei Leute in weißen Overalls machten sich ans Werk, ließen sich von den Beamten die Szene erklären. Dann verteilten sie die ersten Nummerntäfelchen, einer begann mit einer Videoaufnahme vom Tatort.

»Wer hat den Toten gefunden?«, fragte Pina Cardareto laut.

Ein Mann mit einem sabbernden Rottweiler an der Leine trat aus der Gruppe der Schaulustigen vor. Die Chefinspektorin machte instinktiv einen Schritt zurück. Es war erst ein paar Jahre her, da war sie nur knapp und mit verdammt viel Glück den Fangzähnen eines Kampfhunds entkommen. Sie würde keinen Wimperschlag zögern, das Vieh abzuknallen. Laurenti hatte ein unverkrampfteres Verhältnis zu Hunden und verkniff sich ein Lächeln. Den etwa sechzigjährigen Mann kannte er vom Sehen.

»Mein Name ist Ernest Debeljuh. Er lag da, so wie Sie ihn jetzt sehen. Ich habe ihn nicht angerührt.«

»Wie spät war es?«

»Etwa halb acht. Gleich nachdem ich die Zeitung gekauft hatte.«

»Aber Sie haben ihn erst um acht gemeldet.«

»Mein Hund musste erst mal sein Geschäft erledigen.«

»Das ist natürlich wichtiger als ein Toter«, höhnte Laurenti.

»Bis Cesare das nicht getan hat, ist er kaum zu halten. Mir war ja klar, dass da nichts mehr zu machen war.«

»Kennen Sie den Mann?«

»Nur vom Sehen, Commissario. Er heißt Giorgio. Giorgio Dvor, soweit ich weiß. Ich glaube, er wohnt irgendwo im Wald zwischen Opicina und Monrupino. Aber sicher bin ich mir nicht.«

»Ist Ihnen sonst noch irgendetwas aufgefallen? Menschen, Autos?«

»Sonntags ist zu dieser Zeit noch kaum jemand unterwegs. Ein Rudel dieser lästigen Radfahrer, alle im gleichen Dress.

Und dort drüben sind ein paar Leute zum Friedhof abgebogen, die waren aber mit sich beschäftigt.«

»Und mit denen haben Sie nicht gesprochen?«

»Nein. Hätte ich das tun sollen? Die waren auf dem Weg, ihrer Toten zu gedenken, nicht um einen neuen zu entdecken.«

»Wie rücksichtsvoll. Sind Sie auf dem Weg hierher irgendjemandem begegnet?«

»Ja. Ein Mann und eine Frau haben am Bankomat Geld abgehoben. Franzosen. Da stand ein kleiner Peugeot mit laufendem Motor und französischem Kennzeichen daneben. Weinrot. Das Kennzeichen habe ich mir nicht gemerkt. Irgendwie kamen sie mir bekannt vor, aber ich weiß nicht woher. Fernsehen vielleicht. Ich hab sie nur flüchtig bemerkt. Außerdem waren da noch die Immigranten vor dem Haus gegenüber der Bank. Die schwarzen Muslime machen uns Angst. Nicht wahr, Cesare?« Der Mann tätschelte seinen Hund, der an der Leine zerrte und schmatzende Geräusche von sich gab. Ein dicker Speichelfaden baumelte vom Maul des Köters auf Laurentis Schuh.

»Kommen Sie jeden Morgen hier vorbei?«

»Morgens gehen wir immer den gleichen Weg. Am Nachmittag wechseln wir.«

Warum nur mussten sich Hund und Herrchen immer als Paar ausgeben? »Das Hakenkreuz, Signor Debeljuh, war das gestern auch schon auf dem Stein?«

Der Mann schüttelte entschieden den Kopf. »Das wäre doch sofort angezeigt und von den Medien gemeldet worden. Nur eine Sache stimmt dabei nicht. Ich meine nicht nur, dass es verkehrt herum ist, sondern die Farbe. In Rot werden normalerweise nur Sterne gesprüht. Und zwar von den anderen.«

Laurenti hatte genug Allgemeinplätze gehört und wendete sich ab. Jahrelang waren weniger extremistische Schmierereien zu sehen gewesen, doch seit einiger Zeit kam wieder jede

Woche eine Meldung aus dem Großraum. »Die Kollegin wird Ihre Personalien aufnehmen, Signor Debeljuh. Und bitte, halten Sie den Hund an der kurzen Leine, wenn Sie mit ihr sprechen. Sie hat eine Allergie.«

Pina verdrehte die Augen. Sie hieß den Mann auf Armlänge entfernt stoppen.

Die Zahl der Schaulustigen hatte sich inzwischen mehr als verdoppelt, sie schienen vor dem halbrunden Mäuerchen auf ein Wunder zu warten oder auf die Verkündigung des Dekrets eines Volkstribuns. Laurenti wich ihren Blicken aus und umkreiste die Menge mit ausreichend Abstand, er überquerte die Straße und sah von der Friedhofseinfahrt herüber, wo von einer steinernen Säule eine kleine Madonna zum Mahnmal für die Partisanen und dem roten Stern hinüberschaute, als würde dort des Leibhaftigen gedacht. Er musterte die umliegenden Häuser, kam zurück und verschwand in dem kleinen Wäldchen hinter dem Mahnmal. Dürre, vom Wind abgerissene Äste lagen auf einem weichen Teppich aus Piniennadeln. Es dauerte nicht lange, und er wusste, wo dieser Ernest Debeljuh den Köter sein Geschäft hatte verrichten lassen. Verärgert versuchte er, mit einem morschen Ast seinen Schuh zu säubern. Ob der Mann von hier aus erschossen wurde? Wer konnte überhaupt wissen, dass er hier sein würde? War er ein Angehöriger eines Partisanen gewesen? Hatte der Täter irgendetwas mit dem Hakenkreuz zu tun? Hörte die Vergangenheit wirklich nie zu wüten auf? Hatte Ada Cavallin recht gehabt, als sie sagte, sie würde nie vergehen?

Als Laurenti aus dem Wäldchen herausstolperte, winkte ihm Pina Cardareto mit einem transparenten Plastikbeutel fast triumphierend zu. Mara Poggi hatte die Brieftasche des Mannes befreit, der Pfeil war durch das Leder gedrungen. Sogar das Lichtbild im Personalausweis hatte ein Loch.

»Mit einem Schuss dieselbe Person gleich zweimal umgebracht«, sagte Pina mit dem Dokument in der Hand. »Giorgio Dvor, dreiundsiebzig Jahre alt, Rentner wohnhaft in der Strada Provinciale Vipava in Opicina. Waren Sie da schon einmal?«

»Höchstens unbewusst«, verneinte Laurenti. »Schicken Sie die Kollegen vom Kommissariat in Opicina hin. Sie sollen dort aufpassen, solange wir hier noch beschäftigt sind. Und fragen Sie die Kriminaltechniker nach den ersten Erkenntnissen. Ich spreche mit der Gerichtsmedizinerin.«

Wieder kreiste die surrende Drohne über ihnen. Doch zu hoch, um sie mit einem Stein zu treffen. Und wieder verzog sie sich, sobald einer der Kriminaltechniker sie mit seiner Kamera anvisierte.

»Weiß jemand, wem das Ding gehört?«, rief Laurenti den Gaffern vor der Absperrung zu. Niemand reagierte. Nicht einmal, als er seine Frage wiederholte und den Blick prüfend über die Leute schweifen ließ. »Wenn irgendwer den Besitzer kennt und sich hier nicht äußern will, kann er sich vertraulich an uns wenden. Ihr Name kommt nicht an die Öffentlichkeit. Es ist nicht auszuschließen, dass damit auch die Tat gefilmt wurde. Dann wäre es eine ernste Straftat, den Besitzer zu schützen: Unterschlagung von Beweismaterial, Strafvereitelung. Abgesehen davon, dass es verboten ist, mit privaten Drohnen über bebauten Flächen zu fliegen.«

Mara Poggi war noch nicht einmal ein Jahr in Triest. Sie kam aus Mailand, war Mitte dreißig, attraktiv und Mutter von drei Kindern. Sie war ihrem Mann, einem Physiker, gefolgt, der an einem der renommierten Forschungsinstitute in der Stadt lehrte. Wie immer bei Gerichtsmedizinern kursierten schon bald die ersten Witze über sie: Sie könne ja nicht dick werden, wenn sie immer nur kalte Küche vor sich habe. Und trotz ihrer profunden Berufserfahrung kam Mara Poggi in Triest oft aus dem Staunen nicht heraus.

»Hier ist wirklich immer alles anders«, lächelte sie Laurenti spöttisch zu. »Ein gezielter Schuss direkt ins Herz, Commissario. Ein Anfänger war das nicht. Vor allem mit dieser Waffe. Der Karbonbolzen trat etwas höher am Rücken noch gut drei Zentimeter heraus, obwohl er zuvor den dicken Ledermantel und die Brieftasche durchschlagen hat. Das Ding ist dreißig bis fünfunddreißig Zentimeter lang. Der Mann ist mager. Ob der Bolzen glatt zwischen den Rippen hindurch ins Herz ging oder verbogen ist, kann ich erst nach der Obduktion sagen. Auf jeden Fall muss er aus einer niedrigeren Position abgefeuert worden sein. Sobald die Leiche auf meinem Tisch liegt, kann ich sie vermessen und den Winkel des Wundkanals bestimmen, und dann die Position des Schützen ableiten.«

»Haben Sie schon eine Vermutung, aus welcher Richtung der Schuss kam?«

»Vernachlässigen wir einmal die Wucht des Projektils. Auch wenn Sie von einem unmittelbar tödlichen Projektil getroffen werden, folgt Ihr Körper noch für Millisekunden den Zuckungen der Nerven, die ausreichend sind, dass er sich aus der ursprünglichen Position entfernt. Dazu kommen das Gefälle und die Beschaffenheit des Bodens, die Gewichtsverteilung in der Kleidung, Abnutzung der Schuhsohlen und vieles mehr. Ich kann beim besten Willen nicht sagen, ob er auf den Gedenkstein oder auf das Mahnmal geschaut hat, als er getroffen wurde. Oder ob ihn jemand von der Straße gerufen und dann erschossen hat. Der einzige Hinweis ist, dass der Bolzen von vorne in den Körper eintrat und er deshalb so zu liegen kam, wie Sie ihn sehen. In den Rücken getroffen, wäre er nach vorne gefallen. Aber was erzähl ich Ihnen eigentlich, das wissen Sie alles selbst.«

Mara Poggi hatte recht. Es kamen nur drei Möglichkeiten infrage. Es war unwahrscheinlich, dass der Täter in der niedrigen Bepflanzung vor dem Mahnmal gelegen hatte, ohne dass sein Opfer ihn beim Näherkommen entdeckt hätte. Eher hatte er sich hinter der niedrigen Mauer versteckt, während der Mann den Gedenkstein betrachtete. Oder aber, der Schuss war aus dem Wäldchen hinter dem Monument abgegeben worden. Dann musste der Täter hinter einem Baum kniend auf Dvor gewartet haben. Aus einem langsam fahrenden Auto wäre ein präziser Schuss höchstens mit einer Pistole möglich gewesen.

»Und die Waffe, Dottoressa? Um welche Waffe handelt es sich Ihrer Meinung nach?«

»Ich dachte, ich hätte es schon gesagt. Meines Erachtens erzeugt nur eine Kampfarmbrust eine so hohe Projektilgeschwindigkeit. Pfeil und Bogen mit Sicherheit nicht, das funktioniert höchstens in Hollywood.«

»Eine Armbrust, Mara?«

»Ja, Commissario. Der Bolzen hat am stumpfen Ende eine Kerbung für die Stahlsaite. Eine Feuerwaffe braucht das nicht.« Sie erhob sich von der Leiche, drückte den Rücken durch, ihr Pferdeschwanz wippte. »Ihr könnt ihn wegbringen, ich bin fürs Erste fertig mit ihm. Wie schon gesagt, Commissario, bei euch Triestinern ist immer alles anders.«

»Vielleicht sind Sie noch nicht lange genug da, um das zu wissen. Aber die Geschichte vergeht hier nicht, Dottoressa. Der Tatort ist nur allzu symbolisch. Hier ging jeder auf jeden los. Und auch wenn es in den letzten Jahren schien, als wären die Dinge bewältigt: Die Ruhe ist trügerisch. Die Vergangenheit bricht immer wieder auf.«

»Ich weiß, Commissario, es braucht wenig, um die Menschen wieder zu nationalistischen Bestien werden zu lassen. Offensichtlich lernen wir nicht viel aus der Geschichte. Oder wie Karl Marx gesagt haben soll: Die Geschichte ereignet sich immer zweimal. Zuerst als Tragödie und dann als Farce.«

»Als Farce, Dottoressa? Vor Jahrzehnten habe ich in einem Fall ermittelt, wo sich ein alter Mann auf dem Karst mit einer

Harpune selbst hingerichtet hat. Oder hingerichtet wurde. So genau haben wir es bis heute nicht begriffen. Aber genug erzählt. Besser, Sie widmen sich unvoreingenommen Ihrer Arbeit.«

Maria Poggi schüttelte verständnislos den Kopf. Der Commissario ging zu den Kriminaltechnikern, denen es nicht gelungen war, die Chefinspektorin abzuwimmeln. Für genaue Aussagen sei es noch zu früh, hörte er gerade noch.

»Wann zum Teufel traut sich endlich mal jemand, eine Vermutung abzugeben, auch wenn er seinen Arsch noch nicht durch Messdaten und Amtsstempel versichert weiß. Habt ihr Berufserfahrung oder nicht?«, schritt Laurenti ein. »Nehmt das Wäldchen unter die Lupe. Und passt auf die Hundescheiße auf. Den Schuhabdruck in dem Haufen am dritten Baum in der ersten Reihe könnt ihr vergessen. Beides wurde erst nach der Tat hinterlassen, die Kacke stammt von einem Rottweiler.«

Die Kriminaltechniker starrten ihn ungläubig an. »Woher wissen Sie das?«

»Los jetzt. Geht von einer Person in hockender oder kniender Position aus. Mit freier Schussbahn.« Er drehte ihnen den Rücken zu und sah einen guten Freund aus dem Dorf unter den Schaulustigen, einen Spezialisten für raffinierte Holzöfen, der auch den riesigen Kamin im Haus der Laurentis gesetzt hatte. Bis heute fehlte die versprochene Sockelleiste.

»Was machst du denn hier, Damir?«, fragte er den Mann, der die Statur eines Rugbyspielers hatte. »Hast du Zeit für einen Kaffee?«

Fünfzig Meter vom Tatort entfernt befand sich eine kleine Bar, und während sie am Tresen ihren Espresso tranken, erzählte Damir, dass dieser Giorgio Dvor manchmal in Prosecco seine Einkäufe erledigte und im Anschluss in einem der Lokale ein Glas Weißwein trank. Meist allein. Wer ihn besser kannte, nannte ihn Jure. Die meisten gingen ihm allerdings aus dem Weg. Es musste sich um eine alte Geschichte aus dem Krieg handeln.

»Er wurde aber nach dem Krieg geboren. 1946«, sagte Laurenti.

Damir verdrehte die Augen. »Du weißt doch selber, dass einem hier die Schande der Familie über Jahrzehnte anhaften kann. Es heißt, sein Vater oder seine Mutter hätten mit den Nazis kollaboriert. Es wird wahrscheinlich schwierig werden, jemanden zu finden, der dir Genaueres darüber erzählen kann. Der- oder diejenige müsste mindestens noch einmal zwanzig Jahre älter und außerdem bei klarem Verstand sein. Und dann auch hiergeblieben sein und nicht von den Nazis deportiert, wie so viele.«

»Denk bitte mal drüber nach, ob es so jemanden gibt, und lass es mich wissen, falls dir was einfällt.«

Als der Commissario zum Monument zurückkam, wurde der Tote gerade in den Leichenwagen geschoben, der ihn in den gekachelten Kellern der Gerichtsmedizin abliefern würde. Als hätten sie nur darauf gewartet, verzogen sich nun auch die Gaffer, um das Geschehen in der nächsten Bar beim Kaffee oder dem ersten Glas Wein des Tages zu diskutieren. Die uniformierten Kollegen legten die Folie zusammen, die sie als Sichtschutz aufgehängt hatten, und auch Mara Poggi verstaute ihre Geräte. Einige Lokalreporter waren mittlerweile eingetroffen, Laurenti verscheuchte sie mit knappen Worten und wandte sich an die Gerichtsmedizinerin.

»Ich weiß, was Sie jetzt fragen werden, Commissario. Da seid ihr alle gleich«, sagte sie nachsichtig lächelnd. »Aber ich kann nicht sagen, wann ich erste Resultate habe. Zuerst einmal muss ich mich um meine Familie kümmern. Es ist Sonntag. Der Todeszeitpunkt liegt auf jeden Fall keine Stunde vor der

Meldung.« Sie warf einen Blick auf das Zifferblatt ihrer Uhr. »Es muss passiert sein, kurz bevor der Mann mit dem Hund ihn entdeckt hat. Wegen unterlassener Hilfeleistung brauchen Sie gar nicht erst ermitteln. Da war nichts mehr zu machen. Das war der Schuss eines Profis. Gelitten hat er so gut wie gar nicht.«

»Also hat der Mörder hier auf ihn gewartet. Als hätte er sein Opfer einbestellt«, mischte sich Chefinspektorin Cardareto ein. »Dann muss es auch einen Hinweis auf eine Verabredung geben. Ich lasse die Daten der umliegenden Mobilfunkantennen analysieren.«

Kaum hatte sie den Satz beendet, klingelte ihr Telefon. Pina Cardareto trat zur Seite, bevor sie antwortete, doch ihr Blick galt dem Commissario und der Pathologin. Sie verdrehte die Augen und ließ sich die Angaben wiederholen. »Wir sind unterwegs«, sagte sie noch, bevor sie auflegte.

»Sie müssen Ihre Familie leider vertrösten, Dottoressa. Wir haben einen weiteren Toten. Ein Mann in einem Auto. Der Motor lief noch, als er gefunden wurde. Muss gerade eben erst passiert sein. Am Santuario von Monte Grisa.« Pina gab telefonisch die Anweisung, umgehend Straßensperren auf dem Karst, an der Grenze nach Slowenien und auf den Straßen runter ins Stadtzentrum zu errichten und jedes Fahrzeug penibel zu kontrollieren. Dann ging sie zu den Kriminaltechnikern hinüber. »Habt ihr alles?«

»Könnte sein, dass Laurenti den richtigen Riecher hatte«, sagte der Leiter der kleinen Gruppe und deutete auf einen transparenten Plastikbeutel mit einem langen pechschwarzen Haar und auf einen zweiten mit einem Stück Papier. Auf den ersten Blick war es die Fotokopie einer handschriftlichen Aufzeichnung.

»Mach eine Kopie und schick sie mir, noch bevor ihr das Papier analysiert«, befahl Pina Cardareto.

»Viel Glück beim Entziffern«, sagte der Kollege schadenfroh. »Außerdem haben wir Spuren einer groben Schuhsohle gefunden.«

»Ich hoffe, ihr habt nicht den Abdruck des Chefs genommen.«

»Keine Sorge, Laurentis Abdruck erkennen wir aus dem Gedächtnis«, lachte er. »Der tritt immer wieder gern irgendwo rein.«

»Habt ihr schon Farbproben von den Schmierereien genommen? Sperrt bitte das Denkmal so ab, dass sich hier die nächsten Tage niemand zu schaffen machen kann. Sobald ihr damit fertig seid, kommt ihr nach Monte Grisa. Dort gibt's noch mehr zu tun.« Mehr sagte Pina nicht, sie ging zu ihrem Chef und bot auch ihm an, ihn mitzunehmen.

»Ich komme mit meinem eigenen Wagen«, sagte der Commissario. »Diese Notiz nehme am besten ich mit.« Er deutete auf das versiegelte Fundstück.

Noch hoffte er, bald wieder zu Hause bei der Familie zu sein. Schließlich gab es Wichtiges zu besprechen, und Proteo Laurenti hatte keine Lust, wie immer als Letzter von den Familienangelegenheiten zu erfahren und die Entscheidungen der anderen akzeptieren zu müssen.

Via Crucis

Der Weg vom Dorf Prosecco zum Santuario Mariano von Monte Grisa war kurz. Die schmale Straße war voller Schlaglöcher und führte zwischen kahlen Hecken und den Wintergerippen der Steineichen hindurch, bis sie schließlich zu einem riesigen verlassenen Parkplatz am Fuß der Wallfahrtskirche mutierte. Von dort stieg sie weiter den Berg hinauf, in der Kurve stand ein Streifenwagen mit eingeschaltetem Blaulicht. Ein Findling mit einer glänzenden Messingplatte verkündete den Beginn der Via Crucis. Uniformierte blockierten den Zugang zu einem orange-weißen Smart, dessen Fahrertür offen stand. Die Beamten hatten das Auto weitläufig mit einem Plastikband abgesperrt. Glockenläuten wies den Menschen den Weg zur Kirche hinauf. Die dreieckige Monumentalarchitektur mit der gekappten Spitze symbolisierte nicht den Triglav, das Wahrzeichen Sloweniens. Das brutalistische Betonmonster glich eher der sowjetischen Botschaft in Havanna. Im Volksmund wurde es *Formaggino* genannt, Käsestückchen. Ein Monument des Kalten Kriegs, das dreihundertdreißig Meter über dem Meer von exponierter Position aus über die Adria nach Istrien hinüber oder weit ins damals sozialistische Jugoslawien hineinleuchtete und den gottlosen Kommunisten das Heil des Katholizismus verkünden sollte. Den Teufel musste geritten haben, wer damals die Baugenehmigung in dieser über alles erhabenen Landschaft erteilt hatte, dachte

Laurenti, schon seit er zum ersten Mal nach Triest gekommen war.

Der Tote im Smart war rasch identifiziert, er tauchte regelmäßig in der Lokalpresse auf. Wie zur Bestätigung baumelte neben zwei Miniaturboxhandschuhen ein Rosenkranz am Rückspiegel, und selbst das ans Armaturenbrett geklebte Amulett mit dem heiligen Christophorus hatte offensichtlich seinen Dienst versagt. Der Blick in seine Papiere war reine Formalität. Auch in seinem Herz steckte ein Bolzen, der den Mann in dem Moment hingestreckt haben musste, als er aussteigen wollte. Sein linkes Bein hing über den Türschweller.

Zwei Fragen drängten sich dem Commissario auf: Warum hatte er gerade in dieser Kurve angehalten, wo man nicht stehen bleiben konnte, ohne den Verkehr zu behindern? Und: Wer oder was hatte ihn aufgehalten? Der einundsiebzigjährige Lauro Neri war ein erzreaktionärer und strenggläubiger Vertreter der Lokalpolitik, der in seinen öffentlichen Äußerungen wenig Wert auf die Friedensbotschaft legte, alles ihm Fremde verfemte und unverhohlen mit den Neofaschisten sympathisierte. In jungen Jahren war er Landesmeister im Federgewicht gewesen, ein Titel, an den er immer wieder erinnerte. Und nun hatten aufgebrachte Kirchgänger seine Leiche entdeckt, weil sie seinetwegen weiter unten parken und die letzten zweihundert Meter zu Fuß gehen mussten, um dem Wort ihres Hirten zu lauschen. Doch keiner von ihnen schien hier auf die Ermittler gewartet zu haben.

Nach einem kurzen Blick auf den Tatort überließ Laurenti die Leiche den Kollegen und ging ebenfalls hinauf. Den unteren Kirchenraum, in dem die Messe bereits begonnen hatte, betrat er nur kurz. Keines der Gesichter, die ihn grüßten, war ihm bekannt. Er nahm die Treppe in die immense obere Gebetshalle, durchquerte sie und trat auf den sonnenbeschienenen Vorplatz hinaus, unterhalb dessen die hellen Kalkfelsen der Steilküste jäh zum Meer abfielen und der Blick ungehindert bis zu der fernen Linie schweifen konnte, die das Meer vom Himmel trennte. Gewiss, die Pfaffen hatten sich den schönsten Platz weit und breit ausgesucht, um ihre Stahlbetonfestung in Gottes unbeschützte Natur zu stellen. Direkt nach der Weihe 1966 wurde die Umgebung zum Naturschutzgebiet erklärt, in dem ein striktes Bauverbot herrschte, ganz als hätte man jegliche Konkurrenz für die Kirche fernhalten wollen. Laurenti lehnte sich an die Brüstung, von wo sein Blick über die drei Länder im Grenzgebiet schweifte: Slowenien und Kroatien im Südosten, Italien im Westen. Und hätte das Monster in seinem Rücken nicht die Aussicht versperrt, wären weit im Norden auch die Gipfel einiger österreichischer Berge zu sehen gewesen. In der Tiefe hingegen fläzte sich die Stadt Triest großzügig auf den Hügeln und entlang der Meeresbuchten. Das Leben könnte so schön sein hier, doch an der Stazione Marittima vor dem Zentrum hatten am Vorabend oder am frühen Morgen zwei Kreuzfahrtschiffe angelegt. Die Invasoren der weißen Kriegsflotte überfluteten wohl längst die nahe gelegenen Plätze und Bars.

»Na, Commissario, genießen Sie das Panorama? Schon zwei Tote am Sonntagmorgen.« Eindeutig der arrogante Tonfall von Pasquale Cirillo. Laurenti drehte sich nicht zum Leitenden Oberstaatsanwalt um.

»Und beide in etwa gleich alt. Jeder hat einen Pfeil im Herz. Fachleuchte sagen Bolzen dazu. Sind Sie zum Beichten oder zum Beten hier oben, Dottore? Die Messe hat längst begonnen.«

»Als ich von der ersten Leiche hörte, schien es noch eine der üblichen Verrücktheiten Ihrer komischen Stadt, Laurenti.«

»Wir stammen aus der gleichen Gegend, Staatsanwalt. Sie aus der Umgebung von Neapel, ich aus Salerno.«

»Nun, jetzt sieht es eher nach einem Serienkiller aus.« Cirillo ließ sich von Laurentis Widerspruch nicht irritieren und stützte sich neben ihm aufs Geländer. Der Geruch seines qualmenden Toscanello Barrique war unverkennbar. Kentucky Tabak mit Bourbon-Geschmack. Selbst wenn einmal kein Zigarillo zwischen seinen Lippen steckte, roch er danach.

»Rauchen Sie noch immer dieses parfümierte Yankee-Zeug?«, fragte Laurenti. »Die normalen schmecken besser.«

»Lenken Sie doch nicht ab. Als wäre irgendetwas normal in Triest. Eine Stadt voller Irrer, Faulenzer, Säufer und Schriftsteller.«

»Sind Sie mit Staatsanwalt Scoglio heraufgekommen?«

»Ich kümmere mich selbst darum, Commissario.« Cirillos mächtiger Schnauzbart verzog sich unter einem bösen Grinsen. Der Leitende Oberstaatsanwalt hatte sein angegrautes Haar wie immer mit viel Gel nach hinten frisiert, seine gebleckten Zähne sollten vermutlich ein Lächeln darstellen. »In solchen Fällen ist es besser, es setzt sich jemand mit mehr Distanz damit auseinander. Ihr seid alle schon viel zu lange hier und findet aus euren Routinen nicht mehr heraus. Mir ist das alles viel zu träge. Deshalb werden Scoglio und Sie diesmal mir zuarbeiten. Sie berichten direkt an mich, Laurenti. Und nur an mich. Wann bekomme ich erste Resultate?«

»Ein paar haben wir bereits. Am ersten Tatort wurde ein seitenverkehrtes rotes Hakenkreuz aufgesprüht. Und der Schütze muss ein Profi gewesen sein.« Der Commissario würdigte Cirillo noch immer keines Blickes. Er stützte sein Kinn auf die Hand und schaute regungslos auf die Stadt am Meer hinab. Erst das Surren eines kleinen Elektromotors ließ ihn aufblicken. »Diese verdammte Drohne«, murmelte Laurenti und entdeckte sie im Gegenlicht der heiteren Sonne. »Die hat uns schon in Prosecco verfolgt und hat sich immer genau dann verzogen, wenn wir sie fotografieren wollten.« Er richtete sein Telefon auf den Flugapparat und machte zwei Bilder. Und wieder entfernte er sich. »Luftlinie nach Prosecco gerade mal ein Kilometer. Die Dinger haben eine wesentlich höhere Reichweite und sind leicht zu bekommen.«

»Und Sie haben niemanden mit einer Fernsteuerung entdeckt?«

»Um eine Drohne zu steuern, muss man nicht danebenstehen, Staatsanwalt. Man steuert sie von einem Tablet oder vom Computer aus und orientiert sich an den Livebildern, die sie sendet.«

»Ermitteln Sie, Commissario. Worauf warten Sie?«

Laurenti zuckte die Achseln. »Mehr als die Funkfrequenzen abzufragen bleibt uns nicht, und das ist längst veranlasst. Sofern uns niemand aus der Nachbarschaft den Piloten verrät, gibt's wenig Hoffnung. Außer es findet sich jemand, der ihn anzeigt.«

»Denunzianten gab es hier doch schon immer genug, wie man hört.«

Laurenti wusste, dass in diesem Fall jeder Kommentar sinnlos war. Schon die Verallgemeinerung, alle Ansässigen in einen Topf zu werfen, stieß ihm sauer auf. An Denunzianten, Mitläufern und Kollaborateuren hatte es im ganzen Land nicht gefehlt, nur wurde nach dem Krieg alles schleunigst unter den Teppich gekehrt. Plötzlich schien es, als hätten alle im Widerstand gekämpft. »Man kann die Dinger auch irgendwo von einem Acker oder aus dem Gestrüpp auf dem Karst aufsteigen lassen. Solange wir keinen *Jammer* anschaffen, fliegen die munter weiter.«

»Was ist ein *Jammer*?«

»Stört die Funkfrequenz.« Wieder vernahm Laurenti das Surren.

Cirillo nahm den letzten Zug und ließ den Stummel seines Zigarillo über die Brüstung hinabfallen. Die Glut zerstob am nächsten Felsen.

»Das sollten Sie nicht zur Gewohnheit werden lassen«, knurrte Laurenti.
»Das ist nur Tabak, der löst sich auf.«
»Trockenes Laub und Gehölz fangen schnell Feuer.«
»Es hat bis vorgestern geregnet.«
»Ihr Glück. In den Niederlanden hat die Polizei übrigens Adler abgerichtet.«
»Adler? Wofür, Commissario?«
»Um Drohnen vom Himmel zu holen.«
»Probieren Sie's mit den schrecklichen Möwen. Von den lästigen Viechern gibt's hier doch genug. Heute Abend will ich Ihren Bericht auf meinem Schreibtisch liegen haben, Laurenti. Folgen Sie dem Hinweis mit dem falschen Hakenkreuz. Das ist schon ein erstes Indiz.«

Cirillo steckte den nächsten Zigarillo an und wendete sich grußlos ab. Das Streichholz ließ er achtlos zu Boden fallen. Die Kirchenglocken läuteten, die Menschen strömten aus dem kalten Gemäuer hinaus in die Sonne.

Die Gerichtsmedizinerin wartete auf Laurenti, als er zum Tatort zurückkam. Der Fahrer des Leitenden Oberstaatsanwalts drückte gerade die Tür zum Fond der Dienstlimousine ins Schloss und lief dann um den Wagen herum zur Fahrerseite. Wer hingegen die Journalisten verständigt hatte, die wie die Geier hinter der Absperrung auf gute Bilder lauerten, blieb Laurenti wieder einmal ein Rätsel. Eine klare Regelung verbot den Ermittlern eigentlich, unautorisierte Informationen an die Medien weiterzugeben. Entweder ließ sich einer der Uniformierten demnächst mal wieder den Kaffee spendieren, oder einer der Schaulustigen hatte in den Redaktionen angerufen. Laurenti kehrte den Kameras den Rücken zu.

»Ich bin fertig für heute«, sagte Mara Poggi und reichte ihm die Hand zum Gruß. »Auch hier eine Armbrust. Auch hier aus geringer Entfernung abgeschossen. Der Bolzen hält den Toten an der Rückenlehne des Fahrersitzes fixiert. Leider hinterlassen diese Dinger keine Schmauchspuren.«

»Wenn Sie mir für heute Nachmittag zumindest einen ersten groben Bericht versprechen könnten, Dottoressa«, sagte Laurenti, »dann lass ich Sie ziehen. Finden Sie eine halbe Stunde, auch wenn Ihre Familie auf Sie wartet. Cirillo will bis heute Abend einen Tätigkeitsnachweis von uns. Meine Familie wartet auch. Meine älteste Tochter Livia wird bald heiraten.«

»Gratuliere, mein lieber Laurenti, das ist doch eine schöne Nachricht. Wann?«

»In ein paar Wochen schon. Einen Deutschen.«

Chefinspektorin Pina Cardareto war bei den Kriminaltechnikern und der Putztruppe geblieben und kümmerte sich um die Aussage eines Zeugen. Auch die Befragung der Gottesdienstbesucher, die aus der Messe zu ihren Autos strömten, würde sie zusammen mit den Kollegen übernehmen. Der Commissario wollte noch einmal zurück nach Prosecco fahren, wo sich die Männer des Ortes jeden Tag vor dem Mittagessen zum Aperitif einfanden. Zumindest die, die er kannte. Vielleicht hatten sie aus dem allgemeinen Tratsch schon etwas erfahren, das ihm behilflich sein konnte. Und anschließend wollte er sich die Wohnung des ersten Toten ansehen, die in der Zwischenzeit von einer Streifenwagenbesatzung bewacht wurde. Als er seinen Wagen startete, sah Proteo Laurenti im Display seines Telefons, dass Laura anrief. Er nahm das Gespräch an und fuhr los. Es war bereits nach zwölf Uhr.

»Wir gehen in Barcola eine Pizza essen. So gegen eins. Auf der Terrasse in der Sonne.« Sie fragte nicht, weshalb er die Familie mit dem versprochenen Frühstück hängen lassen hatte. »Kommst du mit? Hast du eine Jacke an, oder soll ich dir eine mitbringen?«

Seine Frau fragte auch nicht, ob er überhaupt Pizza wollte. Über die Jahrzehnte hatte sie hingenommen, dass Können und Wollen bei Laurenti oft in kontrastreicher Konstellation zueinander standen und er beizeiten für einfache Lösungen dankbar war. Auch er hatte Hunger, und zeitlich müsste er es schaffen. Bis seine Leute, die Gerichtsmedizinerin und die Spezialisten der Spurensicherung erste Resultate vorlegten, würden Stunden vergehen, wenn heute überhaupt noch damit zu rechnen war. Und auch er wollte endlich einmal in den neuesten Familienangelegenheiten mitreden können.

»Ist Ada noch bei euch?«, fragte er Laura.

»Ja. Sie fährt erst nach dem Mittagessen heim. Warum fragst du? Mir ist es ganz recht, dass sie dabei ist und meine Mutter bändigt.«

»Sie kann mir vielleicht helfen.«

Laurenti drückte das Gaspedal durch und raste zurück nach Prosecco. Vor der Trattoria der Kooperative parkte er in zweiter Reihe. Zu seinem Erstaunen standen nur Damir und Luis bei einem Glas Wein am Tresen und schenkten sogleich auch für ihn ein, als er das Lokal betrat. Laurenti winkte ab und bestellte einen Espresso.

»Wisst ihr zufällig, wem die Drohne gehören könnte?«, fragte er.

»Keine Ahnung, hier habe ich sie bisher noch nie gesehen. Aber drüben in Opicina haben sich die Leute schon im letzten Sommer darüber beschwert. Man vermutete, dass ein Voyeur die Damen beim Sonnenbaden im eigenen Garten beobachten wollte.«

Luis wusste es wohl aus der Zeitung, auch Laurenti erinnerte sich an einen Artikel. Damals sollten die Stadtsheriffs ermitteln. Die Sache blieb ohne Ergebnis.

»Knall sie ab, Proteo. Du tätest allen einen Gefallen. Oder hast du deine Knarre verkauft?«, scherzte Damir.

In der Tat war Laurenti, wie immer eigentlich, ohne Waffe aus dem Haus gegangen. Tote waren für gewöhnlich ungefährlich.

»Wie und wann kam dieser Giorgio Dvor normalerweise nach Prosecco?«

»Nur selten. Und wenn, dann zu Fuß«, kommentierte Luis. »Sonntags kaufte er ein paar Zeitungen, Papierwaren und ein Päckchen MS. Den Ledermantel legte er, glaub ich, nur im Hochsommer ab.«

»Von Opicina zu Fuß nach Prosecco? Jeden Sonntag?«

»So weit ist das gar nicht, eine Stunde, wenn man gemächlich der Straße folgt. Und wenn man die Wege über die Felder kennt, ist es noch weniger.« Damir war zwar nicht auf Ideallinie, doch in guter körperlicher Verfassung, fast sportlich, obwohl er bei gutem Wein und Essen nie Nein sagte. »Dvor hatte wenig Kontakt zu den Einheimischen. Zumindest nicht zu denen, die hier schon immer zu Hause sind. Wenn überhaupt, dann zu den Zugezogenen, die die alten Geschichten nicht kennen.«

Laurenti bezahlte die Runde und machte sich auf den Weg nach Opicina. Er folgte den Anweisungen des Navigationsgeräts über eine enge Straße in miserablem Zustand, die kurz nach der Kaserne über stillgelegte Bahngleise führte.

Die verrostete Hausnummer hing schräg am Türsturz einer von Unkraut überwucherten, eingefallenen Bruchsteinruine, die weder im Grundbuch noch beim Meldeamt je gelöscht worden war. Von einem Streifenwagen war weit und breit nichts zu sehen. Den Beamten aus dem Kommissariat in Opicina, die das Haus hatten bewachen sollen, war es nicht anders gegangen, erfuhr er über Funk. Laurenti fuhr zurück zum Tierheim, an dem er gerade vorbeigekommen war. Lautes Hundegebell begrüßte ihn. Eine jüngere Frau, an deren Beinen fünf verspielte Mischlingswelpen hochsprangen, meinte, er solle ein Stück weiter den kleinen verwachsenen Waldweg nehmen.

Kurz darauf lenkte er den Wagen behutsam über einen holprigen Feldweg und stieß erstaunt auf eine weitere Gedenkstätte. Neunundzwanzig sowjetische Partisanen verschiedenster ethnischer Zugehörigkeit waren hier hingerichtet worden, wie ein Schild verriet. Sie waren in deutscher Gefangenschaft zwangsrekrutiert worden, bis es ihnen schließlich gelang, sich abzusetzen und den Partisanenverbänden anzuschließen. Sie wären im gemeinsamen Kampf gegen den Nazifaschismus gefallen, stand da. Gefallen?, fragte sich Laurenti, als er das Datum las: 2. Mai 1945. Kaltblütig hingerichtet musste man sie haben. Ermordet. Nur einen Tag, bevor die letzten deutschen Truppen auf dem Karst endlich ihre Kämpfe einstellen mussten und sich den neuseeländischen Einheiten unter General Freyberg ergaben.

Der Commissario stieg aus und sah sich um. Noch nie hatte ihm jemand von den hier ermordeten Sowjets erzählt. Eine andere Tafel in russischer, slowenischer, italienischer und englischer Sprache neben einer Trockenmauer aus verwittertem Kalkstein nannte die Namen der Opfer. Ein Foto zeigte eine steinerne Stele mit dem roten Stern, die einmal hier gestanden haben musste, von der aber nichts mehr zu sehen war.

Der Commissario schüttelte ratlos den Kopf. Er entschied, den Wagen stehen zu lassen und sich umzusehen. Wer wollte schon in so einer Umgebung leben? Das Gebell aus dem Tierasyl drang durch die Sonntagsstille zu ihm herüber, kein Vogelzwitschern, nichts, nur das Rascheln des trockenen Laubs unter seinen Sohlen. Er fragte telefonisch nach der genauen Adresse des ermordeten Giorgio Dvor. Die Zentrale machte keine anderen Angaben als das Navigationsgerät. Ein kaum sichtbarer Pfad mit tiefen Löchern führte weiter zu Gleisanlagen des Güterverkehrs aus dem Container- und Fährhafen. Armdick gebündelte Stromleitungen liefen zu einem Umspannwerk, das er durch die dürren Äste erkennen konnte. Die

Sonne stand an ihrem höchsten Punkt, als Laurenti in einer schmalen Schneise endlich zu einem spartanischen Bungalow kam, der vermutlich in keinem Grundbuch und keinem Kataster verzeichnet war. Dreieinhalb Meter auf zehn, schätzte er. Auf dem Vorplatz stand das winterwelke Gras, auf dem zementierten Flachdach ragte ein neu aussehendes, blitzendes Edelstahlrohr in die Höhe, aus dem dünner Rauch aufstieg. Daneben eine Parabolantenne und eine Stromleitung zu einem Mast, der offensichtlich illegal angezapft worden war. Bis zur Straße waren es vielleicht hundertfünfzig Meter, zu den Bahngleisen nur ein paar Schritte. Vermutlich handelte es sich um einen früheren Geräteschuppen der Eisenbahngesellschaft, der irgendwann in Vergessenheit geraten war. Eine Postadresse hatte das Ding sicherlich nicht.

»Ist hier jemand?«, rief Laurenti laut. Ein nicht enden wollender Zug der Rail Cargo Austria donnerte im selben Moment voll beladen mit schweren Sattelzügen der türkischen Spediteure über die Gleise. Laurenti wartete lange, bis wieder Stille eingekehrt war. Die Tür ließ sich nach außen öffnen.

»Ist hier jemand?«, rief er noch einmal der Form halber und trat ein.

Zwei Fenster waren nachträglich eingefügt worden, sie waren sorgfältig geputzt und ließen genug Licht ein. Der Raum war aufgeräumt und sauber, ein Elektroofen und eine Feuerstelle hielten ihn warm. Ein Herd mit Gasflasche, darauf eine Mokka mit einem Rest Kaffee darin. Kalt. Ein Kühlschrank, ein halb geleerter Fünfundzwanzig-Liter-Ballon Weißwein, in der Spüle eine ungewaschene Kaffeetasse, ein Esstisch mit vier alten Stühlen, lediglich einige Papiere und eine vergilbte Zeitung darauf, sowie die Fotokopie einer handschriftlichen Notiz. Auf den ersten Blick erinnerte sie Laurenti an das Schriftstück, das sie heute Morgen am Monument von Prosecco gesichert hatten. Der Commissario fasste nichts an, zuerst mussten die Kriminaltechniker alles untersuchen. Der saubere Holzboden war fachmännisch verlegt, die Dielen hell gestrichen. Fernsehapparat und ein Sofa, am Kopfende des Raums ein Bett, dessen Decke und Kissen ordentlich gerichtet waren. Auf zwei Regalen standen Bücher, manche mit vergilbten Rücken. Kein Staub auf den Regalfächern. Wer hier wohnte, hatte einen ausgeprägten Ordnungssinn. Verblichene gerahmte Schwarz-Weiß-Fotografien von Menschen in einer Uniform, die Laurenti nicht kannte. Zwei andere Fotos waren jüngeren Datums, zeigten einen Mann um die fünfzig und eine jüngere Frau mit langem Haar unter Kokospalmen vor einem Sonnenuntergang an einem weiten, menschenleeren weißen Sandstrand. Solche Strände gab es hier nicht. Giorgio Dvor muss also vor vielen Jahren in Begleitung einer Frau weit gereist sein. Welchem Beruf war er nachgegangen? Hatte er eine Nummer bei der INPS, der gesetzlichen Rentenversicherung? Ein Bankkonto? Dass er hier allein lebte, sah selbst ein Blinder, aber den Personenstand galt es trotzdem abzufragen. Angehörige, Verwandte und Freunde? Auch wenn Damir behauptet hatte, der Mann sei nicht besonders beliebt gewesen.

An der Seitenmauer vor dem Häuschen stand eine Sackkarre neben einer leeren Mülltonne mit neuem Plastiksack. In einem Verschlag dahinter fand Laurenti Werkzeug und einige Gartengeräte sowie gesammeltes Brennholz aus den brach liegenden Wäldern. Sogar eine Waschmaschine stand hier, alt zwar, aber offensichtlich intakt.

Laurentis Telefon klingelte. Laura fragte, wo er bliebe, die ganze Familie säße schon bei Tisch. Ein Blick auf die Uhr sagte ihm, dass er schon weit länger hier oben war, als beabsichtigt. In der komplexen Geschichte dieser Gegend konnte man sich leicht verlieren. Sie mögen schon mal bestellen, antwortete Laurenti, er käme nach. Dann wählte er die Nummer der Chefinspektorin.

»Pina, sagen Sie den Kriminaltechnikern, dass es ein langer Tag wird. Ich habe die Behausung von diesem Giorgio Dvor gefunden. Schicken Sie bitte noch mal einen Streifenwagen vorbei. Ich beschreibe Ihnen den Weg. Übrigens brauchen Sie sich nicht vor den Hunden des Tierheims zu fürchten, die sind alle hinter einem hohen Zaun eingesperrt.«

»Endlich einmal ein Sonntag, an dem was los ist«, kommentierte die kleine Kalabresin. Ihrem Tonfall nach meinte sie es ernst.

»Ich fahre in die Questura und versaue den Kollegen ihren freien Tag. Sie werden Unterstützung brauchen, Pina. Zu zweit schaffen wir es nicht, heute alle wichtigen Zeugen zu befragen.«

Er machte ein paar Fotos von Giorgio Dvors Bleibe, ging zurück zu seinem Wagen und lenkte ihn aus dem Wäldchen neben der Gedenkstätte auf die Provinzstraße. Dann rief er vom Autotelefon aus Marietta an, auf die er sich trotz ihrer spitzen Bemerkungen blind verlassen konnte. Es dauerte lange, bis sie antwortete. Stimmengewirr im Hintergrund ließ darauf schließen, dass auch sie mit Freunden beim Mittagessen saß. Sie machte kaum Anstalten, als der Commissario ihr die beiden Fälle und die anstehenden Maßnahmen umriss. Auch den Kollegen Gilo Battinelli sowie Enea Musumeci, Sonia Padovan und Moreno Cacciavacca solle sie den freien Tag verderben und erst einmal die Aufgaben verteilen. Er selbst käme am späteren Nachmittag dazu. Doch bis dahin würde es an Arbeit nicht mangeln. Und erst als er sie warnte, dass der Leitende Oberstaatsanwalt den Fall an sich gezogen hatte, begann Marietta unflätig zu schimpfen.

Massaker

Die ersten Gäste verließen die Pizzeria gerade wieder, als Laurenti vorfuhr und direkt vor der Tür einen freien Parkplatz fand, bevor dieser durch einen Wagen der Sonntagsausflügler belegt wurde, die zu Tausenden unter der Sonne den Lungomare entlangpromenierten. Die Triestiner pflegten ein geradezu libidinöses Verhältnis zur Sonne. Obgleich noch Februar war, lagen schon die ersten in Badezeug wie Eidechsen in den windgeschützten Ecken unterhalb der Promenade.

Er hatte sich noch keine zwei Schritte von seinem Auto entfernt, als ihn ein ungleiches Paar wegen eines Tipps fürs Mittagessen ansprach.

»Meine Familie erwartet mich hier. Es gibt auch Fisch oder Fleisch, nicht nur Pizza«, sagte Laurenti. »Sie müssen sich nur entscheiden.«

»Von außen sieht es nach nichts Besonderem aus«, meinte die Frau misstrauisch. Ihre leuchtend blauen Augen musterten ihn herausfordernd. Laurenti schätzte sie auf um die fünfzig, sie musste gut fünfzehn Jahre älter sein als ihr deutlich größerer Begleiter. Der muskulöse Mann hatte seinen Arm um ihre Schulter gelegt. Sie trug das pechschwarze Haar zu einem Chignon aufgesteckt, schwarze Leggings und einen tief ausgeschnittenen, fast knielangen knallroten Pullover. Beide trugen schweres Schuhwerk, als hätten sie eine Wanderung hinter sich.

»Nicht schlecht und nicht außergewöhnlich gut«, lächelte

Laurenti. »Ein ganz normales Restaurant mit ordentlicher Küche. Und falls Sie einen Platz auf der Terrasse bekommen, genießen Sie Meerblick.«

»Probieren wir's doch, wenn der Signore es empfiehlt«, schlug ihr Begleiter vor und zupfte der Frau zwei Piniennadeln aus dem Haar. Die beiden sprachen perfektes Italienisch mit hörbar französischem Akzent.

»Sind Sie zum ersten Mal in Triest?«, fragte Laurenti.

»Nein, nein.« Der junge Mann schüttelte den Kopf.

»Aber ja doch«, korrigierte ihn seine Begleiterin. »Wir waren im Schloss Miramare. Wirklich ganz außergewöhnlich hübsch.«

»Na, dann guten Appetit«, wünschte Laurenti und ging voran.

Seine Familie belegte einen langen Tisch auf der Terrasse im ersten Stock. Nur der Stuhl am Kopfende war noch frei. Zu seiner Linken saßen Ada Cavallin und Schwiegermutter Camilla. Zur Rechten Laura, die kleine Barbara und Patrizia. Ihnen gegenüber Livia. Marco kehrte als Einziger dem Meer den Rücken zu. Proteo Laurenti küsste seine Frau und herzte die Enkelin, bevor er sich setzte.

»Ich habe einen Mordshunger«, sagte er. »Was hattet ihr?«

Im Augenwinkel sah er, dass die nette Kellnerin mit dem leichten Rotstich im Haar den beiden Touristen einen Tisch direkt hinter ihnen zuwies, den die Französin naserümpfend ablehnte. Sie bestand darauf zu warten, bis die Gäste an einem Tisch weiter vorne fertig wären.

»Ich hatte die gratinierten Jakobsmuscheln und dann eine Pasta mit Frutti di Mare. Und ach, wenn man wollte, könnte man's besser machen«, kommentierte Marco das Essen. »Aber falsch machen kannst du damit auch nichts.« Er verstummte sofort, als die Kellnerin neben seinem Vater auftauchte, um die Bestellung aufzunehmen.

»Wissen Sie schon, was Sie wünschen, Commissario?«, fragte sie.

»Ganz einfach eine Marinara. Aber vorneweg bitte eine Burrata mit Sardellenfilets. Dazu ein Glas Aglianico Rosso und eine große Flasche Wasser.« Er wendete sich wieder an die Familie. »Also, was habt ihr inzwischen für Livias Hochzeit beschlossen?«

»Nichts.« Laura streichelte seine Hand. »Marco hat bis zwölf geschlafen, Livia hing eine Stunde am Telefon, um mit ihrem Zukünftigen zu plaudern. Patrizia war mit der Kleinen zugange. Und ich saß am Computer, um Mails zu beantworten.«

Laurenti glaubte ihr kein Wort.

»Doch, Papà«, versicherte Livia fast zu schnell. »Wir haben mit allem gewartet, bis du dabei bist.«

Er schüttelte den Kopf. »Ada, du bist unparteiisch. Das riecht nach einer Falle.«

»Mach dir keine Sorgen«, lächelte die alte Dame, die soeben ihre Zigarette ausgedrückt hatte und schon wieder eine neue aus der Packung nestelte. »Außer dem Datum und der Frage nach dem Brautkleid gibt's nichts Neues. Sie haben sich für den 1. Mai entschieden. Bei euch zu Hause, im Garten direkt über dem Meer. Einen besseren Ort gibt es eigentlich nicht. Und Livia wird ein knallrotes Kleid tragen, das alle Männer bei der Feier verrückt machen soll. In etwa wie der Pullover der Frau, die sich gerade an den Nebentisch setzt. Ferrari-Rot.«

Laurenti sah, dass die Franzosen ihren Tisch bekommen hatten und schon in der Speisekarte blätterten.

»Du wirst aussehen wie eine Friedhofskerze an Allerheiligen«, stänkerte Marco.

»Halt du dich da raus, du darfst dich ums Essen kümmern«, konterte Livia. »Wenn überhaupt, erinnert es an Lady Di. Was meinst du, Papà?«

»Eher wie das rote Tuch bei einem Stierkampf, würde ich

sagen«, war Laurentis einziger Kommentar. Es war sinnlos, die weibliche Dominanz am Tisch in Modefragen herauszufordern.

»Eine Hochzeit verlangt die Braut in Weiß«, protestierte seine Schwiegermutter. »Und den Bräutigam elegant in Schwarz.«

»Schwarz als Trauerfarbe für den Bräutigam verstehe ich ja.« Marco konnte es nicht lassen. »Aber an die weiße Unschuld glaubt heute kein Mensch mehr, Nonna.«

»Du müsstest allerdings bitte mit dem Bürgermeister sprechen, Papà.« Livia überging die Kommentare. »Ich meine, damit uns am 1. Mai jemand vom Standesamt traut. Dein Wort hat Gewicht. Mit der Polizei will es sich schließlich niemand verscherzen.«

»Aber ich bitte euch, ich schreibe doch keine Strafzettel.« Laurenti hob die Brauen. Immerhin erfuhr er auf diesem Weg, dass keine kirchliche Trauung vorgesehen war.

»Und nun erzähl erst mal, weshalb du so früh am Sonntag gerufen wurdest«, bat Ada, als Laurentis Vorspeise serviert wurde.

Die Frage lenkte die Aufmerksamkeit des ganzen Tischs auf ihn. Er träufelte einen Faden feines Olivenöl über die blendend weiße Burrata, damit sie ihren Geschmack in voller Gänze entfaltete. »Einmal mehr sind wir mit altem Kram konfrontiert. Zwei Morde. Einer am Partisanenmahnmal in Prosecco und der zweite am Santuario von Monte Grisa. Beide müssen irgendwie aus der Vergangenheit motiviert sein. Seit die Populisten medialen Aufwind haben, kommen die Hetzer und Mitläufer überall aus ihren Löchern.«

Das Interesse seiner drei Kinder hatte er damit schon wieder verloren. Auch Laura schien sich nicht zwischen den beruflichen Leiden ihres Mannes und den Witzen ihrer Kinder entscheiden zu können.

»Auf jeden Fall werden wie wild Hassparolen gesprayt«, meinte Ada Cavallin. »Und die Hakenkreuz-Schmierereien nehmen auch wieder zu. Dabei scheinen sie nicht einmal zu verstehen, worum es geht.«

»Das kannst du laut sagen. Ein spiegelverkehrtes Hakenkreuz in leuchtendem Rot auf einem Gedenkstein für Partisanen, die von den Nazis ermordet wurden, ist mehr als unlogisch. Wir haben in der Nähe des Tatorts auch ein paar Zeilen gefunden, die mir schwer zu denken geben.« Laurenti zog sein Telefon hervor, mit dem er das Beweisstück abgelichtet hatte. Er schob sich die letzte Gabel Burrata in den Mund. »Hör mal, Ada. Du bist genau im richtigen Alter.«

»Du bist ein Schatz, Proteo. Das hat mir seit Jahrzehnten kein Mann mehr gesagt. Pass nur auf, dass deine Frau nicht eifersüchtig wird.«

Ivan und Ivanka Dvor waren Verräter, keine Mitläufer. Sie arbeiteten aktiv mit den Nazis zusammen. Ivan arbeitete im Stahlwerk, er schwärzte seine Kollegen aus dem kommunistisch organisierten Widerstand an. Auch meinen Vater Giovanni. Er wurde am 3. April 1944 mit siebzig anderen in Opicina ermordet. Ein SS-Kommando hatte sie aus dem Coroneo, dem Gefängnis, geholt und am Schießstand exekutiert. Ich war gerade mal zehn Jahre alt. Doch alt genug, um zu verstehen, was da vor sich ging. Obwohl er für die Nazis als Spitzel arbeitete, wurde Ivan Dvor zur Zwangsarbeit nach Deutschland deportiert und kam erst im Juli 1945 zu Fuß aus Bayern zurück. Sein Sohn Giorgio wurde im März 1946 geboren. Sie wohnten in der Via San Marco, aber die Familie stammte aus Visogliano.

»Ich weiß genau, wer das ist. Dieses Schwein. Der ist aber längst tot, Commissario. Unmöglich, dass es sich bei deiner

Leiche um ihn handelt.« Ada schlug mit der flachen Hand auf den Tisch. Die fast bis zum Filter aufgerauchte Zigarette fiel auf die papierne Tischdecke, und Camilla verschüttete vor Schreck ihr Glas. Alle schauten sie erstaunt an. Auch einige Leute an den Nebentischen hatten die Köpfe zu Ada umgedreht.

»Sprich leiser, Ada«, mahnte Laurenti und warf die Kippe in den Aschenbecher.

»Alles in Ordnung?«, fragte die Kellnerin und servierte die Pizza zusammen mit einer Flasche Chiliöl.

Laurenti beschwichtigte und träufelte einen Strich des scharfen Öls über die Marinara. »Ada, dass der Tote nicht sein eigener Vater sein konnte, haben selbst wir dummen Bullen schon vermutet.«

»Wer hat das überhaupt geschrieben?«, fragte die Alte.

»Wenn wir das wüssten, wären wir vielleicht schon einen Schritt weiter. Bislang können wir nur ableiten, dass der Verfasser 1934 geboren sein muss. Der Handschrift nach tippe ich auf eine Frau. Der Rest ist Arbeit für einen Graphologen.«

»Na, wenn die mal noch lebt.« Patrizias Bemerkung wurde nur von ihren Geschwistern geteilt. Ihre Großmutter war selbst in diesem Alter, und die überaus vitale Ada Cavallin zählte sogar noch zehn Jahre mehr.

»Wenn wir nur wüssten, wann das verfasst wurde. Anhand einer Fotokopie lässt es sich leider nicht erschließen.«

»Hört das eigentlich nie auf?«, bemerkte Livia. »Das kommt davon, wenn alle so tun, als hätten sie nie mit nichts zu tun gehabt. Schuld sind immer nur die anderen. Nur die Jugos waren die Bösen. Und bloß kein Wort mehr vom Faschismus. Die Opfer werden einfach verschwiegen oder heruntergespielt. Wenn das noch eine Weile so weitergeht, dann glauben es am Ende alle. *Italiani brava gente.* Dass ich nicht lache. Erst neulich behauptete einer, dass die Faschisten vor der Besetzung fremder Länder immerhin an der Tür geklopft hätten. Die Nazis hingegen hätten sie gleich mit ihren Stiefeln eingetreten. Der war so alt wie ich, ein Ingenieur mit Uniabschluss. Stell dir das mal vor. Was will man darauf noch sagen? Keine Ahnung von der Geschichte des 20. Jahrhunderts. Das ist eure Schuld, Papà. Eure Generation hätte Licht in die Sache bringen können, stattdessen habt auch ihr alle geschwiegen.«

»Uns kannst du keinen Vorwurf machen«, empörte sich Laura. »Wir haben euch so lange davon erzählt, bis ihr es nicht mehr hören wolltet. Sonst wüsstest du wohl kaum, dass es anders war. Dein Vater und seine Kollegen sind doch die Leidtragenden, wenn es zu extremistischen Übergriffen kommt.«

»Sie hat ja recht. Es gibt kein Volk, das besser ist als die anderen«, beschwichtigte Laurenti, senkte die Stimme und warf einen unauffälligen Blick auf die umstehenden Tische. »Reg dich nicht auf. Sogar in Deutschland sind die Populisten im Aufwind. Als hätte es keine Nürnberger Prozesse gegeben.«

»Ach was, bei euch Bullen finden die Faschisten doch genug Rückhalt«, polterte Marco.

»Ihr redet über Dinge, von denen ihr keine Ahnung habt.« Ada Cavallin unterbrach die Streitenden, die sonst nie aufhören würden. »Ich erzähle euch, wie es wirklich war. Schließlich weiß ich es aus erster Hand. Michele, mein späterer Mann, saß damals ebenfalls im Coroneo. Die SS hat ihn bei einer ihrer ständigen Razzien aus der Druckerei mitgenommen, in der er arbeitete, und ohne Anklage ins Gefängnis geworfen. Er hat unwahrscheinliches Glück gehabt, dass sie ihn überhaupt am Leben ließen. Nach dem Krieg hat Michele dann alles genau recherchiert und niedergeschrieben.« Ada steckte sich eine neue Zigarette an.

»Müssen wir denn immer wieder diese alten Geschichten aufwärmen?«, stöhnte Marco. »Ich mein, das war vor einem Dreivierteljahrhundert.«

Patrizia nickte zustimmend und rückte mit der kleinen Barbara aus Adas Rauchschwaden. Proteo Laurenti mahnte seine Kinder mit Blicken zum Zuhören, während Ada fortfuhr.

»Ich kannte seinen Vortrag auswendig, so oft habe ich ihn gehört. Ich habe Michele immer begleitet, wenn er vor Schülern über die Zeit sprach. Inzwischen sind zwar viele Jahre vergangen, aber ich versuche es trotzdem. Also, es war der 2. April 1944, ein Sonntagabend, als die Resistenza in Opicina bei einem Bombenanschlag das Kino der Wehrmacht in Schutt und Asche legte. Zwei tote deutsche Soldaten und einige Verletzte wurden aus den Trümmern geborgen. Dafür gab es Augenzeugen. Die Nazikommandantur aber meldete sieben tote Deutsche. Umgehend umstellten ihre Soldaten die Gemeinde und riefen den Ausnahmezustand aus. Kein Einwohner sollte entkommen, viele wurden wahllos aus der Bevölkerung herausgegriffen und festgesetzt. Die Nazis drohten mit Erschießung, sollten sie die Namen der Widerständler nicht erfahren. Der Ortskommandeur ließ erst ab, als Andrea Zini eingriff, der alte Pfarrer von Opicina, der hoch und heilig schwor, dass keiner der Einwohner etwas wissen konnte. Den Deutschen ging es darum, ein Exempel zu statuieren. Repressalien gegen die Bevölkerung als Abschreckung, nannten die Nazis das. Ein toter Deutscher gegen zehn tote Italiener. Noch in der Nacht entschieden sie, wen es am nächsten Tag treffen sollte. Und am Tag darauf passierte dann alles genau so, wie es diese Person in deinem Papier da geschrieben hat.« Adas Hand zitterte beim Gestikulieren. Die Asche ihrer Zigarette fiel auf den Tisch. Sie bemerkte es nicht. »Nagelt mich bei den Namen nicht fest, könnte sein, dass ich den einen oder anderen verwechsle. Es waren ja so viele. Am nächsten Morgen stoppte in der Via Coroneo vor dem Tor zur Haftanstalt hinter dem Gerichtspalast der Mercedes mit der Hakenkreuzstandarte von SS-Kommandeur Freiherr Erasmus von Malsen-Ponickau, glaube ich. Er und Obersturmbannführer Ernst Weimann saßen darin.« Die

Namen kamen ihr akzentfrei über die Lippen. »Die Wachen räumten die Stacheldrahtsperre zur Seite, schoben das Tor auf und gaben die Durchfahrt frei. Hinter ihnen fuhren noch zwei Limousinen in den Innenhof sowie drei Militärlastwagen. Kaum war das Tor wieder geschlossen, sprang Gestapo-Oberbefehlshaber August Schiffer aus dem Auto und bellte Befehle. Die hohen Mauern warfen sie zurück. Seine Worte waren in allen Zellen zum Hof zu hören. Michele sah deutsche Soldaten von den Ladeflächen springen und die Planen zurückschlagen. Mit dem Gewehr im Anschlag bildeten sie einen Korridor bis zum Eingang des Zellenblocks. Der Direktor der Haftanstalt kam herausgeeilt und salutierte mit *Heil Hitler*.«

Wieder drehten sich die Köpfe an den Nebentischen zu ihnen um. Weder ließ sich Ada beirren, noch wäre irgendjemand in der Lage gewesen, sie zu bremsen.

»Der Adjutant des Obersturmbannführers übergab eine Liste mit Namen und mahnte zur Eile. Erst Jahre später erfuhren wir, dass es sich dabei um Leute handelte, die angeblich am Widerstand beteiligt waren und deswegen im Gefängnis saßen. Ohne konkrete Anklage natürlich und ohne Prozess, bei dem sie sich hätten verteidigen können. Einundsiebzig Männer und eine Frau. Es dauerte Stunden, sie in den unzähligen überfüllten Zellen zu finden. Nun mussten sie mitsamt ihrer wenigen Habe das Gefängnis verlassen und sich im Hof aufstellen. Die drei Jüngsten waren gerade mal siebzehn Jahre alt, der Älteste war ein zweiundsechzigjähriger Bauer. Unter ihnen waren Italiener, Slowenen, Kroaten, Bosnier. Schüler, Studenten, Arbeiter, Angestellte, Seeleute, Bauern. Manche waren auf frischer Tat ertappt worden, gegen andere lag nur ein Verdacht vor. Sie waren Opfer von Verrätern geworden.

Malsen-Ponickau übergab den Befehl an Gestapo-Befehlshaber Schiffer, Männer der Waffen-SS sollten die Gefangenen bewachen. Dann fuhr die Limousine des Offiziers wieder vom

Hof. Erst am Nachmittag kam er zurück, als die Gefangenen schon auf den Fahrzeugpritschen warteten und die Planen für den Transport festgezurrt waren.

Es hieß, er sei von Odilo Globočnik zum Mittagessen erwartet worden, dem blutrünstigen Höheren SS- und Polizeiführer der Operationszone Adriatisches Küstenland. Ein guter Freund Himmlers. Das Adriatische Küstenland war Berlin direkt unterstellt. Sie trafen sich in der Offizierskantine des Deutschen Soldatenheims im Palazzo Rittmeyer in der Via Ghega. Dort, wo sich heute das Conservatorio Tartini befindet. Zumindest hat man ihn dort hineingehen sehen. Zusammen mit Sturmbannführer Ernst Lerch, den Globočnik ebenfalls aus dem Osten Polens mit an die Adria gebracht hatte. Himmler hatte sich bei Globočnik bedanken wollen, der mit seinen Leuten im Bezirk Lubin bereits zwei Millionen Juden ermordet hatte. Und Lerch gehörte zu den *Spezialisten* bei der Errichtung der Vernichtungslager Belzec, Sobibor und Treblinka. In Triest überwachte er die Arbeiten am Verbrennungsofen in der Risiera di San Sabba. Für die Nazis war die entstandene Situation ein idealer Test der neuen Anlage. Die Leichen der Gefangenen mussten nach der Exekution beseitigt werden. Sie waren die Ersten, die in der Risiera verbrannt wurden.«

Ada Cavallin atmete durch, nahm einen Schluck Wein und steckte sich eine weitere Zigarette an. Es schien, als setzte ihr die Geschichte noch immer zu. Der Aschenbecher vor ihr quoll mittlerweile fast über.

»Und dann?«, fragte Marco, der auf einmal gelernt hatte zuzuhören.

»Nur einer hat überlebt. Und was dort oben passierte, weiß man nur von ihm. Und von ein paar Augenzeugen, die zufällig in der Nähe waren. Ein bosnischer Serbe namens Stevo Rodić. Er war damals neunzehn. Am späten Nachmittag fuhren die drei Lastwagen voll beladen mit Gefangenen nach Opicina hinauf. Durch Löcher in der Plane konnten sie wohl sehen, dass sie am Obelisken vorbeifuhren, und sich denken, wohin es ging. Zum Schießstand. Dahin, wo sie schließlich von der Ladefläche getrieben wurden und sich in drei Reihen aufstellen mussten. Ein Zug von Marine- und Wehrmachtssoldaten marschierte an. Sieben SS-Offiziere unter der Leitung eines Majors standen neben ihren Limousinen. Rodić war in der ersten Gruppe, hat er später erzählt. Das letzte Wort, das er hörte, war *Feuer*. Alle Gefangenen stürzten zu Boden, einer der Getroffenen fiel auf ihn. Erst als Rodić merkte, dass das Blut, das ihm übers Gesicht lief, nicht sein eigenes war, begriff er, dass er lebte. Ein Offizier gab allen, die sich noch bewegten oder stöhnten, den Gnadenschuss mit der Pistole. Als es den Mann über ihm traf, drang die Kugel auch in Rodićs Bein. Dann wurde die nächste Gruppe auf den Schießstand getrieben. Stevo Rodić rührte sich nicht. Als die letzten Gefangenen umgebracht waren, sammelten sich die deutschen Soldaten. Sie sollten warten, bis die Leichen abtransportiert waren. Anwohner aus Opicina wurden gezwungen, die Toten anzusehen. Erst als es dunkel wurde und eine Wolke sich vor den Mond schob, kroch Rodić unter dem Leichenberg hervor und versteckte sich im Gebüsch. Später gelang es ihm trotz der Kugel im Bein, die eingrenzende Mauer zu überwinden und in den Wald zu fliehen. Nach zwei Tagen schaffte er es in ein verstecktes Partisanen-Krankenhaus. Als seine Wunde geheilt war, schloss er sich wieder dem Widerstand an.« Ada atmete durch und steckte sich eine Zigarette an. »Und dann, keine drei Wochen später, am 23. April 1944, kam es zum nächsten Massaker in der Stadt. Wieder wurde angeblich eins zu zehn abgerechnet. Diesmal rächten sich die Nazis für einen Bombenanschlag im Deutschen Soldatenheim in der Via Ghega. Einundfünfzig Gefangene wurden dort an den Fenstern und im Treppenhaus aufgeknüpft. Tagelang ließ man sie hängen. Männer, Frauen,

Jugendliche. Die Nazis bedienten sich im Gefängnis, als handelte es sich um ein Lager für ihre Racheopfer. Nur im Zentrum von Triest fühlten sich die Deutschen noch sicher. Aber eines verstehe ich nicht, mein lieber Commissario«, sagte sie und schaute Laurenti prüfend an.

»Was denn, Ada?«

»Das Mahnmal von Prosecco erinnert an die Opfer verschiedener Erschießungen von echten oder vermeintlichen Partisanen an unterschiedlichsten Plätzen. Es gibt zu diesem Ort keinen historischen Bezug. Was also wollte dieser Dvor dort?«

»Du meinst eine persönliche Verbindung, die zu einem der Opfer führt?«

»Ach, sein Vater war auf jeden Fall ein eifriger Kollaborateur. Genützt hat es ihm nichts.«

Ada war erschöpft und ihre Stimme immer schwächer geworden. »Und wer weiß, vielleicht säße auch ich heute nicht hier, wenn mich Camillas Familie nicht in San Daniele versteckt hätte«, fügte sie noch an und streichelte liebevoll die Wange ihrer Freundin.

»Bei uns wüteten dafür die Kosaken, die mit den Nazis gekommen waren«, ergänzte Camilla.

»Nein, meine Liebe. Bei euch herrschte auch die SS, genau wie in Triest. Aber dort kannten sie mich nicht. Die Kosaken waren da schon weiter nördlich in den Karnischen Alpen. Zu uns kamen diejenigen, die vor ihnen flüchteten und denen sie alles genommen hatten, Haus und Hof, Hab und Gut. Es heißt, sie wären vor keiner Grausamkeit zurückgeschreckt. Hitler hatte ihnen dort schließlich eine neue Heimat versprochen. Sie vertrieben die Einheimischen aus ihren Häusern. Und brachten sechstausend Pferde mit.«

»Und Kamele«, behauptete Camilla.

»Aber, Nonna, Kamele im Nordfriaul?«, riefen Patrizia und Marco wie aus einem Mund. »Kampfkamele etwa?«

73

»Doch, doch, das stimmt«, nickte Ada. »Auf der Seite der Nazis kämpften viele Einheiten aus Russland. Antistalinisten oder Faschisten: Kosaken, Kaukasier, Georgier, Aserbaidschaner. Opicina hieß seit dem Faschismus übrigens Poggioreale. Und die beiden Bombenleger dort waren Aserbaidschaner, die auch die Bombe in der Via Ghega legten. Sie hatten sich von der Wehrmacht abgesetzt und den Tito-Partisanen angeschlossen. Und sie sprachen deutsch.«

Laurenti erhob sich, um die Rechnung zu begleichen. Sein Telefon vibrierte, er senkte die Stimme, als er den Anruf entgegennahm. Auch das französische Paar, ein paar Tische weiter, diskutierte plötzlich heftig.

»Du wurdest gesehen. In der Pizzeria. Ich nehme an, du kommst bald.« Marietta redete schnell. »Kannst du für die Kollegen Pizze mitbringen? Pina fällt fast vom Fleisch, auch wenn sie es nie zugeben würde. Und die anderen haben auch Hunger. Ich habe übrigens herausgefunden, dass die Post von diesem Giorgio Dvor immer noch an die Adresse seiner Frau geht. Obwohl sie seit zwanzig Jahren geschieden sind. Via San Marco. Ich habe sie telefonisch erreicht.«

»Schick mir die Adresse, ich fahr vorbei. Die Pizze besorge ich anschließend. Versuch bitte inzwischen eine Liste der Opfer des Massakers vom 3. April 1944 oben am Schießstand von Opicina zu bekommen. Uns interessieren vor allem die Männer, die als Vater eines Kindes infrage kommen, das 1934 geboren wurde.«

»Also alle über zwölf«, flegelte Marietta.

Laurenti legte auf, ohne darauf einzugehen, und bezahlte. »Ada, bist du in den nächsten Tagen zu Hause oder hast du vor zu verreisen?«, fragte er, als er zum Tisch zurückkam. »Ich glaube, du könntest uns helfen.«

Vergeben und vergessen

Selbstbewusst prangte das Logo des Reiseveranstalters auf dem gelben Kamin, der den weißen Koloss mit den zahllosen Fenstern und engen Balkonen krönte. Das riesige Kreuzfahrtschiff konnte angeblich über fünftausend Passagiere und noch einmal fast halb so viel Besatzung aufnehmen, hatte es in der Zeitung geheißen. Es hatte mit armdicken Tauen an den Pollern vor der Stazione Marittima angelegt, während auf der linken Seite der ins Meer ragenden Mole ein zweiter Kübel lag, dessen Kamin in Himmelblau gehalten war und das Emblem eines deutschen Unternehmens zeigte. Nur wenn es in Venedig klemmte, liefen zwei dieser Schiffe gleichzeitig Triest an. Die große Parkfläche vor dem Stadtzentrum war extra abgesperrt worden, und vor der Anlegestelle leiteten Zäune die Urlauber von den Autobussen in Richtung Zugangs- und Passkontrollen. Zu Tausenden waren sie vom Flughafen oder dem Bahnhof hierherverfrachtet worden. Die wenigsten reisten auf eigene Faust an. Und spätestens die im Getümmel zu vernehmenden Sprachen belegten, dass diese Art zu reisen einen Höhepunkt der Globalisierung markierte. Um die Passagiere herum stauten sich Sattelschlepper, die eine reibungslose Versorgung garantierten: Sie holten tonnenweise Müll und Leergut und brachten im Austausch Container mit neuen Lebensmitteln und Getränken. Und Berge an Reisetaschen und Koffern. Nicht einmal die unwirtlichen Wintermonate hielten die Leute davon ab, sich freiwillig kasernieren zu lassen.

Laurenti schimpfte, weil er nur im Schritttempo an der stolzen, zum Meer geöffneten Piazza dell'Unità d'Italia vorbeikam. Ein Nadelöhr. Zum Glück diente Triest nur für wenige dieser Menschenfrachter als Heimathafen. Ökonomisch gesehen war es ohnehin ein fragwürdiges Geschäft. Die All-inclusive-Touristen ließen kaum Geld in der Stadt, Essen und Getränke an Bord waren bereits mit der Buchung bezahlt. Erst kürzlich hatte ein regelmäßiger Leserbriefschreiber vorgeschlagen, für jedes Selfie vor der Stadtkulisse wenigstens eine Gebühr zu erheben, wenn schon keiner der hiesigen Betriebe zu den Lieferanten gehörte. Nur die Hafenbehörde strich stattliche Liegegebühren ein. Die Müllentsorgung und die öffentliche Sicherheit wurden dem einheimischen Steuerzahler aufgehalst. Dazu kamen die Kosten für die Ordnungskräfte, die für die Unversehrtheit und eventuelle Grenzkontrollen der zurückkehrenden Reisenden zu sorgen hatten, sofern deren letzte Station außerhalb der Schengen-Zone gelegen hatte.

Selbst mit Blaulicht und Sirene wäre Laurenti kaum schneller durch den Stau gekommen. Nur warteten sechs hungrige Kollegen im Büro darauf, dass ihr Chef den Pizzaservice übernahm, sobald er die gesammelte Post für Giorgio Dvor bei dessen Ex-Frau abgeholt hatte. Eine erste Chance, der Identität des Toten näher zu kommen. Marietta hatte der Frau den Besuch des Commissario angekündigt. Sie wusste angeblich nicht, wo ihr früherer Ehemann heute wohnte, auch Kinder hatten sie keine. Dvor hatte sich höchstens einmal im Monat bei ihr blicken lassen. Bestürzt schien sie über seinen Tod nicht zu sein.

»Die Hölle, was sich da auf der Uferstraße abspielt«, sagte Nicola Dapisin und nahm einen Schluck Spritz Campari. »Was bin ich froh, dass wir unser Auto auf dem Parkplatz stehen lassen haben. Wir haben Zeit, bis alle eingestiegen sind und die Schiffssirene zum ersten Mal ertönt. Ich sitz lieber in der Sonne auf der Piazza, bevor ich mich freiwillig einsperren lasse.«

»Wie oft willst du mir eigentlich noch vorwerfen, dass wir die Kreuzfahrt machen?« Eleonora klang gereizt. »Du warst mit allem einverstanden. Wir haben das zusammen geplant, Niki. Also hör bitte auf damit.«

»Schon gut, Nora.« Er griff nach ihrer Hand, die sie ihm sofort wieder entzog. Er leerte sein Glas und sah sich nach dem Kellner um.

»Sauf nicht so viel, Niki. Auf dem Schiff bekommst du, so viel du willst, und da ist es im Preis enthalten.«

»Das ist aber einfach nicht das Gleiche. Genieß den Blick auf die Piazza, Norina. Was für eine Stadt.« Er machte eine ausschweifende Geste. »Und es ist doch alles gut gegangen. Bald sind wir am Ziel. Split, Dubrovnik und den restlichen Kram hab ich jetzt oft genug gesehen. Noch einen Besuch von Sisis Palast auf Korfu halt ich nicht aus.«

»Dann bleib eben an Bord. Diesmal haben wir keine Innenkabine, sondern eine mit Balkon.« Nora klang plötzlich versöhnlicher.

»Schon besser, selbst im Februar. Du hast dich diesmal ja richtig ins Zeug gelegt.«

»Es gibt Leute, die reisen nur noch mit dem Schiff. Einfach eine Woche lang die Mühen des Lebens vergessen.«

»Ich würde mir die Kugel geben«, lachte Nicola. Sein nächster Drink wurde serviert. »Und wäre ich ein Terrorist, würde ich anstelle der Twin Towers ein Kreuzfahrtschiff sprengen. Da erwischst du siebentausend auf einen Schlag. Keiner überlebt, den Rest fressen die Haie.«

»Das World Trade Center war ein Symbol.« Nora winkte barsch ab. »Sie haben damit die ganze westliche Welt und ihre

Werte getroffen. Ein Schiff ist viel zu wahllos. Alles, was getan wird, egal ob gut oder böse, braucht ein Ziel.«

»Der Sprengsatz, der Tante Vilma damals erwischte, war auch wahllos«, widersprach Nicola.

»Eben, und unter den Konsequenzen hat sie allein gelitten. Und die waren bitter. Trotzdem hat Vilma sie mit Würde ertragen. Sie hat sich anderen gegenüber nichts anmerken lassen. Das ist wahre Größe.«

»Wären wir zwei Tage früher gekommen, hätten wir den Plan auf einmal durchziehen können.«

»Du vergisst die Bedeutung der Orte und Anlässe. Ohne den richtigen Zeitpunkt und den richtigen Ort wäre es wie deine dämliche Bombe auf ein Kreuzfahrtschiff. Oder der Sprengsatz, der die arme Vilma erwischt hat.«

Nicola horchte auf. Für ihn war der Winter die Zeit, in der weder in den Weinbergen noch im Keller viel zu tun war. Bisher war es Nora gewesen, die nicht früher fahren wollte, weil die Redaktion des *Dauphiné Libéré* sie nicht freistellte und sie auch den Italienisch-Abendkurs an der Volkshochschule hätte absagen müssen. Sie waren die siebenhundertfünfzig Kilometer von Chambéry durch den Tunnel von Fréjus über Turin und Mailand nach Triest an einem Stück gefahren. Nur zwei Stunden vor Durchführung ihres Plans kamen sie an. Gerade ausreichend Zeit, um an einer Autobahnraststätte zu frühstücken und sich vorzubereiten. »Ich wäre auf jeden Fall früher aufgebrochen«, sagte er.

Nora hatte sich aufgerichtet und den Rücken gestreckt. »Jetzt verlang endlich die Rechnung. Es wird Zeit, zum Schiff zu gehen.«

»Ich hoffe, du hast ein Kingsize-Bett gebucht.«

»Habe ich dich irgendwann schon mal schlecht behandelt, Nicola? Vergiss nicht, wer dich aufgenommen hat, als sie dich aus dem Staatsdienst geworfen haben. Für dich habe ich sogar meine Glaubwürdigkeit aufs Spiel gesetzt. Hätte ich mich damals nicht zu deinen Gunsten geäußert, dann wärst du im Knast gelandet. Was wäre dir als ehemaligem Bullen dort wohl für ein Empfang bereitet worden?«

»Jaja, Nora. Ich weiß, jeder kann ewig auf seiner Wahrheit beharren. Fakt ist, dass ich stets zu deinem Mann gehalten habe. Trotz allem, was er deinem Vater angetan hatte und obwohl er ein Erzreaktionär war. Und du hast ihn eigentlich auch gehasst, Norina. Erinnere dich, wie er deinen Vater zusammengeschlagen hatte, nur weil er kommunistischer Gewerkschafter war.«

»Das gab dir aber niemals das Recht ...«, versuchte Eleonora ihn vergeblich zu unterbrechen.

»Ich habe Mathieu stets den Rücken gedeckt bei seinen Geschäften. Obwohl es kein Vergnügen war, mit ihm Dienst zu schieben. Und trotzdem habe ich ihn nicht verraten.«

»Aber du hast mitverdient, wenn ihr das Koks im Winter von Italien über die Alpen geschmuggelt habt. Als wären dreitausendsechshundert Meter hohe Berge ein Kinderspiel für den Major der CRS Mathieu Gori und sein Gardien de la Paix Nicola Dapisin. Zwei tadellose Beamte der Police Nationale. Dass ich nicht lache. Euer anfänglicher Erfolg ist euch zu Kopf gestiegen, und dann wart ihr zu blöd, euch besser zu organisieren. Weil ihr am Ende immer allein zurückkamt, wenn in der Dienststelle in Modane ein Bergnotruf von der Levanne eintraf. Bei den italienischen Behörden wusste man von nichts. Zufälligerweise passierte das alles immer nur dann, wenn ihr im Dienst wart. Einfach lächerlich. Und dann traf Mathieu eine Kugel, ausgerechnet in den Rücken, aus einer Waffe, die nie gefunden wurde, so wenig wie das Projektil. Nur dass du unverletzt überlebt hast, gab allen zu denken. Entweder hattest du mehr Glück als Verstand, oder du warst der Schütze, wurde gesagt. Wer weiß? Zwei korrupte Polizisten einer Spezialtruppe in den Alpen. Und ich blöde Kuh musste ausgerechnet mit dir eine Affäre anfangen. Unzählige Seiten musste ich für den *Dauphiné Libéré* darüber schreiben, obwohl ich soeben meinen Mann verloren hatte.«

»Jetzt reicht's, Nora. Bist du immer noch davon überzeugt, dass ich Mathieu auf dem Gewissen habe?« Nicola konnte nicht fassen, dass sie schon wieder damit anfing. Doch er senkte die Stimme sofort wieder. »Du hast damals keine Träne vergossen. Dir war es doch ganz recht, dass er nicht mehr zurückgekommen ist. Und wenn überhaupt, dann wollte er *mich* loswerden. Weil du ihm eröffnet hast, dass du mit mir ins Bett gehst.«

»Dann verrat mir, weshalb die Drogen nie gefunden wurden? Schneeweiß war der Winter, die Gämsen und Steinböcke waren angeblich außer Rand und Band, weil sie sich jeden Tag zugedröhnt haben. Du wurdest immerhin mit dem Hubschrauber gerettet. Mathieu war tiefgefroren.«

»Norina, was musst du immer wieder auf den alten Geschichten herumkauen? Hört das denn niemals auf?«

»Weil es Geschichten sind, die nicht vergehen können. Sie sind passiert. Deshalb.«

»Das wird ja eine harmonische Woche. Ich hoffe nur, dein Anfall legt sich bald wieder. Wer weiß, ob wir nach der nächsten Reise jemals wieder nach Triest zurückkommen? Unsere Stadt, Norina.«

»Deine? Meine? Nur weil unsere Eltern von dort kamen? Hör auf mit dem Blödsinn. Du bist schließlich kein Vertriebener und hast das alles erst durch mich kennengelernt. Nur durch die Erinnerungen anderer, meine oder die von Tante Vilma, wird das noch lange nicht *deine* Stadt.«

Vom Krieg

Schon meine Urgroßeltern wohnten in Servola. Und vielleicht wohnten auch ihre Urgroßeltern dort. Das kleine Dorf auf dem Hügel war seit jeher die Backstube von Triest gewesen. Über Generationen belieferten die Frauen mit schweren Körben voller frischem Brot auf dem Kopf die Kunden in der Stadt. Bürger, Unternehmer, Bankiers, Kapitänsfamilien. Früher hatten ja selbst die reichen Kaufmannsfamilien oder Reeder noch kaum einen eigenen Backofen zu Hause. Jede Nacht zog der Geruch von frischen Backwaren durch die Gassen von Servola. Selbst nachdem die Faschisten das Stahlwerk am Fuß des Hügels am Meer ausgebaut hatten, roch man in den frühen Morgenstunden das Brot noch stärker als den Ruß, der aus den hohen Kaminen gejagt wurde und den Nachthimmel in tiefes Rot färbte. Nachdem Mussolini gestürzt worden war und Italien am 8. September 1943 ein Waffenstillstandsabkommen mit den Alliierten verkündete und die Seiten wechselte, wurde alles noch schlimmer. Die Deutschen besetzten sofort die Stadt und das weite Umland. Schon vorher litten wir unter den Zwangsmaßnahmen, mit denen die Faschisten uns zu etwas anderem machen wollten, als wir waren. Menschen. Viele hatte man in andere Teile des Landes verbannt. In die Abruzzen, runter nach Sizilien oder nach Alessandria im Piemont. Italiener aus dem Süden sollten unsere Posten übernehmen. Doch ich und meine Familie hatten das Glück, dass wir nicht rein slowenischer Abkunft waren, sondern auch zu Hause vorwiegend italienisch sprachen. Bis auf meine Großmutter. Die Nazis mussten schon lange geplant haben, Triest unter ihre Kontrolle zu bringen, so schnell hatten sie die Stadt übernommen. Sie konnten sich auf die Strukturen der Faschisten stützen. Die Männer standen vor der Wahl, entweder meldeten sie sich zur Wehrmacht, oder sie wurden deportiert. Entweder arbeiteten sie in der Organisation Todt beim Ausbau der deutschen Festungen und der für sie wichtigen Straßen in Italien. Oder sie wurden zur Zwangsarbeit ins Reich geschickt. Mein Vater hatte Unglück im Glück. Er arbeitete im Stahlwerk. Wer dort beschäftigt war, wurde dringend gebraucht. Eisen und Stahl waren kriegswichtig, wie es damals hieß. Die Arbeiter waren eigentlich sicher. Doch Giovanni hatte schon die Faschisten kaum ertragen. Die Nazis ertrug er noch weniger. Die meisten Arbeiter in der Ferriera waren Kommunisten. Weißt du, Nora, die Risiera di San Sabba am Fuß des Hügels war eine alte Reisfabrik aus roten Backsteinen und mit vielen Stockwerken. Anfangs haben die Deutschen aus ihr ein Durchgangslager für die Juden aus Triest und der ganzen Region gemacht, bevor sie sie in Viehwaggons trieben und nach Auschwitz in den Tod schickten. Als sie die Konzentrationslager Sobibor, Belzec und Treblinka nicht mehr brauchten, weil sie dort schon alle Juden umgebracht hatten, schickten sie ihre Leute nach Triest. Über achtzig deutsche Spezialisten sowie unzählige Ukrainer in ihren Diensten. Sie alle waren Massenmörder. Im Handumdrehen errichteten sie in der Risiera den Krematoriumsofen und nutzten den alten Kamin der Fabrik. Immer wenn der Wind ungünstig stand, zog der Rauch zu uns hoch ins Dorf. Dunkler Rauch, manchmal war er rosa. Und der Geruch erst. Schrecklich. Immer bevor das passierte, ertönte aus riesigen Lautsprechern Musik in voller Lautstärke. Sie hetzten ihre Wachhunde zu wütendem Gebell *auf. Motoren heulten. Der irrsinnige Lärm sollte die Schreie der Opfer übertönen. Wir haben später erfahren, dass es in Wien umgebaute Omnibusse waren, in denen sie Menschen vergasten, wenn sie sie nicht brutal erschlagen oder erschossen haben. Nicht nur Juden, von denen waren die meisten schon weg. Vor allem Partisanen. Und alle, die den Nazis nicht passten oder angeschwärzt worden waren. Wenn ich fragte, was das alles bedeute, blickte ich in bedrückte Gesichter und verstand, dass dort Schreckliches geschehen musste. Alle hatten Angst, sie könnten die Nächsten sein. Jeder kannte jemanden, der plötzlich nicht mehr nach Hause gekommen war. Erkundigten sich dann die Angehörigen bei den Behörden, wurden sie abgewiesen und konnten froh sein, nicht auch verhaftet zu werden. Nur durch die Berichte von Augenzeugen erfuhren wir, wo unsere Leute abgeblieben waren.*

Als sie meinen Vater verhafteten, landete er nicht in der Risiera, sondern im Gefängnis. Im Coroneo. Hinter dem Gerichtspalast. Er sei ein dreckiger kommunistischer Terrorist, brüllten sie bei seiner Verhaftung. Mutter ging jeden Tag in die Stadt und forderte die Offiziere auf, ihn freizulassen. Aber sehen durfte sie ihn nicht mehr. Sie brachte ihm sogar Essen mit. Ob er es erhalten hat, haben wir nie erfahren. Dann hörten wir von dem Transport nach Opicina. Die Nazis haben meinen Vater erschossen. Und mit ihm einundsiebzig andere. Ohne Gerichtsverfahren. Ohne Beweise. Ermordet. Er war gerade einmal vierundvierzig Jahre alt.

Einen Tag später stieg zum ersten Mal der beißende Rauch aus dem Kamin in der Risiera auf. Und hörte nicht mehr auf. Nach Brot roch es schon lange nicht mehr in Servola. Mehl war wie alle anderen Lebensmittel Mangelware. Sie hatten alles beschlagnahmt. Nur noch nach Tod roch es, Nora. Nach Tod. Wir haben das alles nur erfahren, weil mein Vater zufällig von jemandem gesehen worden war.

Und drei Wochen später das zweite Massaker, in der Via Ghega. Wer in der Nähe wohnte, wurde gezwungen, sich die einundfünfzig Erhängten anzusehen, die im Palazzo aufgeknüpft worden waren. Sogar an den Fensterkreuzen hatten sie unsere Leute aufgehängt. Auch sie waren aus dem Gefängnis dorthin geschleppt worden. Männer, Frauen, Jugendliche. Alle sollten sehen, was passiert, wenn man sich den Deutschen widersetzt. Und so ging es weiter. Das Unglück sollte kein Ende finden. Nur zwei Monate nachdem sie meinen Vater umgebracht haben, wurde unser altes Haus von einer Bombe der Alliierten getroffen. Sie war für die Ferriera oder den Hafen bestimmt gewesen. Ich war in der Schule, und Mutter machte Besorgungen. Meine Großmutter starb unter den einstürzenden Mauern. Schon seit langen Jahren hatte sie unseren Innenhof nicht mehr verlassen, seit sie von den Faschisten auf offener Straße geschlagen worden war, weil sie deren Sprache nicht beherrschte. Sie wusste nicht einmal von dem Schutzbunker. Unser Haus war so schön gewesen. Hinter den alten Mauern aus Bruchstein lag ein Hof, in dem Mutter Gemüse anbaute und die Rebstöcke rankten. Plötzlich waren wir ohne Dach über dem Kopf, und nur wenige unserer Sachen waren unter den Trümmern heil geblieben. Man wies Mutter und mir ein Zimmer in San Giacomo zu. Es war ganz anders dort. Hohe Häuser mit vielen Etagen und vielen Leuten drin. Mitten in der Stadt. Es gab drum herum überhaupt kein Grün. San Giacomo war ein dicht bevölkertes Arbeiterviertel. Wir hatten weder eine eigene Küche noch ein Bad oder eine Toilette. Es mangelte an allem. Unter uns wohnte die Familie Rota. Mario und Federica und ihre Eltern. Sie waren jung und erst seit Kurzem verheiratet. Doch erst zwanzig Jahre später bekamen sie dich, Nora. Sie halfen uns, wo's ging. Selbst als Mario bei einer Razzia verhaftet wurde. Er landete in der Risiera, wo er geschlagen und gefoltert wurde. Und mit dem Tod bedroht.

Nur wenn er seine Genossen verraten würde, sagten sie, käme er ungeschoren davon. Sie nannten sie ›die anderen Terroristen‹. Die schreckliche Übersetzerin führte sich noch schlimmer auf als die Deutschen und die Ukrainer. Dabei war sie Triestinerin. Eine von uns. Und doch war sie grausamer als alle anderen. Es hieß, sie habe sich am Vermögen der Juden bereichert. Aber Mario redete nicht. Und da er jung und kräftig war, zwangen ihn die Nazis, für sie zu arbeiten. Er musste den Ofen reinigen. In alten Zementsäcken die Überreste wegbringen. Asche, Knochenstücke, Zähne. Wachmänner hielten ihn mit ihren Waffen und scharfen Hunden in Schach, während er die Säcke zum Meer schleppte und auf ein kleines Boot hievte. Er wusste, dass eine Nichtigkeit reichte, damit am nächsten Tag ein anderer seine Reste dorthin schleppte. Nicht weit vom Ufer wurden die Säcke ins Meer gekippt. Manches wurde wieder angeschwemmt, und nach dem Krieg holten die Alliierten vieles wieder heraus. Es heißt, die Opfer seien später in der Risiera beigesetzt worden. Als Mahnung.

Aber was haben all diese unzähligen Mahnungen und Gedenksteine gebracht? Du hast selbst gesehen, dass sie in ganz Europa schon wieder am Werk sind und dass es nie vorbei ist, Nora. Wieder verbreiten sie ihre Lügen. Wie damals. Und du hast auch gesehen, wie sich sogenannte Zeitzeugen zu ihnen gesellen und behaupten, dass alles ganz anders gewesen wäre. Täter, die man ungeschoren davonkommen ließ. Oder deren Nachfahren, die angeblich die Familienehre retten wollen. Dein Vater Mario hat nie darüber geredet. Nur einmal, kurz nach der Ankunft in Chambéry. Du warst gerade geboren. Deine Mutter war noch mit dir im Krankenhaus. Sie war ja schon über vierzig, als sie dich bekam. An dem Abend hat Mario mir alles erzählt. Nicht einmal deiner Mutter hat er je etwas davon gesagt. Sie war so hilflos, wenn er von Albträumen aus dem Schlaf gerissen wurde. Und wenn er nicht arbeiten konnte oder sich in der Gewerkschaft engagierte, dann überkam ihn die Depression. Du hast ja später selbst bemerkt, dass er anders war.

Die alte Fabrik mit den roten Ziegelsteinen war nicht riesig. Doch die Nazis hielten dort bis zu zwanzigtausend Gefangene gleichzeitig fest. Und alle hörten die Schreie der Gefolterten, wenn sie nicht sogar bei den Grausamkeiten zusehen mussten. Wenn sie einen mit dem Hammer oder einem Knüppel erschlugen und manchmal noch lebend in den Ofen steckten. Die Deutschen lösten das Lager in den letzten Apriltagen auf. Am 29. April 1945 wurden Mario und seine Mitgefangenen erstaunlicherweise freigelassen. Stell dir vor, der Kommandant bestand darauf, jeden mit Handschlag zu verabschieden. Vielleicht hoffte dieser Mörder, mit seiner verfluchten Geste in besserer Erinnerung zu bleiben. Nicht nur Mario hätte ihn am liebsten umgebracht. Aber da waren überall bewaffnete Soldaten. Bevor man sie gehen ließ, mussten sie die Akten aus den Büros zum Ofen schleppen. Die Nazis haben alle Beweise vernichtet. Sie wussten genau, dass sie im Unrecht waren. Doch danach gab es keine Dokumente mehr. Deshalb kennt man bis heute keine genauen Opferzahlen.

Mario machte sich zu Fuß auf den Weg nach San Giacomo. Auf der Höhe des Friedhofs Sant'Anna hörte er plötzlich eine heftige Detonation. Als er sich umdrehte, war der Kamin der Risiera nicht mehr zu sehen, nur eine riesige Wolke aus Rauch und Staub. Und kurz darauf hörte er Motorenlärm näher kommen. Er lief so schnell er konnte davon und versteckte sich hinter einer Mauer. Wenig später fuhren die Nazis in einer langen Kolonne an ihm vorbei. Sie flohen ins Stadtzentrum, das sie noch unter Kontrolle hatten, während die Partisanen aus den Randbezirken vorrückten.

Eleonora hielt inne und schnäuzte sich. Nicola hatte ihr vom Bett aus zugehört und ging nun in die Badekabine.

»Wir haben das schon so oft gelesen, Norina«, sagte er, als er zurückkam.

»Wir dürfen kein Detail übersehen, mein lieber Niki.«

Nicola öffnete die Tür zu dem schmalen Balkon. »Trotzdem bin ich immer wieder erschüttert, wenn ich es höre.«

»Das ist unsere Geschichte. In unserer Stadt, wie du vorhin so schön gesagt hast. Dreh uns doch eine Kippe mit dem Zeug, das du heimlich im Weinberg anbaust. Das regt den Appetit an und vertreibt dunkle Gedanken.«

Das Schiff hatte zwei Stunden zuvor in Triest abgelegt und im letzten Abendlicht Kurs nach Süden aufgenommen. Kalter Wind strömte herein. Die ersten Passagiere drängelten gewiss schon in langen Schlangen vor einem der Büfetts, um danach mit schamlos überfüllten Tellern an ihre Tische zurückzukehren. Feste Essenszeiten gaben ihnen Halt in der Fremde. Nora und Nicola würden zuerst einen Aperitif an der Bar nehmen, wenn die anderen längst bei Tisch saßen. Während sie den Joint rauchten, schauten sie auf die funkelnden Lichter zu beiden Seiten der sich gegenüberliegenden Küsten. Ein eigentümliches Meer, das die Menschen gleichzeitig verband und trennte. Mal herrschten hier Kriege, Invasion, Zerstörung und Flucht. Dann wieder Handel, Freundschaft, Verständigung, Heirat und gegenseitige Hilfe. Alles hing davon ab, wer an der Macht war, dem Volk war meist der Friede lieber.

Viele hatten Verwandte an der gegenüberliegenden Küste, sprachen zu Hause zum Teil noch ihre alten, vor vielen Generationen mitgebrachten Sprachen. An manchen Schulen wurde in ihnen sogar der ganze Unterricht abgehalten. Eine Variante des Neugriechischen weit unten im Süden entlang der Straße von Messina, dem Salento und am Aspromonte. In Teilen der Abruzzen, Basilikata, Kampanien waren es die Italiener albanischer Abstammung, die Arbëreshë sprachen. Slowenisch in Triest, Italienisch dafür an den Küstenstrichen Sloweniens und Kroatiens. Kroatisch wiederum auf der italienischen Gegenseite in der Molise. Kein anderes Land in Europa schützte in seiner Verfassung zwölf Sprachen neben der Landessprache. Sie standen auf den regionalen Lehrplänen und wurden auch auf den jeweiligen Ämtern angewendet. Es gab mindestens drei Millionen Italiener mit Vorfahren aus ganz Europa, seit Jahrhunderten, und ohne diese Wurzeln wäre das heutige Italien nicht denkbar. In diesen Sprachen verliebte man sich und bekriegte sich. Die Dekrete Mussolinis waren darauf ausgerichtet gewesen, den Minderheiten ihren Charakter zu nehmen. Ihre Sprachen wurden von einem Tag auf den anderen verboten, Menschen auf offener Straße misshandelt, wenn sie sie weiterhin gebrauchten. Von den Deutschen im Norden, den Franzosen im Aostatal bis zu den Sarden. Denn mit der Sprache trifft man die Menschen ins Herz. Konsequenterweise auch die griechischen Tempel und andere Spuren der Antike in Sizilien oder in Paestum zu zerstören, dazu fehlte den Faschisten wohl der Mut. Eleonoras und Nicolas Schiff würde auf seiner Route jedoch nur in wenigen dieser Länder anlegen. Morgen früh in Split.

»Stell dir vor, was Vilma alles durchgemacht hat«, Noras Stimme bebte, sie sprach schnell. »Die Gefangennahme ihres Vaters, seine Ermordung. Die Bombenangriffe der Engländer, bei denen sie ihre Nonna, das Haus und alles Hab und Gut verlor. Das Kriegsende, die Tito-Partisanen waren auch nicht zimperlich, mussten allerdings nach vierzigtägiger Besatzung abziehen. Erst mit den Engländern, Neuseeländern und Amerikanern kam ein wenig Stabilität in die Stadt. Fast ein Jahr Normalität, wenn man das damals so nennen konnte. Bis Vilma die Zünder fand und auch noch ihre Mutter verlor und ihr Bein. Ist dir überhaupt klar, wie gut wir es haben?« Ihre Nägel gruben sich in Nicolas Unterarm. Doch dann lockerte sich ihr Griff plötzlich. »Und sie hat es sich nie anmerken lassen. Vilma hat sich um mich gekümmert wie um eine eigene Tochter und war immer guter Dinge. Und sanft. Sie hat mich getröstet, wenn mir etwas auf dem Herzen lag, obwohl sie von großer Traurigkeit gewesen sein muss.«

»Lass uns reingehen«, sagte Nicola. »Eine Erkältung wäre das Dümmste, was uns jetzt passieren könnte. Wir haben noch eine halbe Stunde vor dem Essen. Lies mir lieber noch die letzten Seiten vor. Erstaunlich ist, dass sie selbst im Alter nichts vergessen zu haben scheint.«

Nora nahm das zerblätterte Konvolut wieder auf, dem anzusehen war, dass sie immer wieder in ihm gelesen hatte. Nur von vereinzelten Seiten hatte sie Fotokopien gemacht. Nora war das Original wichtiger, denn nur aus der sich verändernden Handschrift glaubte sie Vilmas Gemütslage ablesen zu können. »Schau, an dieser Stelle wechselt die Farbe des Kugelschreibers«, sagte sie, als sie die Seite aufschlug.

»Das Papier ist auch nicht so vergilbt wie die vorherigen Seiten. Vilma muss ihre Aufzeichnungen für längere Zeit unterbrochen haben. Mitten im Absatz«, ergänzte er.

Am 1. Mai kamen die Tito-Partisanen in die Stadt, obwohl die Deutschen nur teilweise abgezogen waren. Die letzten hielten sich noch im Gerichtsgebäude und auf dem Kastell von San Giusto verbarrikadiert. Oder auf dem Karst in ihren Festungen bei Opicina. Den Jugoslawen wollten sie sich nicht ergeben. Nur den Westalliierten, die erst einen Tag später eintrafen. Sie hofften, bei denen besser davonzukommen. Offensichtlich war ihnen eben doch bewusst, dass sie Verbrecher waren. Auch wenn sie sich vorher im Recht gefühlt hatten. Und später vor Gericht flehten, sie hätten nur Befehle ausgeführt. Als die Partisanen die Stadt so weit unter ihre Kontrolle gebracht hatten, begannen

sie, systematisch nach ihren Feinden zu suchen. Auch sie drückten ihren Stempel in unsere Ausweise. Er war rund, mit einem roten Stern in der Mitte. Sie jagten die Mörder, sofern sie noch in der Stadt waren. Aber die Kommandeure waren längst abgehauen. Und sie jagten auch alle anderen, die nicht wollten, dass Triest den Kommunisten aus Jugoslawien gehören sollte. »Unser Triest wird ein sowjetisches Triest sein«, proklamierte einer ihrer führenden Köpfe. Erst einen Tag nach der Ankunft der Tito-Truppen trafen auch die Engländer und Neuseeländer ein. Vierzig Tage lang kam es zu blutigen Abrechnungen durch die Partisanen. Aus Befreiern wurden Mörder. Und abends tanzten sie besoffen Siri Kolo um ihre Lagerfeuer. Meine Mutter und deine Eltern ließen mich nicht mehr allein nach draußen. Nur wenn mich einer von ihnen begleitete, durfte ich auf die Straße.
Erst als Titos Truppen die Stadt räumen mussten und die Engländer und Amerikaner endlich das Kommando übernahmen, gab es Erleichterung. Und sogar erste Hilfsgüter. Und Nahrungsmittel. Wir bekamen sie zugeteilt oder als Hilfspakete von Verwandten aus Übersee. Und endlich durfte ich wieder hinaus und mit Freundinnen spielen. Es war Hochsommer. Wir stöberten in den Trümmern und in leeren Gebäuden. Und dann verlor ich mein Bein. Und meine Mutter. Zu meinem Glück waren da deine Eltern, Nora. Sie haben mich im Spital besucht, mich abgeholt und gepflegt. Und mich auch wieder zur Schule geschickt, als ich Angst hatte, auf die Straße zu gehen. Ich fürchtete mich vor dem Spott meiner Mitschüler. Aber so war es gar nicht. Viele hatten Familienangehörige mit schweren körperlichen Beeinträchtigungen aus dem Krieg.
Unter den Amerikanern und Engländern beruhigte sich die Lage langsam. Nur die Ungewissheit über die Zukunft unserer Stadt besorgte uns. Ob Triest irgendwann doch Jugoslawien zugeschlagen würde. Oder wieder Italien. Oder für immer

mit diesem Sonderstatus ein eigener Staat unter Obhut der Vereinten Nationen bliebe.

Eines Tages kam Mario am ganzen Leib zitternd und zutiefst verstört nach Hause. Er war auf der Straße einem seiner Peiniger begegnet. Stell dir vor, Nora, einer der SS-Männer aus der Risiera war in die Stadt zurückgekommen. Ganz unbehelligt. Mario war sicher, dass er es war. Er informierte die Behörden. Doch es passierte nichts. Daraufhin wartete er mehrere Tage lang an der gleichen Kreuzung, bis er ihn wiedersah und ihm folgte. Als der Mann schließlich ein Gebäude der Amerikaner in der Via dell'Università betrat, begriff dein Vater, dass dieser Mörder geschützt wurde. Seine weiteren Nachforschungen ergaben, dass er mit anderen Offizieren und Kommandeuren nach Österreich geflüchtet war und dort einen Freibrief erhalten hatte. Er hieß Konrad Geng. Doch wer schützte ihn?

»Den habe ich doch längst recherchiert. Ein Deutscher. Da ist nichts mehr zu machen«, sagte Nicola. »Er hat sich sofort nach Österreich abgesetzt, kam aber bald wieder. Nach dem Krieg leitete er in Triest die amerikanische Militärmensa und heiratete eine Frau aus Istrien. 1955 kehrte er nach Deutschland zurück. Später wurde er Fahrer am deutschen Generalkonsulat in Mailand. Er flog auf, als er in den Siebzigern als Zeuge im Prozess um die Risiera di San Sabba aussagen musste. Das deutsche Außenministerium versetzte ihn daraufhin nach Nancy. In Frankreich kannte ihn niemand. Und das war's dann. Basta. Einfach unglaublich. Ich habe den Eindruck, die Deutschen begnügten sich damit, die Verbrechen zuzugeben, die sie nicht mehr verleugnen konnten. Vor allem im Osten. Über Gengs späteres Leben findet sich so gut wie nichts. Warum bloß hat Mario ihn davonkommen lassen?«

»Mein Vater war eben kein Mörder, Niki. Viele Deutsche

gaben vor, im Verborgenen mit den späteren Befreiern kooperiert zu haben. Geng, dieses Schwein, war auch der Fahrer von Christian Wirth gewesen, der die Sonderabteilung Einsatz R geleitet hatte. Als Wirth bei einem Partisanen-Attentat bei Hrpelje getötet wurde, kam er mit einer Verwundung davon. Er hat behauptet, in Absprache mit den Partisanen in einen Hinterhalt gefahren zu sein. Überprüft wurde das nur nachlässig.«

Nach Vilmas Erinnerungen über den Beschluss, nach Chambéry zu ziehen, folgte eine lange Liste mit Anmerkungen zu einzelnen Tätern. Sowie eine lange Liste von Einheimischen, die mit den Deutschen gemeinsame Sache gemacht hatten. Kein Einziger war je bestraft worden. Spätestens wenn sie davon überzeugt waren, dass mit den Jahren die Hektik des Wiederaufbaus die Erinnerung überschrieb, kamen einige von ihnen wieder in die Stadt ihrer Opfer zurück. Italiener, Slowenen, Deutsche und sogar einige Ukrainer. Als wären sie von den gleichen obskuren Mächten geschützt worden wie einst der SS-Major Konrad Geng.

»Immerhin sind wir auf der richtigen Spur«, sagte Eleonora, legte die Aufzeichnungen ihrer Tante beiseite und stand auf. »Ich brauche jetzt einen Aperitif.«

Montagswirren

Der Termin im Gerichtspalast begann unerquicklich. Commissario Laurenti kam eine halbe Stunde zu spät, was ihn nicht weiter kümmerte, doch nun galt es erst einmal, der Eitelkeit des Leitenden Oberstaatsanwalts Genüge zu leisten. Manchmal reichte ihm ein Wimpernschlag, um einschätzen zu können, wie sein Gegenüber tickt.

Cirillos angegrautes Haar wirkte dunkler durch das Gel, mit dem er es nach hinten frisiert hatte. Er bleckte sein strahlendes Gebiss unter dem Schnauzbart, als lächelte er. Natürlich schaute er demonstrativ auf die Uhr. Der Zigarillo in seinem Mundwinkel stank nach kalter Asche. Wenigstens im Büro hielt er sich an die Regeln, die für alle galten.

»Ich hoffe, Sie hatten einen angenehmen Start in die Woche, Dottore«, sagte Laurenti und lächelte nicht minder falsch. Er hatte sich den Weg durchs Vorzimmer gespart.

»Nun, Commissario, bevor Sie mir irgendwelche Ausreden vorlegen, weshalb Sie mir gestern den Bericht schuldig geblieben sind, nehmen Sie diese Akten an sich. Die operative Zuständigkeit für die Ermittlungen liegt ab jetzt bei Ihnen. Die leitende Verantwortung bleibt natürlich bei mir. Das sind allesamt Fälle aus umliegenden Provinzen. Alle Opfer wurden auf die gleiche Weise ermordet. Immer mit einem Bolzen. Sie werden sich die Zähne daran ausbeißen. Solche Fälle kann ich leider keinem Ihrer jüngeren Kollegen geben. Hier braucht es jemanden mit Lebenserfahrung. Oder glauben Sie etwa, ich hätte auch noch die Zeit, Geschichtsunterricht zu geben?«

»Ich glaube gar nichts, Dottore.« Laurenti befreite den einzigen Stuhl auf seiner Seite des Schreibtischs von einem hohen Stapel Papiere, den er auf den Fußboden verfrachtete. Er setzte sich ungefragt und blätterte die Aktendeckel durch, die ihm Cirillo überreichte. Fälle aus der weiteren Umgebung, in denen bisher ergebnislos von den dortigen Kollegen ermittelt worden war. Palmanova, Pordenone, Udine, Ronchi dei Legionari, Aquileia. Alle im letzten Quartal des Vorjahres begangen. Warum nur hatte es sich nicht bis zu ihm rumgesprochen?

»Das habe ich übrigens alles gestern herausgefunden, obwohl Sonntag war. Da versucht sich jemand als Serienkiller.« Enttäuscht zog Cirillo an seinem kalten Zigarillo.

Laurenti blätterte weiter. Der letzte Fall war ein Mord an der Autobahnraststätte auf dem Karst, gleich in der Nähe von Prosecco. Kurz vor Weihnachten hatten die Carabinieri einen toten Fünfunddreißigjährigen auf dem Fahrersitz eines Lieferwagens mit kroatischem Kennzeichen aus dem istrischen Pula gefunden. Auch ihm steckte ein Pfeil in der Brust. Und auch davon hörte Laurenti zum ersten Mal. Der Fall lag bislang bei Staatsanwalt Scoglio, den Laurenti weder gestern noch heute erreicht hatte. Jetzt hatte ihn Cirillo an sich gezogen, was sicherlich nicht allen gefallen dürfte, doch vor ihm hatten die meisten Kollegen gehörigen Respekt und sparten sich Widerspruch. Nur Laurenti scherte sich nicht darum.

»Ich weigere mich, von Serienkillern zu sprechen, Dottore. Die meisten denken dabei an schlechte Hollywoodfilme. Und um einen Triebtäter handelt es sich in all diesen Fällen wohl nicht. Verbrechen mit gleichem Hintergrund, von mir aus. Damit kommen wir vielleicht weiter. Und dass Sie gestern keine Berichte bekommen haben, liegt einzig und allein daran, dass auch ich sie nicht hatte, obwohl die Maschine rund um die Uhr läuft. Wir haben schlichtweg zu wenig Leute, um nebenbei auch noch die ganze Bürokratie zu bewältigen. Schon ein Wunder, dass ich heute überhaupt die Zusammenfassungen habe, obwohl wir bis spätnachts damit beschäftigt waren, aus den ersten Erkenntnissen ein schlüssiges Bild zu zeichnen. Wir haben es nicht mit Neofaschisten zu tun, sondern mit einer alten Geschichte. Dieser Giorgio Dvor war, den Aussagen seiner Ex-Frau zufolge, der einzige Sohn von Domobranzen. Den komischen Ledermantel hat sein Vater schon im Krieg getragen.«

»Domobranzen?« Cirillos Blick sprach Bände, als wollte er den Commissario umgehend pfählen. Doch nie würde ein Mann wie er seine Unwissenheit zugeben. Wie viele Auswärtige hatte er noch nie von den Slowenen aus der Stadt und vom Karst gehört, die damals mit den Nazis gemeinsame Sache gemacht und ihre Landsleute verraten hatten wenn nicht sogar ermordet. Erst halfen sie den Faschisten, dann den Nazis. Es waren Dummheit und Gier, die zum Verrat an allem und allen führten. *Slowenische Heimwehr* nannten sie sich. Später behaupteten viele, dass es sich bei ihnen auf keinen Fall um Einheimische gehandelt haben könne. Es war nichts Neues, sich im Nachhinein auf die richtige Seite zu stellen. Schuld tragen schließlich immer nur die anderen.

Cirillo ging zur Attacke über, um seine Wissenslücke zu verbergen. »Falscher Ansatz, Commissario. Wann begreift ihr Liberalen endlich, dass nicht immer und ausschließlich die Rechten die Bösen sind? Nennen Sie es, wie Sie wollen, aber lesen Sie zuvor diese Akten. Vermutlich verstehen auch Sie dann, dass wir es bei dem Armbrustkiller und seinen Hintermännern eher mit Extremisten vom linken Rand zu tun haben, wenn nicht sogar mit einer Terrormiliz, die versucht, ihre Taten wie rechte Anschläge aussehen zu lassen. Vergessen Sie die Rechtsextremen, Sie befinden sich auf dem Holzweg.«

»Nichts anderes habe ich behauptet, Dottore. Warum sollten sie sich auch gegenseitig umbringen? Hier steht ein anderes Motiv im Hintergrund, und es ist schon fast greifbar. Auf jeden Fall handelt es sich um einen erfahrenen Schützen.« Er beschloss, Cirillo nun direkt mit den ersten Erkenntnissen zu konfrontieren. »Ich habe Ihnen den Ausdruck eines Bilds der Videoaufnahmen vor der Bank in Prosecco mitgebracht.« Er legte das Blatt auf den Tisch und fuhr ohne Unterbrechung fort. »Wenige Abhebungen gestern morgen. Das ist die Liste der italienischen Konteninhaber.« Er ließ ein zweites Blatt auf den Tisch segeln. »Eine Abbuchung führt uns jedoch zu einem französischen Konto bei der *Crédit Agricole* in Chambéry, Département Savoyen, Frankreich. Das entspricht den Angaben des Zeugen Debeljuh, der den Toten beim Spazierengehen mit seinem Hund gefunden hat und von einem französischen Kleinwagen sprach. Wir bekommen noch heute aus Frankreich den zugehörigen Namen.«

»Wollen Sie mich auf den Arm nehmen?« Cirillo pochte aufgebracht mit dem Zeigefinger auf das Foto, auf dem das überzeichnete Gesicht eines etwa vierzigjährigen Mannes mit schwarzem Dreitagebart und das einer glubschäugigen kleinen Blondine mit übertrieben roten Lippen und einem bösen Zug um den Mund zu sehen waren. »Wären die beiden Köpfe der rechtspopulistischen Parteien in der Stadt gewesen, und dann auch noch zusammen, hätte das Wellen geschlagen und wir hätten sicherlich davon erfahren, dann wären wir nämlich für den Begleitschutz verantwortlich gewesen. Das hätte einen riesigen Auflauf gegeben, von beiden Seiten, Anhängern und Feinden. Und Sie behaupten, die beiden heben in Prosecco in aller Seelenruhe ein bisschen Geld ab, als hätten sie zusammen eine wilde Nacht hinter sich? Lächerlich.«

»Masken, Dottore. Es ist Karneval. Ein gelungener Scherz auf jeden Fall. Aber waschechten Franzosen spreche ich den

Witz ab, die wissen doch gar nicht, um wen es sich bei den Masken handelt. Ich tippe also auf Italiener mit französischem Konto.«

»Schon so früh am Morgen maskiert, Laurenti?«

»Vielleicht haben sie wirklich die Nacht durchgefeiert, wie Sie selbst gesagt haben.«

»Haben Sie schon einmal so eine Maske getragen oder zumindest in der Hand gehalten? Die sind aus Latex oder Kautschuk. Das halten Sie keine Nacht lang durch. Man schwitzt und spätestens nach einer halben Stunde beginnt es überall zu jucken, das kann ich Ihnen sagen.«

»Sie, ein Fetischist?«, lachte Laurenti. Er konnte sich nicht vorstellen, dass der vor Eitelkeit platzende Leitende Oberstaatsanwalt sich aus Albernheit entstellte.

»Sparen Sie sich Ihre dummen Witze, Commissario.« Cirillos Blick war vernichtend. »Veröffentlichen Sie dieses Foto mit der ersten Pressemeldung. Ich denke, wir sollten die Medien schon heute Nachmittag informieren. Machen Sie einen Vorschlag für die Formulierung, ich will ihn allerdings sehen, bevor die Meldung rausgeht. Und gehen Sie der Sache mit den Masken nach.«

Laurenti ließ das nächste Blatt vor dem Leitenden Oberstaatsanwalt auf den Tisch fallen. Es war eine Kopie der Fotokopie des Schreibens, das sie am Partisanendenkmal in Prosecco gefunden hatten. »Das sind Erinnerungen eines Zeitzeugen oder einer Zeugin. Fraglich, ob derjenige noch am Leben ist. Lesen Sie es bitte in Ruhe. Harter Stoff. Vermutlich Teil einer größeren Aufzeichnung. Dem Stil nach von einer einfachen Person geschrieben. Der Handschrift zufolge tippe ich auf eine Frau. Einen Graphologen haben wir bereits hinzugezogen. Allerdings brauchen wir umgehend die Unterstützung durch einen Historiker, der weiß, in welchen Archiven wir weitersuchen müssen. Ohne Experten wird das ewig dauern.

Und gratis gibt's das nicht. Bewilligen Sie uns zusätzliche Mittel, Dottore. Mithilfe dieser Erinnerungen könnten wir einen Sprung nach vorne machen. Wenn wir wissen, wer das Schreiben verfasst hat, führt uns das vielleicht auf die richtige Spur. Und sollte meine Vermutung zutreffen, dann könnten wir vielleicht sogar weiteren Morden zuvorkommen.«

»Sehen Sie, Commissario, wie ich schon sagte: Eben doch ein Serienkiller.«

»Eher jemand, der Selbstjustiz verübt. Bei restlos klarem Verstand. Unser Täter ist nicht von abgründigen Obsessionen geleitet. Das Alter der Person, die diese Zeilen verfasste, ist immerhin bekannt, und die Wohnsitzangaben in diesen Jahrzehnten lassen sich einkreisen.«

Cirillo seufzte. »In Triest werden die Leute doch uralt. Vor allem die Frauen, obwohl sie rauchen und trinken, als gäbe es kein Morgen. Und viele von ihnen scheinen auf den ersten Blick völlig klar im Kopf, bis sie dann plötzlich in ihren Erinnerungen an die vermeintlich besseren Zeiten bis zurück zu Napoleon oder Kaiserin Maria Theresia schwelgen. Nehmen Sie die richtigen Kontakte auf, bevor Sie weitere Finanzen beantragen, Commissario.«

»Ist längst passiert. Oder wollen Sie etwa, dass wir uns zu den alten Damen in die Kaffeehäuser setzen und sie in ein Schwätzchen verwickeln? Immerhin verfügen wir seit gestern Nachmittag über die teilweise Bestätigung dieses Berichts. Aber nur inoffiziell, Dottore. Sie wären der Erste, der mir das um die Ohren haut. Und die Archivlage ist alles andere als eindeutig: Es gibt ein regionales Institut zur Widerstandsforschung, es gibt das von der Partisanenvereinigung geführte Archiv, das Stadtarchiv und das Staatsarchiv, das Gerichtsarchiv und das in der Questura. Ein weiteres in Ljubljana und eines in Belgrad. Wahrscheinlich gibt es auch in Deutschland oder Österreich eines und in Großbritannien und den USA ... Lesen Sie die wenigen Zeilen, die wir in Prosecco gefunden haben. Oder besser, ich lese sie Ihnen vor, es ist wirklich schwer zu entziffern.«

Ivan Dvor hat die Partisanen verraten, die die Eisenbahnbrücke von Moschenizza über den Timavo sprengten. Ihr Ziel war es, Leben zu retten. Über diese Brücke gingen die Transporte nach Auschwitz. Die Nazis brannten aus Rache die Dörfer Sistiana, Malchina, Ceroglie und Medeazza nieder. Visogliano blieb zur Hälfte verschont. Dort wohnten viele Domobranzen wie Ivan und seine Frau Ivanka.

»Und das, Dottore«, ergänzte Laurenti, nachdem er sich kräftig geräuspert hatte, »das haben wir in Dvors Bleibe gefunden. Die Adresse auf dem Briefumschlag und der hinzugefügte Kommentar wurden in Blockschrift verfasst. Nicht am Computer, was mir noch mehr zu denken gibt. Hören Sie.«

Jure Dvor, deine Eltern haben für die richtige Sache gekämpft. Aber sie haben verloren. Die Kommunistenschweine waren auf dem Vormarsch. Triest wäre kommunistisch geworden. Sowjetisch unter den Jugos. Dein Vater wurde trotzdem zur Zwangsarbeit ins Deutsche Reich deportiert. Obwohl er für die Nazis gekämpft hatte. Für sie blieb er der slawische Untermensch.
Du trägst noch immer seinen Mantel, den er vor der Deportation bei der Slowenischen Heimwehr abgegeben hatte. Nach dem Krieg holte er ihn bei uns wieder ab. Wir haben auch seine Stiefel und seine Uniformjacke. Sie gehören dir, wenn du sie willst. Komm sie dir holen. Am Sonntag um 7 Uhr 30. Sonst holen wir dich aus deinem Häuschen neben der Bahnlinie bei Opicina. Niemand weiß, dass du dich dort versteckst. Sei pünktlich wie ein guter Soldat.

Leider ohne Datum und Absender. Maschinelle Frankierung, der Poststempel ist unlesbar verschmiert. Dvor hat die Drohung ernst genommen. Er wurde am Sonntag um 7 Uhr 30 ermordet. Verstehen Sie jetzt, was ich meine? Ein Experte, der in den richtigen Archiven sucht, kann vielleicht schnell Licht in die Sache bringen.«

»Dann machen Sie einen konkreten Vorschlag, wer Ihnen helfen kann. Und wie viel das kosten wird. Was ist mit dem anderen Mann, diesem Lauro Neri? Muss ich Sie um wirklich alles auf Knien bitten, Commissario? Haben Sie bei dem etwa auch so ein Schreiben gefunden?«

Laurenti schüttelte den Kopf. »Dvor lebte als Einsiedler, seiner eigenartigen Behausung und ersten Auskünften nach. Er war nicht politisch aktiv. Diesen Aufzeichnungen zufolge ist er lediglich der Nachfahre von Denunzianten, der seine Eltern etwas zu lautstark in Ehren zu halten suchte. Es handelte sich wohl um späte Rechtfertigungen. Auf seinem Tisch lag eine weitere Fotokopie des Schreibens, die er vermutlich an seine Postadresse erhielt. Dvors Mobiltelefon ist uralt, und einen Computer besaß er ebenso wenig wie eine auf seinen Namen laufende Mailadresse. Dieser Brief war nur ein Lockmittel. Der Täter wusste, wo er wohnte, und kannte seine Gewohnheiten, wahrscheinlich hat er ihn ausspioniert. Im Gegensatz zu Dvor, der wenig soziale Kontakte pflegte, war das bei Lauro Neri nicht nötig. Neri ging festen Tagesabläufen nach, er folgte rigorosen Regeln in allen Glaubensfragen, politischen wie religiösen. Es war allgemein bekannt, dass er sonntags immer zur gleichen Zeit zum Santuario von Monte Grisa fuhr und dort auf dem für die kirchlichen Honoratioren reservierten Parkplatz ausstieg, solange ihm der heilige Christophorus am Armaturenbrett Geleitschutz gewährte. Lauro Neri brauchte man nur abzupassen und anzuhalten. Allerdings war er, anders als Giorgio Dvor, ein reaktionärer Aktivist: Er pflegte das Andenken an die X^a Flottiglia MAS, deren Männer auch in dieser Gegend mit den Nazis kollaboriert hatten und ungezählte Verbrechen an der Bevölkerung begingen. Bis zuletzt nahm er an den Gedenkfeiern der Neofaschisten teil, für die er im Stadtparlament saß. Zu Mussolinis Geburtstag unternahm er jedes Jahr eine Art Pilgerfahrt in dessen Geburtsort Predappio. Es gibt ein Bild von Neri, auf dem er mit gereckter Hand vor Mussolinis Geburtshaus steht. Ein großes Kruzifix am Hals. Seine politischen Aktivitäten begannen beim Ordine Nuovo, später trat er dem MSI bei und ließ sich zuletzt in den Reihen der postfaschistischen Nachfolgepartei zum Stadtrat wählen. Immerhin unverrückbar konsequent. Allerdings verstärkten sich mit der Zeit seine radikalkatholischen Moralvorschläge. Bei der Durchsuchung seiner Wohnung kamen zentnerweise einschlägige Schriften zum Vorschein.« Laurenti legte das Foto vom Rosenkranz und den Boxhandschuhen am Innenspiegel von Neris Kleinwagen auf den Tisch. »Er wetterte gegen die Legalisierung der Ehescheidung, gegen die Homo-Ehe, die Abtreibung und so weiter. Und beizeiten vermischte er wie ein Besessener Glauben und Politik.« Der Commissario blätterte in seinen Unterlagen und zog Fotokopien von Zeitungsausschnitten hervor. »Ein unermüdlicher Leserbriefschreiber: ›Die SS-Soldaten waren keine Kriminellen, sondern Soldaten, die ihr Leben für die europäische Idee gaben. Europa aber ist am 30. April 1945 zugrunde gegangen.‹ Hitlers Todestag, Dottore. Ein anderes Beispiel: ›Jesus in einem Satz mit Schwulen zu nennen, ist eine heidnische Idee, um ihm seine Göttlichkeit abzusprechen. Ich spreche nur mit Katholiken, alle anderen sind weniger wert als Hunde‹, oder ›Wir sind von einer ethnischen Säuberungswelle durch die Immigranten bedroht.‹ Oder ›Wer eine laizistische Schule und eine Justiz ohne Gott und Kruzifix fordert, muss geheilt werden.‹« Laurenti schob die Blätter zusammen. »Ein waschechter Verteidiger der weißen Rasse, Herr Staatsanwalt. Ein Warner vor der Invasion alles Nichtchristlichen, Antimuslim und Antisemit in einem.«

»Schauen Sie, Laurenti«, sagte Cirillo plötzlich so sanft und nachsichtig, als hätte er mit einem Kranken zu tun. »Jeder ist sich selbst der Nächste – und wer anderen die Schuld zuweisen kann, braucht selbst kein schlechtes Gewissen zu haben.«

»Allerdings befürchte ich, dass auch für seinen Tod die Vergangenheit die entscheidende Rolle spielt und nicht die Gegenwart. Einen ultrakatholischen Fanatiker umzulegen macht keinen Sinn. Von denen gibt's schlichtweg zu viele.« Laurenti steckte die Papiere in den Aktendeckel zurück.

»Und was ist mit diesem Flugapparat? Telefonate, Funkzellen?« Cirillo wusste genau, dass die Antworten auf diese Fragen auf sich warten ließen. Die für die Auswertung zuständigen privaten Funknetzbetreiber scherten sich nicht um den Druck des polizeilichen Ermittlungsapparats. »Steht inzwischen wenigstens die Tatwaffe fest? Haben Sie die Schützenvereine abgefragt? Vergessen Sie die Bogenschützen nicht, Commissario.«

»Sobald es Neuigkeiten gibt, Dottore, werden Sie der Erste sein, der sie erfährt.« Laurenti erhob sich. Die Papiere, die seinen Stuhl belegt hatten, ließ er am Boden.

Die Wege in der Innenstadt zu Fuß zu gehen und keinen Fahrer samt Dienstwagen zu beanspruchen dauerte zwar etwas länger, bot dafür aber gewaltige Vorteile. Commissario Laurenti versuchte so häufig wie möglich, seine Routen zu wechseln. Und zwar nicht aus Gesundheitsgründen oder gar aus Umweltbewusstsein, Letzteres überließ er ohnehin seinen Kindern.

Nur zu Fuß erlebte er die kleineren Veränderungen in der Stadt aus der Nähe. Die Geschäfte beispielsweise. Er erfuhr sofort, wenn alte Läden schlossen, weil ihre Inhaber nach fünfzig Jahren oder länger nicht mehr wollten. Einigen nahm er es fast übel, denn mit ihnen verschwanden Spezialisten, Auswahl und Kompetenz. In den vergangenen zehn Jahren hatten viele dieser Institutionen aufgegeben, ohne dass darauf Besseres gefolgt wäre. An die Stelle des reichen Warenangebots rückte die Einfalt vergänglicher Massenprodukte, die auf der ganzen Welt zu finden war. Vor allem die fachliche Beratung ließ immer häufiger zu wünschen übrig. Dabei tendierte der Commissario kaum zu nostalgischen Anfällen. Er bedauerte es aus durchaus praktischen Gründen, die direkt mit seinen komplizierten Ermittlungen zu tun hatten.

Als er noch neu in der Stadt war, hatte gerade in der Via Dante Alighieri das Fachgeschäft für Knöpfe die Rollläden für immer heruntergelassen. Zigtausende Knopfarten aus kaum vorstellbaren Materialien und jeglichem Modetrend der letzten zweihundert Jahre waren dort zu finden gewesen. Während der Ermittlungen zum Tod einer scheinbar alterslosen Dame, die stets im Stil längst vergangener Epochen kostümiert durch die Innenstadt flanierte und von sich behauptete, sie entstamme dem 18. Jahrhundert, war es Mariettas blendende Idee gewesen, dort nach Hilfe zu fragen. Gerade noch rechtzeitig hatte sie den alten Ladeninhaber ausfindig gemacht und ihm einige Kleidungsreste vorgeführt, anhand derer die Leiche letztlich identifiziert werden konnte. In einem anderen Fall konnte der Eigentümer einer alteingesessenen Parfümerie weiterhelfen, der mit seinem Wissen um einen seltenen Duftstoff zur Aufklärung verhalf. Allerdings hatte er sich nach der Geruchsprobe an der frischen Leiche im gekachelten Obduktionsraum der Gerichtsmedizin übergeben.

Und auch ein fachkundiger Immobilienmakler trug einmal dazu bei, über die jahrelange Verkaufsgeschichte des Palazzos die trauernden Erben eines Adligen der Habgier zu überführen, die den Alten auf ihre Art von der vorzeitigen Übergabe seines Vermögens überzeugt hatten. Den Traum vom erhofften Reichtum durften sie sich bei lebenslänglicher Vollpension gründlich abschminken. Zu Fuß begegnete man Menschen, mit denen man sich bei einem schnellen Espresso am Tresen der nächsten Bar austauschen konnte. Irgendwelche Neuigkeiten waren dabei immer zu erfahren.

Als Laurenti den langen Korridor im neoklassizistischen Gerichtspalast hinter sich ließ und die breite Treppe mit den Marmorsäulen erreichte, rief ihn eine bekannte Stimme zurück. Marco, der Gerichtsarchivar, ein kahlköpfiger, lebensfroher Genießer, trug unendliches Wissen über das Reich der Akten, Klagen und Prozesse mit sich herum.

Laurenti wartete, bis sein Freund ihn erreicht hatte. »Was passiert eigentlich, wenn du einmal in Ruhestand gehst?«, fragte er ihn zur Begrüßung. »In den ganzen Ordnern steigt nach dir doch niemand mehr durch. Die Prozesse werden sich ewig verschleppen, bis sich dein Nachfolger eingearbeitet hat.«

»Das dauert hoffentlich noch ein paar Jahre. Bei dir wird es übrigens kaum anders sein, Proteo«, lachte der Archivar. »Hast du Zeit für einen Aperitif?«

»Ich plane eigentlich, alle Fälle vor meinem Abschied abzuschließen. Aber neue Besen kehren gut, heißt es.«

»Das schon. Aber auch wenn du schon ewig in der Stadt bist, hast du den distanzierteren Blick des Zugezogenen nie verloren. Auch das müssen sich andere erst erarbeiten. Und wer weiß, ob sie über ausreichend Standfestigkeit verfügen, sich nicht gleich an unsere Eigenheiten zu gewöhnen. Es gibt hier einfach zu viele Vorteile: Den meisten geht es gut, auch ohne sich übermäßig ins Zeug zu legen. Triest erinnert mich oft an einen Kurort, in dem selbst das Personal ein Pflegefall ist.«

»Jetzt redest du wie der Leitende Oberstaatsanwalt, von dem ich gerade komme.«

»Ah, du meinst Cirillo. Der hat sich zum Programm gemacht, bei möglichst vielen in schlechter Erinnerung zu bleiben, bevor seine Amtszeit abläuft und er zurück in den Süden darf, um die Rente zu genießen und Bücher zu schreiben. Dabei hat er einiges auf dem Kasten.«

Sie verließen den Gerichtspalast durch den Seiteneingang und gingen die Via Coroneo bis zur nächsten Kreuzung hinunter, an der sich die fabelhafte *Bar X* befand. Die köstlichen Weißweine vom Karst, die hier ausgeschenkt wurden, dienten nicht nur den Richtern, Strafrechtlern und Staatsanwälten in ihren täglichen Pausen als Treibstoff. Auch die in der Umgebung arbeitenden Advokaten und Geschäftsleute gehörten zur Stammkundschaft, und beizeiten begegneten sich Zeugen, Ankläger und Angeklagte mit ihren Verteidigern nach den Verhandlungen in dem gut besuchten Lokal wieder. Doch gegen vierzehn Uhr, als der Commissario und der Archivar eintraten, hatten die meisten die Bar schon wieder verlassen.

»Du hast einmal gesagt, dass du eine Liste der bizarrsten Fälle führst, aus denen du nach der Pensionierung ein Buch machen willst. Bist du noch dabei?«, begann Laurenti, nachdem sie mit einem Glas Vitovska angestoßen hatten, zu dem eine Platte Prosciutto und in tiefen Tropfsteinhöhlen gereifter Käse vom Hochplateau serviert wurde.

»An der Liste schon. Aber dass daraus jemals ein Buch wird, bezweifle ich. Dazu muss man viel zu lange still sitzen und einen roten Faden finden. Und am Ende glaubt mir keiner, außer den Triestinern selbst, denn niemand sonst weiß, dass hier fast alle verrückt sind. Vielleicht sollte ich lieber ein Kabarettprogramm daraus machen.«

»Ist dir zufälligerweise schon einmal ein Mord mit einer Armbrust untergekommen?«

Marco runzelte die Stirn, als blättere er in seinen Unterlagen. Nach einem weiteren Schluck Wein schüttelte er den Kopf. »Nein, soweit ich mich erinnere, nicht. Hast du etwa gerade einen auf dem Tisch?«

»Es sieht so aus, als käme wieder einmal die Vergangenheit zum Vorschein. Aber vielleicht kannst du mir helfen. Bis wann reicht dein Archiv zurück?«

»Hängt davon ab. Eigentlich sollte sich alles vor dem 26. Oktober 1954 und dem Ende der alliierten Verwaltung im Staatsarchiv befinden. Die ein oder andere Akte liegt aber eventuell auch wieder bei uns, sofern sie für spätere Vorgänge relevant wurde.«

Ein Anruf aus der Questura unterbrach die beiden.

»Du hast gerade noch genug Zeit, die Rechnung zu begleichen, Proteo«, meldete sich Marietta. »Ein Wagen wartet vor der Tür auf dich.«

Woher wusste Marietta nur schon wieder, wo er sich aufhielt? Vor dem Fenster sah er einen Streifenwagen, der in zweiter Reihe hielt. »Was gibt's?«

»Es sieht so aus, als hätten wir die Tatwaffe gefunden«, sagte sie. »Aber sag du mir, ob man einen total verdreckten und stinkenden Penner auch gegen seinen Willen in die Waschmaschine stecken darf, wenn er ein möglicher Zeuge ist. Die Kollegen, die ihn aufgegriffen haben, weigern sich jedenfalls, ihn im Dienstwagen mitzunehmen. Es scheint, als wüsste der Kerl genau, wie man sich vor Scherereien schützt. Sie haben ihn oben in der Strada del Friuli angehalten. Er lief, auf ein voll beladenes Kinderfahrrad gestützt, vom Karst herunter. Barfuß und mit nacktem Oberkörper. Im Februar. Stell dir das mal vor.«

Laurenti hob die Brauen. Er hatte den Kerl im Laufe der Jahre schon mehr als einmal im Vorbeifahren gesehen. Ein Mann mit wirren Haaren und schwarzem Vollbart, der sommers wie winters halb nackt herumlief. Irgendjemand hatte einmal behauptet, er sei ein Serbe, der in einer der vielen versteckten Höhlen im grauen Kalkgestein des Karsts unterhalb des Santuario von Monte Grisa hauste. Seine Haut war fast schwarz. Und der Teint stammte kaum von den exzessiven Sonnenbädern, die sich die Triestiner zu jeder Jahreszeit in den windgeschützten Ecken am Meer gönnten. Wasser bekam der Körper dieses Waldschrats wohl nur bei heftigen Regengüssen zu spüren. Immerhin, so hieß es oben in Prosecco, würde er nie einen Laden betreten, um seine Besorgungen zu erledigen. Er wartete vor der Tür und übergab seine Einkaufsliste: *Brot, Pasta, Apfel* oder *Salami*. Er machte keine Mengenangaben und bezahlte, ohne zu murren. Viel war es nie, doch war dem Mann seine Erscheinung wohl bewusst. Sein Verhalten zeugte von einem gewissen Anstand, den Ladenbesitzern die Geschäfte nicht mit seinem Eintreten zu vermiesen. Und offensichtlich schützte ihn sein Äußeres auch vor Kontrollen durch die Ordnungskräfte. Als Laurenti sich einmal unter den Kollegen nach ihm erkundigt hatte, blieben sie ihm eine Antwort schuldig. Das peinliche Schweigen und die ausweichenden Blicke ließen jedoch vermuten, dass sich jeder seines Versäumnisses bewusst war.

»Und was liegt gegen ihn vor, Marietta?«

»Außer den Einkäufen, die er oben in Prosecco gemacht hat, baumelte eine Armbrust vom Lenker. Sie haben ihm nicht einmal Handschellen angelegt, so dreckig ist er.«

»Verständige den Psychiatrischen Dienst und einen Krankenwagen. Vielleicht können die ihn dazu bringen, sich zu waschen. Ich mach mich sofort auf den Weg. Pina Cardareto und Battinelli sollen die Übungsgelände der Bogenschützen abklappern, falls es so was bei uns überhaupt gibt. Und du setzt dich bitte an eine unverfängliche Pressemeldung. Eine, die alles meldet und nichts sagt. Das kannst du am besten von allen. Ich schau sie mir an, sobald ich zurück bin. Cirillo möchte sie auch sehen, bevor sie rausgeht. Spätestens 17 Uhr will er sie freigeben.«

Proteo Laurenti verabschiedete sich von seinem Freund und stieg in den Streifenwagen, der, noch während er die Tür zum Fond ins Schloss zog, losfuhr.

»Das ist keine Verfolgungsjagd, keine Eile also«, befahl er dem Uniformierten am Steuer. »Keine Sirene und kein Blaulicht. Halt dich an die Regeln.«

Auf dem Beifahrersitz saß Kollege Enea Musumeci, der erst seit einigen Monaten in der Stadt war. Trotz des sizilianischen Nachnamens stammte er aus der Gegend von Trient. Er strotzte nicht gerade vor Ehrgeiz, arbeitete dafür aber akribisch genau. Und seit in Triest der Tourismus exponentiell gewachsen war, waren Beamte mit Deutschkenntnissen gefragt wie nie. Er war in Süddeutschland in der Nähe der Donauquelle aufgewachsen und kam erst mit vierzehn Jahren mit seinen Eltern nach Italien. Musumeci brachte Laurenti in knappen Worten auf den Stand der Ermittlungen. Die Gerichtsmedizinerin hatte inzwischen ihren Befund abgegeben. Insbesondere die Position des Schützen ließ sich dank des Eintrittswinkel des Bolzens eingrenzen. Auch die erste Frequenzmeldung eines Netzbetreibers lag vor, aus der zu schließen war, dass die Drohne vom nördlichen Ortsrand gesteuert wurde. Ob sich der Pilot aber in einem der wenigen Häuser dort oder auf freiem Feld befunden habe, blieb weiterhin offen. Die Listen der Telefonnummern, die sich gestern Morgen in Prosecco ins Netz eingeklinkt hatten, fehlten noch.

Sie sahen das Blaulicht des Streifenwagens vor der letzten Kurve unterhalb des alten Fischerdorfs Contovello, das wie eine Krone an der Abrisskante des Karsts hoch über der Adria lag. Zwei Uniformierte mit Latexhandschuhen und Atemschutzmasken hinderten den Mann mit ausreichendem Abstand am Weiterkommen. Ihr Fahrzeug versperrte ihm den Weg zurück und auf der Meerseite behinderte ihn ein Mäuerchen, das die Straße vom Abgrund trennte. Wie groß er wirklich war, ließ sich kaum schätzen. Sein Oberkörper war stark gebeugt und von nicht identifizierbarer, krustiger Färbung. Mit den Unterarmen stützte er sich am Lenker des zwergenhaften Fahrrads auf. Er musste den Kopf stark zur Seite legen, um dem Kollegen von der Streife in die Augen zu sehen. Falten waren in dem schmutzigen Gesicht mit dem wuchernden Vollbart und den buschigen Augenbrauen nicht zu erkennen. Laurenti rümpfte die Nase, als er den Wagen verließ und sich näherte. Der üble Gestank war die beste Waffe zur Selbstverteidigung. Der Mann zuckte ununterbrochen mit den Schultern und äußerte Unverständliches, das aber nicht unfreundlich klang. In welcher Sprache er sich auszudrücken versuchte, blieb ein Rätsel.

»Sprechen Sie Italienisch?«, fragte Laurenti aus einem Meter Abstand. »Verstehen Sie mich?«

Der Mann schüttelte den Kopf, wieder murmelte er seltsames Zeug. Dem Tonfall nach nichts Böses. Ein Kollege wiederholte die Frage auf Slowenisch, dann auf Englisch. Und Musumeci auf Deutsch, erst in diesem Moment schien sich sein Blick aufzuhellen.

»Wie heißen Sie? Ihr Name?«, setzte Musumeci sogleich nach.

»Kurti.«

»Kurti, und wie weiter?«

Der Mann schüttelte den Kopf.

»Du solltest dich waschen, Kurti«, sagte Enea Musumeci. Seine Kollegen und der Commissario schauten ihn fragend an.

»Gleich kommt ein Krankenwagen. Der nimmt dich mit ins Krankenhaus, da kannst du dich sauber machen, Kurti.«

Der Schrat zuckte vor Schreck zusammen. In seinen Augen stand Furcht.

»Du stinkst gegen den Wind. Die Ärzte werden untersuchen, ob dir etwas fehlt. Du bekommst auch frische Kleidung von ihnen. Und dann kommst du zu uns in die Questura. Hast du mich verstanden?«

Kurti schüttelte widerwillig den Kopf. »Bleib hia. I gang nirgands hi. Lost mi in Ruah.« Er rollte das R wie eine vom Berg rumpelnde Geröllhalde.

»Dir bleibt leider keine Wahl. Für die Armbrust brauchst du einen Waffenschein. Woher hast du sie?«

»Gfnundn.«

Musumeci rätselte über den Ausdruck und insistierte. »Woher?«

»Gfnundn im Wald.«

»In welchem Wald? Das ist eine Tatwaffe, Kurti.«

»Dert.« Er hob kurz die Hand vom Lenker, deutete auf eine Stelle an der Böschung, an der das Gebüsch niedergetreten war, doch er musste sich gleich wieder aufstützen.

»Und die Maske?« Musumeci deutete auf den Latexlappen an der Lenkerstange mit dem zerknitterten Gesicht des Rechtspopulisten.

»Gfnundn.«

»Wo?«

»Dert dobn.« Auch das vermochte Enea Musumeci phonetisch abzuleiten. In einer Haltebucht unterhalb der Kurve standen einige Müllcontainer.

»Dort?«, fragte der Polizist und erhielt eine grunzende Bestätigung.

»Wann hast du das Zeug gefunden?«

»Heit.«

Der Subaru des Notarztes stoppte neben ihnen, dahinter ein Krankenwagen.

»Kurti, die nehmen dich jetzt mit. Da gibt es warmes Wasser und gute Seife. Mach ihnen keine Probleme. Sonst musst du ins Gefängnis. Und dort schrubben dich die Schwerverbrecher. Die lassen keinen zu sich in die Zelle, der so riecht wie du.«

Auch der Notarzt und die beiden Sanitäter verdrehten trotz der Operationsmasken die Augen. Kurt zuckte zusammen, als sie ihm zu nahe kamen.

Musumeci hielt sie mit einem Zeichen zurück und hob mahnend den Zeigefinger. »Warst du schon mal im Gefängnis, Kurti? Kannst du dir vorstellen, was die da mit dir machen?«

Der hilflose Mann grunzte und klammerte sich mit stark zitternden Händen an seinem Fahrrad fest. Ein Schwall unverständliches Zeug brach aus ihm hervor. Als versuche er, das Schlimmste abzuwehren. Seine Lippen bebten, sein Blick war panisch, als der Notarzt noch einen Schritt näher trat und ein Laserthermometer auf seine Stirn richtete. Erst als er sich umdrehte und das Ergebnis ablas, lockerte sich Kurti wieder.

»Fieber hat er nicht«, sagte der Arzt zu Laurenti. »Es kommt mir aber vor, als hätte dieser Mann seit Ewigkeiten mit niemandem geredet. Meine Kollegen im Krankenhaus werden ihn auf jeden Fall untersuchen. Natürlich nur, wenn Sie keine Einwände haben, Commissario.«

»In Ordnung, Dottore. Ich hoffe, mein Kollege kann ihn davon überzeugen, keine Schwierigkeiten zu bereiten. Der Mann hat Angst. Schauen Sie, wie er zittert. Sie würden uns helfen, wenn Sie Ihre Kollegen in der Klinik anweisen, dass man ihn nicht warten lässt. Sie sollen jemanden bereitstellen. Es ist ein Notfall.«

Musumeci redete noch immer beruhigend auf Kurti ein. »Warum lehnst du dein Rad nicht einfach an das Mäuerchen. Vertrau mir. Wir passen drauf auf, bis du zurückkommst, versprochen. Es geht nicht anders. Sonst müssen wir dich festnehmen. So gehst du als freier Mann. Freisein, Kurti, ist dir doch wichtig, oder?«

Endlich nahm der Mann eine Hand vom Lenker und führte sie unsicher in einen der vielen Beutel. Er zog einen fleckigen Apfel heraus und biss hinein, um das Rad schließlich mit beiden Händen an die niedrige Mauer zu lehnen. Er löste drei Beutel von der Lenkstange und richtete sich so weit auf, bis sein Oberkörper nur noch um fünfundvierzig Grad gebeugt war. Ein magerer, muskulöser Mann mittlerer Größe. Die schartigen Hände mit den Taschen hielt er sich vor die Brust. Sie zitterten fürchterlich. Laurenti glaubte, dass er versuchte, eine lange Narbe zu verstecken, die vom Brustbein bis in die vor Dreck starrende Hose verlief. Musumeci redete weiter auf ihn ein, bis er zaghaft den beiden Sanitätern zur geöffneten Tür des Krankenwagens folgte.

»Musumeci«, lächelte der Commissario. »Du musst ihn begleiten, du bist der Einzige, der seine Sprache beherrscht.« Laurenti drehte sich sofort zu den schadenfroh grinsenden Uniformierten um. »Lacht nicht so blöd. Wir haben versprochen, auf das Rad aufzupassen. Mir ist es egal, wie ihr das macht. Arrangiert euch. Versteckt es im Wäldchen oberhalb der Straße hinter einem Felsen.« Sie schauten dem Krankenwagen nach, der bereits in der Kurve drehte und in die Stadt hinunterfuhr. »Kurti war jedenfalls nicht der Schütze. Der ist kein Mörder«, sagte Laurenti zu den Männern.

»Woher wollen Sie das wissen, Commissario?«, fragte sein Fahrer verblüfft. »Wir kennen ihn doch gar nicht.«

»Habt ihr nicht bemerkt, wie der zittert? Und zwar nicht vor Angst.«

Einer nickte.

»Also, passt sorgfältig auf seine Sachen auf. Was auch immer ihm passiert ist, er lebt irgendwo hier in der Wildnis, er ist voller Narben und versteckt sich vor irgendetwas. Es ist gut möglich, dass er was gesehen hat. Wer weiß, ob er uns nicht noch weiterhelfen kann, wenn er erst mal gewaschen und frisch eingekleidet ist. Für den Moment ist er ein Zeuge. Also behandelt ihn mit Respekt. Vielleicht schöpft er Vertrauen. Sichert die Maske und die Armbrust und bringt sie den Kriminaltechnikern. Und durchsucht die Müllcontainer. Hoffen wir mal, dass die Müllabfuhr noch nicht da war.«

»Aber kein Mörder? Wir wissen weder, wo er herkommt, noch was er früher gemacht hat.«

»Ist jeder Unbekannte gleich ein Mörder? Auch wenn er noch so abstoßend wirkt? Sein Vorleben interessiert erst, wenn wir seine Identität kennen. Generalverdacht und willkürliche Verhaftungen sind seit dem Faschismus vorbei.«

Über Jahrhunderte war Triest dank seiner Lage und des nördlichsten Freihafens im mediterranen Raum der Hauptumschlagplatz für Waren in ganz Zentraleuropa. Die Entfernungen nach Mailand, Turin, München, Wien oder Budapest entsprachen sich fast. Alle Güter wurden hier gehandelt, von gewöhnlichen Handelswaren bis zum Kaffee, Gewürzen oder Wein und anderen Lebensmitteln, über Rohstoffe, Stahl und Erdöl oder Waffen. In der Zeit nach dem Zweiten Weltkrieg nannte man Triest im gleichen Atemzug mit Istanbul, Tanger und Marseille – sie alle waren auch strategische Drehkreuze für finstere Geschäfte. In den Räumlichkeiten der berühmtesten Waffenhandlung Triests, *Angelini & Bernardon* in der Via San Nicolò, hatte sich allerdings längst ein schicker Herrenausstatter niedergelassen, wo auch Proteo Laurenti seine Anzüge kaufte. Seine Tochter Livia hatte ihm einmal erzählt, dass Ernest Hemingway seinem Leben am 2. Juli 1961 mit einer doppelläufigen Schrotflinte ein Ende gesetzt habe, auf deren Lauf *Angelini & Bernardon Trieste* eingraviert war. Das fragwürdige Geschenk eines Adligen aus dem nahen Friaul, auf dessen Gut

Angoris bei Cormòns der Amerikaner einmal zu Gast gewesen war.

So ließ sich Commissario Proteo Laurenti nach der Rückfahrt in die Stadt an der Piazza Garibaldi absetzen, um einen anderen Fachmann für seltene Schusswaffen um Rat zu fragen, der eisern an seinem Standort festhielt und dessen Geschäft noch nicht dem Strukturwandel zum Opfer gefallen war.

Im Sommer war die Piazza trotz des sie umfließenden Verkehrs einer der schönsten Schattenplätze im ganzen Stadtzentrum, doch aktuell waren die Platanen, die sie säumten, noch kahl. Während der jugoslawischen Sezessionskriege war hier der Treffpunkt der osteuropäischen Schwarzarbeiter gewesen. An der Säule mit der lebensgroßen, vergoldeten Madonna hatten sie frühmorgens darauf gewartet, für schlecht bezahlte Arbeiten angeheuert zu werden. Heute gehörten die Bars, Läden und Restaurants überwiegend chinesischen Geschäftsleuten. Auch einen Western-Union-Schalter gab es, von dem die Pakistani und Afghanen ihr schwer verdientes Geld nach Hause schickten. In der Mitte des Platzes standen ein Brunnen und ein paar Bänke, Marktstände mit Kram für die Gastarbeiterinnen aus der Ukraine, ein Kiosk mit Blumen. Und immer noch trafen sich hier die Serben, die das Viertel bevölkerten. Die Stadtverwaltung kümmerte sich wenig um die Pflege der Piazza, dachte Laurenti jedes Mal, wenn er dort zu tun hatte. Das war keine Frage des Geldes, sondern Kalkül. Wählerstimmen waren hier kaum zu holen.

Ohne sich um den Verkehr zu scheren, überquerte Laurenti die vierspurige Straße. Das Schaufenster der alteingesessenen Waffenhandlung *Hubertus Marchesini* war ausgerechnet mit verschiedenen Armbrustmodellen dekoriert. Billige Amateurwaffen mit einfachen Geschossen. Spielzeug. Untauglich für Morde.

Der Commissario kannte den Laden gut. Bereits Ende der

Siebzigerjahre erhielt die Questura immer wieder Anfragen aus Süditalien wegen Pistolen und Gewehren, die dort gekauft worden waren. Ein Mann mit jugoslawischem Pass hatte sie regulär erstanden. Habhaft wurde man seiner nie. Ein Mittler des organisierten Verbrechens.

Der aktuelle Inhaber des gut gesicherten Geschäfts musste ein Enkel des Gründers sein. Er begrüßte Laurenti fast wie einen Freund. »Wenn der Chef selbst kommt, dann besteht vermutlich Grund zur Sorge. Wie geht es denn, Commissario? Wir haben uns lange nicht gesehen.«

»Ich habe die Armbrustmodelle in der Auslage gesehen, Signor Marchesini. Haben Sie so etwas auch für Profis?«

»Meinen Sie für Wettkämpfe oder eine Pistolenarmbrust? Das ist ein gewaltiger Unterschied. Auch was die Bolzen betrifft.«

»Sagen wir einmal für Jäger. Oder Wilderer.«

»Hasen, Fasanen, Rehböcke oder Wildschweine?«

»Eher Großwild.«

»Eine Kriegswaffe, meinen Sie?«

»Eine für Rambo. Haben Sie so etwas?«

Der Kaufmann schüttelte entschieden den Kopf. »Wer so was braucht, meidet die Registrierung. Die Dinger sind bei uns meldepflichtig und werden deshalb fast ausschließlich übers Internet bezogen, wo man sie problemlos bestellen kann. Aus Frankreich oder von anderswo. Die liefern völlig unverdächtig per Kurier. Samt Geschossen in großer Auswahl. Dort bekommt man sie auch ohne Waffenschein. Profis rüsten sie mit Zielfernrohr und Laserpointer auf. Ich würde behaupten, wer so etwas haben will, hat ein ganz spezielles Anliegen.«

»Dann hat also im Laufe der letzten Jahre niemand so ein Ding bei Ihnen erworben?« Laurenti zeigte das Foto von der Armbrust, die Kurti angeblich aus dem Müll gezogen hatte.

»Oh, eine Cobra RX Adder, Commissario. Scheißgefährlich«, kommentierte der Mann. »Eine taktische Repetierarmbrust. Dreißig Joule bei hundertdreißig Pfund Zuggewicht. Sehen Sie, das da ist ein Hebelmechanismus zum blitzartigen Spannen und ein Magazin für sechs Bolzen. Nachladen, ohne abzusetzen, sechs Schüsse in weniger als dreißig Sekunden. Verstehen Sie, was ich meine? Auf der Picatinny-Schiene sitzt ein Präzisionsvisier. Vermutlich mit Helligkeitsregler. Aber ein erfahrener Schütze kann damit auch aus der Hüfte schießen. Sie wiegt kaum doppelt so viel wie Ihre Beretta, Commissario. Bis auf die Stahlsehne ist alles aus Karbon. Welches Geschoss wurde verwendet?«

»Ein relativ kurzer, fast schwarzer Pfeil, Marchesini.«

»Ebenfalls Karbon, außer der verschraubten Metallspitze. Gehen Sie davon aus, dass man auf fünfzig Meter ohne Probleme Volltreffer erzielt. Selbst auf wesentlich größere Entfernung. Mit der richtigen Spitze entwickelt das Ding eine enorme Durchschlagskraft.«

»Wie teuer ist so etwas?«

»Ohne Visier findet man die im Internet für dreihundertfünfzig Euro.«

»Recht preiswert für eine tödliche Waffe. Wir haben sie im Wald gefunden.«

»Ganz schön leichtsinnig.«

»Offensichtlich wollte der Täter sie loswerden.«

»Wie viele Leute hat er auf dem Gewissen?«

»Das lesen Sie morgen in der Zeitung.«

Kurti hatte Pech. Er befand sich in den Klauen der Chefinspektorin Cardareto, die mithilfe ihres Dolmetschers Enea Musumeci versuchte, die wichtigsten Personenangaben aus ihm herauszuquetschen. Sie legte viel zu harte Bandagen an für einen, der offensichtlich seit Langem mit niemandem kommuniziert hatte und dessen Stimme eingerostet war. So skrupulös

Pina sonst war, genügte wohl auch ihr die Tatsache, dass er die Waffe bei sich führte, als Mordverdacht. Im Allgemeinen neigte sie nicht gerade zu feinfühliger Diplomatie, konnte aber eine Menge Ermittlungserfolge vorweisen. Besonders wenn es dabei zu tätlichen Auseinandersetzungen kam, bei denen sie trotz ihrer geringen Körpergröße auch gegen stärkere Gegner nie unterlag. Beizeiten zeigte sie eine Unbeherrschtheit, die ihr auf den ersten Blick niemand zutraute.

Dass die Kalabresin sich in diesem Fall irrte, erkannte Laurenti sofort, als er in die Questura zurückkam. Die Tür ihres Büros stand halb offen, er beobachtete die Szene vom Flur aus. Vor Pina Cardareto saß ein Mann, den er nicht wiedererkannt hätte, wenn auch seine Haare geschnitten worden wären. Den verwucherten Bart war er auf jeden Fall los. Er musste sich nach dem Bad in der Klinik selbst rasiert haben, anordnen darf man das nicht. Die grobporige Gesichtshaut war an den Wangen, an Oberlippe und Kinn sowie am Hals auffällig weiß. Ohren, Nase und Stirn hingegen waren vom Wetter gegerbt. Wie seine Hände, die immer noch zitterten. Auch die frische Kleidung, die von einer sozialen Einrichtung stammen musste, veränderte ihn. Er trug einen karierten Pullover, Socken und Halbschuhe mit ungebundenen Schnürsenkeln. Die Stoffhose war ihm fünf Zentimeter zu kurz und am Bund viel zu weit, sie musste einem Büromenschen gehört haben. Kurtis Alter war noch immer schwer zu schätzen, fünfzig vielleicht, mit Spielraum nach oben und unten. Unbequem saß er auf dem harten Bürostuhl vor der Chefinspektorin und machte trotz ihrer ungeduldigen Härte nicht den Anschein, als fürchtete er sich vor ihr. Enea Musumeci übersetzte die Fragen und legte dabei mehr Feingefühl an den Tag als Pina. Er senkte die Stimme, milderte den Ton und vor allem schaute er Kurti nicht immer wie ein Werwolf direkt in die schwarzen Augen. Immer wieder bremste er seine Vorgesetzte mit einer schwachen Handbewegung, wenn er mit dem Übersetzen nicht hinterherkam oder merkte, dass Kurti sich unter ihrem barschen Tonfall nur noch mehr versteifte.

Als Laurenti das Vorzimmer seines Büros betrat, flirtete Marietta dafür vehement mit einem Kollegen. Der Aschenbecher auf ihrem Schreibtisch glich dem Ätna kurz vor einem Ausbruch. Eine Kippe hatte andere Stummel in Brand gesetzt, was die beiden nicht zu stören schien. Als er Laurenti sah, schreckte der dickliche Kerl auf. Mit rotem Gesicht löste er seinen Blick von Mariettas Dekolleté und drückte den Rücken durch. Marietta ließ sich von ihrem Chef nicht stören. Sie beugte sich lediglich zum Fenster hinüber, um zu lüften.

»Ruf bitte Pina einen Augenblick zu mir und leer den Aschenbecher, ohne gleich die ganze Questura in Brand zu setzen«, sagte Laurenti knapp und schloss die Tür hinter sich. Auch er öffnete die Fenster und ließ frische Luft herein. Der Qualm hing selbst hier wie eine Wolke im Zimmer. Die Chefinspektorin trat theatralisch hustend ein. Wie alle anderen hatte sie sich abgewöhnt, Marietta direkt zu kritisieren. Beim Streit unter Frauen hatte Pina bisher immer den Kürzeren gezogen. Sticheleien zwischen den beiden gab es dennoch ohne Unterlass, auch wenn sie sich in dienstlichen Stresssituationen perfekt ergänzten.

»Wir sind doch nicht im Puff hier«, lästerte Pina Cardareto.

»Marietta arbeitet«, erwiderte der Commissario.

»Sie gibt wirklich alles für den Job, wie man sieht.«

Laurenti überging die Harke. »Der Kollege ist für Waffenerlaubnisscheine zuständig und nicht gerade für Kooperationsbereitschaft bekannt. Und solange er nicht versetzt wird, ist es besser, sie hat ihn zwischen den ...«

»... Schenkeln.«

»Pina, bitte.« Laurenti verkniff sich den Rest.

Die Chefinspektorin war ein harter Knochen. Kaum über

eins fünfzig groß, das Haar zu einer schwarzen Bürste geschoren, und so zynisch wie sie war, traute ihr keiner ein sanftes Wort zu. So gut wie niemand im Kollegenkreis wusste etwas über ihr Privatleben, außer dass sie Theaterstücke schrieb und gehässige Comics über den Alltag in der Questura aufs Blatt warf, mit denen sie auch noch die letzten Sympathien verspielte. Und das Tattoo auf ihrem linken Oberarm, ein durchgestrichenes Herz mit den Worten BASTA AMORE hatte oft genug für Spekulationen über ihre sexuellen Vorlieben gesorgt. Man sprach ihr jedes Quäntchen Ironie ab, aber sie arbeitete methodisch und kompetent, sie verbiss sich wie ein Kampfhund in ihre Fälle, bis sie gelöst waren. Als Chefinspektorin genoss sie großen Respekt.

»Sie versuchen, Kurti durch die Mangel zu drehen. Aber so werden Sie nicht weit kommen, Pina. Bisher liegt nicht mehr gegen ihn vor, als dass er in Mülltonnen wühlt und keine Papiere hat.«

»Wollen Sie ihn etwa Marietta übergeben, Commissario?«, fragte sie empört. »Ich verspreche Ihnen, dann gesteht er mehr, als er begangen haben kann.«

»Keine Sorge, Pina. Der Mann ist traumatisiert. Wir wissen nicht, wodurch. Nach dem Zerfall Jugoslawiens hatten wir häufiger Leute wie ihn hier. Auf die eine oder andere Weise waren alle von ihnen schuldig. Jeder von ihnen wusste eine Kalaschnikow zu bedienen. Viele haben nicht unbeschadet überstanden, was sie gesehen oder gar selbst angerichtet haben. Freiwillig oder unter Zwang. Wir haben viel gelernt damals. Erst wenn diese Leute Vertrauen schöpfen, beginnen sie zu reden. Und Sie sind dafür nicht die Richtige, Pina. Ihre Methode ist bei den harten, abgebrühten Knochen erfolgreich. Aber sicher nicht bei Kurti. Auch Sie müssen das begreifen.«

»Das Einzige, was ich nicht begreife, ist, weshalb wir seine Bleibe nicht auf den Kopf stellen«, gab Pina trotzig zurück.

»Wenn es nach mir ginge, hätten wir längst den gesamten Wald durchkämmt.«

»Und weshalb sollten wir nicht auf weniger brachiale Art erfahren, wo sein Unterschlupf ist, Pina? Ich habe Sie gerufen, damit Musumeci allein mit ihm ist. Er spricht deutsch. Und so wie es aussieht, ist das die einzige Sprache, die der Mann versteht. Enea ist einigermaßen demütig, freundlich, wissbegierig und dennoch zielstrebig. Und er wirkt unsicher genug, um Kurti das Misstrauen zu nehmen. Er hat zwar kein Zeitgefühl, was wir schon mehrfach bemäkelt haben, aber das hat Kurti auch nicht. Also lassen Sie die beiden allein. Selbst wenn sie bis in die tiefe Nacht dort sitzen. Bringen Sie mich jetzt bitte über die anderen Ergebnisse auf den Stand. Die Armbrust ist übrigens ein waffenscheinpflichtiges Modell vom Typ Cobra.«

»Auf der befanden sich allerdings ausschließlich Fingerabdrücke von diesem Gespenst dort drüben. Dafür haben wir in dem Müllcontainer eine zweite Maske gefunden, die von der blonden Populistin. Die DNA der daraus entnommenen Schweißspuren stimmt im Schnelltest mit der des Haars überein, das wir hinter dem Denkmal in Prosecco gefunden haben. Es ist auf jeden Fall von einer Frau. Bis wir Rückschlüsse auf Herkunft, Alter, und Augenfarbe ziehen können, wird es noch dauern. Wenn Sie bedenken, dass man diese Angaben für ein paar Hundert Euro online bei privaten Schweizer Instituten bestellen könnte und die Auswertung ruckzuck erhielte.«

»Wir brauchen juristisch verwendbare Informationen, Pina. Keine Ahnenforschung. Unsere Spezialisten sind zuverlässig und nicht auf Vaterschaftstests aus, mit denen Geld verdient wird. Was noch?«

»Weitere Fingerabdrücke gibt es nicht. Weder auf dem Papier noch anderswo. Nicht einmal an den beiden Bolzen. Der Täter weiß, was er tut. Schon das ist ein wertvoller Hinweis. Es würde mich nicht wundern, wenn er Erfahrung in unserem Beruf hätte, vielleicht auch bei einem der Geheimdienste. Sollte das der Fall sein, können wir die Ermittlungen auch gleich einstellen. Dazu würde jedoch passen, dass oben in Monte Grisa die Videoüberwachung kaputt ist. Da hat einer seine Schäfchen nicht unter Kontrolle. Wir wissen also nicht, weshalb Lauro Neri in der Kurve angehalten hat. Die Daten aus der elektronischen Steuereinheit seines Smarts werden noch von den Informatikern analysiert. Mit etwas Glück erfahren wir dadurch, ob er abrupt gebremst hat oder nicht. Und auf der Aufnahme vor der Bank ist neben den beiden Maskierten nur der Kotflügel eines roten Autos zu sehen, das der Zeuge Debeljuh den beiden zugeordnet hat. Leider sieht man auch auf der Aufnahme kein Kennzeichen. Es handelt sich aber ziemlich sicher um einen kleinen Peugeot. Gewissheit bekommen wir morgen.«

»Und was ist mit dem Schuhabdruck?«

Mit gefurchter Stirn fuhr sich die Chefinspektorin gegen den Strich über das kurze Haar. »Mein Fuß würde zweimal reinpassen. Schuhgröße 48, alles deutet auf einen Mann von über eins neunzig hin. Dem Profil zufolge vermutlich ein Wanderstiefel oder Bergschuh. Der Computer sucht nach der entsprechenden Marke.«

»Haben Sie veranlasst, dass die Hotels nach französischen Gästen abgefragt werden?«

Pina nickte.

»Und was sagt der Graphologe?«

»Da müssen Sie Marietta fragen, Commissario. Auch er ist einer ihrer Verehrer. Sie wird ihn zum Äußersten anspornen.«

»Sticheln Sie aus moralischen Gründen oder weil Sie neidisch auf Mariettas Lebensfreude sind, Pina?« Laurenti konnte sich ein Lächeln nicht verkneifen. »Übrigens, auf das Auto auf dem Foto können wir uns nicht allein verlassen, das kann auch zufällig dort geparkt worden sein. Bringen Sie bitte in Erfahrung, ob diese Armbrust die Sicherheitsschleuse eines Flughafens passieren würde. Man kann sie in alle Einzelteile zerlegen und außer der Stahlsaite ist alles aus Karbon. Auch die Bolzen, deren Metallspitzen man abschrauben und separat mitführen kann. Die Teile ließen sich unverdächtig unter mehreren Reisenden aufteilen.«

Draußen hatte sich längst die Nacht über den Tag gelegt. Laurenti warf einen Blick auf die Uhr. Um acht würde er zu Hause zum Abendessen erwartet. Livia hatte ihren Rückflug nach Frankfurt um ein paar Tage verschoben, es gab noch immer eine Menge zu besprechen.

»Morgen früh tragen wir alle vorläufigen Ergebnisse zusammen. Marietta wird die Sitzung einberufen.« Die Chefinspektorin erhob sich. »Pina, lassen Sie Musumeci allein weitermachen, aber gehen Sie kurz hinüber und fragen Sie, ob die beiden Hunger haben. Bestellen Sie ihnen Pizza und Bier. Die Rechnung geht auf mich.«

Kleines Geständnis

Nach einem langen telefonischen Disput mit ihrem künftigen Ehemann, den alle zwangsläufig mithörten, setzte sich Livia mit Verspätung zum Abendessen.

»Dirk regt sich auf, weil ich die Rückkehr nach Frankfurt um ein paar Tage verschoben habe. Er behauptet, es wäre der ungeeignetste Moment. In der Kanzlei brennt der Schreibtisch, und er fragt sich, wie das erst in Zukunft sein wird, wenn ich mich als Übersetzerin selbstständig gemacht habe und von zu Hause aus arbeite. Ich fehle ihm«, sagte sie. »Aber es gibt genügend Kolleginnen im Büro, die einspringen könnten. In der Küche lässt er sogar das Wasser anbrennen. Vermutlich hat er die letzten Tage den Pizzaservice kommen lassen oder etwas vom Asiaten. Ich weiß, was ich ihm zur Hochzeit schenke: einen einwöchigen Kochkurs bei Marco.«

»Kostet einen Hunderter am Tag. Und zwar cash, zusätzlich zu den benötigten Lebensmitteln natürlich. Freundschaftspreis«, wehrte ihr Bruder sofort ab. »Und nur wenn er zuhört, ohne gleich alles besser zu wissen. Außerdem muss er vorher eine Unfallversicherung abschließen. Dein Dirk kann ja nicht einmal ein Steak auf dem Grill wenden, ohne sich die Flossen zu verbrennen. Stell dir den mal mit einem scharfen Messer in der Hand vor.«

Montag war sein freier Tag, und wie immer, wenn er Zeit hatte, bekochte Marco die Familie. Dieses Abkommen hatten ihm Proteo und Laura in langen, heftigen Diskussionen abgerungen. Dafür durfte er weiterhin bei ihnen im Haus an der Küste leben, ohne sich an den Kosten zu beteiligen. Es ermöglichte ihm ein komfortables Leben. In die Stadt war es nicht weit, ans Meer hinunter nur ein paar steile Treppen durch den Garten, den er ebenfalls begeistert nutzte. Im Sommer kamen seine Freunde zum Baden. In der kalten Jahreszeit schleppte er höchstens eine seiner wechselnden Freundinnen an, von denen er ihnen keine Einzige vorstellte und die sie alle kaum ein zweites Mal zu Gesicht bekamen. Eine eigene Familie zu gründen passte nicht in sein Konzept vom Leben. An diesem Abend hatte er »Elefantenohren« zubereitet, die sogar seiner Großmutter und seiner Nichte schmeckten, obwohl sie sich normalerweise beschweren, wenn etwas nicht weich genug gekocht war. Die in Butterschmalz ausgebackenen Kalbskoteletts, deren Fleisch er behutsam zu riesigen sehr dünnen Fladen geklopft hatte, lagen im ewigen unlösbaren Widerstreit mit dem Wienerschnitzel darum, welche Variante es zuerst gegeben hatte. Die Mailänder oder die österreichische. Die zart panierten Koteletts waren perfekt gelungen, das Fleisch war saftig und am Knochen noch rosig, was die entbeinte Konkurrenz kaum bieten konnte.

»Ich behaupte mal, dass Livia am Ende doch nicht heiraten wird, wenn der angehimmelte Dirk ihr jetzt schon solche Szenen macht. Der Herr Rechtsanwalt hat sich ausgerechnet eine Triestinerin geangelt, aber noch immer nicht begriffen, wer die Hosen anhat. Wie soll das erst werden, wenn er sie nicht mehr vierundzwanzig Stunden am Tag unter Kontrolle hat.«

»Du hast doch keine Ahnung, wovon du redest«, pfiff ihn seine älteste Schwester an. »Du denkst, dass du im Leben nie jemanden brauchen wirst. Aber Dirk braucht mich. Und ich ihn.«

»Ach, muss Liebe schön sein. Wann kommt eigentlich dein

Kapitän zurück, Patrizia?«, wandte er sich an seine andere Schwester.

»Na ja, bald«, sagte Patrizia sehr zögerlich.

Auch Proteo Laurenti und Laura entging nicht, dass Patrizia schlagartig errötete. Eigentlich war sie nie um eine Antwort verlegen. Für gewöhnlich platzte sie immer mit ironischen Bemerkungen in Gespräche und brachte die anderen damit zum Lachen. Aber jetzt?

»Was soll denn das heißen, *bald*? Sonst weißt du immer Datum und Uhrzeit und zählst die Tage und Minuten, bis dein Gigi zurückkommt, Pi. Ist was passiert?«, insistierte Marco.

»Rechne doch selber, wenn es dir so wichtig ist. Am Tag vor Weihnachten ist er nach Seattle geflogen, um das Schiff zu übernehmen. Silvester war er auch nicht hier.«

Gigi, der Vater der zweieinhalbjährigen Barbara, hatte als Kapitän eines Containerschiffs der *Mediterranean Shipping Company* immer genau so lange frei, wie er zuvor auf See war. Etwa alle zwei Monate kam er zurück und blieb dann bei ihr. Während dieser Zeit waren sie unzertrennlich. Bald musste es wieder so weit sein. Und normalerweise fieberte Patrizia diesem Tag sehnsüchtig entgegen. Doch diesmal schien sie seine Rückkehr eher zu bedrücken. Die erstaunten Blicke der ganzen Familie lasteten auf ihr. Nur ihre Großmutter Camilla lächelte glücklich und fragte, wer eigentlich dieser Gigi sei, von dem sie alle redeten. Niemand beachtete sie.

»Nein, mit Gigi ist alles in Ordnung. Bis jetzt zumindest. Aber ich weiß nicht, wie ich es ihm sagen soll«, druckste Patrizia mit Tränen in den Augen herum. »Wenn er wiederkommt, werde ich etwa in der achten Woche sein.«

Aus dem Klirren der gleichzeitig auf die Teller fallenden Messer und Gabeln schloss Laurenti, dass er dieses Mal nicht der Letzte war, der von den Geschehnissen in der Familie erfuhr. Es herrschte sekundenlange Stille, die erst durch das

Vibrieren seines Telefons durchbrochen wurde. Die Nummer der Questura.

»Was heißt hier etwa? Und vor allem: Wie ist das überhaupt möglich, wenn ich das als deine Mutter einmal fragen darf?«, hob Laura an.

»Ich weiß nicht, ob's auf der Silvesterparty passiert ist oder ein paar Tage danach«, gestand Patrizia.

»So eine hätte ich auch gern mal«, prustete Marco dazwischen. »Eine, die nicht genug kriegt.«

Laurenti erhob sich kopfschüttelnd, ging mit dem Telefon in den hinteren Teil des Salons und ließ sich in einen Sessel fallen, bevor er das Gespräch entgegennahm. Er spürte den Schreck in allen Gliedern. Familie ist etwas Wunderbares, dachte er. Wer daran Zweifel hatte, war arm dran.

»Musumeci, was gibt's?«, fragte er und warf einen Blick auf die Uhr. Kurz vor halb elf.

»Ich habe Kurti eine Fahrkarte gekauft und ihn in den Bus nach Prosecco gesetzt. Wir kennen nun immerhin seinen vollständigen Namen. Es liegt nichts gegen ihn vor. Ich konnte ihn nicht länger festhalten. Pina ist zwar etwas ungehalten deswegen, aber es ging nicht anders. Auch wenn er sich zum ersten Mal seit Langem gründlich gewaschen hat, geht es ihm beschissen. Im Krankenhaus hat er sich nur oberflächlich untersuchen lassen und verweigert einen zweiten Besuch. Er hat am ganzen Körper hässliche Narben, die man unter dem Dreck nicht sehen konnte. Vor allem aber hörten seine Hände einfach nicht auf zu zittern. Er ist mit Sicherheit nicht der, den wir suchen. Mit einer Schusswaffe könnte er höchstens aus Zufall jemanden erwischen. Allerdings ist er ganz schön stark, trotz des krummen Rückens. Mit bloßen Händen traue ich ihm alles zu. Nur nicht mit einer Armbrust. Die Pizzen und das Bier haben übrigens achtzehn Euro gekostet. Ich habe sie erst mal ausgelegt. Die Chefinspektorin hat sie extrascharf bestellt.

Typisch Kalabresin eben. Aber Kurti hat nicht einmal mit der Wimper gezuckt.«

Auch Laurenti hatte gehofft, dass der Waldmensch zumindest eine Nacht in der Obhut des Staates verbringen würde und sie ihn noch mal befragen konnten. »Und wer ist der Mann, Musumeci? Woher kommt er?«, fragte er ungeduldig.

»Er ist Italiener, Chef. Und heißt Kurt Anater. Er stammt aus dem Grenzgebiet bei Timau, oben an der Grenze zu Österreich. Eine kleine deutschsprachige Enklave, die sich Tischelwang nennt. Vor dem Plöckenpass. Er ist fünfundfünfzig Jahre alt. Hat so gut wie keine Schulbildung. Er spricht nur diesen altbayerischen Dialekt. Ich gebe zu, alles hab ich nicht verstanden, aber das Wesentliche schon. Er muss früh ohne Eltern gewesen sein. Hat als Knecht auf verschiedenen Höfen gearbeitet und war dann im Krieg in Jugoslawien. Auf welcher Seite er sich verdingt hat, ist nicht klar. Er verwechselt Serben, Kroaten und Bosnier.«

»Wusste ich's doch. Hast du ihn im Strafregister gesucht?«

»Als Jugendlicher saß er immer wieder im Bau und in irgendwelchen Besserungsanstalten. Wiederholte kleine Diebstähle, offene Schulden. Nichts Gravierendes. Bis er einundzwanzig war, danach verliert sich seine Spur. Er ist immer noch dort oben gemeldet. Aktuelle Papiere besitzt er nicht. Er hat überhaupt keine. Offensichtlich kommt er mit der Welt nicht zurecht. In einem richtigen Bett hat er vermutlich noch nie gelegen und eine Zeitung benutzt er höchstens, um Feuer zu machen. Auch wenn er sich gewiss anders behelfen könnte.«

»Hat er am Sonntag zufällig irgendwas beobachtet?«

»Er behauptet, dass er nicht dort war. Dafür hat er mir erlaubt, ihn in seinem Bau zu besuchen. Ich weiß jetzt, wo er haust.«

»Gut gemacht, Musumeci. Geh nach Hause, ruh dich aus.« Laurenti legte auf. Bevor er zum Tisch zurückkehrte, steckte er sich eine Zigarette aus der Packung an, die Ada Cavallin vergessen hatte.

»Nicht rauchen, Papà«, rief Patrizia vom Tisch herüber. »Zumindest nicht, solange Barbara noch wach ist. Und Schwangere sollten sich auch nicht dem Qualm aussetzen müssen.«

Verärgert nahm er einen letzten Zug und drückte die Kippe aus. »Also, wer ist der glückliche Vater?«, fragte er und setzte sich wieder zu den anderen.

»Ich bin mir nicht sicher«, gestand Patrizia. »Paolo war es sicher nicht, Olivero auch nicht, also vermutlich Roby.«

Laurenti traute seinen Ohren nicht. »Und wer ist Roby?«, fragte er ungläubig.

»Du weißt doch, mein Kollege, mit dem ich letztes Jahr viel tauchen war, als ich wieder mit der Unterwasserarchäologie begonnen habe.«

»Tauchen, jaja«, spottete Marco. »So nennst du das?«

»Kannst du nicht wenigstens einmal ernst bleiben, wenn's drauf ankommt«, fauchte Livia und wandte sich nicht minder milde an Patrizia. »Und du hättest dich längst entscheiden sollen. Nicht erst kurz bevor Gigi zurückkommt. Wenn du ihm schon Hörner aufsetzt, solltest du dich wenigstens ein bisschen schlauer anstellen.«

»Hört, hört«, kommentierte Marco. »So langsam versteh ich ... Ich sehe dich schon bei deiner Hochzeitsfeier mit dem Trauzeugen hinter einem Baum verschwinden.«

»Klappe!«, rief Livia aufgebracht. »Bin ich froh, dass ich noch geblieben bin. Dann bleibt hier wenigstens eine bei klarem Verstand. Patrizia, wir müssen reden. Und zwar allein. Papà und Mamma sind immer viel zu nachsichtig.«

Von der Rückkehr

»Du bist wirklich ein Lieber, Niki«, lächelte Nora, als er in die Kabine zurückkam und eine Flasche Spumante unter der Jacke hervorzog. »Was täte ich nur ohne dich.«

Das Schiff hatte am frühen Morgen in Split angelegt, doch sie waren erst zum Mittagessen aufgestanden. Anschließend hatten sie einen Spaziergang durch den Menschenfrachter gemacht und einen Kinofilm später waren sie wieder zurück in ihre Kabine gegangen.

»Na ja, Champagner ist's keiner.« Nicola hatte die Flasche der rumänischen Barkeeperin mit einem Trinkgeld abgeluchst, das den Einkaufspreis dieses Gesöffs deutlich überstieg. Das rückseitige Etikett war in unzähligen Sprachen bedruckt. Flasche, Verschluss und Etikett kosteten zusammen vermutlich mehr als der Inhalt.

Noras schwarze Bluse stand weit offen, sie rekelte sich im Sessel, löste ihr langes schwarzes Haar und strich es sich über die Schulter. »Komm, Niki«, sagte sie ungewohnt zärtlich, »lass uns den Sonnenuntergang vom Balkon aus ansehen. Schau doch, wie schön sich Split in der Sonne färbt. Nehmen wir die Flasche mit nach draußen. Und ich will eine Zigarette zum Aperitif.«

»Es ist frisch draußen«, sagte Nicola und legte ihr eine Jacke über die Schultern. »Auch wenn die Aussicht drunter leidet.«

»Wieso?«

»Deshalb«, antwortete er und zupfte an ihrer Bluse. »Ich lache mich jetzt noch schief, wie du den Arsch mit dem Smart zur Vollbremsung gebracht hast. Einfach den Pullover heben und zeigen, was Sache ist.«

»Komm, wir gehen nach draußen«, lachte Nora. Sie öffnete die Schiebetür zu dem schmalen Balkon vor ihrer Kabine. »Schau, wie schön die weißen Fassaden in Zartrosa getaucht sind.«

»Triest ist viel schöner als Split. Auch vom Meer aus. Ich verstehe bis heute nicht, weshalb du nach der Uni wieder wegwolltest.«

»Ach, Nicola. Ich hatte zu Hause doch während der Ferien Mathieu kennengelernt und mich ein bisschen in ihn verliebt. Außerdem waren Papà und Mamma und auch Tante Vilma in Chambéry. Sie wären im Leben nicht zurückgekehrt. Nach allem, was sie durchgemacht hatten. Im Gegensatz zu denen, die Triest gleich nach dem Krieg aus Not verlassen haben, um ihr Glück in Australien, Argentinien, Frankreich, Kanada oder Deutschland zu versuchen, hat sie eben kein übermäßiges Heimweh geplagt. Viele der anderen wollten irgendwann wieder zurückkommen. Sie nicht. Sie haben die Stadt in schlechter Erinnerung behalten. Tante Vilma war vielleicht etwas versöhnlicher, trotz ihrer Verluste. Vergiss nicht, was sie geschrieben hat. Ich kann es auswendig.«

Unsere schöne Stadt war kaputt. Von den Menschen kaputt gemacht. Ich habe alle Namen aufgeschrieben, die mir dein Vater genannt hat. Auch die der Kollaborateure. Keiner von ihnen wurde je bestraft. Obgleich wegen ihnen unzählige Menschen gefoltert, vergewaltigt und ermordet wurden. Manche sind sogar in Triest geblieben, als der Krieg vorbei war. Sogar einige Nazis haben gemerkt, dass die Adria schöner ist als die Nordsee. Andere sind nach Kriegsende verschwunden und erst nach Jahren zurückgekommen. Oder sie ließen sich anderswo in Italien nieder. Auch sie wurden nie belangt. Wie man gehört hat, lebten viele von ihnen wie die Maden im Speck; am liebsten in Südtirol. Noch Jahre später bereicherten sie sich an dem Raubgut, das sie ihren Opfern abgenommen hatten, bevor sie sie ermordeten. Außerdem konnten sie sich auf die verbliebenen Komplizen verlassen, wenn sie ein neues Geschäft eröffneten. Dazu noch auf einige der Ukrainer. Henker und Henkersknechte. Viele von ihnen haben nicht einmal einen neuen Namen angenommen. Und wenn sie doch eine neue Existenz benötigten, waren ihnen im Zweifel die Behörden in Bonn behilflich. Wir sind ihnen auf offener Straße begegnet. Vielleicht sind ein paar von ihnen noch am Leben. Nur merke dir eins: Verrat war überall. Wir Italiener waren keine brava gente, Norina. Das ist eine Legende aus den Jahrzehnten nach dem Krieg. Plötzlich waren wieder die Gleichen an der Macht und gaben sich als Antifaschisten aus. Verstehst du jetzt, weshalb Mario und Federica wegwollten? Und ich auch?

»Trotzdem«, insistierte Nicola. »Du hättest die Möglichkeit gehabt. Du hast das alles nicht selbst erlebt, hast jahrelang dort studiert und dich des Lebens gefreut. Und doch hast du eine große, reiche Stadt am Meer gegen ein französisches Provinznest an einem Bächlein getauscht, wo der Blick unmittelbar an den Alpen endet.«

»Du magst doch die Berge, Niki. Du und Mathieu, ihr wart ständig irgendwo dort oben. Ob im Dienst oder in der Freizeit. Ganz abgesehen von euren dreckigen Geschäften mit der Grenze.«

»Wenn man auf dem Gipfel steht, ist das was anderes, Nora. Wer dort hochwill, stößt an andere Grenzen. Doch wenn man einmal oben ist, ist man frei.«

»Das hat Mathieu auch gesagt. Und hätte er dich nicht eines Tages angeschleppt, weil ich dein Italienisch aufmöbeln sollte, dann wäre mir einiges erspart geblieben. Hast du ihm gegenüber eigentlich nie ein schlechtes Gewissen gehabt wegen mir?«

»Er hat es doch nicht gewusst, Nora?« Nicola stockte. »Oder hast du es ihm etwa irgendwann gebeichtet?«

»Ich gewiss nicht«, lachte sie laut auf. »Er hätte mich zuerst windelweich geprügelt und dann stante pede rausgeworfen. Aber manchmal habe ich mich schon gefragt, ob er es einfach nicht wissen wollte, um in Ruhe seinen Geschäften nachgehen zu können. Außerdem hat er dich gemocht wie einen eigenen Sohn. Auch wenn er streng war. Ein echter Militärkopf eben. Ein Kommandant. Vergiss nicht, dass Mathieu es war, der dir zu den raschen Beförderungen verhalf. Damit du der Fron der niedrigen Dienstgrade entkommen konntest.«

»Am Ende kam alles anders als geplant. Immerhin sind mir ein paar alte Verbindungen geblieben. Ich habe heute Nachmittag neue Informationen bekommen.«

Immer wenn das Schiff in Küstengewässern lief, wählte sich Nicola ins Internet ein. Er mied die bordeigenen Netze. Sie gingen höllisch ins Geld. Auch nach dem Kinofilm hatte er seine Mails abgerufen und einige Personenauskünfte erhalten. Es waren Informationen zu den letzten Namen auf Vilmas Liste gewesen. Ein alter Freund, der inzwischen Karriere bei der Polizei gemacht hatte und damals zusammen mit Nicola vereidigt worden war, hatte sie ihm besorgt. Unter welchem Vorwand er dieses Mal offizielle Amtshilfe bei den Kollegen in Triest beantragt hatte, stand nicht in den Unterlagen.

»Erstaunlicherweise lebt dieser Pietro Petri noch«, erzählte Nicola. »Mit seinem alten Namen wären wir nicht weitergekommen. Wolf-Peter Petersen. Er ist inzwischen sechsundneunzig und wohnt an der Piazza Carlo Alberto. Das ist er.« Auf dem Bildschirm war ein runzliges, schmales Gesicht zu sehen mit starken Wangenknochen, zusammengekniffenen Lippen und einem militärischen Kurzhaarschnitt über den buschigen Augenbrauen. »Und dann noch Giovanni Ivić aus Hrpelje, jenseits der Grenze. Er ist leider längst verstorben und hatte keine Nachfahren. Auch diese Libia Vittoria Dessel ist schon lange tot. Ihre Tochter Anita allerdings ist heute achtundsechzig. Sie hat dem Nachnamen ein paar Buchstaben angefügt und heißt mittlerweile Desselieri.«

»Und mit welcher Begründung hast du diese Auskünfte angefordert?«

»Ich habe gesagt, du bräuchtest sie für deine Doktorarbeit.«

»Du hättest Privatdetektiv bleiben sollen, Niki.« Eleonora gab ihm einen Kuss. »Mit mir zusammen hättest du einen Riesenerfolg gehabt.«

»Weshalb? Um für echte oder eingebildete betrogene Ehepartner zu arbeiten? Du hast keine Ahnung, wie öde es ist, stundenlang im Auto auf ein Beweisfoto zu warten, das du dann vielleicht sogar gerade wegen der langen Warterei verpasst. Andere Fälle habe ich nicht bekommen oder musste sie ablehnen. Vor allem keine aufregenden. Nach der Sache mit Mathieu wird mir bis zum Ende meiner Tage kein Waffenschein mehr ausgestellt. Also keine Ermittlungen wegen Industriespionage oder für Versicherungen gegen kriminelle Organisationen, wo ich mich hätte einschleusen müssen, was für die Polizei nicht möglich ist. Da arbeite ich doch lieber in den Weinbergen und im Weinkeller. Ich bin fast mein eigener Herr, solange die Eigentümer sich nicht einmischen. Es könnte alles so schön sein, wenn du nicht so schrecklich nachtragend wärst, Norina. Dabei flehe ich dich täglich auf Knien an. Ich tu alles für dich.«

»Den Waffenschein hätte ich doch machen können. Du hättest nur was sagen müssen.« Nora umarmte ihn. »Komm, sei wieder lieb. Lass uns essen gehen.«

Ein leichtes Beben durchfuhr das Schiff, dessen Bug sich gemächlich vom Anleger entfernte. Wieder nahm es über Nacht Fahrt auf und würde noch vor dem Frühstück in Dubrovnik anlegen.

Sammler und Jäger

»Wie lief dein Gespräch mit Patrizia?«, fragte Proteo Laurenti auf dem Weg ins Büro.

Am Dienstagmorgen war von der Sonne nichts zu sehen. Tief hängende, dunkle Wolken ließen kaum Licht durch, es hatte merklich aufgefrischt. Livia würde ihn an der Questura absetzen, und Laurenti würde ihr für den Tag seinen Wagen überlassen. Im Bedarfsfall konnte er auf Dienstfahrzeuge zurückgreifen. Noch war es zu kalt, um mit der Vespa zu fahren, ohne sich einen Schnupfen zu holen. Und Livia hatte eine Menge Dinge zu erledigen. Sie musste aufs Standesamt wegen der benötigten Dokumente, in die Bar des Grandhotels an der großen Piazza für den Cocktail nach der Zeremonie im nahe gelegenen Rathaus und in ein Blumengeschäft für den Brautstrauß und die Dekoration. Nur das Hochzeitskleid durfte sie nicht allein aussuchen. Ihre Mutter, ihre Schwester und ihre beste Freundin wären beleidigt, dürften sie bei einer so wichtigen Entscheidung nicht dabei sein.

»Weißt du, Papà, sie wird schon alles wieder in den Griff kriegen. Sie wird jetzt zwei Tage zu einer Freundin nach Mailand fahren. Raus aus dem Trott, ein bisschen Abstand tut ihr gut. Du und Mamma müsst nicht immer zu allem euren Senf abgeben. Und Marco kann sich seine dämlichen Kommentare sowieso nie verkneifen. Das verunsichert Patrizia nur. Gut, dass sie das alles erzählt hat, solange ich da bin. Sie braucht dringend einen klaren Kopf, um zu verstehen, was sie wirklich will. Gigi wird auf jeden Fall nichts von alldem erfahren, wenn sich alle dran halten. Okay?«

Ihrem Vater blieb die Wahl zwischen Kuckuckskind und Abtreibung, doch er bohrte nicht weiter nach. »Laura und ich wollen nur euer Bestes, Livia. Wir haben euch immer in allem den Rücken freigehalten. Und das werden wir auch in Zukunft tun. Oder haben wir euch je zu etwas gezwungen?«

»Na ja, damals, als ich an der Miss-Wahl teilnahm, hast du eine unvergessliche Szene gemacht. ›Ich will nicht, dass meine Tochter der ganzen Welt ihre Titten und den Arsch zeigt und sich wie ein Flittchen präsentiert‹, hast du so empört gerufen, dass sich die Leute auf der Straße nach dir umgedreht haben.«

»Erstens warst du kaum achtzehn Jahre alt, Livia. Und zweitens habe ich das nur gemacht, weil ihr nicht den Schneid hattet, mich vorher darüber zu unterrichten. Mich schüttelt es heute noch, wenn ich nur daran denke.«

»Aber als ich nur Zweite wurde, hast du vor Wut fast deine Waffe gezogen und auf die ganze Jury geballert«, spottete Livia.

»Ihr könnt euch nicht beschweren, Laura und ich haben alles gegeben, damit ihr euren Weg gehen konntet. Gegen deine Heiratspläne habe ich doch auch nicht protestiert«, rechtfertigte sich ihr Vater.

»Mensch, Papà, ich bin über dreißig, Patrizia neunundzwanzig und Marco habt ihr nach dem Abschluss seiner Ausbildung nie wieder in einen ordentlichen Job gebracht. Das tut ihm nicht gut. Er verschwendet nur sein Talent. Kartoffelpüree im Altenheim kochen ruiniert ihn. Ihr lasst ihm immer alles durchgehen. Bist du nicht ein Ordnungshüter, Papà?«

»Als würde sich irgendjemand von euch je an das halten, was ich sage. Bleib bitte einen Augenblick beim Zeitungskiosk stehen, Livia.« Laurenti stieg aus und kam mit der Tagespresse zurück. Das Lokalblatt titelte groß: *Mysteriöse Mordserie. Der Leitende Oberstaatsanwalt übernimmt.* Daneben das Bild der Überwachungskamera in der Bank. Der Redakteur musste sich einen Scherz erlaubt haben, das Foto der beiden römischen Rechtspopulisten unter die Headline zu setzen, als wären sie die Opfer.

Bevor seine Tochter wieder in den Berufsverkehr einfädelte, überflog Laurenti die Artikel und schimpfte. Noch am Vortag waren die Meldungen mager gewesen, weil die Behörden keine Informationen herausgaben. Doch am Spätnachmittag hatte Cirillo offensichtlich den vom Büro des Commissario vorgelegten Entwurf der Pressemeldung zu einer reinen Selbstbeweihräucherung zurechtgestutzt. Kein Wort von den Ermittlern der Questura, die ihm rund um die Uhr zuarbeiteten. Selbst die subtil eingebaute Falle, mit der Laurenti versuchte, über den provozierten Widerspruch eines bisher verborgen gebliebenen Zeugen an weitere Informationen zu kommen, hatte er rausgestrichen. Kein Wort von der Drohne, die vielen Leuten auf den Wecker ging. Stattdessen faselte der Artikel von mysteriösen Motiven. Giorgio Dvor wurde mit Namen und Alter erwähnt. Lauro Neri und seinen Appell, hart durchzugreifen, um das Christentum vor den Islamisten zu retten, hatten sie sogar mit einem großen Foto aus seiner frühen Zeit als Boxer freigestellt. Der Text insistierte auf der dämlichen Frage, ob aktuelle politische Gegner hinter den Taten standen. Keine Rede von der Symbolträchtigkeit des Partisanendenkmals in Prosecco und möglichen Hinweisen auf die Zeit des Faschismus und der Nazibesatzung. Dafür prangte auf der gegenüberliegenden Seite ein großes Foto vom Santuario von Monte Grisa mit der geistreichen Anmerkung, dass die Überwachungskamera außer Betrieb war und man daher im Dunkeln stocherte. Zum Abschluss des Berichts hieß es vage, dass der Leitende Oberstaatsanwalt auch vergleichbare Fälle aus der Vergangenheit für seine Ermittlungen heranzog. Natürlich hatte Cirillo während seiner Laufbahn ausreichend Erfolge und die richtigen Beziehungen gehabt, um in die Position zu kommen, in der er nun war. Doch gehörte er leider zu jenen, die daraufhin von allen anderen erwarteten, sich nur und ausschließlich nach ihm zu richten.

»Hat Cirillo dich gestern noch angerufen, oder hat er das ganz allein verzapft?« Laurenti wedelte mit der Zeitung, als er sein Vorzimmer betrat, wo sich Marietta gerade die erste Zigarette des Tages ansteckte.

»Du glaubst doch nicht, dass sich so einer rückversichert. Der halst uns höchstens unnötige Arbeit auf, um die eigene Bedeutung herauszustreichen«, meckerte seine Assistentin, deren Rock heute trotz des Wetters so kurz war, dass man ihn fast nicht mehr als solchen bezeichnen konnte.

»Mensch, Marietta, so redet man nicht von Autoritäten. Gibt's noch mehr Unerfreuliches?«

Sie schüttelte den Kopf. Selbst wenn, sie hätte ihren Chef nicht damit konfrontiert, bis er den Kaffee getrunken hatte, den sie ihm aus der Maschine ließ.

»Dann beruf eine Abteilungssitzung ein, sobald wir vollzählig sind. Wer nicht auf einem dringenden Einsatz ist, soll sofort zurück in die Questura kommen.«

»Gilo Battinelli hat etwas über den Drohnenflieger in Erfahrung gebracht. Soll ich ihn gleich rufen oder soll er nachher berichten?«

»Nachher, damit es alle hören.«

Nur selten zog Laurenti die Tür seines Büros hinter sich ins Schloss. Doch jetzt brauchte er Ruhe. Er wählte die Nummer von Staatsanwalt Scoglio, der nicht zurückgerufen hatte. Sie kannten sich seit Jahrzehnten. Der Commissario und der Staatsanwalt mit dem schütteren Haar hatten zusammen Fälle geklärt, die weit über die Landesgrenzen hinausführten und in der überregionalen Presse für Schlagzeilen gesorgt hatten. Alles war dabei gewesen: vom Organhandel bis zur Industriespionage und illegalen Wettgeschäften in zweistelliger Millionenhöhe bei Hundekämpfen. Von skrupellosen Brokern samt ihren ahnungslosen Opfern über internationale Korruption, die kriminellen Machenschaften mit Flüchtlingen und die dazugehörigen Milliardengewinne bis hin zu Verbrechen, die ihren Ursprung in der fragilen Vergangenheit dieser Gegend hatten. Allesamt Fälle mit Todesfolge, versteht sich.

Entgegen Cirillos Anweisung, dass nur er allein die Ermittlungen koordiniere und Scoglio und Laurenti ausschließlich ihm berichten sollten, war der Commissario der Meinung, dass sie sich auch in diesem Fall über ihre Erkenntnisse austauschen müssten. Die Vergangenheit, die nie vergeht, wie Ada Cavallin mit dem Che-Guevara-Barett auf ihrem Bubikopf es bezeichnet hatte, stieg wieder einmal an die Oberfläche wie eine vor langer Zeit vom Meer verschluckte Wasserleiche. Und wenn Scoglio nicht den Mut aufbrachte, gegen die Weisungen seines obersten Vorgesetzten zu handeln, dann musste eben Laurenti das Heft in die Hand nehmen. Cirillo war im Ganzen höchstens fünf Jahre hier, bevor er den letzten Karrieresprung vor der Pensionierung vollzog – sie aber würden auch danach noch ihre Köpfe hinhalten müssen.

»Na, endlich erreiche ich Sie, Scoglio. Von der Zeitung will ich gar nicht reden, die haben Sie wohl auch gelesen. Sagen Sie, erinnert Sie das Ganze nicht an etwas?«, sagte Laurenti sofort, als der Staatsanwalt nach langem Klingeln antwortete.

»Ich wollte Sie nicht warten lassen, Commissario, aber ich musste erst der Höhle des Löwen entkommen.«

»Sie haben schon gestern und am Sonntag nicht geantwortet. Haben Sie etwa Angst um Ihre Karriere?«

»Cirillo sonnt sich im Glanz des Medienechos. Er ist so gut

gelaunt, wie ihn bisher keiner von uns erlebt hat. Wie schnell das ins Gegenteil umschlagen kann, wissen Sie.«

Laurenti atmete tief durch. Korrektes Verhalten konnte man schließlich niemandem zum Vorwurf machen. Selbst wenn derjenige sich hinter Befehlen von oben versteckte, anstatt den Verstand einzuschalten und Rückgrat zu beweisen. »Wir müssen uns sehen«, sagte er dann.

»Das wird schwierig. Sie wissen selbst, dass er alles an sich reißt.«

»So gehorsam kenne ich Sie gar nicht, Scoglio.«

»Warum sollte ich mir unnötigen Ärger einhandeln. Davon habe ich auch so schon genug.«

Laurenti wusste, dass der Mann zu Hause stark unter Druck stand, seit seine Frau ihm wegen eines Seitensprungs auf die Schliche gekommen war. Doch er ließ nicht locker. »Hätten wir uns immer an die Vorgaben anderer gehalten, wären viele unserer Fälle ungelöst geblieben. Sie haben doch noch andere Dinge auf dem Tisch. Warum schauen Sie nicht rein zufällig hier vorbei?«

»Seit wann kommt der Staatsanwalt ins Polizeipräsidium, Commissario?«

»Läuft nicht zufällig Ihr Reisepass ab? Ich habe eine Sitzung mit den Kollegen anberaumt. In einer halben Stunde. Sie sind herzlich willkommen.«

»In einer halben Stunde, Laurenti? Sie sind schlimmer als Cirillo.«

»Abgesehen von der Symbolik der Tatorte ist die auffälligste Gemeinsamkeit der älteren Morde, die der Leitende Oberstaatsanwalt nun an sich gezogen hat, die Tötungsart.« Laurenti legte jeden einzelnen Fall dar. »Präzise Schüsse mit dreißig Zentimeter langen Karbonbolzen und ausgetüftelter Pfeilspitze. Abgeschossen aus einer Repetierarmbrust. Stets frontal, nicht von hinten. Und nicht alle trafen ins Herz. Zwei wurden knapp neben dem Nasenbein der Toten platziert. Die Bodkin-Spitzen verformten sich leicht beim Durchschlagen der Schädelknochen, bevor sie das Hirn ausschalteten.«

»Das bedeutet, der Mörder kennt sich in Anatomie aus und weiß, die Wirkung seiner Waffe einzusetzen. Ich würde gerne mal so ein Ding ausprobieren. Selbst auf hundert Meter soll man damit ins Schwarze treffen«, kommentierte die achtundzwanzigjährige Sonia Padovan, die seit einem halben Jahr bei ihnen war und tags zuvor ergebnislos die Übungsplätze der Bogenschützenvereine abgeklappert hatte. Sie stammte aus Aurisina, einem hübschen Dorf auf dem Karst, hatte neben ihrem Medizinstudium auch eine Zeit lang für die slowenischsprachige Tageszeitung der Gegend geschrieben und sich erst spät bei der Polizei beworben. Sonia war knapp eins neunzig groß und hatte das Kreuz eines Ringers, ihre roten Haare waren echt und gerade lang genug, um die abstehenden Ohren zu verbergen. Wie sie einst sagte, fand sie das Schreiben oberflächlicher Artikel zu langweilig und die Arbeiten fürs Studium zu kompliziert. Laurenti war mit ihrem Vater befreundet, einem Steinmetz, und hatte ihr während der Ausbildung mit seinem Rat beigestanden. Neben Marietta duzte den Commissario in der Abteilung nur Sonia. »Was mich wundert, ist, dass bei den älteren Morden keine Gutachten eines auf diese Art von Schusswaffen spezialisierten Forensikers vorliegen. Entweder gibt es nicht viele von ihnen oder die bisherigen Ermittler hielten es nicht für nötig, weil sie nicht nach Zusammenhängen suchten.«

»Achtung, Sonia, vielleicht liegt es daran, dass du noch relativ frisch bei uns bist, aber eines sollte man unter keinen Umständen tun, zumindest nicht laut: die Arbeit anderer Kollegen bewerten oder ihnen gar Nachlässigkeit unterstellen. Das tun höchstens Journalisten. Unsere Gerichtsmedizinerin hat auf jeden Fall mit der ersten Einschätzung richtiggelegen. Es fehlt also nicht an Spezialisten. Die Tatorte liegen zum Teil weit auseinander: Pordenone, Palmanova, Udine, Ronchi dei Legionari und Aquileia. Sowie die auf unserem Gebiet. Auch Geschlecht und Alter der Opfer haben auf den ersten Blick keinen gemeinsamen Nenner. Auffallend ist vor allem der jüngste Tote. Gerade mal fünfunddreißig, also in etwa halb so alt wie die anderen.«

»Wir müssen in ihrem Leben nach Anhaltspunkten suchen. Wie immer«, meinte Enea Musumeci.

»Es kann ewig dauern, jede einzelne Biografie zu rekonstruieren«, unterbrach ihn Gilo Battinelli und blätterte in seinen Papieren. »Die Aussagen der Verwandten reichen dazu nicht aus. Wer alles, was er tut, zu Hause erzählt, ist entweder bescheuert oder ein Masochist. Und ist man erst mal tot, dichten einem die Angehörigen Qualitäten an, die man nie hatte.«

»Oder umgekehrt«, entfuhr es Marietta. »Für die eigene Malaise einen Schuldigen zu haben ist oft bequemer.«

»Der Täter hätte auf jeden Fall Zeit genug, unbehelligt weiterzuwüten«, fuhr Battinelli fort. »Ich habe gestern Nachmittag noch die Koordinaten erhalten, von wo sich der Drohnenpilot ins Netz eingewählt hat, und war heute Morgen schon dort. Ein Feld nördlich von Prosecco, zwischen den Lagerhallen der ansässigen Betriebe und ein gutes Stück vor der Bahnstation. Unter drei alten Libanonzedern steht da übrigens auch ein Gedenkstein, für ein Massaker vom 29. 5. 1944, sowie ein Lorbeerkranz mit einer roten Schleife. Die Nazis haben zehn Männer im Alter zwischen neunzehn und sechsunddreißig an den Bäumen aufgeknüpft. Nach einem Aufstand der Zwangsarbeiter in einem Lager der Organisation Todt. Es sind italienische und slawische Namen. Natürlich trägt auch dieser Gedenkstein einen roten Stern. Waren denn alle hier Kommunisten? Ich habe mich wie ein Grabschänder gefühlt, als ich den Kranz mit der roten Plastikschleife anhob, um die italienische Inschrift zu lesen, die er verdeckte. Verdammt noch mal, die Deutschen haben wirklich überall Gemetzel veranstaltet. So langsam werden sie mir unsympathisch.« Er legte ein Foto vor, das er gemacht hatte. »Die Steinmetze hatten nach dem Krieg jedenfalls eine Menge Arbeit. Sonia, dein Vater weiß vielleicht, wer die Arbeiten ausgeführt hat. Derjenige hat gutes Geld verdient, schätze ich. Euer Betrieb existiert doch schon seit drei Generationen.«

»Wenn überhaupt, haben mein Vater und mein Großvater das gratis gemacht«, protestierte die Kollegin. »Niemand von uns hat sich am Unglück anderer bereichert.«

»Auf jeden Fall habe ich dort Reifenspuren gefunden, der Platz ist von der Straße aus nur schwer einzusehen. Eine unbefestigte enge Durchfahrt zwischen hohem Gebüsch, dahinter die Wiese. Fast idyllisch. Man muss sich entweder auskennen oder lange suchen. Die Abdrücke werden im Moment genommen. Dem Radstand und dem Reifenprofil nach, ein Geländewagen.«

»Noch irgendwas Interessantes über den Drohnenpiloten?«, fragte Pina Cardareto ungeduldig.

»Ja. Er heißt Ettore Grizzo. 1971 in Triest geboren. Wohnhaft in der Via Isidoro Grünhut.«

»Der ist in der Datenbank. Falls er nicht inzwischen rausgeworfen wurde, arbeitet er im Lager einer Firma für Baumaterialien«, unterbrach ihn Marietta. »Mehrere Vorstrafen wegen Körperverletzung, Beleidigung und unerlaubtem Waffenbesitz. Ein glatzköpfiger Schläger, der beim geringsten Anlass durchdreht. Einmal haben wir ihn mit einem Baseballschläger aufgegriffen. Hast du ihn etwa noch nicht überprüft?«

»Der Name kam erst kurz vor der Sitzung«, räumte Gilo Battinelli ein. »Ich habe nur gesehen, dass er einen dieser berühmten Toyota Pick-ups fährt, auf deren Ladefläche die Gotteskrieger im Nahen Osten oder in Libyen ihre Raketenwerfer aufbauen. Sein Wagen ist allerdings schon über zwanzig Jahre alt. Weiß jemand, wo diese Via Grünhut ist?«

»Bei der Pferderennbahn und dem alten Messegelände.« Marietta war als Einzige in der Abteilung in Triest geboren und aufgewachsen. Ein Stadtplan auf zwei Beinen. »Ohne Waffe wird mit dem keiner von uns allein fertig. Auch wenn er seine Muskeln eher einer Überdosis Anabolika verdankt als harter Arbeit. Die Erfahrung zeigt, dass, was man an Bizeps gewinnt, an Hirnmasse schwindet.«

»Und was ist, wenn er der Mörder ist, der auf andere Art zum Tatort zurückgekehrt ist und die Ermittler mit der Drohne bei der Arbeit bespitzelt hat?«, fragte die riesige Sonia Padovan.

»Du schaust zu viel fern, Kleine«, wiegelte Marietta ab.

»Ich werde ihn gleich nach der Sitzung aufsuchen. Wer kommt mit?«, fragte Gilo Battinelli.

»Ich«, meldete sich Pina Cardareto sofort. »Besser ich begleite dich, wenn er als gewaltbereit bekannt ist. Und Sonia auch. Zwei Frauen verunsichern ihn vielleicht.«

»Nehmt auf jeden Fall ein Spezialkommando mit. Wenn er euch mit der Waffe in der Hand öffnet, hilft Ihnen kein schwarzer Gürtel, Pina«, ordnete der Commissario an.

»Und ich geh zu Kurti. Ich hab's versprochen«, kündigte Enea Musumeci mit einem unsicheren Blick in Richtung Chefinspektorin an. »Ich hoffe, dass er in seiner gewohnten Umgebung ein bisschen gesprächiger ist.«

»Immerhin, nachdem du ihn gestern hast grundlos laufen lassen«, keifte Pina Cardareto. »Am besten bringst du deinen neuen Freund gleich wieder mit hierher. Ich habe eine Menge Fragen an ihn.«

Fast alle schauten neugierig zur Tür, als Staatsanwalt Scoglio eintrat. Der Commissario legte gerade den letzten der früheren Fälle dar. Der ermordete Fahrer eines kroatischen Lieferwagens war laut Akte ein einfacher Mann aus einem kleinen kroatischen Dorf hinter der Grenze zu Slowenien, der sich für keine Arbeit zu schade war, kaum Schulbildung vorweisen konnte und ohne auffällige politische Neigungen war. Borut Štefanić war erst zehn Jahre alt gewesen, als für Kroatien der blutige Bruderkrieg im zersplitterten Jugoslawien endete. Viel zu jung für späte Abrechnungen. Blieb die Verwicklung in krumme Geschäfte zu erwägen. Auch Botendienste kamen infrage. Auf der ganzen Welt sorgte jegliche Art von Schmuggel seit Jahrtausenden für zusätzliche Einkünfte. Erst recht hier, am Schnittpunkt dreier Ländergrenzen und Zugang zum Meer. Schon die Venezianer hatten im Jahr 828 die Reliquie ihres Patrons San Marco unter Schweinefleisch versteckt an den Muslimen vorbei aus Alexandria herausgeschmuggelt. Doch heutzutage hielt sich keiner mehr mit Religiösem auf, nachdem selbst die Ikonen aus den orthodoxen Kirchen in Osteuropa ein neues Zuhause bei scheinheiligen Sammlern im Westen gefunden hatten. Dafür gab es eine Menge anderer klassischer Delikte im Grenzgebiet. Transporte jeglicher Art. Neben legalem Im- und Export, Schmuggel aller erdenklichen Waren, Steuerbetrug, Menschenhandel. Und immer wieder der Versuch, die Grenze als Vorteil für die begangenen Verbrechen zu nutzen, als würden die Behörden nicht zusammenarbeiten. Die Autobahn A4 von Turin nach Triest war schließlich ein wesentlicher Teil von Europas südlichster Ost-West-Transitstrecke, die auf dem Landweg von Lissabon bis nach Odessa führte. Und zu alldem kamen noch die Transporte über den Seeweg.

Was aber hatte Borut Štefanić im Dezember an einem Autobahnrastplatz auf dem Karst zu suchen gehabt? Štefanić trug keine Waffe, hatte weder Ware an Bord noch irgendwelche Begleitpapiere. Am ehesten handelte es sich bei ihm um einen Kurierfahrer, dem jemand gewaltsam die Ladung abgenommen hatte. Gerade mal fünfundvierzig Euro und ein paar Münzen steckten in seinem Portemonnaie. Auch seine Papiere hatte man ihm gelassen. Anders als bei den anderen Fällen schien es noch abwegiger, das Motiv in der Vergangenheit zu suchen.

»Und wenn ein Wahnsinniger darauf aus ist, die Welt auf eigene Faust zu richten?«, schob Moreno Cacciavacca ein, der wie meist still am Tisch gesessen hatte.

»Blödsinn, dann müsste es sich um einen Historiker handeln. Geh du lieber nach Seeigeln tauchen.« Marietta fegte den Einwand ihres sizilianischen Kollegen ungnädig vom Tisch, der in der Tat einer der wenigen im Norden war, der wusste, wie man das Getier vom Meeresgrund heraufholte. Manchmal kam er mit einer schweren Tasche in die Questura und verhökerte seinen Fang unter der Hand an die Kollegen. Bei Laurenti stand er im Wort, ihn bald einmal zu einem Tauchgang mitzunehmen und ihn in das Wissen einzuweihen, in welchen Monaten er welche Seeigelart pflücken konnte. Die Familie des Commissario war verrückt nach dem Geschmack der rohen Tiere und dem Geruch von Meer.

»Hören wir doch, was Staatsanwalt Scoglio dazu sagt«, forderte Marietta in gurrendem Tonfall den Mann mit dem schütteren Haar heraus, der sich zu ihnen an den Tisch gesetzt hatte. »Der Fall liegt doch seit Mitte Dezember in Ihrer Zuständigkeit, nicht wahr, Dottore? Unmöglich, dass Sie sich mit der Aktenlage zufriedengeben.«

Scoglio fiel tatsächlich auf sie herein. »Und wie kommen Sie darauf?«

»Wir kennen uns lange genug, als dass mir Ihre Vorliebe für komplizierte Fälle nicht aufgefallen wäre. Sie genießen den Ruf, ein Spezialist in Grenzfällen zu sein.« Marietta rückte ihren Stuhl vom Tisch zurück und zeigte viel Bein. Pina Cardareto verdrehte die Augen, und Battinelli konnte sich einen Lacher nicht verkneifen, doch Marietta ließ sich nicht bremsen.

»Ich wette drauf, dass Sie noch etwas in der Hinterhand haben, Dottor Scoglio. Was hatte dieser Štefanić auf dem Kerbholz?«

»Sie irren, meine Gute.« Scoglio lächelte und schaute angestrengt in die Runde. »Laut den kroatischen Behörden taucht der Mann in keinem Strafregister auf. Auch nicht in Slowenien oder bei uns. Nicht einmal eine Geschwindigkeitsübertretung. Der Lieferwagen gehört einem Bauern, für den Štefanić normalerweise Gemüse zum Großmarkt fuhr. Aber nicht an dem Tag, an dem er ermordet wurde. Es gab rein gar nichts zu ermitteln. Mehr konnten die Carabinieri mit Unterstützung der kroatischen Kollegen nicht feststellen. Sollte es wirklich Parallelen zu weiteren Fällen geben, sehe ich darin die einzige Möglichkeit, auch diesen hier zu lösen. Nur Cirillo glaubt, dass der Fall Štefanić kein Einzelfall ist. Er ist der Meinung, dass am ehesten Linksextremisten infrage kommen. Autonome, selbstgerechte Moralisten und so weiter. Ich sehe dafür allerdings keinen Hinweis. Neu wäre vor allem, dass sie sich informieren, bevor sie zur Gewalt greifen.«

»Auch auf die Videoaufnahme der Bank würde ich nicht unbedingt bauen, nur weil die beiden französisch sprachen«, sagte Moreno Cacciavacca mit süffisantem Lächeln. »Ich habe alle Franzosen abgefragt, die in diesem Monat ein Hotel oder ein B & B gebucht haben. Ebenso die Reisenden am Flughafen. Keine Touristen, was im Februar kaum verwundert, sondern ausschließlich Geschäftsleute oder Mitarbeiter der Versicherungskonzerne sowie Wissenschaftler der Forschungsinstitute. Und alle mit stichfestem Alibi. Das Konto bei der *Crédit Agricole* läuft auf den italienischen Namen Vilma Lorenzin, wohnhaft in Chambéry in Savoyen. Sie wurde 1934 hier geboren und muss irgendwann ausgewandert sein. Und zwar lange bevor die Daten digital erfasst wurden. Im Melderegister steht sie nicht. Man müsste die alten Einwohnerbücher seit Kriegsende also im Original durchgehen. Archivarbeit mit garantierter

Staublunge. Nur scheint mir diese Frau ein bisschen zu alt dafür, sich mit einer Gummimaske zu verkleiden. Außerdem: Wer wäre dann ihr Kumpan gewesen. Zwei Greise, die aus dem Altersheim geflohen sind? Ich schlage vor, wir schicken eine Anfrage nach Frankreich raus. Staatsanwalt Scoglio könnte sie direkt genehmigen.«

»Auch wir haben heute früh eine Anfrage aus Frankreich erhalten. Und zwar ausgerechnet aus Chambéry. Schreiben Sie den Antrag, und ich zeichne ihn ab. Eine Hand wäscht die andere«, sagte Scoglio sofort. »Die *Crédit Agricole* hat in den letzten dreißig Jahren zahlreiche unserer regionalen Geldinstitute übernommen, von hier bis rüber nach La Spezia. Es ist also naheliegend, dass Millionen italienische Kunden ihre Konten bei dieser Bank haben.«

»Und was wollten die französischen Kollegen wissen?«, fragte Marietta.

»Ich habe es bisher nur überflogen. Es geht um Personenauskünfte. Ich hätte das ohnehin an Sie weitergeleitet, verehrte Marietta. Wie ich Sie kenne, brauchen Sie nicht einmal in den Computer zu schauen, sondern haben alles im Kopf«, sagte Scoglio breit lächelnd.

Laurenti schenkte Cacciavacca einen anerkennenden Blick. »Sollte uns das zu der Person führen, aus deren Feder die Zeilen an Giorgio Dvor stammen, dann hast du exzellente Arbeit geleistet, Moreno. Aber noch etwas anderes, Dottor Scoglio: Hatten Sie je mit der Drohne zu tun, über die sich die Einwohner in Opicina letztes Jahr beschwert haben? Möglicherweise ist es dieselbe, die auch in Prosecco bei den Tatorten aufgetaucht ist?«

»Jaja, ich erinnere mich, im letzten Spätsommer. Da flog das Ding über die Gärten von Opicina. Meine Frau hat sich schrecklich darüber aufgeregt. Sie hat gerade im Garten in der Sonne gelegen und fürchtete, dass Bilder von ihr im Internet auftauchen. Es handelte sich allerdings lediglich um eine Ordnungswidrigkeit, die bei der Stadtpolizei landete. Sobald die Temperaturen im Herbst wieder sanken, war der Spuk vorbei und geriet in Vergessenheit.«

»Und für Sonnenbäder ist es leider immer noch zu kalt.« Marietta wusste, wovon sie sprach. Sie gehörte selbst zu den Hardlinern unter den Sonnenanbetern. Sobald die Temperaturen lau wurden, verbrachte sie manchmal sogar die Nächte an einem der schwer zugänglichen Naturistenstrände am Fuß der hellen Felsen entlang der Steilküste. Und kam sie dann morgens direkt von dort ins Büro, roch sie nach Lagerfeuer, Liebe und Abenteuern. »Das ist nicht einfach nur ein Spanner. Ich schließe jede Wette ab, dass der Drohnenpilot gezielt nach etwas Ausschau hält.«

»Wundert sich eigentlich niemand darüber, weshalb und wie all diese Leute in die offensichtliche Falle gegangen sind?«, fragte Laurenti. »In Dvors Behausung haben wir immerhin einen Brief gefunden, der ihn mit konkreten Hinweisen sehr nachdrücklich dazu aufforderte, sich am Sonntagmorgen am späteren Tatort einzufinden. Das bedeutet, der oder die Mörder kannten sowohl die Gewohnheiten ihres Opfers als auch dessen familiären Hintergrund. Ich frage mich, ob sich im Nachlass der anderen Opfer ähnliche Schreiben finden lassen. Die schriftlichen Unterlagen von Lauro Neri sind zu umfangreich, als dass wir uns bereits einen Überblick verschafft hätten. Und was die früheren Taten betrifft, sperrt sich der Leitende Oberstaatsanwalt leider bei der Freigabe von Mitteln für einen Historiker, der uns zuarbeiten könnte. Die Namen, Funktionen, Dienstgrade, Taten. Wer spielte im Faschismus und während der Nazi-Okkupation welche Rolle? Täter, Verräter und Denunzianten, Kollaborateure. Opfer und Hinterbliebene. Dabei ist das unsere bislang einzige Spur, und die Zeit drängt, wenn wir mögliche weitere Taten verhindern wollen. Cirillo meint, wir sollten uns mehr Mühe geben, um auf anderem Wege an die nötigen Informationen zu kommen.«

»Damit fällt es in Mariettas Zuständigkeit«, raunzte Pina Cardareto abfällig.

»Ich würde nicht ausschließen, dass Cirillo etwas anderes im Schilde führt«, warf Laurenti ein.

»Du meinst doch nicht etwa, dass er es selbst veranlassen will, um sich später damit brüsten zu können, dem Täter trotz unserer Unfähigkeit auf die Spur gekommen zu sein.« Marietta kannte ihren Chef zu gut. Und wie immer ergänzte sie seine Taktik. Ein eingespieltes Team. »Unter normalen Umständen würden doch Sie als zuständiger Staatsanwalt die Mittel bewilligen, Dottor Scoglio. Ich meine, würde der Chef nicht reinfunken.« Sie schlug die Beine übereinander und fixierte den Staatsanwalt. »Da Sie aber offiziell gar nicht bei uns sind, könnten Sie doch selbst auf die Idee gekommen sein, einen Sachverständigen hinzuziehen, oder?«

»Unter einer Bedingung hat Marietta recht«, stand ihr der Commissario bei, bevor Scoglio etwas erwidern konnte. Sein Blick schweifte über den Kollegenkreis. »Hat hier heute irgendjemand den Staatsanwalt gesehen?«

Selbst die Chefinspektorin konnte sich ein Grinsen nicht verkneifen. »Und wen, denken Sie, könnte man hinzuziehen?«

»Einen der Historiker des Regionalen Instituts für die Geschichte des Widerstands. Die führen ein immenses Archiv, das bis in die Gegenwart reicht, und arbeiten eng mit Forschern in anderen Ländern zusammen.« Laurenti schrieb einen Namen auf, schaute jedoch den Staatsanwalt nicht an, dessen Blick über die Wände schweifte. Und immer wieder auf Mariettas Beine. »Ich habe einen Termin«, schloss der Commissario die Sitzung und verließ grußlos das Besprechungszimmer. Den Zettel ließ er auf dem Tisch zurück.

Das Konto bei der *Crédit Agricole*, von dem die beiden Maskierten in Prosecco zweihundertfünfzig Euro abgehoben hatten, lief also auf eine Frau namens Vilma Lorenzin. Kaum saß Laurenti wieder an seinem Schreibtisch, notierte er den Namen und griff zum Telefon. Nachdem sie sich unter der Festnetznummer nicht meldete, antwortete Ada Cavallin beim sechsten Klingeln ihres Mobiltelefons.

»Ich sitze beim Friseur, mein Lieber«, sagte sie. »Kann ich dich später zurückrufen?«

»Wenn es nicht stundenlang dauert und du danach noch nichts Besseres vorhast, lade ich dich zum Mittagessen ein.«

»Und wo? Ich sag's dir gleich, ich habe die ganze letzte Woche Fisch und Meeresfrüchte gegessen. Wie wär's also mit einem guten Stück Fleisch auf dem Karst? Mit den richtigen Kartoffeln und Gemüse von dort. Dazu einen Terrano. Die letzten Jahrgänge sind dank der heißen Sommer exzellent geworden. Dieser Wein ist die reinste Medizin. Keine Sorge, ich hole dich ab. Punkt 13 Uhr steh ich vor der Questura im Parkverbot. Außerdem lade ich dich ein. Ich brauche doch jemanden, der mir Komplimente macht, wenn ich vom Friseur komme.«

Sie legte auf, bevor Laurenti fragen konnte, welches Restaurant sie im Kopf hatte. Er wählte die zweite Nummer auf seiner Liste. Der Direktor des Instituts für die Geschichte des Widerstands ließ sich das Anliegen erklären. Seine Reaktion war verhalten, als wache er misstrauisch darüber, wer Zugang zum Sumpf der Geschichte ersuchte, den dieses Archiv beherbergte. Der Commissario fragte sich, ob die Denkweise des Archivars nicht sogar seiner eigenen entsprach. Auch er fragte: wann, weshalb und wonach. Auch er interessierte sich zu einem bestimmten Zeitpunkt für bestimmte Aspekte der Vergangenheit, die von den meisten gemieden, verschwiegen, verleugnet oder verfälscht wurden. Könnte er also über nicht erschlossenes Wissen verfügen?

»Kennen Sie unsere Website, Commissario? Versuchen Sie es doch zuerst einmal dort. Und wenn Sie dann noch konkrete Fragen haben, melden Sie sich.«

»Es geht nur im direkten Gespräch, Direttore.« Laurenti ließ sich nicht abwimmeln. »Ich möchte Ihnen einige Details vorlegen, mit denen Sie vermutlich sofort etwas anfangen können. Und ich bitte Sie, uns jemanden für die Zeit der Ermittlungen zur Seite zu stellen. Jemanden, der weiß, wo die entsprechenden Informationen zu finden sind. Jemanden direkt aus Ihrem Institut oder auch einen kompetenten freien Mitarbeiter. Gegen Aufwandsentschädigung, falls nötig.«

»Das ist sehr erfreulich. Das ist das erste Mal, dass eine Behörde das von sich aus anbietet.«

»Ich will gewiss nicht mit Ihnen streiten, Dottore. Aber soweit ich weiß, wird auch Ihre Einrichtung vom Steuerzahler finanziert.«

»Sie können sich vermutlich vorstellen, dass uns in diesen Zeiten die Mittel eher gekürzt als erhöht werden. Deshalb höre ich das Angebot gern. Ob es dann nötig wird, sehen wir noch. Heute allerdings muss ich zu einer Tagung nach Lyon fliegen und von dort zur Universität Grenoble fahren. Ich komme erst am Freitagabend zurück.«

»Die Sache lässt sich leider nicht aufschieben. Fliegen Sie von Triest aus? Und wann?«

»Ja, über Rom, um 19 Uhr. Davor habe ich einen Termin nach dem anderen.«

»Ich stelle mich gern als Chauffeur zur Verfügung, Dottore. Dann reden wir während der Fahrt. Wann darf ich Sie abholen?«

Zierte sich der Leiter des Instituts, oder war er tatsächlich ein so viel beschäftigter Mann? Bisher hatte Laurenti die Arbeit von Historikern für gemächlicher gehalten. Die richtigen Quellen zu erschließen, daraus komplexe Zusammenhänge zu erfassen und in die logische Reihenfolge zu stellen, Querverbindungen zu erkennen und daraus fundierte neue Ansätze oder Fragen zu formulieren war Detailarbeit und brauchte Zeit. Stellte sich irgendwann ein neuer Aspekt heraus, konnte das auch frühere Beziehungsgeflechte in ein neues Licht stellen. Archivarbeit war fast wie Ermittlungsarbeit, nur dass die Gegenwart einen gewissen Zeitdruck erzeugte. Zumindest wenn es darum ging, künftigen Straftaten zuvorzukommen und den Vorsprung der Täter zunichtezumachen. Der Commissario warf die Fragen aufs Blatt, die er dem Mann während der halbstündigen Fahrt zum Flughafen stellen wollte. Ein Räuspern von der Tür zum Flur ließ ihn aufmerken.

»Ich wollte nur sagen, dass wir jetzt diesen Ettore Grizzo hochnehmen, Chef. Den Kerl mit der Drohne«, sagte Pina Cardareto. »Der Staatsanwalt hat den Durchsuchungsbefehl bereits ausgestellt.«

»Haben Sie Verstärkung angefordert, Pina?« Laurenti kannte den Hang der Chefinspektorin, bei erwartbar gewaltsamen Begegnungen selbst ihre Kräfte zu messen.

»Eine halbe Armee. Ein Teil fährt zu der Baumaterialienhandlung, in der er arbeitet. Gilo Battinelli leitet sie. Sonia fährt mit mir und ein paar Männern zu Grizzos Wohnung.«

»Seien Sie auf der Hut, Pina. Und informieren Sie mich, sobald es Neuigkeiten gibt.« Laurenti schüttelte den Kopf. Also hatte die Chefinspektorin wieder einmal ihren Kollegen Battinelli ausgetrickst, indem sie ihn dahin delegierte, wo vermutlich weniger zu finden sein würde.

Von der Via Teatro Romano, die zwischen der Monumentalarchitektur der Questura und den Resten des römischen Amphitheaters verlief, drangen Gehupe und grobes Gezeter bis zu ihm im dritten Stock hoch. Laurenti trat ans Fenster und sah den roten Maserati auf der für Einsatzfahrzeuge reservierten

Spur, die als Einzige entgegen der Fahrtrichtung in die breite Einbahnstraße hereinfahren durften. Zwei Polizisten des Wachdiensts blockierten den Wagen und hatten sich von Ada Cavallin in eine wüste Diskussion verwickeln lassen. Immer wieder fuhr ihr Arm mit der empört wedelnden Hand zum Fenster hinaus. Ein Blick auf die Uhr sagte Laurenti, dass sie eine Viertelstunde zu früh war. Und ganz offensichtlich war die beeindruckend rüstige Greisin mit dem roten Stern am Barett der Meinung, dass sie über das gleiche Recht wie die Ordnungskräfte verfügte, nur weil sie den Commissario abholte. Er warf sich das Jackett über die Schultern, steckte sein Telefon ein, sagte Marietta im Vorzimmer, dass er die nächsten zwei Stunden nur telefonisch zu erreichen sein würde, und eilte die Treppe hinunter, um das Schlimmste zu verhindern.

Im Erdgeschoss drängte er sich durch die langen Schlangen vor den Schaltern der Immigrationsabteilung, nahm den Seitenausgang aus der Questura und stand zehn Schritte später vor der roten Limousine. Die beiden Uniformierten traten respektvoll einen Schritt zurück. Laurenti kehrte Ada den Rücken zu und hoffte, dass sie zumindest jetzt Ruhe gab.

»Allein meine Schuld, Kollegen. Ich habe ihr gesagt, dass sie mich hier abholen soll. Offensichtlich hat sie das als Anordnung verstanden, von der falschen Seite hereinzufahren. Seht es einer alten Dame nach. Sie ist bei glänzendem Verstand, ihre Papiere sind in Ordnung, die Fahrerlaubnis wurde erst vor Kurzem verlängert und ein bisschen Ungeduld im stolzen Alter von fünfundneunzig Jahren können wir ihr doch nachsehen, nicht wahr?«

»Na ja, Commissario, bei allem Respekt, aber die Dame hat uns als ›hirnlose Arschlöcher‹ und ›furzende Nazis‹ bezeichnet. Das geht ein bisschen zu weit, finde ich.« Seine Aussprache war stark vom Dialekt der Hauptstadt geprägt. »Wenn man fast hundert Jahre alt ist, sollte man die nötige Achtung vor dem

Staat schon gelernt haben. Das können wir nicht einfach so stehen lassen.«

Laurenti begriff auf der Stelle, weshalb Ada explodiert war. Leider gab es im Kollegenkreis auch jene, denen Uniform und Waffe wichtiger waren als der gesunde Menschenverstand. »Wenn ich in meiner langen Dienstzeit jede kleine Beleidigung angezeigt hätte, wären die Gerichte bis heute damit überlastet. Das ist Firlefanz und gehört zum Job, *Coglione*. Wenn du unbedingt willst, dann zeigst du mich gleich mit an. Und jetzt Schluss mit dem Gehabe.«

»Das werde ich, ich schwöre es. Mein Kollege kann alles bezeugen, nicht wahr, Paolo?«, zischte der Uniformierte mit hochrotem Kopf.

Sobald er angefangen hatte, sich gegen den Commissario aufzulehnen, hatte sein Kollege sich abgewandt, nun zuckte er nicht einmal mit der Wimper. Mit einer möglichst unauffälligen Handbewegung versuchte er, die Dame am Steuer der roten Limousine zu beruhigen. Laurenti würdigte sie keines Blickes mehr, ging um den Wagen herum und stieg ein.

»Fahr los, Ada, aber langsam, und wende, wenn der Verkehr es zulässt. Und dann hältst du dich gefälligst auf der regulären Spur.«

Als sich eine kleine Lücke im Gegenverkehr auftat, trat Ada das Gaspedal durch und schoss geradeaus. Der Schub drückte Laurenti tief in den Sitz, und als sie eine Vollbremsung hinlegte, das Lenkrad herumriss, die Handbremse zog und sofort wieder aufs Gaspedal stieg, wodurch der Maserati mit quietschenden Reifen eine Hundertachtziggradkehre machte, schlug sich der Commissario die Hände vors Gesicht. Vielleicht hätten die Behörden Ada Cavallin trotz bravourös bestandenem Eignungscheck die Fahrerlaubnis doch abnehmen sollen. Und zwar schon vor vielen Jahren.

»*Coglioni*«, brüllte sie zum Fenster hinaus, als sie an den beiden Uniformierten vorbeirauschte und kurz darauf über die Ampel raste, die soeben auf Rot umschaltete.

»Und jetzt nimmst du den Fuß vom Gas, Ada, und fährst wie alle anderen auch. Verstanden? Musst du dich trotz deines Alters noch immer beweisen?«

»Dieser Idiot! Wie die Nazi-Schwachköpfe, die mich damals verfolgt haben. ›Kennen Sie diese Uniform? Ich bin das Reich‹, dass ich nicht lache. Wehret den Anfängen, Proteo. Vergiss das nicht. Ihr habt euch schnell daran gewöhnt, dass die Faschisten in euren Reihen uns Steuerzahlern das Leben schwer machen.«

»Sie schützen dich, Ada. Dich und die anderen.«

»Mich?« Laurenti klang ihrer Meinung nach nicht sehr überzeugend.

»Ja, auch vor dir selbst.«

»Man kann's auch übertreiben.« An der nächsten Ampel legte sie erneut einen Blitzstart hin, wechselte abrupt die Fahrbahn und zog den Maserati in die steil auf den Karst führende Via Commerciale. Erst hier nahm sie den Fuß vom Gas. »Verstehst du jetzt, weshalb ich den Wagen über dreißig Jahre behalten habe, Commissario?«

»Ada, sag mir wenigstens, wo wir zu Mittag essen.«

»Ich habe meine Meinung geändert. Wir gehen in kein Restaurant. Lass dich überraschen.«

»Du wirst mich doch nicht auf einen abgelegenen Waldweg bringen?«

»Dazu bist du zu alt, mein Freund. Wir besuchen eine Freundin, die diese Vilma Lorenzin kannte. Ihr Mann kocht gut. Alles vom eigenen Hof. Auch wenn sie nicht mehr die Jüngsten sind.«

Via Umberto Veruda, Via dei Tominz, Via Arturo Nathan, Via Giovanni Zangrando, Via Carlo Sbisà, Via Arturo Fittke, Via

Eugenio Scomparini, Via Carlo Wostry oder Via Bolaffio. Es war ein einfaches, aber hübsches Wohnviertel zwischen Zentrum und Peripherie, in dem hübsche alte Häuser mit gepflegten Gärten zwischen vielgeschossigen einfachen Bauten aus der Nachkriegszeit eingepfercht wurden.

»Was sind das nur für Straßennamen?«, wunderte sich Chefinspektorin Cardareto, als sie durch das Viertel hinter der Pferderennbahn von Montebello fuhren, wo auch das Naturkundemuseum und die Sammlung von Diego de Henriquez lagen.

»Soweit ich weiß, sind das alles Triestiner Maler des späten 19. und frühen 20. Jahrhunderts. Italiener, Österreicher, Ungarn und weiß der Teufel, was noch alles. Arturo Nathan und Gino Parin waren Juden. Sie kamen nicht aus Bergen-Belsen zurück«, antwortete Sonia Padovan und vergewisserte sich mit einem Blick nach hinten, dass das Einsatzkommando folgte. Auf den Fahrer des Kleinbusses mit den fünf kräftigen Männern in Kampfanzügen und kugelsicheren Westen war Verlass. Ihr Blick streifte den Kollegen Cacciavacca, der trotz Pinas Fahrstil vollkommen gelassen auf der Rückbank saß. Er schenkte seiner Kollegin Sonia ein Lächeln und suchte nach einer Antwort.

»Die Vergabe von Straßennamen läuft überall gleich ab«, sagte er schließlich. »Nach dem Tod kann sich niemand mehr wehren. Und in den zuständigen Kommissionen dominieren letztlich die Lokalpolitiker. Mal eher links, mal eher rechts. Sind die Verantwortlichen Nullen, findet man sogar Verfolgte und Verfolger im selben Viertel. Da weiß man gleich, woher der Wind an einem Ort wehte, zu der Zeit, als diese Entscheidungen getroffen wurden. Ich war mal zwei Jahre in Terni im Dienst. Da hieß der erste Kreisverkehr auf dem Weg ins Zentrum *Piazzale dei Poeti*, Platz der Dichter. Das ist doch schön. Heute würden diese Leute irgendwelche TV-Showmaster wählen, weil die ihre einzige Informationsquelle sind.«

»Aber in Triest lauten sie anders.« Pina Cardareto wunderte sich trotz ihrer vielen Dienstjahre in der Stadt noch immer über die hiesigen Besonderheiten.

»Du bist hier eben nicht in Kalabrien. Triest war schon immer international«, widersprach Sonia mit falschem Stolz. »Es wundert mich trotzdem, dass dir die Namen nichts sagen. Du zeichnest und malst doch selbst, Pina. Und du interessierst dich für Kunst. Von den meisten dieser Maler hängen Werke im Museo Revoltella. Warst du etwa noch nie dort?«

»Doch, aber der Zusammenhang war mir nicht klar. Ich werde sie mit anderen Augen ansehen, jetzt, wo ich's weiß. In Sachen Kunst hat mich Triest allerdings bisher noch nicht überrascht. Mit Ausnahme von Serse vielleicht, mit seinen magischen Grafitgemälden, doch der lebt ja noch. Und trotz seines internationalen Ruhms kennen ihn die Lokalpolitiker nicht. In der Vergangenheit war hier doch vor allem die Literatur groß.«

»Stimmt nicht. Denk an Leonor Fini. Da vorne an der nächsten Kreuzung links«, sagte Sonia. Pina bog in die Via Isidoro Grünhut ein.

»Dieser Grünhut stammt übrigens aus einer ungarisch-jüdischen Familie, auch er war ein Künstler. Dort oben ist es. Die letzten Meter enden in einer Sackgasse. In einem der hohen Häuser am Ende der Straße muss sich Grizzos Wohnung befinden. Laut Einwohnermeldeamt im Hochparterre. Das erspart uns wenigstens zu viele Zuschauer.«

Kaum hielten sie, baute sich die Chefinspektorin vor den Männern des Spezialkommandos auf, die sie bei Weitem überragten. Es galt zu handeln, bevor Grizzo sich verbarrikadierte, falls er sie zufällig aus dem Fenster sah. »Denkt daran: kein Gemetzel. Wir brauchen den Mann noch. Und jetzt los.«

Die Regeln waren klar, sie selbst durfte nicht in der ersten Reihe stehen. Die Spezialisten waren auf solche Einsätze trainiert und erfahren. Erst wenn sie Ettore Grizzo fixiert hätten und keine Gefahr von ihm ausgehen konnte, übernahm sie die Hauptrolle. Eigenartigerweise hielt sie sich daran.

Seit ihrer Ankunft waren keine drei Minuten vergangen. Pina Cardareto steckte die Beretta zurück in den Hosenbund und stapfte die sechs Stufen zu Grizzos Wohnung hinauf. Sonia folgte ihr dichtauf. Ettore Grizzo trug bereits Metallarmbänder. Sie wusste aus der Datei, dass er vierundvierzig Jahre zählte, doch bei seinem Anblick hätte sie sein Alter nicht schätzen können. Ein Riese mit Glatze und Vollbart, ein Achselshirt, die kräftigen Arme waren bis zu den Schultern martialisch tätowiert. Faschistische Slogans, Mussolinis Abbild, das Wappen der X^a Flottiglia MAS. Seine Gesichtsfarbe glich einem gekochten Hummer. Das rechte Bein zuckte, sein nackter Fuß mit einem deutlich sichtbaren Hakenkreuz am Sprunggelenk scharrte über den Boden, doch wenigstens schnaubte er nicht, sondern hatte lediglich ein blödes Grinsen aufgesetzt. Für den Moment schien er die Machtverhältnisse akzeptiert zu haben.

»Sonia, Moreno, beginnt mit der Durchsuchung«, befahl Pina und hielt Grizzo den Durchsuchungsbefehl vor die Nase. »Verdacht auf illegale Bedienung eines ferngesteuerten Flugkörpers über bebautem Gebiet.«

»Und deswegen veranstaltet ihr so ein Brimborium? Wenn ihr nicht mehr draufhabt, genügt ein Gespräch mit meinem Anwalt, und ich bin blitzschnell wieder draußen«, spottete Grizzo im breitesten Dialekt und schaute höhnisch auf die Kleine herunter. »Auf den ersten Blick hast du nicht einmal die Mindestgröße, *Mula*. Bist du überhaupt dienstfähig?«

»Unterschlagung von Beweismitteln wiegt schwerer, Volltrottel.« Die Chefinspektorin verzog keine Miene. »Und Mordverdacht auch«, blaffte sie ihn an.

Für einen Moment versuchte er, sich aus dem Griff der beiden Beamten zu befreien, hatte aber ein rasches Einsehen. »Ich verfüge über ein ausgezeichnetes Gedächtnis, Kleine. Denk dran. Wir sehen uns wieder. Ihr dürft mich abführen«, sagte er zu den Männern.

Als er den kurzen Flur seiner schäbig eingerichteten Wohnung freigab, fiel Pinas Blick auf ein großes grob gerastertes Schwarz-Weiß-Plakat mit dem Konterfei des kahlköpfigen Duce und mit zum römischen Gruß gereckter Hand. *CREDERE. OBBEDIRE. COMBATTERE* stand in großen grün-weiß-roten Lettern darüber – glauben, gehorchen, kämpfen.

»Scheißfaschist«, zischte Pina, worauf Grizzo wütend herumfuhr und dem gelockerten Griff der beiden Beamten entglitt. Seinem Tritt konnte sie knapp ausweichen, ihr Sidekick traf ihn dafür voll in den Schritt. »Alle Beine reichen nur zum Boden, du Idiot. Die Mindestgröße wurde vor Jahren abgeschafft«, sagte sie, öffnete einen Schrank und durchsuchte ihn.

Grizzo ging vor Schmerzen und unter dem Druck der Männer hinter ihm zu Boden.

»Willst du mir die Füße küssen?«, kommentierte Pina. »Pass auf, ich leide an nervösen Zuckungen.«

»Wirst schon sehen, was wir mit dir machen«, röchelte der Kerl.

»Und wann?«, spottete sie.

»Sobald wir wieder an der Macht sind.«

»Dann bete dafür, dass du es nicht verpasst. Widerstand gegen die Staatsgewalt und versuchte Körperverletzung wiegen schwer bei deinen Vorstrafen. Gut möglich, dass du am gloriosen Siegestag noch im Knast schmorst. Und deine Kameraden haben dich bis dahin längst vergessen. Glaub mir, wenn ich mit Typen wie dir zu tun habe, wünsche ich mir auch manchmal, dass der Rechtsstaat für einen Augenblick suspendiert sei.«

Das Scharmützel wurde durch ihr Telefon unterbrochen. Die Chefinspektorin wendete sich ab.

»Wir haben die Drohne in seinem Spind am Arbeitsplatz

gefunden. Teures Hightech-Gerät. Kein Spielzeug«, sagte Battinelli. »Grizzo hat sich heute krankgemeldet.«

»Glaub ich gerne, er kniet vor mir und trägt Handschellen. Er ist ein bisschen devot und nennt mich seine Herrin.«

»O weh, musstest du wieder deinen Adrenalinüberschuss senken, Pina? Braucht ihr uns dort noch?«

»Nein, wir sehen uns in der Questura.«

Sie steckte das Telefon ein. »Bringt ihn weg. Ich nehme ihn mir dann im Büro vor, sobald wir hier fertig sind.«

Grizzo schwieg. Allein seine Gesichtsfarbe verriet, dass er sich nur mit Mühe im Zaum halten konnte. Pina kannte Typen wie ihn. Wären sie allein, würde er es trotz der ersten Niederlage gleich noch einmal probieren. Pina passte nicht in sein Frauenbild. Doch leider war er gefesselt, und es gab Zeugen.

»Moreno, Sonia«, rief sie in die Wohnung. »Wie weit seid ihr?«

Cacciavacca kam der Chefinspektorin mit einem Baseballschläger in der Hand entgegen. »Der ist so gut wie fabrikneu. Ansonsten nur der übliche Faschokram, abgesehen von seinen Klamotten. Obwohl, die könnte man auch dazuzählen. Warum sie nur alle die gleichen hässlichen Fetzen tragen müssen?«

»Dazugehören ist, was zählt, Moreno. Sucht nach Waffen und stellt seinen Computer und das Telefon sicher. Battinelli hat die Drohne gefunden. Bin gespannt, wo die Aufnahmen sind und was er überhaupt gefilmt hat.«

»Vielleicht finden wir Fotos von Staatsanwalt Scoglios Gattin beim Sonnenbad.«

»An denen darfst du dich dann aber allein ergötzen, Kollege. Mich interessiert auch Grizzos Post. Wollen wir mal sehen, in welchen Sumpf wir da geraten.«

»Wenn ich das Gerät jetzt abschalte, kommen wir vielleicht nicht mehr rein, falls es durch ein Passwort geschützt ist.«

»Dann ruf die Informatiker, damit die das Gerät sicherstellen. Du kannst dann mit denen zurückfahren. Und sucht nach seinem Auto, lasst Abdrücke der Reifenprofile herstellen, die ihr dann mit denen vergleicht, die der Kollege Battinelli hat nehmen lassen. Sonia, hast du alles? Wenn nicht, übergib den Rest dem Kollegen Cacciavacca. Er bleibt noch eine Weile hier. Dich brauche ich im Büro.«

Gedächtnisfallen

Frane Bartol eilte ihnen leicht gebeugt, breitbeinig und mit ausgestreckten Armen entgegen, als Ada den Maserati unter dem steinernen Bogen durch das sich automatisch öffnende, schwere Hoftor aus massiver Eiche fuhr und dabei fast einem stolzen Hahn mit schillernden Schwanzfedern den Garaus gemacht hätte. Mit knirschenden Reifen kam sie abrupt vor dem Mann zum Stehen, der den Vogel noch in letzter Sekunde verscheuchte. Trotz seines hohen Alters hatte er starke Arme, seine Hände waren groß wie Baggerschaufeln. Hinter ihm erstreckte sich ein weitläufiger Innenhof voller Landwirtschaftsgerät, das Stallgebäude mit der Scheune darüber hielt einige Meter Abstand zum Wohnhaus, dessen Dach wie vor vier Jahrhunderten mit Kalksteinplatten vom Karst gedeckt war. Hohe Baukunst. 1645 stand unter dem Familienwappen in der Mitte des steinernen Türsturzes eingemeißelt. Auf den ersten Blick wirkte in dieser Oase jedes Detail echt, Tradition wurde hier offenbar noch groß geschrieben.

»Lass doch den armen Gockel leben, du alte Hexe«, rief der rüstige alte Mann lachend, als er Ada die Fahrertür aufhielt. »Der ist unschuldig. Und viel zu schön. Bevor der im Kochtopf landet, muss er den Hennen zeigen, was er draufhat. Ist das der Ordnungshüter, von dem du gesprochen hast?« Er winkte Laurenti zu. »Marta, Marta«, rief er dann in die andere Richtung. »Die Bullen sind da und nehmen dich mit. Ich musste über neunzig werden, bis ich das erleben durfte. Konntest du nicht früher kommen, Signor Commissario?«

Die Frau, die aus dem Gebäude trat, war weniger rüstig als ihr robuster Gatte. Sie näherte sich in kleinen Schritten, lachte und fasste sich an den Kopf. »Frane, du solltest jeden Tag dem Herrgott danken, dass ich dir aus Versehen das falsche Gift ins Essen gemischt habe. Deine Witze sind so alt wie du selbst.«

»Gott ist tot, Marta. Und das Essen koche für gewöhnlich ich. Ich bin ja nicht bescheuert. Man darf das Schicksal nicht den anderen überlassen.« Der Händedruck des Alten war beeindruckend. »Das erste Mal, dass uns die Polizei willkommen ist. Aber Ada hat so gut von dir geredet, dass ich's nicht erwarten konnte, Lavrenčič.«

Manche Freunde vom Karst nannten ihn so, wie es jetzt Frane Bartol tat, für andere war er schlicht der Commissario oder der Bulle, und nur wenige sprachen ihn mit seinem Vornamen Proteo an. Auf dem Hochplateau wurden oft und gern Spitznamen verwendet. Ein dickbäuchiger Segler wurde schlicht »Skipper« gerufen, ein Freund mit kahler Schädeldecke und üppigem Haarkranz war der »Kardinal«, ein Viehhändler der »Gute Hirte«, der aus Südtirol zugezogene Betreiber des Zeitungs- und Tabakgeschäfts in Prosecco hieß je nach Laune »Bumser« oder »Volkspartei«, und wieder ein anderer trug wegen einer früheren Sache, über die man besser schwieg, den Spitznamen »Molotow«.

»Komm mit«, versuchte Frane ihn wegzuführen, noch bevor Laurenti dessen Frau begrüßen konnte. »Lass die Weiber unter sich. Die gackern ohne Unterlass.«

Marta winkte ihm zu, sie kannte ihren Mann. Im Wohnhaus tat sich eine riesige Stube mit einem mächtigen Kachelofen auf, hinter dem direkt die geräumige Küche anschloss. Unverputzte Steinmauern und viel Holz. Frane Bartol wies dem

Commissario einen Platz auf der Eckbank zu, vor der ein gut vier Meter langer Esstisch aus Eiche stand.

»Setz dich, ich bring dir Wein. Aber dann muss ich kochen. Ada sagte, du hättest nur zwei Stunden Zeit. Ich habe also nur eine Kleinigkeit vorbereitet.« Frane verschwand im Küchenbereich, kam mit einer Ein-Liter-Karaffe Weißwein zurück, und kurz darauf brachte er von Hand aufgeschnittenen rohen Karstschinken, Salami, Käse und einen Korb mit frischem Brot. »Alles von meinem Hof, sogar das Brot stammt aus meinem Ofen.« Allein das hätte Laurenti zum Mittagessen gereicht. Doch vom Herd zog ein betörender Geruch herüber. Frane setzte sich ihm gegenüber und goss ein. »Živjeli. Cin cin.« Er hob sein Glas und leerte es zur Hälfte, während Laurenti sich mit einem Schluck begnügte. »Ada hat erzählt, du stammst aus Salerno. Dort hat die ganze Scheiße angefangen, dass die bis heute noch frei rumlaufen können und trotz ihrer Verbrechen verehrt werden. 1946. Dank der hirnlosen Amnestie eures kommunistischen Justizministers, der für die Faschisten, Nazis und die Kollaborateure wie ein Freispruch war. Er hat es auch noch mit Stalin abgestimmt, um die Mörder auf der kommunistischen Seite zu schützen.«

»Ada sagte, du seist bis heute Kommunist geblieben.«

»Jaja, sie und ihr Gedächtnis. Ada redet, ohne nachzudenken. Ich war auf Titos Seite. Kein Stalinist. Du weißt ja, was die angerichtet haben.«

Laurenti blieb wachsam. Erinnerungen spielten beizeiten eigenartige Streiche, bis sich die bequemste Variante festsetzte.

»Die Tito-Truppen haben doch auch wie die Berserker gewütet. Ich meine nicht nur die vierzig Tage, in denen sie Triest und Umland besetzt gehalten haben. Auch in Istrien. Und nach dem Bruch mit Moskau haben sie die Stalinisten auf der Insel Goli Otok interniert. Die eigenen Leute und Verbündeten. Mit Vorwürfen wäre ich vorsichtig. Bis heute habe ich kein Wort davon gehört, dass das je aufgeklärt oder die Täter dafür verantwortlich gemacht wurden.«

»Papperlapapp, Lavrenčič, alles hatte seine Gründe. Geschichte muss man lesen können. Es gibt Hunderte Versionen, aber nicht jede entspricht der Wahrheit. Geschichte wird verbogen, je nachdem, wer an der Macht ist. Und wenn einer behauptet, seine Version sei die einzig wahre, ist er entweder bescheuert oder besoffen. Živio.« Der Alte hob sein Glas und leerte es in einem Zug. »Geschichte ist Politik. Verstehst du?«

»Ah, mein Mann ist schon wieder bei seinem Lieblingsthema.« Ada und Marta traten in die Stube. »Weißt du, Commissario, sobald er ein neues Opfer gefunden hat, kann er stundenlang darüber reden. Immer dieselben alten Geschichten. Aber sonst ist er eigentlich ganz erträglich.«

»Ich stütze mich auf Antonio Gramsci: ›Pessimist im Denken und vom Willen her Optimist‹. Oder so ähnlich zumindest. Du weißt schon, was ich meine.«

»Wolltest du dich nicht um das Mittagessen kümmern, Frane?«, fragte Marta sehr bestimmt. »Nicht einmal Wasser hast du auf den Tisch gestellt. Wenn ich es nicht tue, trinkt er nur Wein.«

»Was gibt's denn?«, erkundigte sich Ada.

»Bedien dich erst mal am Schinken. Und sei nicht so neugierig.« Er verzog sich wie geheißen an den Herd.

»Frane war als junger Kerl bei den Tito-Partisanen, er war an der Befreiung Triests und des gesamten Umlands beteiligt«, begann Ada mit gesenkter Stimme. Sie wollte nicht, dass er sie hörte und ihr bei jedem Halbsatz ins Wort fiel. »Nach dem Krieg war er im Import-Export-Geschäft mit Jugoslawien tätig. Dabei hat er natürlich auch die Verwandten jenseits der Grenze über den Tisch gezogen und ein immenses Vermögen gemacht. Als er noch ein junger hübscher Mann war, waren wir für kurze Zeit zusammen, aber irgendwann kam mir Marta dazwischen.

Erst als sie in Rente gingen, sind sie aus der Stadt hierhergezogen. Frane stammte aus dem Viertel San Giovanni und Marta aus Servola, wie diese Vilma Lorenzin.«

»Bis sie und ihre Familie ausgebombt wurden, wohnten wir in der Nachbarschaft und kannten uns recht gut«, hakte Marta ein. »Sie war jedoch viel jünger als ich. Aber täusch dich nicht, Commissario, auch ich war bei den Partisanen. So wie Ada. Nur sind sie mir nicht auf die Schliche gekommen, sonst säßen wir jetzt nicht zusammen hier. Als die Nazis ihren Vater verhaftet und ermordet haben, habe ich mich um die kleine Vilma gekümmert. Das war eine gute Tarnung. Doch dann wurde ihnen eine Wohnung drüben in San Giacomo zugewiesen und sie verlor ein Bein. Und auch noch ihre Mutter. Vilma blieb wirklich nichts erspart. Als sie mit ihrer Pflegefamilie, oder Ersatzfamilie, wie du sie nennen willst, nach Frankreich ausgewandert ist, um in Chambéry ein neues Leben zu beginnen, hielt sie noch lange Briefkontakt. Leider war ich keine besonders fleißige Schreiberin. Nur zu Weihnachten schickte ich noch manchmal eine Karte. Es gab schließlich viel zu tun. Ich habe viele Jahre als rechte Hand des Präsidenten der *Assicurazioni Generali* gearbeitet, obwohl Frane es nicht ertragen hat, dass ich trotz der drei Kinder fast so viel Geld nach Hause brachte wie er. Aber einmal im Jahr habe ich von Vilma einen langen Brief erhalten, eine Art Resümee dessen, was sich in der Zwischenzeit getan hatte. Sie muss so eine Art Heimweh verspürt haben, obwohl sie nie wieder nach Triest zurückgekommen ist. Kann man ja auch verstehen, wenn man an die Verluste denkt, die sie hier erlebt hat.«

Sie wurde durch das Grummeln ihres Gatten unterbrochen, der eine dampfende Schüssel Hühnerbrühe mit Grießknödeln in die Mitte des Tischs stellte. »Hier greift zu, die Henne hat vierundzwanzig Stunden auf dem Herd gezogen, zuvor eine Nacht in Wodka und grobem Meersalz mariniert. Marta hat in der Früh schon die Hälfte der Brühe weggetrunken, sonst wäre die Schüssel jetzt voll.«

»Commissario, wenn du jetzt nicht bei jedem Löffel die Suppe lobst, ist er beleidigt«, riet Ada.

Frane gab drei riesige Grießnockerl auf Laurentis Suppenteller, goss Brühe dazu und streute einen Esslöffel geriebenen Parmesan darüber. Ada wehrte sofort ab und gab sich mit einem Kloß zufrieden, so wie Marta auch. Der Duft war betörend. »Siehst du, Lavrenčič, so sind sie. Ablehnen, bevor sie probiert haben.«

»Wie alt bist du eigentlich?«, fragte Proteo Laurenti.

»Drei Jahre jünger als ich«, erklärte Marta sofort.

Von Ada wusste er, dass Marta so alt war wie sie. Die Lebenserwartung jener Generation war trotz oder wegen der überlebten Kriege erstaunlich.

»Warum bloß hast du ihn damals nicht behalten, Ada?«, fuhr Marta fort.

»Einer allein und für immer wäre mir viel zu eintönig gewesen«, lachte ihre Freundin.

»Köstlich«, lobte Laurenti die Suppe, und es war nicht gelogen. »Wirklich ausgezeichnet, Frane. So eine Brühe brächte nicht einmal meine Schwiegermutter zustande.«

Der Alte grinste zufrieden, und wäre Ada nicht eingeschritten, hätte Laurenti noch einen Nachschlag bekommen. »Achtung, Proteo«, sagte sie. »Es warten mindestens noch zwei Gänge, und du wirst keinen auslassen dürfen, sonst ist er wirklich beleidigt. Leichte Küche ist so etwas wie ein Schimpfwort für ihn.«

»Hör nicht hin, Lavrenčič. Marta, schenk Wein nach. Er ist zu schüchtern, um sich selbst zu bedienen. Die Schüssel lass ich hier, falls noch jemand will.« Frane schlurfte zurück zum Herd.

»Wo war ich stehen geblieben?«, fragte Marta. »Ach ja, bei

den Briefen. Dort in Chambéry lebten offenbar viele Italiener. In den ersten Jahren kümmerte sie sich nur um die kleine Nora, die dort gleich nach der Ankunft geboren wurde. Erst nach längerer Zeit fand Vilma eine Anstellung bei der Stadtverwaltung. Diese Nora kam in den Achtzigern zum Studieren nach Triest. Ein ausgesprochen hübsches Mädchen mit prachtvollen schwarzen Haaren. Sie sprach perfekt Italienisch, obwohl sie in Frankreich geboren und groß wurde. Ganz am Anfang hat sie mich besucht. Aber ich glaube, nur um ein Versprechen gegenüber Tante Vilma einzulösen.«

»Ich war sogar dabei. Erinnerst du dich?«, warf Ada ein. »Man konnte ihr am Gesicht ablesen, wonach sie suchte. Ich habe sie manchmal zufällig in der Stadt vor einer Bar gesehen. Immer stand ein Haufen Verehrer um sie rum, die sich wie rollige Kater aufführten.«

»Stimmt«, ergänzte Marta. »Sie hat das Leben in vollen Zügen genossen und sich an der Universität dafür wohl weniger ins Zeug gelegt. Aber vielleicht tu ich ihr damit auch unrecht.«

»Erinnerst du dich zufällig an ihren Nachnamen?«, fragte Laurenti.

Martas Blick schweifte zur Decke, sie kramte offensichtlich in ihrem Gedächtnis, wurde dabei jedoch von ihrem Gemahl abgelenkt, der eine weitere dampfende Schüssel auf den Tisch stellte. »Fusi con sugo di gallina«, verkündete Frane stolz, und wieder überhörte er Laurentis Einspruch und reichte ihm einen randvollen Teller der typischen istrischen handgerollten Pasta mit Sugo von der alten Henne. Marta und Ada wehrten sich erfolgreich und bekamen eine kleine Portion.

»Nora Rota«, rief Marta unvermittelt. »Eleonora eigentlich. Jetzt ist mir ihr Name wieder eingefallen. Rota hieß die Familie, die Vilma in San Giacomo aufnahm, nachdem sie das Bein verloren hatte. Und mit ihnen ist sie auch nach Frankreich gegangen, als sie schon dreißig war. Es muss etwa 1965 gewesen sein. Sie kam nach Servola, um sich zu verabschieden, aber Frane und ich haben damals schon in der Via Franca gewohnt. Wir feierten gerade den zehnten Geburtstag unseres Jüngsten, als sie vorbeischaute. Sie brachte Kuchen mit. Vilma hat versprochen, uns mindestens einmal jährlich zu besuchen. Doch sie kam nie wieder. Das ist schon eine komische Sache mit den Abschieden. Bevor man weggeht, hat man Angst, seine Gewohnheiten zu verlassen, und doch merkt man schnell, dass sie einem gar nicht fehlen.«

»Jetzt iss endlich«, protestierte ihr Gemahl. »Sonst koche ich nie wieder.«

»Und wie schlägst du dann die Zeit tot, Frane? Wenn du wenigstens mal ein Buch lesen würdest, anstatt ständig am Computer zu hängen und die Kochrezepte anderer zu kritisieren.«

Laurenti kämpfte mit der Portion. Er lobte Franes Kochkünste und hoffte, dass es nicht noch einen Hauptgang gab, doch der alte Mann war schon wieder auf dem Weg zum Herd. Auch Marta verschwand für einen Augenblick.

»Glaub bloß nicht, dass die alles selber machen«, sagte Ada Cavallin, die ihren nicht einmal halb vollen Teller schnell geleert hatte und sich eine ihrer dünnen Zigaretten ansteckte. »Sie haben Angestellte. Einer kümmert sich das ganze Jahr über um die Hühner, die Schweine und den Stall. Während der Saison haben sie Personal für die Landwirtschaft, und für den Haushalt kommt täglich eine Halbtagskraft aus einem Dorf von der anderen Seite der Grenze. Die Hälfte der Zeit braucht sie zum Aufräumen der Küche, du siehst ja, wie Frane auffährt. Hast du erfahren, was du wissen wolltest?«

»Danke, Ada, ein paar Dinge schon. Mit den Namen kommen wir vielleicht ein Stück weiter.« Laurenti warf einen Blick auf die Uhr. »Auf jeden Fall bin ich jetzt schon pappsatt.«

»Du kannst leider keinen Rückzieher machen, Proteo«, sagte Ada sofort. »Da wären beide ernsthaft beleidigt, auch wenn sie sich ununterbrochen aufziehen. Du müsstest schon einen dringenden Einsatz erfinden, aber dann hättest du nur wieder was an meinem Fahrstil auszusetzen.«

Marta setzte sich wieder zu ihnen. »Mir ist noch etwas eingefallen. Die Zeitung hat groß über diesen verlogenen Halbpfaffen Lauro Neri berichtet, dem endlich jemand den Garaus gemacht hat. Ich habe schon lange darauf gehofft, wenn ich ehrlich bin. Zumindest, dass ihm jemand die Hand abhackt, damit er seine dämlichen Leserbriefe nicht mehr schreiben kann. Also, Commissario, welchen Hintergrund hat dieser Mord? Ich meine das, was nicht in der Presse steht.«

»Meine Antwort wird dich kaum zufriedenstellen, Marta«, sagte Laurenti. »Neris Frau hält sich in ihren Aussagen bedeckt. Kinder haben sie nicht, und die Nachbarn reden so gut über ihn, als fürchteten sie sich vor der Inquisition. Er hat stapelweise Unterlagen hinterlassen, damit sind wir noch lange nicht fertig. Da ist so viel Material über die X^a Flottiglia MAS dabei, dass es sich förmlich aufdrängt weiterzusuchen.«

»Woher stammt dieser Neri eigentlich?«, fragte Marta.

»Er ist hier geboren, seine Familie kam aus Apulien. Warum?«

»Weil es einen Domenico Neri bei einem Kommando der Decima MAS gab, die sich *Mai Morti* nannten. *Niemals tot.* Unsterblich, sozusagen. Und die kamen aus Apulien. Sie haben hier wie die Irren gewütet, brachten wahllos Leute um, folterten und brandschatzten. Zusammen mit den Nazis oder der Banda Collotti und anderen faschistischen Gruppierungen wie der Banda Ruggiero drüben im Friaul, bei denen auch genügend Triestiner mitmachten. Remigio Rebez aus Muggia, zum Beispiel. Die hatten ein Folterzentrum in Palmanova. Nur ihr oberster Befehlshaber war ein Deutscher namens Pakebusch, der direkt für Globočnik arbeitete.«

»Macht Platz auf dem Tisch«, rief Frane Bartol, der eine riesige Platte *Pollo fritto* in den Pranken hielt. Kurz darauf kehrte er mit einer Schüssel Feldsalat zurück und setzte sich. »Das ist das zweite Vieh, das extra für euch und unter meinen Händen sein glückliches Leben ließ.«

»Blödsinn«, widersprach seine Frau. »Das Geflügel schlachtet ein Gehilfe. Frane ist zu gutmütig, der kann keiner Fliege was zuleide tun.«

»Sagt sie so einfach. Aber ich habe gehört, dass du von diesem Domenico Neri gesprochen hast. Als wir den gefasst haben, war es ein Fest. Zusammen mit Remigio Rebez. Drüben in Muggia, im Haus von Rebez. Wir hätten sie gleich erschießen sollen, anstatt sie zu verhören. Im Nachhinein war das ein schwerer Fehler. Beim Prozess in Udine im September 1946 wurde zwar die Todesstrafe verhängt, aber ein Jahr später schon in lebenslänglich umgewandelt. 1948 wurde die Haft auf zwanzig Jahre verkürzt, und schließlich 1954 vom Schwurgericht Venedig wegen einer weiteren Amnestie auf fünf Jahre reduziert, womit sich die Drecksäcke wieder auf freiem Fuß befanden. So gut wie alle sind wieder freigekommen. Die Zukunft wurde auf morschem Gebälk errichtet. Und jetzt esst endlich dieses tote Huhn. Die Panade ist mit meinem Brot gemacht.« Er legte drei Stücke Backhendl auf einen Teller und reichte ihn Laurenti, der erschrocken abwinkte.

»Gib mir erst mal nur eines«, bat er. »Auf der Platte bleibt es länger warm. Ich greife dann gern noch einmal zu.«

»Na gut, ich pack dir nachher was ein.« Diesmal gab Frane nach, griff nach der Karaffe und schenkte Wein nach.

»Ich sagte euch doch, dass mein Mann keinem wehtun kann«, fuhr Marta fort. »Aber was er erzählt hat, stimmt in etwa.«

»Jetzt esst endlich. In diesem Haus wird vorher nicht gebetet«, riss Frane Bartol das Wort wieder an sich. »Ah, kennst du den schon, Lavrenčič? Ein Fünfjähriger fragt seinen Freund im Kindergarten, ob sie in seiner Familie auch vor dem Essen beten würden, worauf der antwortet: ›Das brauchen wir nicht, meine Mamma kann schließlich kochen.‹«

Der Alte lachte schallend über seinen eigenen Witz, und Laurenti ahnte, dass er den nicht zum ersten Mal erzählt hatte.

»Ich habe einen Bärenhunger, dafür weiß ich jetzt, wer diese Vilma Lorenzin war«, rief Marietta ihrem Chef triumphierend aus den Rauchschwaden über ihrem Schreibtisch zu, als er sich im Büro zurückmeldete. »Ich versteh einfach nicht, weshalb sich nie jemand die Mühe macht, im elektronischen Archiv der Tageszeitungen zu suchen.«

»Wir haben ihren Namen doch erst heute Morgen erfahren, Marietta. Leer deinen Aschenbecher und dann lass hören«, sagte Laurenti und öffnete trotz des grauen Nieselregens das Fenster. Ada Cavallin hatte ihn am Corso Italia abgesetzt und versprochen, direkt nach Hause zu fahren und den Wagen heute nicht mehr zu bewegen. Sie hatte sich beim Wein wie üblich nicht zurückgehalten. Im Gegensatz zum Commissario aber würden die drei alten Leute jetzt sicherlich einen ausgiebigen Mittagsschlaf einlegen.

Es war eine kleine Meldung, die Marietta in der Stadtchronik der Tageszeitung aus dem Jahr 1945 entdeckt hatte. Die Sache mit der Bleistiftbombe in den Magazzini generali kannte er bereits aus Adas Schilderungen. Neu für Laurenti war jedoch die Adresse im Viertel San Giacomo sowie das Datum des Vorfalls.

»Dann finde bitte auch heraus, wer damals noch unter dieser Adresse gemeldet war«, bat Laurenti. »Und war Pina inzwischen bei dem Drohnenpiloten? Hat sie was gefunden?«

»Sie nicht, aber Battinelli. Und zwar die Drohne. Pina hat

Grizzo bereits seit zwei Stunden in der Zange. Sie sind im kleinen Verhörraum. Sonia und Cacciavacca wechseln sich bei der Assistenz ab. Wie ich hörte, macht Pina diesen Grizzo nach Strich und Faden fertig. Aber gewalttätig ist sie bisher nicht geworden, nur bei der Festnahme hat sie ihm in die Eier getreten. Sie kann es einfach nicht lassen. Die Informatiker sitzen über seinem Computer. Jedes Mal, wenn sie etwas finden, bringt ihr einer der Kollegen den Ausdruck. Es kommt einiges zusammen. Sie zieht die Schrauben immer enger. Jede Wette, Grizzo wird auspacken, was er nicht leugnen kann. Aber kein Stück mehr.«

»Sagt dir der Name Eleonora Rota etwas, auch Nora genannt?«

»Wie kommst du denn auf die?« Es kam selten vor, dass Marietta so erstaunt war. »Das ist schon hundert Jahre her. Lebt sie noch?«

»Hundert nicht gerade. Auch ich habe gearbeitet, allerdings bei einem Mittagessen, an dem ich vermutlich die ganze Woche zu verdauen habe. Du hättest dich amüsiert, die anderen drei am Tisch zählten zusammen fast dreihundert Jahre. Also, erzähl mir, was du von dieser Nora weißt.«

»Sie ist nur wenig älter als ich und war ein ziemlich scharfer Feger. Wir waren immer in den gleichen Bars unterwegs und standen auf die gleichen Typen. Eigentlich ist sie Französin, hat aber italienische Eltern. Von hier. Sie hat sich in den Achtzigern an der Universität eingeschrieben, ich glaube in Geschichte. Sie und ich haben uns regelmäßig die Kerle streitig gemacht. Mein Gott, ging's denen gut. Du hast nicht den blassesten Schimmer, Proteo, was du verpasst hast. Aber sag schon, lebt sie noch? Ich meine, wenn du so fragst, steht es offensichtlich schlecht um sie.«

»Das sollst du bitte herausfinden, Marietta. Fang mit dem örtlichen Personenregister an und starte im Zweifel eine Anfrage in Frankreich, vielleicht wohnt sie noch dort. Soweit ich erfahren habe, war sie die Ziehtochter von dieser Vilma Lorenzin.«

»Da schau her. Mir scheint, allmählich ergibt sich ein Bild. Aber zuerst muss ich was essen, das siehst du sicher ein. In einer halben Stunde bin ich zurück«, sagte sie, warf sich die Jacke über und ging.

Der Commissario verkniff sich den Blick in den Verhörraum. Laut Mariettas Beschreibung war Pinas Vorgehen angemessen. Bei derart harten Brocken halfen Sturheit, Grobheit und List. Und die Drohnenfotos, die Grizzo auf seinem Computer gespeichert hatte. Eines nach dem anderen.

Sonia Padovan berichtete ihm, dass auf seinem Computer auch Aufnahmen vom Schießstand in Opicina zu finden waren. Zweimal hatte Grizzo dort gefilmt: zuerst die unversehrte Gedenkstätte, dann zwei Tage später im frühen Morgenlicht die gleiche Umgebung mit den frisch gekleisterten Plakaten einer rechtsextremistischen Vereinigung, die die 1941 von den Faschisten ermordeten Widerstandskämpfer als Terroristen verunglimpften. Drei Jahre vor der Nazibesatzung. Die Plakate waren ganz im Duktus der Neofaschisten gestaltet. Beim ersten Tageslicht hatte Grizzo also seine Drohne steigen lassen, als hätte der Kerl trotz seiner zur Schau gestellten Unantastbarkeit einen Mordsschiss davor gehabt, entdeckt zu werden.

Das Klingeln von Laurentis Telefon unterbrach die beiden. Livia meldete, dass sie ihre Erledigungen in der Stadt so weit abgeschlossen hatte.

»Wenn du noch einen Aperitif trinkst«, sagte Laurenti nach einem Blick auf die Uhr, »könntest du mich danach abholen. Ich muss jemanden zum Flughafen bringen und während der Fahrt einiges mit ihm besprechen. Ich kann dich als Kollegin ausgeben, wenn du mich nicht Papà nennst und dich unverfänglich verhältst.«

»Gerne, Papà«, antwortete Livia. »Entschuldigung, ich meinte Chef. Wann soll ich da sein?«

»In vierzig Minuten. Sonst nehme ich den Fahrdienst, und du kannst schon nach Hause fahren.«

»Quatsch, kein Problem. Hört sich total interessant an. So krieg ich endlich mal was von deiner Arbeit mit. Bis nachher.«

Sonia Padovan harrte unverrückbar vor ihm aus.

»Wo waren wir stehen geblieben?«, fragte Laurenti.

»Meines Erachtens hat Grizzo die Orte zuerst ausspioniert und nach vollbrachter Tat noch einmal gefilmt, um damit einerseits bei seinen Leuten anzugeben und andererseits zu zeigen, was für tüchtige Kerle in der hiesigen Sektion aktiv sind. Sie stacheln sich gegenseitig auf durch die Verwüstungen, die sie später im Internet präsentieren, als stammten sie von anderen, damit man ihnen nichts nachweisen kann. Die Aufnahmen zeigen fast nur Gedenkstätten«, kicherte sie. »Bis auf eine.« Sonia konnte sich kaum einkriegen, wartete aber auf die Reaktion ihres Chefs.

»Also, mach's nicht zu spannend, Sonia. Aber erspar mir bitte irgendwelche Bilder von Staatsanwalt Scoglios Gattin beim Sonnenbaden.«

»Nein, die ist bisher noch nicht aufgetaucht. Aber wir sind ja noch am Anfang.«

»Die Ausnahme, Sonia?«

»Du und der Oberste Staatsanwalt. Wie zwei Verliebte lehnt ihr nebeneinander am Geländer vor dem Santuario und starrt aufs blaue Meer hinunter, als wärt ihr in den Flitterwochen auf Capri. Cirillo wirft den Stummel seiner Zigarre ins Gestrüpp. Im Sommer hätte das einen Waldbrand gegeben.«

Auch der Commissario grinste. »Wäre es nicht er, würde ich empfehlen, diese Bilder aus Versehen zu löschen. Erstell eine Liste der Aufnahmen und sortiere sie unter Stichworten. Ort, Datum, Schaden et cetera.«

»Schon passiert. Zumindest von den bisher ausgewerteten Dateien. Allesamt Gedenkstättenschändungen aus den letzten Monaten.«

Laurenti überflog das Blatt. »Interessant. Da sind einige dabei, die uns am Samstag bei der Sitzung in der Präfektur noch nicht bekannt waren. Offensichtlich sind nicht alle angezeigt worden.«

»Manche von ihnen liegen jenseits der Grenze. Die Örtchen Komen auf dem Karst oder Rihemberk über dem Vippachtal zum Beispiel. Andere aus Istrien. Buje, Rovinj, Salambati, Višnjan, Poreč und Lipa beispielsweise. Übrigens alles Orte, in denen sich in den letzten Jahren viele Deutsche und Österreicher Immobilien gekauft haben, als wollten die Erben zu den Tatorten ihrer Vorfahren zurückkehren. Tausende Zivilisten wurden dort von SS und Wehrmacht umgebracht. Selbst Kleinkinder.«

»Übertreib nicht, Sonia. Die Schönheit der Landschaft ist es. Die wissen doch gar nicht, was hier passiert ist. Polemik hat in unserer Arbeit nichts zu suchen. Sonst noch was?«

»Ja, der Reifenabdruck, den Kollege Battinelli angeordnet hat, und der von Grizzos Toyota sind identisch.«

»Das ist doch schon mal etwas. Schick mir Pina rüber, auf der Stelle.«

»Sie wird nur ungern unterbrechen.«

»Dann müsst solange du und Cacciavacca einspringen.«

Kurz darauf stand die Chefinspektorin in der Tür. Sie war sichtbar schlecht gelaunt, doch Laurenti ließ sie nicht zu Wort kommen. »Ich bin übers Gröbste informiert«, sagte er. »Schicken Sie die Übersicht der Drohnenaufnahmen an Scoglio und verlangen Sie einen Haftbefehl für Grizzo. Sollte er zögern, drohen Sie mit den Aufnahmen von seiner Frau im Garten.«

»Die haben wir doch gar nicht.«

»Vielleicht finden wir sie aber noch. Auf jeden Fall darf

Grizzo hier keinen Fuß mehr raussetzen. Auch wenn wir ihm den Mord noch nicht nachweisen können, die zeitliche Koinzidenz macht ihn verdächtig. Und übrigens, fassen Sie ihn nicht noch einmal an. Diese Typen sind darauf abgerichtet, sich wegen der geringsten Kleinigkeit einweisen und untersuchen zu lassen. Die wissen ganz genau, was sie tun müssen, um für haftunfähig erklärt zu werden. Die Ärzte in der Notaufnahme haben keine Zeit für weiterführende Untersuchungen, sofern sie nicht dringlich sind. Also machen Sie kurzen Prozess. Lochen Sie den Kerl ein, damit er seine Kameraden nicht warnen kann.«

»Einverstanden, hätte ich sowieso getan. Sobald er allerdings seinen Anwalt ruft, werden alle anderen sowieso davon erfahren. Diese Typen haben immer die gleichen Verteidiger.«

»Ziehen Sie die Kollegen der Digos hinzu. Die haben viel Erfahrung in solchen Fällen.«

Ihrem Gesichtsausdruck zufolge passte das Pina Cardareto weniger in den Kram, doch sie verzichtete auf Widerspruch. Einerseits drängte es sie zurück zum Verhör, andererseits wusste sie genau, dass sie tun musste, was der Commissario ihr aufgetragen hatte. Sie neigte zu Alleingängen, selbst wenn die Anordnungen anderes verlangten. Lediglich den Zeitpunkt konnte sie hinauszögern.

»Noch etwas, Pina«, sagte Laurenti, als sie gerade die Tür hinter sich schließen wollte. »Machen Sie keine Nachtschicht. Morgen ist auch noch ein Tag.«

Commissario Laurenti kannte den deutlich jüngeren Direktor des Instituts für die Geschichte des Widerstands von einem Foto in der Zeitung. Der Mann wartete bereits auf der Straße, als Livia auf Anweisung ihres Vaters vor seinen Füßen stoppte, ausstieg und ihm die Tür zum Fond öffnete, wo Laurenti saß. Sie verhielt sich kaum wie eine Polizistin, eher wie die Promichauffeurin vom Grandhotel, als sie sein Gepäck zum Kofferraum trug. Der Direktor lächelte beim Anblick der frischen Blumen und der Menge an Taschen voller Einkäufe mit den Logos von Feinkostläden sowie der besseren Bekleidungs- und Schuhgeschäfte.

»Eigenartig, dass wir uns noch nie begegnet sind, Commissario«, sagte er beim Einsteigen, »wo wir doch beide Personen des öffentlichen Lebens sind.«

»Das ist einer der Vorzüge Triests, Direttore«, antwortete Laurenti. »Fast wie in einer Metropole. Um sich zu treffen, muss man sich verabreden. Vor über dreißig Jahren habe ich mich von einer früheren Liebe getrennt. Danach sind wir uns nie wieder begegnet. Nicht einmal zufällig.«

»Ausgesprochen attraktive Polizistinnen sind hier im Dienst. Und wie ich sehe, hält sich die Polizei auch ohne Blaulicht und Sirene nicht an die Verkehrsregeln.«

Livia fuhr viel zu schnell aus der Stadt hinaus, was dem Mann nicht entgangen war. Zweimal hatte sie langsamere Autos, ohne den Blinker zu setzen und trotz der durchgezogenen Mittellinie der Küstenstraßen, überholt.

»Wir haben keine übertriebene Eile, Agente«, sagte Laurenti. »Halten Sie sich bitte an die Regeln. Ich brauche die ganze Fahrt für die Besprechung.«

»Ja, Pa…« Sie biss sich gerade noch auf die Zunge und räusperte sich. »Pardon.«

»Angenehm, dass Sie die Fahrtkosten des Instituts senken, Commissario. Ich hätte nie gedacht, dass ich irgendwann einmal inoffizieller Mitarbeiter der Sicherheitskräfte würde. Erzählen Sie mir doch, worum es geht. Ich bin gespannt.« Der Direktor kam auf den Grund ihrer Verabredung zu sprechen.

»Von inoffiziell kann keine Rede sein«, sagte Laurenti. »Im Zweifel werden Sie von der Staatsanwaltschaft oder dem Gericht als fachkundiger Gutachter einbestellt.«

»Dann beträgt das erwähnte Honorar also nur die üblichen lächerlichen Sätze, von denen man sich nicht einmal die Schuhe frisch besohlen lassen kann. Na ja.«

»Reich wird mit unserer Arbeit niemand. Zur Entlohnung gehört auch das Bewusstsein, die Stabilität der demokratischen Gesellschaftsordnung zu garantieren. Mir scheint, dass Sie bei der Wahl Ihres Berufs und des Arbeitsplatzes Ähnliches berücksichtigt haben. Ich habe hier eine Liste mit Personen und Orten, Direttore. Mich interessiert brennend, ob Sie damit etwas anfangen können.« Laurenti reichte ihm das Blatt, das Marietta aus seinen handschriftlichen Notizen transkribiert hatte.

»Betrifft es die beiden Morde, die dieser Tage von den Medien hochgekocht wurden?«, fragte der etwa fünfzigjährige Mann mit der Frisur und der Kleidung eines Versicherungsangestellten. »Die Fälle auf Ihrer Liste wurden dort aber nicht erwähnt. Es ist also mehr passiert.«

»Wieso Fälle, Direttore?« Laurenti hatte mit keinem Wort erwähnt, dass es um die früheren Armbrust-Morde aus der weiteren Umgebung ging. In der Lokalpresse war kaum darüber berichtet worden, und in die überregionalen Medien hatten sie es, als Einzelfälle behandelt, sowieso nicht geschafft. Unterschiedliche Behörden hatten ermittelt und aufgrund mangelnder Kommunikation keinen Zusammenhang hergestellt. Vermutlich hatte die Hektik der Vorweihnachtszeit das Übrige dazugetan.

»Weil all diese Orte mindestens so symbolisch aufgeladen sind wie das Mahnmal in Prosecco. Und weil mir einige Nachnamen bekannt sind. Außerdem wird es kein Zufall sein, dass ausgerechnet Sie mir diese Liste überreichen, Commissario.«

Laurenti schwieg. Er wollte dem Mann nicht entgegenkommen. Noch nicht.

»Sie werden sich aus gutem Grund an mich gewendet haben. Das war der erste Hinweis«, räumte der Direktor ein, als ihm die Stille zu lange wurde.

»Dann schießen Sie endlich los.«

»Wenn ich das in Zusammenhang mit den in den Medien genannten Fällen vom Sonntag bringe, ergibt sich das beängstigende Bild, dass Sie mit Ihrer Arbeit wohl erst am Anfang stehen, Commissario. Ich vermute, hier will jemand *Piazza pulita* machen. Vermutlich haben Sie es mit einem unbekannten Weltenrächer zu tun. Wenn den niemand aufhält, wird Ihre Liste noch länger.«

»Weltenrächer, Direttore? Arbeiten Historiker wirklich mit solchen Begriffen?«

»Natürlich ist das kein wissenschaftlicher Terminus. Aber ich kann mich des Eindrucks nicht erwehren, dass da jemand systematisch vorgeht. Sonst hätte er die Tatorte dem günstigsten Moment überlassen. Die Wahl scheint aber geplant zu sein. Und zwar ziemlich genau, finde ich. Da müssen doch beide Seiten mitspielen. Deshalb. Nicht weniger auffällig ist allerdings, dass er keiner klaren Ideologie folgt. Da sind Familiennamen von Nazis und Faschisten, aber auch Partisanen darunter. Schauen Sie hier: Gaetano Agna beispielsweise. Ein Mann dieses Nachnamens gehörte zur *Milizia per la difesa del territorio*. Italienische Faschisten unter deutschem Kommando mit Folterzentrum in der Piave-Kaserne von Palmanova. Der ist natürlich längst tot. In diesem Fall könnte es sich höchstens um einen Nachfahren gleichen Namens handeln. Nur der Kommandeur in Palmanova war übrigens ein deutscher SS-Offizier namens Herbert Pakebusch, der nach dem Krieg spurlos verschwand. Offiziell erklärten ihn die deutschen Behörden für tot, aber es gab Gerüchte, er habe sich einer plastischen Gesichtsoperation unterzogen und eine neue Identität angenommen. Auf jeden Fall, Commissario, sind das alles Orte, an denen es Massaker gegeben hat. Von den Faschisten, von den

Nazis oder gemeinschaftlich verübt. Man glaubt es heute kaum mehr, aber bei diesen Aktionen arbeiteten die Deutschen und die Italiener ohne Reibungsverluste zusammen. Bis zum Kriegsende. In der *Operationszone Adriatisches Küstenland* genauso wie im Rest des Landes.«

»Sagen Ihnen die anderen Namen etwas?«, fragte Laurenti.

»Die müssen Sie selbst recherchieren. Wer war der Vater, wer die Mutter? Wurde er bei einer Heirat beibehalten oder geändert. Nur so lässt sich feststellen, ob das Motiv überhaupt in der Vergangenheit gefunden werden kann. Wenn allerdings auf wer weiß welche Art ein neuer Name angenommen wurde, eine neue Identität, dann kann Ihnen mein Institut ohne weitere Angaben sowieso nicht helfen. Mein Gott, über fünfundsiebzig Jahre ist das her. Und trotzdem ist nicht alles vom Tisch. Noch immer wird über die wirkliche Zahl der Opfer gestritten. Je nachdem, auf welcher Seite man steht. Zu viele versuchten zu lange, objektive Forschungen zu blockieren. Selbst die Resultate der gemeinsamen international besetzten Historikerkommission werden von manchen wieder unter den Tisch gekehrt. Politiker versuchen über die Wahrheit zu bestimmen, nicht die Experten.«

»Gibt es eine Liste derer, die zurückgekommen oder noch am Leben sind?«

»Listen führten die Faschisten und die Nazis, wenn überhaupt, dann Verzeichnisse.« Der Direktor lachte grimmig. »Das wäre Angelegenheit der Staatsanwaltschaften. Aber bei all den Amnestien, die es bis in die Siebzigerjahre gab, wird sich niemand darum bemüht haben. Wir sind Historiker, keine Fahnder. Das ist Ihr Job, Commissario. Dafür kommen Sie nur reichlich spät.«

»Es fällt Ihnen also niemand ein?«

»Nun, die Exponenten aus dem rechtsradikalen Spektrum sind Ihren Kollegen vermutlich bekannt. Da gibt es einige, die stolz auf ihre Väter oder Großväter sind und deren Funktion verklären, wie es ihnen passt. Heute ist die von den Nachfahren geführte sogenannte Gedenkvereinigung fast schon wieder salonfähig. Aus Tätern macht man Opfer. So geht das.«

»Und auf der Gegenseite?«, fragte Laurenti.

»Die gibt es glücklicherweise auch. Anita Desselieri beispielsweise. Sie engagiert sich unermüdlich dafür, dass sich die Geschichte nicht wiederholt. Wegen der Untaten ihrer Mutter, die in der Risiera di San Sabba als Dolmetscherin für die SS gearbeitet, gefoltert und sich an den beschlagnahmten jüdischen Vermögen bereichert hat. Signora Desselieri hält Vorträge vor Schulklassen und steht bei jeder Demonstration oder Gedenkfeier in der ersten Reihe. Sie hat erst spät erfahren, welche Rolle ihre Mutter gespielt hat. Die Richter im Prozess um die Risiera hatten sie vorgeladen, dreißig Jahre nach Kriegsende. Für ihre Tochter muss die Welt zusammengebrochen sein.«

Livia bog auf die Autobahn ab und drückte das Gaspedal durch. Wieder war es der Fahrgast, der als Erster bemerkte, dass sie die erlaubte Höchstgeschwindigkeit heftig überschritt.

»Ich würde gern unversehrt am Flughafen ankommen. Morgen früh muss ich den ersten Vortrag halten«, sagte er.

»Noch einmal: Halten Sie sich an die Verkehrsregeln, Agente«, sagte Laurenti. »Wir sind nicht im Einsatz.«

»Aber gern, Capo, sobald ich die Lkws überholt habe. Sonst blockieren sie die Mautstelle«, antwortete Livia, beschleunigte weiter und bremste den Wagen erst kurz vor der Barriere stark ab.

»Danke«, sagte ihr Vater.

»Sie pflegen einen äußerst demokratischen Führungsstil, Commissario. Ich hatte mir das anders vorgestellt bei der Polizei.«

»Wie lautet der Titel Ihres Vortrags, Direttore?«

»Unbewusstsein, falsches Schuldbewusstsein oder kollektive Versuche des Verschweigens? Die unterschiedliche Darstellung deutscher Kriegsverbrechen in der internationalen Fachliteratur.«

»Gibt es da wirklich Unterschiede?«

»Und wie, Commissario. Manchmal kann man sich des Eindrucks nicht erwehren, dass die ach so für ihre Aufarbeitung gelobte alte Bundesrepublik bis heute nur das Nötigste eingeräumt hat und von allem anderen nichts wissen will. Von einigen wenigen Historikern einmal abgesehen, kommen die deutschen Aktivitäten in der *Operationszone Adriatisches Küstenland* dort nur bruchstückhaft vor. Selbst die Risiera di San Sabba gilt für sie noch immer als Polizeidurchgangs- und nicht als Vernichtungslager. Sie sitzen dem Irrtum auf, dass alles, was hier lief sowie im Rest Norditaliens, eben allein der *Repubblica di Salò* zuzuschreiben ist. Und damit uns Italienern. Die OAK unterstand jedoch Berlin direkt.«

»Was? Ist das in Deutschland etwa wie bei uns?«, fragte Laurenti, der bisher wie fast alle an die Vorbildlichkeit der deutschen Aufarbeitung geglaubt hatte.

»Es lässt sich nicht nachweisen, dass es absichtlich geschieht. Aber es wird klar, dass Geschichte immer nur teilweise aufgeklärt werden kann. Und leider auch immer wieder nach eigenem Bedarf ausgelegt. Nur hatten wir weder die Nürnberger Prozesse noch die von Dachau.«

»Die Nürnberger Prozesse wurden, soweit ich weiß, auch nicht von den Deutschen durchgeführt, sondern von den Alliierten. Von denen in Dachau habe ich noch nie gehört.«

»Da geht es Ihnen wie den meisten anderen. Ich schreibe Ihnen ein paar Websites auf, die Ihnen bei der Arbeit weiterhelfen können.« Der Direktor kritzelte ein paar Zeilen auf die Liste, die Laurenti ihm gegeben hatte, während Livia kurz darauf vor dem Abflugbereich des Terminals hielt. »Ich weiß nicht, ob ich Ihnen helfen konnte. Rufen Sie mich jederzeit an, falls Sie weitere Fragen haben. Sollte mir noch etwas zu Ihrer Liste einfallen, melde ich mich. Danke fürs Herbringen.«

Livia startete erst, als der Mann im Flughafengebäude verschwunden war und ihr Vater sich zu ihr nach vorne gesetzt hatte. »Die Fahrtkosten hat er sich gespart«, stellte sie fest. »Aber eigentlich hat er dir doch kaum was gesagt, Papà.«

»Ganz im Gegenteil, Livia. Du wärst zu ungeduldig für meinen Beruf. Er hat einiges bestätigt, was ich heute in viel blumigeren Worten schon einmal zu hören bekam. Und er hat mir einen Hinweis gegeben, dem wir umgehend nachgehen müssen. Außerdem ist er Single.«

Livia machte große Augen. »Und was hat das mit deinen Fällen zu tun?«

»Nichts. Nur ist mir nicht entgangen, wie er dich angeschaut hat.«

»Ich finde ihn ganz nett. Ist dein Arbeitstag nun zu Ende? Kann ich endlich fahren, wie ich will?«

»Übertreib bitte nicht, Livia«, sagte Laurenti, nachdem seine Tochter die Mautstelle passiert hatte und die Tachonadel immer höher stieg. »Ich weiß, bei euch in Frankfurt ist die Autobahn so gerade und breit wie die Start- und Landebahnen des Flughafens. Aber hier gilt ein Tempolimit.«

»Ach, Papà, du hältst dich doch auch nie dran. Übrigens, Mamma hat mich angerufen, heute müsstest du dich ums Abendessen kümmern.«

»Ich?«, fragte er erstaunt. »Dabei bin ich noch immer satt von heute Mittag. Mit vollem Bauch kocht es sich schlecht, auch wenn Marco das Gegenteil behauptet. Wo ist er eigentlich?«

»Er hat einen Catering-Auftrag heute Abend. Und Mamma kommt erst später, sie hat einen großen Bestand an Bildern eines Triestiner Malers bekommen, und die Erben drängen darauf, den Wert zu erfahren, den sie bei einer Versteigerung erlösen könnten.«

»Was ist mit Patrizia? Und mit dir?«

»Erstens muss ich Dirk beschwichtigen und außerdem mich um Barbara kümmern. Patrizia ist für ein paar Tage weggefahren, wie ich dir schon heute früh erzählt habe. Keine weiteren Fragen, Papà.«

»Sagte sie zu einem Polizisten«, bemerkte Laurenti sarkastisch. »Hoffen wir, dass die Kleine und ihre Urgroßmutter diesmal wenigstens noch zu Hause sind und nicht schon wieder unterwegs auf einem Ausflug ins Ungewisse. Halt bitte am nächsten Supermarkt, damit ich eine Fertigsuppe kaufen kann.«

»So was rühr ich nicht an«, protestierte Livia.

»Nur für die beiden Zahnlosen. Die merken das nicht. Außerdem wollen sie die Pasta nicht al dente und geben den Käse sogar über den Fischsugo. Für uns gibt's was Richtiges.«

Schweres Erbe

Wieder wurde der stattliche Nachlass einer alten Familie auf den Markt gespült. Lauras Versteigerungshaus lebte gut davon, wenn den Erben alles eine Last war und sie die erlösbaren Beträge schon vom Kontoauszug ablesen wollten, bevor der Bestand erfasst war. Manch ein Erbe konnte es nicht erwarten, alles schnellstmöglich loszuwerden, und wendete sich sofort an einen Trödler. Manchmal blieb er dann sogar auf den Kosten für die Haushaltsauflösung sitzen, während der schlaue Kaufmann sich im Verborgenen die Hände rieb, sich angesichts des scheinbar schlechten Geschäfts und des enormen Aufwands jedoch wand und letztlich doch darauf einließ, als täte er seinem Kunden damit einen Gefallen.

Intelligentere Erben wandten sich hingegen an Fachleute wie Laura und ihre Kollegen. Das Auktionshaus bekam entweder Einzelstücke zur Begutachtung und Auktion oder sollte ein Angebot für den gesamten Nachlass machen. Oft genug lagen die Vorstellungen der Hinterbliebenen weit über dem realen Wert. Eilig hatten es dafür alle. Einfach war das Geschäft nicht. Hin und wieder jedoch bemerkenswert lukrativ, sofern die alten Leute und schon deren Vorfahren über guten Geschmack verfügt und lange genug mit Sachverstand gesammelt hatten.

»Entschuldigt meine Verspätung, aber ich hab einen interessanten Nachlass auf den Tisch bekommen«, sagte Laura, als die an diesem Abend reduzierte Familie endlich zum Abendessen am Tisch saß. »Wie immer wissen die Erben zwar nicht, was sie wollen, aber immerhin haben sie die Sammlung zusammengehalten. Und die ist etwas Besonderes. Einer der großen Triestiner Maler. Nur ist es alles andere als einfach, das Los auf den Markt zu bringen. Mir tut es im Herzen weh. Leider wurde er samt seinem Werk fast vergessen. Er hat die Deportation unter den Nazis nicht überlebt. Und damit sind auch seine Gemälde heute auf dem internationalen Kunstmarkt völlig unterschätzt.«

Ihre Mutter Camilla und Enkelin Barbara, um die sich Livia kümmerte, löffelten zufrieden die Zucchinicremesuppe aus dem Tetrapak, die Laurenti für sie im Supermarkt besorgt hatte, während er für die anderen eine große Schüssel Salat und eine weitere mit duftender Pasta auf den Tisch stellte. Wie immer, wenn er kochte, griff er auf die schmackhaften, einfachen und schnell zubereiteten Rezepte seiner Jugend in Salerno und Umgebung zurück. Der Name der Pasta, *Paccheri*, ging noch auf die antike griechische Besiedelung Süditaliens zurück und bedeutete in etwa ›Volle Hand‹. Für die Paccheri Cilentani hatte er, während die Teigröhrchen kochten, in einer großen Pfanne eingelegte Sardellenfilets bei niedriger Hitze aufgelöst, zwei zerdrückte Knoblauchzehen, zwei frische Peperoncini aus dem Gefrierfach klein gehackt und Kapern dazugegeben und gleichzeitig separat Semmelbrösel geröstet. Nach etwas mehr als der Hälfte der Kochzeit der Pasta gab er auch sie in die Pfanne und drehte die Flamme höher, um sie noch ein paar Minuten lang mit den anderen Zutaten zu amalgamieren und al dente zu kochen. Zwei Löffel Nudelwasser machten den Sugo sämiger. In der Schüssel vermischte er schließlich die Paccheri großzügig mit den gerösteten Semmelbröseln. Vorbereitung und Zubereitung hatten zusammen kaum eine Viertelstunde gebraucht. Ein preiswertes und schmackhaftes Notgericht, fand er doch die Zutaten immer in der Vorratskammer.

»Und wer ist dieser Maler?«, fragte Livia, als die Schüssel geleert war.

»Gino Parin«, sagte Laura und zog ein Buch aus ihrer Tasche. »Hier steht seine Geschichte drin, es ist allerdings auf Deutsch. Du könntest sie uns übersetzen, Livia.« Sie schlug die entscheidende Seite auf und reichte es ihrer Tochter. »Lies uns diesen Absatz vor, bitte. Es ist die Erinnerung eines Schweizer Verwandten an die Zeit, als er und seine Frau als junge Ärzte und überzeugte Kommunisten sich 1944 hinter die Frontlinien begaben und in Jugoslawien Verletzte behandelten.«

»Schweizer und Kommunist? Das passt ja wie die Faust aufs Auge«, kommentierte ihr Ehemann.

»Lies, Livia.«

»Paul Parin, den Namen habe ich schon gehört. Ein Psychoanalytiker aus Zürich. Er ist sehr alt geworden. Ich hab den mal auf Youtube gesehen. Ziemlich gewitzt, trotz seines Alters.« Ihre Tochter überflog die Zeilen zuerst, blätterte um und räusperte sich. »Also hört schon zu.«

Dass ich vollständig vergessen habe, wie ich hin kam und wo das Konsulat lag, wundert mich nicht. Unterwegs dachte ich an das Sterben des alten Gino Parin, der von diesem Schweizer Konsulat in den Tod geschickt worden war. Gino war ein Vetter meines Vaters, der Erste, der sich den Namen Parin, den es irgendwo in der Familiengeschichte gegeben haben soll, anstelle des allzu jüdisch-deutschen Vaternamens zulegte. Er war Schweizer, der bekannteste Maler der Stadt, porträtierte mit Vorliebe Damen der Gesellschaft in tizianischer Manier und lebte in einem eleganten Atelier zusammen mit einer rothaarigen Schülerin. Beim Schweizer Generalkonsul, der ein großes Haus führte, war er ein gern gesehener Gast. Der

Faschismus Mussolinis interessierte ihn nicht; manche hielten ihn für einen Faschisten, weil er ein schwarzes russisches Hemd trug, das vorzüglich zu seinem weißen Bärtchen und den fliegenden weißen Haaren passte. Als der deutsche Sicherheitsdienst die Stadt übernahm, wurde es auch in Triest gefährlich für Juden. Gino mochte nicht einmal daran denken, seine Stadt zu verlassen. Erst als einige seiner Freunde verschwunden waren, entschloss er sich, in die Schweiz zu gehen. Er bat seinen Freund, den Konsul, ihm bei der Übersiedlung behilflich zu sein. Der sagte, er könne in diesen Zeiten gar nichts für ihn tun, die Gestapo habe jetzt alles in der Hand, und gab ihm die Adresse der Gestapo. Gino Parin ging hin. In Triest wurde er nicht mehr gesehen.

Livia schloss das Buch, legte es aber nicht weg. »*Subjekt im Widerspruch*, heißt das Werk«, sagte sie nachdenklich. »Stimmt schon, in Triest hat jeder irgendwie einen Knall, und jeder widerspricht jedem und sich selbst. Die ideale Basis für Psychoanalytiker.«

»Eine junge Französin war mit Gino Parin in den gleichen Waggon verfrachtet worden«, ergänzte Laura. »Im Internet ist zu lesen, er sei in Bergen-Belsen zu Tode gekommen. Sie aber hat überlebt und nach dem Krieg alles seiner Familie im Tessin berichtet.«

»Aber hier steht etwas anderes, Mamma«, widersprach ihre Tochter. »Hör mal ...«

Bald nach dem Krieg kam eine junge jüdische Frau aus Genf zu meinen Eltern nach Lugano. Sie hatte irgendwo in Deutschland gelebt. Zuerst geschützt durch ihre Schweizer Staatsbürgerschaft, wurde sie dann doch verhaftet und mit ihren zwei kleinen Töchtern in einen der Eisenbahnzüge gebracht, die in den Wintermonaten 1943/44 endlos durch

Deutschland kreisten, bis alle Insassen tot waren oder der Rest in ein Vernichtungslager einfuhr. Im Viehwaggon, in dem sie mit vielen fremden Juden eingeschlossen war, freundete sie sich mit dem weißhaarigen Herrn an, der französisch sprach und versuchte, sie und ihre Kinder zu trösten. Da es sehr kalt wurde und kaum etwas zu essen gab, erkrankte der alte Mann bald an einem fieberhaften Husten. Er war überzeugt, dass die junge Frau und die Kinder die Sache überleben würden, erzählte ihr die unglückliche Geschichte seines Besuchs bei der Gestapo und schärfte ihr die Adresse meiner Eltern ein. Bald nachdem er an Lungenentzündung gestorben war, geschah ihr das Wunder. Eine Planke des Waggons hatte sich gelöst. Der Zug stand über Nacht in einem norddeutschen Bahnhof. Im Morgengrauen kamen Frauen, die zu Geleisarbeiten aufgeboten waren. Der Genferin gelang es, eines der Kinder hinauszureichen. In der nächsten Nacht stand der verschlossene Zug noch immer unbewacht auf dem Geleis. Die deutschen Frauen kamen mit Werkzeugen wieder, halfen ihr und dem zweiten Mädchen heraus und versteckten alle drei bis Ende des Krieges. Als sie endlich zu ihren Verwandten nach Genf gekommen war, erinnerte sie sich an den Auftrag des armen Gino. Er hatte Wert daraufgelegt, dass sie den Konsul nicht anschuldigen solle. Er wisse nicht, ob sein Freund aus Schlechtigkeit oder nur aus Dummheit so an ihm gehandelt habe. Mein Vater sträubte sich dagegen, unseren Behörden zu melden, was der Generalkonsul in Triest an Onkel Gino verbrochen hatte. Ich war damals wütend auf meinen Vater, obwohl ich verstand, dass es für ihn unerträglich war, sich damit selber als hilflosen verfolgten Juden zu zeigen, der verspätet und wiederum von einer Behörde abhängig um Vergeltung bitten muss.

»Falls das wahr ist, dann heißt das doch, dass die Deutschen genau wussten, was Sache war«, sagte Laurenti nach ein paar

Sekunden des Schweigens. »Ich meine, sie wussten, wozu diese Züge benutzt wurden, wenn sie diese Frau und ihre beiden Kinder dort herausgeholt und bis zum Kriegsende versteckt haben. Vielleicht wussten sie nicht, wohin die Züge fuhren, aber weshalb.«

»Und ich habe ein Los von zwölf tollen großformatigen Bildern, deren Marktpreis unverständlicherweise lächerlich niedrig ist. Hätte der Maler ein anderes Ende erlebt, wäre heute auch sein Werk wertvoller, davon bin ich überzeugt. Zu Lebzeiten stellte er zweimal auf der Biennale von Venedig aus und erhielt 1913 bei der XI. Internationalen Ausstellung im Glaspalast in München die Goldmedaille für Malerei. Vor einer Versteigerung seiner Bilder muss ich Gino Parin erst einmal am Markt aufbauen. Seine Geschichte erzählen, sie ihm zurückgeben.«

»Spannend. Leihst du mir das bis morgen, Mamma?«

»Ein Blick in die Archive würde schnell den Namen des Schweizer Generalkonsuls hergeben«, sagte Proteo Laurenti.

»Selbst wenn er nicht mehr lebt, sollte man den veröffentlichen«, meinte Livia trotzig.

»Achtung, wenn schon Gino Parin sich nicht sicher war, ob es Dummheit oder Verrat war, warum sollten wir uns dann zu Rächern aufspielen?«, widersprach ihre Mutter.

»So spannend sich das anhört, als belastbare Zeugenaussage taugen Memoiren grundsätzlich wenig«, ergänzte Laurenti. »Das sind nicht mehr überprüfbare Erinnerungen. Ein Verdacht allein reicht nicht aus, und was eine Straftat ist, unterscheidet das Gesetz nicht nach der Intelligenz der Verdächtigen. Die spiegelt sich höchstens im Urteil wider. Aber verjährt wäre es allemal.«

»Dieser Konsul ist längst tot, man würde höchstens das Leben seiner Nachkommen treffen«, pflichtete ihm Laura bei.

»Während des Kriegs hatten fast alle Länder ihre diplomatischen Beziehungen gelöst und vertrauten ihre Angelegenheiten dem Schweizer Konsul an, der so zu einer sehr wichtigen Person wurde.« Der Commissario nahm einen kleinen Schluck Wein und fuhr dann fort. »Erst vor ein paar Jahren haben wir in einem ganz anderen, aktuellen Zusammenhang über die Schweizer Vertretung in der Stadt ermittelt. Inzwischen ist das Konsulat geschlossen.«

Ein Anruf von Pina Cardareto unterbrach ihn. Proteo Laurenti erhob sich und nahm ihn im hinteren Teil des Salons entgegen.

»Grizzo ist ein harter Brocken, Commissario. Es ist schon erstaunlich, wie sicher er sich vor dem Gesetz fühlt und welche Gleichgültigkeit er andererseits an den Tag legt, das findet man selten. Ich würde allzu gern wissen, wer die Neofaschisten instruiert. Ab morgen ist sein Anwalt bei den Verhören dabei. Für heute Nacht habe ich eine Zelle für ihn reserviert. Mordverdacht. Auch wenn wir außer seinem Drohnenflug noch über keinerlei andere Indizien verfügen. Ich werde jetzt Staatsanwalt Scoglio unterrichten.«

»Auf keinen Fall, Pina. Vermiesen Sie gefälligst dem Leitenden Oberstaatsanwalt den Abend. Er besteht schließlich darauf, über alles im Bilde zu sein. Aber seien Sie auf der Hut, Cirillo wartet nur darauf, dass wir irgendeine Schwäche zeigen.«

Planabweichung

Und mein Onkel, der Dachdecker war, wurde von den Titini ermordet. Nur weil er im falschen Moment aus der Kirche Santa Maria Maggiore trat, wo er gerade mit Reparaturen beschäftigt war, verschleppte ihn eine zufällig vorbeikommende Patrouille der Tito-Partisanen. Er war kein Kommunist und auch kein Faschist, nicht einmal ein gläubiger Kirchgänger war er. Er war ein einfacher Handwerker und wollte nur, dass die Stadt und ihr Umland nicht jugoslawisch und kommunistisch wurden, sondern italienisch blieben. Oder zumindest das, was sie vor dem Faschismus war: ein Ort für alle.
Nach dem Abzug der Jugos verging über ein Jahr, bis ich erfuhr, dass sie ihn zusammen mit anderen auf dem Karst erschossen und in einen tiefen Schlund im Gestein geworfen haben. Ich weiß nicht, ob man die Stelle je gefunden und seine Überreste geborgen hat. Der Karst ist voller solcher Abgründe. Gleich nach dem Krieg hat man dort unzählige menschliche Überreste herausgeholt. Viele Leute sind aber auch aus anderen Gründen verschwunden oder haben sich verdrückt. Niemand weiß, wie viele wirklich umgebracht worden sind. Wer nicht mit uns ist, ist gegen uns, soll das Motto der Kommunisten gelautet haben. Ich weiß es nicht, Nora. Aber ich habe mich immer gefragt, worin sich die einen von den anderen unterscheiden, die Guten von den Bösen. Wen meinte man, wenn man hoffte, von den Richtigen befreit zu werden? Auf allen Seiten gab es Mörder,

und alle schoben die Schuld immer auf die anderen. Alles hing nur davon ab, wer letztlich zu den Gewinnern gehörte. Es ging nicht um Recht und Unrecht, es ging um Macht. Ich wünsche mir, dass du dich dafür einsetzt, dass es nie wieder so weit kommen kann. Erzähle, was passiert ist. Auch hier in Frankreich. Erzähle davon, dass die Faschisten bei ihren Aktionen von einem Großteil der Bevölkerung unterstützt wurden. Wenn sie ihre Gegner im französischen Exil mithilfe der dortigen Squadristen ermordeten. So wie die Cagoules die Brüder Carlo und Nello Rosselli in der Normandie, und mit ihnen viele andere im Land ihrer Zuflucht. Nora, erzähle und setze dich ein dafür, dass niemand die Demokratie als Luxus empfindet, den man sich in Zeiten der Krise nicht leisten könne. Sie versuchen es immer wieder. Das darf einfach nicht passieren.

»Du warst doch im Gespräch für die Gemeinderatswahlen«, unterbrach Nicola sie. »Hättest du kandidiert, wenn du Vilmas Aufzeichnungen früher bekommen hättest?«

»Zu dieser Zeit bist du gerade in mein Leben getreten, Liebster. Da war an Politik nicht zu denken.«

»Auf jeden Fall war Vilma nicht so naiv, wie du sie immer beschrieben hast.«

»Wie kommst du denn darauf?«

»Sie hat sich offensichtlich informiert. Die Rechtsextremisten von *La Cagoule* waren in den Dreißigerjahren aktiv. Nach der Besetzung kollaborierten sie mit den Nazis.«

»Warum wunderst du dich über Vilma? Du weißt ja plötzlich auch mehr, als bisher zu vermuten war.« Neckte Nora ihn, oder wunderte sie sich wirklich?

»Wir haben während der Ausbildung auch eine Einführung in die politische Geschichte des Landes bekommen. Der Lehrer war stramm rechts. Ein echter Kommunistenfresser. Übrigens ein guter Freund deines Ehemanns. Er sagte, man könne nicht alle wegen ihrer Zugehörigkeit zu einzelnen Gruppen verdammen. Mitterrand habe selbst für die Vichy-Regierung gearbeitet, dann aber heimlich mit den Engländern kooperiert. Nur der kleinste Teil der Bevölkerung sei im Widerstand gewesen, und wie heute die Résistance bewertet würde, sei restlos übertrieben. Eine Finte der Linken. Überprüft habe ich das nie. Es klang plausibel.«

»Auch Mathieu hat in dieser Sache keinen Spaß verstanden. Wir haben oft wegen Politik gestritten. Im Staat brauche es strikt durchgesetztes Recht und Ordnung, sagte er.«

»Und Disziplin. Seine zornigen Predigten klingen mir bis heute in den Ohren. Trotzdem hatte er ein großes Herz.«

»So groß, dass er auch für die Drogensüchtigen sorgte«, antwortete Eleonora bitter. »Aber leider aus Gier und nicht zu ihrem Wohl. Er war nicht minder korrupt als die Politiker. Das war noch ein Grund, weshalb ich nie kandidiert habe. Wäre Mathieu aufgeflogen, dann hätte das auch meinen Ruf ruiniert, und mir wäre nichts anderes übrig geblieben, als zurückzutreten. Wegen ihm, einem dreckigen *Flic*. Stell dir vor, was für ein Mitläufer er gewesen wäre während des Faschismus. Er hätte genau gewusst, wie er seine Position ausspielen müsste, hätte kurzen Prozess gemacht.«

»Nach Kriegsende hätte man auch ihn gejagt, verurteilt und aufgeknöpft. Oder unter die Guillotine gelegt.«

»Du bist ein Träumer, Niki. Ich habe bei meinen Recherchen viel über eine Erminia Schellander gelesen. Fünf Prozent hat diese Frau bei der Arisierung jüdischer Vermögen eingezogen. Sie ist dabei schwerreich geworden. Triest hatte die drittgrößte jüdische Bevölkerung Italiens. Viele waren vermögende Unternehmer gewesen, denen die Stadt einen guten Teil ihres Wohlstands verdankte. Anfangs sollen einige von ihnen sogar begeisterte Fürsprecher Mussolinis und des Faschismus gewesen sein. Zumindest bis 1938, als er die Rassengesetze ausgerechnet in Triest verkündete. Dann war es mit der Unterstützung vorbei. Und dieser Frau, als Anwältin und Rechtsberaterin des deutschen Konsulats, ist es gelungen, ihre Spuren zu verwischen und unbehelligt zu verschwinden. Ich würde allzu gern wissen, was mit ihrem Vermögen passiert ist. Irgendjemand muss die Dinge wieder ins Lot bringen, solange es noch möglich ist.«

»So langsam habe ich den Eindruck, dass es in dieser Sache keine ›Guten‹ gab. Egal ob Italiener, Deutsche, Österreicher, Slowenen, Serben, Kroaten. Alle hatten Blut an den Händen. Und alle haben aufs Vergessen gesetzt. Es wird Zeit, dass wir die Sache zu Ende bringen.«

»Was hältst du davon, wenn wir in Dubrovnik von Bord gehen?«

»Auschecken und dann, Norina? Ich habe schon vor Monaten vorgeschlagen, alles in einem Aufwasch zu erledigen und den Ermittlern erst gar keine Zeit zu lassen.«

»Ich bin eben vorsichtiger als du. Lass uns einen Leihwagen nehmen und ihn kurz vor der Grenze zu Slowenien wieder abgeben. Von dort gibt es sicher einen Linienbus. Viele Kroatinnen arbeiten als Haushaltshilfen in Triest und pendeln mit dem Bus. Such schon mal im Internet die Verbindungen raus. Wir haben noch vier Tage Zeit. Wenn wir systematisch vorgehen, schaffen wir es früher. Und dann fahren wir heim.«

»Dann müssten wir allerdings in ein Hotel und landen auf der Meldeliste. Selbst wenn wir ein Appartement mieten würden, kämen wir nicht darum herum.«

»Quatsch, Nicola. Wir übernachten in Slowenien. Das gehört zum Schengen-Raum. Es gibt keine Grenzkontrollen. Und selbst wenn, werfen sie höchstens einen kurzen Blick in die Papiere, solange nicht nach uns gesucht wird. Außerdem sind dort die Hotels billiger. Mir reicht auch ein Zimmer in einem der Stundenhotels. Die kontrollieren sowieso niemanden.«

»Weißt du das etwa noch aus deinem Studium?«, spottete Nicola. »Nur, wie sollen wir unsere frühzeitige Abreise vom Schiff begründen?«

»Lass dir doch von deinem Bullenkumpel eine Mail schicken, wir müssten dringend aus familiären Gründen zurück nach Frankreich. Dann zahlt auch die Reiserücktrittsversicherung. Wann legt das Schiff heute Abend ab?«

»Achtzehn Uhr. Wir müssen spätestens eine Stunde vorher auschecken.«

»Nimm deinen Computer und buch einen Leihwagen, den wir morgen früh in Rijeka abgeben können. Von dort sind wir mit dem Bus schnell in Triest. Eine halbe Stunde später checken wir auf der slowenischen Seite in ein Hotel ein und schlafen erst mal aus. Wir schaffen das.«

Bis ins Detail

»Sie waren gestern bereits weg, Commissario, als ich mit Kurti fertig war«, sagte Enea Musumeci. »Es hat viel länger gedauert, als ich dachte. Gut, dass ich Sie erwische.«

Er schien erleichtert darüber, dass er an diesem Morgen zur gleichen Zeit mit seinem Chef an der Questura eingetroffen war. Beide hatten es eilig, ins Trockene zu kommen. Der Wind peitschte schweren Regen durch die Via Teatro Romano. Ein paar Grad weniger, und er würde sich in Schnee verwandeln. Das Wetter in Triest konnte in wenigen Stunden von einem Extrem ins andere umschlagen. Die Bora tat ihr Möglichstes, für schnelle Wechsel zu sorgen. Sollte sie gegen den Libeccio oder den Maestrale gewinnen und die schweren Wolken vertreiben, könnte es bald aufklaren, und sofort wären die windgeschützten Sitzplätze vor den Bars wieder gut belegt.

»Kurti kann einem fast leidtun«, sagte Musumeci und rieb sich die noch immer kalten Hände. »Er ist völlig traumatisiert. Nicht nur vom Krieg, in dem er sich als Söldner verdingt hat. Vor ein paar Jahren wurde er fast totgeschlagen.«

»Da ist er leider nicht der Einzige auf dieser Welt. Hatten die im Krankenhaus nicht seine Daten?«

»Nein, soweit ich das bei seiner schrecklichen Aussprache verstanden habe, nicht. Er musste wohl damals keine Personalien angeben. Oder vielleicht konnten sie einfach seinen Dialekt nicht verstehen. Einerlei. Die Verletzungen verlangten einen sofortigen Eingriff. Und kaum, dass sie ihn einigermaßen zusammengeflickt hatten, ist er auch schon wieder abgehauen, obwohl er noch lange nicht entlassungsfähig war. Er hatte es gerade mal zwei Tage im Krankenhaus ausgehalten, bevor er die erste Gelegenheit nutzte, sich aus dem Staub zu machen. Er hat die Hose seines Zimmernachbarn entwendet. Mehr brauchte er nicht.«

»Wann war das?«

»Vor drei oder vier Jahren etwa. Kurti weiß nicht mal, welches Jahr wir heute haben. Er ist nicht von dieser Welt, wenn Sie verstehen, was ich meine, Commissario.«

»Wo ist er dann hingegangen?«

»Seither lebt er wieder im Wald. Oder besser, er versteckt sich dort. Wir brauchen unbedingt Einblick in seine Krankenakte.«

»So viele Patienten ohne Personalien kann es ja nicht gegeben haben. So gut wie jeder hofft doch darauf, dass sich irgendwer um ihn kümmert. Oder zumindest einen schönen Nachruf in der Zeitung veranlasst. Wende dich an den Chefarzt, er steht in Kontakt mit den Kollegen von der Abteilung für Eigentumsdelikte, nachdem bei ihm zu Hause mehrfach eingebrochen wurde.«

»Ich kümmere mich darum. Allerdings brauchen wir eine richterliche Anordnung.«

»Schreib den Antrag, Musumeci, ich zeichne ihn ab und bespreche es mit dem Leitenden Oberstaatsanwalt. Das dürfte kaum Probleme geben, immerhin ist der Patient anonym geblieben. Da kann uns also weder der Datenschutz noch die ärztliche Schweigepflicht in die Quere kommen. Seine Wunden und die Narben sind wohl eindeutig. Hätte ihn vorgestern zufälligerweise derselbe Arzt untersucht wie damals, hätte er sich an den Patienten erinnern müssen. Finde raus, wer es war, und führ ihm deinen neuen Freund vor.«

»Es ist schon brutal«, sagte Enea Musumeci. »Einer, der freiwillig in den Bürgerkrieg in Jugoslawien gezogen ist und dort ganz sicher Schlimmes erlebt und getan hat, versteckt sich später aus Angst irgendwo bei uns im Gebüsch. Er hat mir übrigens die Stelle gezeigt, an der die Armbrust verborgen wurde. Zufällig hätte die niemand gefunden. Aber Kurti bemerkt jede Veränderung in seinem Dschungel. Einmal hat er mich sogar gestoppt und angedeutet, still zu sein. Ich hab ins Gestrüpp unter den aufragenden Felsen geglotzt, ohne irgendwas zu sehen. Dann stand plötzlich ein Reh vor uns. Als er es sah, leuchteten seine Augen, als wäre er glücklich.«

»Lass mal die Folklore beiseite, Enea. Hat er dir wenigstens gesagt, wer ihn zusammengeschlagen hat? Weshalb und wo?«

»Das muss irgendwo hinter Prosecco gewesen sein. In etwa da, wo Battinelli nach Grizzo gesucht hat. Er kannte den Kerl nicht. Es muss ein glatzköpfiger Hüne mit auffälligen Tätowierungen gewesen sein. Was Kurti dort wollte, habe ich nicht rausbekommen. Nur, dass das Mahnmal zerstört worden ist und die schweren Steine überall rumlagen. Sie müssen mindestens zu zweit gewesen sein. Kurti wurde zuerst von hinten angegriffen und niedergeschlagen. Dann setzten sie ihm so lange zu, bis er das Bewusstsein verlor. Ein Spaziergänger hat ihn zufällig gefunden und den Notarzt verständigt. Da war er innerlich schon halb verblutet.«

»Zeig ihm doch mal die Fotos von diesem Grizzo. Oder hol ihn her, damit er sich den Kerl während des nächsten Verhörs aus sicherem Abstand anschauen kann. Und wenn es der nicht war, dann nimm die Fotos der Neofaschisten zu Hilfe. So viele sind das ja Gott sei Dank nicht. Kurti wird froh sein, ein paar Stunden im Warmen zu sitzen.«

»Wenn ihm etwas egal ist, Chef, dann das Wetter. Mir hingegen graust es jetzt schon davor, wieder in die Kälte hinaus zu müssen, um ihn zu holen.«

»Frag die Chefinspektorin, wann sie Grizzos Verhör fortsetzt. Ich gehe davon aus, dass sowohl der Leitende Oberstaatsanwalt als auch Grizzos Anwalt dabei sein werden.«

Sie waren im dritten Stock angekommen, wo Laurenti sein Büro betrat. Marietta war für ihre Verhältnisse geradezu züchtig gekleidet. Anstatt ihres üblichen Dekolletés und des kurzen Rocks unterstrich sie ihre Kurven jedoch mit einem schwarzen Rollkragenpullover und einer engen Hose. Hätte sie auch noch einen langen dicken Zopf getragen und sich über die Schulter geworfen, hätte man glauben können, Marietta wollte die kroatische Generalstaatsanwältin imitieren, die eine intime Freundin des Commissario war. Noch war das Büro nicht verqualmt, dafür schniefte Marietta und putzte sich unablässig die Nase. Im Glas vor ihr sprudelte ein Aspirin.

»Bleib sitzen«, sagte Laurenti. »Ich mach mir den Kaffee selbst. Wenn du dich nicht wohlfühlst, gehst du besser nach Hause bei diesem Sauwetter. Wie ich dich kenne, hast du die halbe Nacht vor irgendeiner Kneipe verbracht, zu viele Gläser geleert und gequalmt wie eine Lokomotive.«

»Du musst es ja wissen«, schniefte sie, stand auf und hantierte mit der Espressomaschine, die der Commissario der Abteilung vor Jahren spendiert hatte. »Ich habe gestern Nachmittag noch eine Anfrage über Eleonora Rota an die französischen Behörden rausgeschickt.«

»Ich bin gespannt, wie lange die Kollegen dort brauchen werden.«

»Es ist ein Dringlichkeitsansuchen, sollte also nicht allzu lange dauern.« Wieder nieste sie.

»Ich hoffe, du hattest wenigstens einen vergnüglichen Abend, damit sich die Erkältung lohnt.«

»Ach was, über vierzig Jahre musste ich warten, um zu erfahren, wo genau ich wohne. Schrecklich. Dabei war der Typ eigentlich ganz nett. Wir kamen drauf, weil er auch mal in der

Straße gewohnt hat. Gegenüber dem neuen Wohnblock, in dem mein Vater die Wohnung gekauft hatte, stand früher einmal eine Villa von sehr wohlhabenden Juden, die 1938 vor den von Mussolini verkündeten Rassengesetzen nach Amerika geflohen waren. Und ausgerechnet dort hatte die Banda Collotti ein Folterzentrum eingerichtet.«

»Du meinst die Villa Triste in der Via Bellosguardo?«

Marietta schniefte. »Ja. Der Typ, der mir das erzählt hat, stammte aus einer Familie, die ebenfalls geflohen war. Aber andere Verwandte von ihm hat es getroffen. Jetzt wurde ihm ein Objekt in der Nähe angeboten, doch er war sich nicht sicher, ob er dort wohnen wollte. Und so kamen wir überhaupt drauf. Ich habe gar nicht gemerkt, wie kalt es war. Am Schluss bin ich allein nach Hause gegangen.«

»Und das wirst du jetzt auch tun, um dich auszukurieren. Aber versuch bitte noch, Adresse und Telefonnummer einer Anita Desselieri herauszufinden. Danach gehst du schnurstracks nach Hause, du hättest überhaupt nicht kommen sollen. Das ist eine Anweisung.«

Noch nie hatte Marietta eine Anweisung befolgt, wenn sie nicht selbst davon überzeugt war. Laurenti war überrascht, als sie ihm wenig später die gewünschten Kontaktdaten auf den Tisch legte und bereits den Mantel anhatte.

»Ich werfe noch ein paar Aspirin ein und schlaf mich aus, wir sehen uns spätestens morgen. Wenn irgendwas ist, kannst du mich jederzeit anrufen«, verabschiedete sie sich mit einem Taschentuch in der Hand.

»Einen Teufel werde ich tun, Marietta. Kurier dich gefälligst aus.«

Der Commissario ging die Liste durch und griff zum Mobiltelefon. Die Nummer mit der kroatischen Vorwahl stand fast ganz oben unter den Kurzwahlen. Viel zu lange hatten sie nichts voneinander gehört. Als vor vielen Jahren die Innenminister der Adria-Anrainerstaaten beschlossen hatten, dass ihre Behörden intensiver als bisher zusammenarbeiten sollten, hatten die Politiker dieser Kooperation kein Limit gesetzt. Und auch wenn in der Questura und bei der Staatsanwaltschaft das Gerücht über ein Verhältnis zwischen Laurenti und Živa Ravno umging, konnte es nie jemand belegen. Schließlich beherrschten die beiden mit ihrer langjährigen Berufserfahrung das Handwerk, sich inkognito zu verabreden und unerkannt zu bleiben. Und nebenbei hatten sie über die Jahre auch Informationen ausgetauscht, die für beide beruflich wichtig waren. Damals hatten sie zusammen den einst weltweit gefürchtetsten Menschenhändler samt seinem europäisch-chinesischen Netzwerk zwischen Peking und Belgrad zu Fall gebracht. Und blieben bis heute eng miteinander verbunden, auch wenn sie sich nur noch selten sahen. Letztlich hätte aber sowieso nur seine Frau Laura das Recht gehabt, ihm ohne Beweise Vorwürfe zu machen. Doch welcher intelligente Mensch wirft gern den ersten Stein?

Es läutete lange, bis Živa antwortete. »Entschuldige, ich musste mich erst aus einer Konferenz schleichen«, sagte sie zur Begrüßung. »Du hast dich ewig nicht gemeldet. Mal hören, ob mir deine Stimme noch so vertraut ist wie früher.«

»Du weißt doch, ich bin ein schüchterner Mensch, Živa«, flüsterte Proteo Laurenti.

»Der schüchternste, der mir je begegnet ist.« Ihrem glockenhellen Lachen zufolge war die oberste kroatische Staatsanwältin froh über die Aufheiterung.

»Du bist mir doch nicht etwa böse?«

»Böse sollten dir jene sein, denen du die Freiheit genommen hast. Aber nicht diejenigen, denen du sie lässt. Schön, von dir zu hören. Wie geht es dir? Hast du Sorgen?«

»Sorgen wären schön, Živa. Eher Ärger. Meine älteste Tochter will einen deutschen Wirtschaftsanwalt heiraten. Und Patrizia hatte offensichtlich eine heftige Affäre, während ihr Kapitän auf See war. Sie sagte, sie sei im zweiten Monat und …«

»Und will ihm ein Kuckuckskind unterjubeln, schätze ich«, kicherte Živa. »Ich hatte Patrizia für intelligenter gehalten.« Laurenti hatte die beiden einander einmal zwangsläufig vorstellen müssen, als er Živa nach einer Konferenz in der Präfektur auf der Piazza Unità zum Aperitif ins gegenüberliegende Grandhotel führte.

»Irgendwie wird sie es schon lösen«, sagte Laurenti. »Aber was anderes, sagt dir der Name Borut Štefanić etwas?«

Živa musste nicht lange überlegen. »Der Name ist weithin bekannt. Štefanić war ein gefürchteter Ustascha im Zweiten Weltkrieg. Während der deutschen Besatzung hatte er eifrig mit den Nazis zusammengearbeitet. Ein Vertrauter von Ante Pavelić, mit dem er sich über die Rattenlinie nach Argentinien absetzen wollte. Doch er wurde gleich nach Kriegsende erwischt und sofort gelyncht. Es gibt Fotos davon. Man braucht allerdings einen guten Magen, wenn man sich die ansehen will. Die Partisanen hatten ihn in Pazin über die Piazza geschleift, während die Einwohner mit allem auf ihn eindroschen, was sie zu fassen bekamen. Als sie ihm eine Maschinengewehrsalve in den Körper jagten, muss er schon halb tot gewesen sein. Ist er etwa wiederauferstanden?«

»Das kann nicht der sein, den ich meine. Auch wenn es ins Bild passt. Ich spreche von einem fünfunddreißigjährigen einfachen Landarbeiter aus der Gegend von Buzet.«

»Der Ustascha stammte aus Istrien, hatte aber keine Nachfahren. Und auch keine Geschwister, soweit ich mich erinnere. Es könnte sich um eine zufällige Namensgleichheit handeln. Wenn du willst, mache ich mich schlau. Aber die Auskunft bekommst du dann nicht per Telefon.«

»Ich kann es kaum erwarten, Živa.«

Wäre Marietta noch im Büro gewesen, hätte er ihr jetzt eine

Zigarette stibitzt und bei seinem zweiten Espresso geraucht. Er freute sich schon auf das Treffen mit Živa Ravno. Wie immer würde sie planen, wo es stattfand. Einmal war es das edle Schlosshotel von Otočec in Slowenien gewesen, nicht weit von der kroatischen Grenze entfernt, wo Živas Bodyguards ihre Waffen deponierten, ihre Chefin dann ein paar Kilometer weiter absetzten und sie tags darauf wieder abholten. Spezialisten, die wussten, was Amtsgeheimnisse waren. Von den männlichen Ministern waren sie einiges gewohnt. Bei ihr aber pflegten sie keinen Argwohn, sie war als harte Arbeiterin bekannt, die sich angeblich nicht die geringste Ablenkung gönnte. In Laurentis Budget hatte der Aufenthalt damals ein tiefes Loch gerissen.

Der Commissario nahm das Kärtchen mit den Kontaktdaten von Anita Desselieri zur Hand, warf die Jacke über und ging das Treppenhaus hinunter. Der Wind fegte den Regen unablässig durch die Straßen. Zu seinem Wagen waren es nur wenige Schritte, und trotzdem waren seine Haare klatschnass. Wie immer bei starkem Regen waren die meisten Autofahrer ängstlich und unkonzentriert und verlangten den anderen eine Eselsgeduld und doppelte Umsicht ab. Laurenti kündigte dem obersten Staatsanwalt telefonisch seinen Besuch an. Nur widerwillig stimmte Cirillo zu, normalerweise gehörte es zu seinem Spiel, sich rarerzumachen, als er war.

Vor dem Gerichtspalast hielt Laurenti auf einem für die Ordnungskräfte reservierten Parkplatz und eilte durch den Seiteneingang in das riesige Gebäude, winkte der diensthabenden Polizistin zu und nahm zwei Stufen auf einmal, bis er im dritten Stock durch den langen Flur vor dem Büro des Leitenden Oberstaatsanwalts ankam. Er schnappte kurz nach Luft und wählte erneut den direkten Zugang, weil er keine Lust hatte, im Vorzimmer eine Viertelstunde warten zu müssen. Das Prinzip der Macht. Er klopfte flüchtig und öffnete die Tür. Vor Cirillo saß Staatsanwalt Scoglio.

»Erfreulich, dass ich Sie gleich beide erwische. Das erspart mir Wiederholungen«, grinste der Commissario. »Ich schätze, wir sind ohnehin in der gleichen Angelegenheit unterwegs. Einer von Ihnen sollte bitte den Antrag auf Einblick in die Krankenakte des Zeugen Kurt Anater unterzeichnen. Keine Sorge wegen der ärztlichen Schweigepflicht. Er wurde ohne Angabe seiner Personalien notbehandelt. Es gibt keine Akte unter seinem Namen.« Ihm war klar, dass er den Status des Leitenden Oberstaatsanwalts erheblich unterlief. Laurenti zog die direkte Konfrontation jeglichem Geplänkel, ob diplomatisch oder schmeichlerisch, vor. Er galt deshalb bei vielen als stur, trotzig und – mit Blick auf die herrschenden Hierarchien – respektlos. Geschwächt hatte ihn das bisher nicht. Im Gegenteil, alle Beschwerden eitler Politiker oder wichtigtuerischer Geschäftsleute waren bislang gescheitert. Und im Normalfall kam man schneller zur Sache, wenn die Statusfrage nicht geklärt werden musste.

»Ist das so wichtig, dass Sie ohne Termin bei mir hereinplatzen, Commissario?«, fragte Cirillo, lehnte sich zurück und strich sich zuerst durch das gegelte Haar und dann über den Schnauzer.

»Nun, der Mann wurde vor einigen Jahren fast totgeschlagen. Wir werden ihn noch heute dem mutmaßlichen Täter gegenüberstellen. Ein vorbestrafter Rechtsextremer. Nicht auszuschließen, dass er auch der Mörder von Prosecco und Monte Grisa ist. Außerdem ist er auch noch der Pilot der Drohne, der gefilmt hat, wie Sie Ihren Zigarillostummel über das Geländer vor dem Santuario von Monte Grisa geworfen haben. Sie erinnern sich, Dottore? Gestochen scharfe Bilder. Er hat viel Geld in die Drohne gesteckt. Viel mehr, als er verdient.« Laurenti legte die Anforderung der Krankenakte so auf den Schreibtisch, dass sie von beiden Staatsanwälten genommen werden konnte. Scoglio überflog sie mit einem heimlichen Blick. Er hätte längst unterschrieben.

Cirillo hingegen machte keine Anstalten, sich dem Blatt zu nähern. Seine dunklen Augen fixierten den Commissario. »Ich weiß nicht, wovon Sie sprechen. Lassen Sie mir noch heute die Originalaufnahmen zukommen. Außerdem dachte ich, meine Anweisung wäre klar genug gewesen: Sie sollen bei den Linksextremisten nach dem Serienmörder suchen. Mein Instinkt und meine Erfahrung haben mich selten getäuscht. Die Neofaschisten bringen sich höchstens aus Dummheit gegenseitig um. Aber nicht strategisch. Außerdem sollte dieser Kurt Anater längst im Gefängnis sitzen. Mit Ihren fragwürdigen Methoden gefährden Sie nur weitere mögliche Opfer. Sie riskieren zu viel. Verantwortungslos ist das.«

»Und wer gibt diese Anfrage frei?«, fragte Laurenti, ohne sich um die Vorwürfe zu kümmern.

Scoglio beugte sich leicht nach vorn. Seine Hand ging Richtung Revers, wo ein Kugelschreiber steckte, doch dann hielt er sich zurück.

Als Cirillo die Bewegung wahrnahm, riss er das Blatt an sich und setzte seine Unterschrift darunter.

»Und jetzt raus hier, Commissario. Sie haben mich schon zu viel Zeit gekostet. Ich rufe Sie später wegen eines Termins an, bei dem Sie mich auf den aktuellen Stand bringen.«

»Schönen Dank, Dottore.« Laurentis Lächeln war unergründlich. »Und wenn Sie noch die Freigabe der Mittel für einen Historiker ausstellen wollten.«

»Raus jetzt!«

Vergnügt ging Laurenti das Treppenhaus hinunter. Er hatte bekommen, was er brauchte. Er suchte nach Mariettas Nummer, doch steckte er sein Telefon wieder zurück in die Tasche. Er würde sie jetzt gewiss nicht aus dem Erholungsschlaf wecken. Auch Musumeci konnte die Unterlagen aus dem Krankenhaus besorgen.

Bis vor hundert Jahren war der Stadtteil San Giovanni ein fast eigenständiges Dorf nordöstlich des Stadtzentrums gewesen. Heute bezeugten nur noch einige niedrige Häuser mit sorgfältig bestellten Gärtchen die Vergangenheit als Gemüseanbaugebiet, durch das einst zahlreiche Wasserläufe strömten. In der Nachkriegszeit hatte man einige der üblichen anonymen Bauklötze in die Lücken gestellt. Der Name der in der zweiten Hälfte des 19. Jahrhunderts erbauten, recht schmucklosen Kirche San Giovanni Decollato sollte an die Enthauptung von Johannes dem Täufer erinnern. Vor einem Jahr etwa hatte diese Kirche landesweit Schlagzeilen gemacht, weil ein nach Tabak und Alkohol stinkender Gotteslästerer während der Sonntagsmesse die Hostie entgegennahm und lautstark und im breitesten Dialekt laut fluchend bezweifelte, dass es sich dabei um den Leib Christi handeln konnte, der müsse doch viel schöner und edler sein als diese dünne, blasse Oblate. Der Frage war kaum etwas entgegenzusetzen, seinen derben Flüchen vor der versammelten Gemeinde eines Gotteshauses hingegen schon.

Den Namen des Viertels in die Welt hinausgetragen hatte die Psychiatriereform von Franco Basaglia in den Siebzigerjahren, die in ganz Westeuropa zur Öffnung der damals noch geschlossenen Anstalten führte, in denen die Kranken zuvor wie Vieh gehalten worden waren. Auf dem weitläufigen Areal des Psychiatrischen Krankenhauses im Stadtteil San Giovanni di Trieste erfolgte dank der Überzeugungskraft des weitsichtigen Arztes der erste revolutionäre Schritt dazu.

Laurenti hatte Glück, direkt vor dem Haus von Anita Desselieri wurde ein Parkplatz frei. Wegen der starken Niederschläge klingelte er heftiger, als es sich gehörte. Eine alarmiert dreinschauende Frau stand mit fragendem Blick in der Haustür.

»Sind Sie Anita Desselieri? Entschuldigen Sie bitte«, rief Laurenti und hielt seinen Ausweis hoch. »Commissario Laurenti von der Questura. Ich war gerade in der Nähe und hätte ein paar Fragen, bei denen Sie mir vielleicht weiterhelfen könnten.«

Sie drückte den Öffner des Gartentors. »Kommen Sie, Sie werden ja ganz nass.«

»Wo darf ich meine Jacke aufhängen, ohne dass sie das ganze Haus volltropft?«, fragte er. Schon dem Hausflur war anzusehen, dass hier penible Ordnung herrschte.

»Geben Sie sie mir, ich hänge sie auf.« Anita Desselieri nahm ihm die Jacke ab und hängte sie in der angrenzenden Waschküche auf einen Bügel. Die Frau hatte sich gut gehalten, Laurenti sah, dass sie auf ihr Äußeres achtete. Sie war achtundsechzig Jahre alt, trug ihr silbergraues Haar kurz, und nur ihr starker Lidschatten und der dunkelrote Lippenstift betonten ihr Gesicht.

»Ich sehe, Sie wollten ausgehen«, sagte Laurenti. »Ich will Ihre Zeit nicht übermäßig in Anspruch nehmen.«

»Nein, nein. Ich sehe immer so aus. Man darf sich nicht gehen lassen. Auch zu Hause nicht, Commissario. Nicht einmal im Ruhestand. Was führt Sie ausgerechnet zu mir? Ist in der Nachbarschaft etwas passiert?«

»Nein, Signora. Was ich wissen möchte, liegt lange zurück. Der Direktor des Instituts für die Geschichte des Widerstands hat mir Ihren Namen genannt.«

»Ach so? Dann folgen Sie mir doch, setzen wir uns. Die Sache wird sicher länger dauern. Ermitteln Sie etwa in den beiden Mordfällen vom Sonntag?«

»So ist es.«

»Wenn ich etwas beitragen kann, dann gern.« Ihr Ton war sachlich. Sie ging voraus.

Auch das Wohnzimmer war ausgesprochen ordentlich, lediglich eine Menge Bücher waren auf unterschiedlichen Stapeln über die Tische verteilt, die große Bibliothek schien in kontinuierlicher Bewegung gehalten zu werden. Anita Desselieri räumte einen Block mit Notizen beiseite und bat Laurenti, auf dem hellen Sofa Platz zu nehmen.

»Ich habe mir zur Aufgabe gemacht, über die Vergangenheit zu reden. Auch über die Rolle meiner Mutter, meine Abkunft. Ich war lange genug Lehrerin, um zu wissen, dass unsere jungen Leute dringend mehr erfahren müssen. Und sie wollen es übrigens auch. Das sage ich Ihnen als ehemalige Schulleiterin. Ich bin zwar seit drei Jahren pensioniert, aber ich werde von vielen jüngeren Kolleginnen und Kollegen aus dem ganzen Land eingeladen. Jetzt habe ich auch endlich mehr Zeit dafür. Und ich halte es für meine Pflicht. Nicht dass ich dafür bezahlt würde, Commissario. Nichts außer den Reisekosten. Dafür sehe ich endlich mehr von unserem Land.«

»Dann wird Ihnen, was ich Ihnen zu sagen habe, keine Freude bereiten, Dottoressa. Die beiden Morde vom Sonntag sind leider keine Einzelfälle. Es sind bisher lediglich die einzigen in unserer Stadt, und dahinter steckt vermutlich der gleiche Täter. Seit mindestens drei, vier Monaten ist dieser Mörder bereits am Werk. Udine, Palmanova, Pordenone, Gorizia und so weiter. Das wurde nur von der hiesigen Lokalpresse nicht aufgegriffen. Die Triestiner sind zu selbstbezogen, als dass sie sich für das Geschehen außerhalb der Stadt interessieren.«

»Mit Ausnahme von Essen und Urlaubsreisen, würde ich sagen.« Anita Desselieri lächelte charmant. »Ich kenne meine Mitbürger gut genug. Was denken Sie, was ich während meiner Zeit im Lehramt alles zu hören bekam? Nicht von den Schülern, die kann man führen, wenn man sich für sie interessiert. Nur bei vielen Eltern ist leider Hopfen und Malz verloren, es ist, als fürchteten sie sich davor, dass ihre Kinder klüger werden könnten als sie selbst. Aber erzählen Sie, wie kann ich Ihnen helfen?«

»Nun, wie ich schon sagte, es wird Sie nicht besonders freuen. Sie haben eindeutig Position bezogen, was die Vergangenheit unter den Faschisten und den Nazis betrifft. Sind Sie deswegen jemals bedroht worden?«

»Mehr als einmal, Commissario.« Die Frau lachte trotzdem. »Nur darf man diese ewiggestrigen Besserwisser nicht zu ernst nehmen. Feiglinge sind das, und sie belassen es bei Worten. Über dummes Geschwätz sollte man sich aber niemals den Kopf zerbrechen, sonst gewinnen am Ende die Falschen. Sie wollen doch nur, dass man das Maul hält. Bloß nicht am Weltbild kratzen.«

»Haben Sie auch schriftliche Drohungen bekommen?«

»Selbstverständlich. Ich stehe ja noch ganz altmodisch im Telefonbuch. Und im Internet finden Sie unzählige Beiträge von mir. Meist wurden sie von den Schulen ins Netz gestellt, die mich eingeladen hatten. Oder von den lokalen Medien, die darüber berichteten. Facebook und den anderen Schwachsinn verwende ich nicht. Ich habe auch keine eigene Website.«

»Auf welchem Weg haben Sie die Drohungen erhalten?«

»Ein paar wenige per Mail, die meisten per Post.«

Vermutlich wusste sie zu ihrem eigenen Glück nicht, was in den einschlägigen Foren im Internet über sie kursierte. Laurenti müsste die spezialisierten Kollegen bemühen, diese zu analysieren.

»Haben Sie diese Briefe aufbewahrt?«, fragte er.

»Selbstverständlich, wenn auch nicht gleich von Anfang an. Inzwischen sind sie leider zu einem eigenen Ordner angewachsen.« Anita Desselieri erhob sich und ging in einen angrenzenden Raum, der vermutlich ihr Arbeitszimmer war.

Sie kam so rasch zurück, dass der Ordner einen festen Platz haben musste und sie nicht lange zu suchen brauchte. »Ich verstehe nicht, weshalb manche Menschen versuchen, die Geschichte zu verbiegen oder zu leugnen. Sie lassen sich doch im Handumdrehen widerlegen. Ich meine, vieles ist dokumentiert, Historiker haben sich über Jahrzehnte damit befasst. Und dann gibt es noch all die persönlichen Erinnerungen.«

Die vorwiegend anonymen Schreiben steckten einzeln in Klarsichthüllen. Wenn jemand Fingerabdrücke auf den Schriftstücken hinterlassen hatte, wären sie zu finden, sofern die der Empfängerin sie nicht überdeckten, dachte Laurenti.

Anita Desselieri schlug an einer beliebigen Stelle auf. »So sieht das meiste aus.«

Grobe Großbuchstaben, manche von Hand geschrieben, manche per Computer. Auch Hakenkreuze, SS-Runen oder Symbole des italienischen Faschismus waren auf den ersten Blick auszumachen. Wenige Wörter, meist Beschimpfungen: *Kommunistenhure. Verrecke. Wir kriegen dich.* Das war in der Tat bedeutungslos. Anita Desselieri tat gut daran, die sozialen Netzwerke zu meiden. Decknamen und Anonymität machten aus Feiglingen falsche Helden und Anführer von Shitstorms.

Laurenti blätterte noch ein paar Seiten durch. »Geht das so weiter?«, fragte er.

»In den meisten Fällen, ja.«

»Und warum haben Sie das nie angezeigt?«

»Das ist doch reine Zeitverschwendung. Meiner Zeit, Ihrer oder der Ihrer Kollegen. Wie gesagt, wenn man sich von solchen Dingen aus der Ruhe bringen oder gar lähmen lässt, haben die ihr Ziel erreicht. Außerdem ist auch mein Familienstammbaum kein Grund zum Stolz. Ich war schon fünfundzwanzig Jahre alt und stand kurz vor der Heirat, als ich es erfuhr. Meine Mutter war ein übler Nazi. Es kam alles hoch, als sie 1976 zum Prozess der Risiera di San Sabba vorgeladen wurde. Sie wurde zu dreizehn Jahren Haft verurteilt, musste aber keinen Tag ins Gefängnis. Dank der Amnestien, die von 1946 bis in die Siebziger erlassen wurden, blieb sie leider auf freiem Fuß. Nicht einmal ihr Vermögen verlor sie. Für mich war das ein Schock. Ich kam im Krankenhaus von Prato bei Florenz zur Welt. *Vater unbekannt* hatte meine Mutter angegeben, obwohl sie es gewusst haben muss, wie ich später herausfand. Ein Gestapo-Schwein oder einer von der SS mit Orden, der ein Leben lang in Italien geblieben ist, vermute ich. Aber meine Mutter war die Schlimmste. Auch sie folterte. Obwohl sie eigentlich als Übersetzerin eingestellt war. Sie hatte den Ruf, auch die am strengsten gehüteten Geheimnisse aus ihren Opfern herauszuquälen: aus den gefangenen Juden den Aufenthaltsort ihrer Verwandten. Und aus den Politischen die Namen ihrer Mitstreiter. Ob sie wollte oder nicht, ich war beim Prozess dabei. Ich war fünfundzwanzig Jahre alt. Über einen befreundeten Journalisten habe ich einen Platz auf den Pressebänken gefunden. Ich war schockiert. Was dank anderer Zeugen auf den Tisch kam, war schon schrecklich genug. Am schlimmsten aber war für mich die Kälte, die Gleichgültigkeit und Gefühlslosigkeit, die meine Mutter ausstrahlte. Sie beharrte darauf, dass über das, was damals rechtens gewesen sei, heute nicht geurteilt werden könnte.«

»Wie hieß sie?«

»Libia Vittoria Dessel. Ich habe meinen Nachnamen ändern lassen, als ich mit ihr brach. Ich wollte den Hinweis auf meine Abstammung tilgen. Heute weiß ich, dass man seine Biografie niemals loswird. Und auch die Familie nicht. Man kann sich nur trennen. Doch ich habe den Fehler begangen, mit meiner Mutter zu brechen, anstatt ihr das Leben schwer zu machen und sie auszuquetschen. Sie hat die Stadt kurz nach dem Prozess verlassen. Später habe ich nichts mehr von ihr gehört. Nie wieder. Ich gebe zu, ich war ziemlich erleichtert darüber. Ich weiß nicht einmal, wo und wann sie gestorben ist. Sie muss so viel Geld erpresst und erbeutet haben, dass sie sich vermutlich in die ganze Welt absetzen konnte, irgendwohin, wo niemand sie kannte.«

»Haben Sie auch in jüngerer Zeit Drohungen bekommen?« Die Frau lächelte kaum noch. »Ja, zweimal. Und immer war es eine Kopie desselben Schreibens, das ich als Erinnerungen bezeichnen würde. Erinnerungen einer älteren Frau, der Handschrift nach.«

»Sind die auch hier drin? Ist das chronologisch abgelegt?«

»Ja, Commissario, das Jüngste liegt immer oben. Nur diese beiden Blätter habe ich noch nicht abgelegt, ich wollte da zuerst noch recherchieren.« Anita Desselieri ging wieder in ihr Arbeitszimmer hinüber, und Laurenti hörte, wie sie ein elektrisches Gerät einschaltete. Vermutlich einen Drucker, der ratterte, bis er betriebsbereit war. Wenig später kam sie mit zwei Blättern zurück.

»Ich habe Ihnen Kopien davon gemacht, Commissario.«

Die Handschrift war gestochen scharf, zeigte keine übermäßigen Unter- oder Überlängen. Und auf den ersten Blick war sie identisch mit der auf dem Blatt, das sie bei Giorgio Dvor gefunden hatten. Es waren nur wenige Zeilen, der Rest des Blattes musste abgedeckt worden sein.

Libia Vittoria Dessel war die Verrufenste der Folterer. Auch wenn ihr niemand lebend entkommen ist, war sie in der ganzen Stadt gefürchtet. Ihr Vater war ein österreichischer Militär, der eigenartigerweise große Sympathien für den italienischen Irredentismus hegte und bald überlief. Ihre Mutter stammte aus einer bürgerlichen Triestiner Kaufmannsfamilie. Nach dem Ersten Weltkrieg assimilierten sie sich. Allerdings pflegte der Vater Georg weiterhin gute Kontakte nach Wien. Manche hielten ihn für einen österreichischen Spion. Libia arbeitete in der Handelsfirma ihres Vaters als Prokuristin. Mit dem Einmarsch der Deutschen schloss sie sich ihnen an und baute die Geschäfte des väterlichen Unternehmens massiv aus. Sie kannte die Kaufleute in der Stadt. Sie wusste, wer Jude war. Anfangs übersetzte sie nur für die SS, danach übernahm sie selbst die Verhöre und erpresste Geständnisse. Auch mein Onkel war in ihren Händen gelandet, er hat die Risiera di San Sabba nicht mehr verlassen. Libia Dessel verschwand kurz vor Kriegsende. Jemand behauptete, sie habe sich in die Toskana abgesetzt. Aber 1952 tauchte sie plötzlich wieder hier auf und bezog eine große Villa in der Via Virgilio. Offensichtlich war sie vermögend und frei von Angst, dass sich jemand an ihr rächen konnte. Sie hatte ein kleines Kind. Eine Tochter. Über den Vater ist mir nichts bekannt.

Der Commissario legte das Blatt auf den Tisch und atmete tief durch. Der Verfasser dieser Zeilen und jener, die bei Giorgio Dvor gefunden wurden, stützte sich auf ihre Erinnerungen. Auch hier brauchte es einen Historiker, der die Angaben überprüfte. Vielleicht aber konnte er noch einmal Ada Cavallin um Hilfe fragen. Auf jeden Fall wären die alten Grundbücher zu konsultieren. Wem hatte die Villa vorher gehört, ab wann der Mutter der Direktorin und an wen hatte sie das Haus wann verkauft?

»Es muss Sie belasten, die Tochter dieser Frau zu sein«, sagte Laurenti leise zu Anita Desselieri. »Allmählich verstehe ich Sie, Dottoressa. Aber mit der Fotokopie kann ich leider nichts anfangen. Bewahren Sie das Original ebenfalls in einer Plastikhülle auf?«

Anita nickte.

»Vielleicht finden wir Fingerabdrücke darauf. Neben Ihren natürlich. Die müssten Sie uns allerdings auch geben. Dieses Schreiben enthält zwar keine Drohungen, Signora. Es ist eher eine Ankündigung. Ein ähnliches haben wir bei dem Toten von Prosecco gefunden, wenn Sie verstehen.«

Anita nickte. Sie war jetzt spürbar nervös, keine Spur mehr von ihrer Ruhe.

»Auf welchem Weg wurde Ihnen das geschickt?«

»Postalisch. Ganz normal. Ohne Einschreiben.«

»Haben Sie die Briefumschläge noch?«

Anita Desselieri schüttelte den Kopf.

»Schade. Erinnern Sie sich daran, wo die Briefe abgestempelt wurden?«

»Leider nein.«

»Verstehe. Jeder Hinweis kann weiterführen. Lassen Sie mich bitte die Originale zur Analyse mitnehmen. Sie bekommen Sie beizeiten zurück.«

»Wenn Sie glauben, dass das wichtig ist, Commissario …«

Signora Desselieri erhob sich zögerlich.

»Es ist enorm wichtig, Dottoressa. Sie behalten dafür die Fotokopien.«

Sie verschwand in ihrem Arbeitszimmer und kam sogleich mit zwei Klarsichthüllen zurück.

»Entschuldigen Sie bitte ein paar persönliche Fragen. Ihr Haus sieht so ordentlich aus, dass ich davon ausgehe, dass Sie ein nicht minder geregeltes Leben führen?«

»Wie meinen Sie das?«

»Folgen Sie festen Gewohnheiten, wenn Sie nicht gerade auf Vortragsreise sind. Kaufen Sie regelmäßig bei den gleichen Geschäften ein. Verlassen Sie das Haus zu festen Zeiten? Haben Sie sich wiederholende Termine in der Stadt oder dem Umland? Sportverein, Chorproben oder Ähnliches. Haben Sie ein Auto und wenn ja, wo parken Sie es?«

Anita Desselieri gab nur zögernd Auskunft.

»Leben Sie denn allein?«

»Halten Sie mich etwa für gefährdet, Commissario?« Sie drückte den Rücken durch, offensichtlich wollte sie sich nicht mit dem Gedanken abfinden.

»Das versuche ich soeben herauszufinden. Erzählen Sie mir bitte von Ihrer Familie, Dottoressa.« Er zeigte auf die gerahmten Fotos an der Wand.

»Als unsere Söhne ausgezogen sind, haben mein Mann und ich uns getrennt. Ohne Streit übrigens. Wir stehen noch immer regelmäßig in freundschaftlichem Kontakt. Außer, dass wir nicht mehr zusammenleben, hat sich wenig verändert. Seine Firma hat er längst verkauft. Derzeit ist er mit seinem Segelboot irgendwo auf der Südhalbkugel unterwegs. Wie jeden Winter. Er mag die Kälte nicht besonders.«

»Und Ihre Söhne, Signora?«

»Der Große führt eine Diskothek in Mailand, der Jüngere schlägt sich in Berlin von Job zu Job durch. Er kellnert oder gibt Sprachunterricht. Sie sind drei Jahre auseinander. Die beiden führen erst recht kein geregeltes Leben. Und sie kommen mich höchstens einmal im Jahr besuchen. Dafür melden Sie sich regelmäßig telefonisch.«

»Haben Sie einen festen Partner?«

Sie schüttelte energisch den Kopf. »Ich bin durchaus glücklich allein.«

»Erschrecken Sie jetzt bitte nicht, Dottoressa. Es gibt keinen direkten Anlass zur Sorge, aber ich würde gern Personenschutz für Sie beantragen.«

»Sind Sie sich da sicher?«, lachte die frühere Schuldirektorin entsetzt. »Ich bin viel zu jung. Ich war keine Täterin. Ich meine, wenn sich jemand an meiner Mutter rächen wollte, kommt er gewaltig spät. Ich bin einfach nicht die Richtige.«

»Das gilt leider auch für einige der anderen Opfer. Und ich kann Ihnen auch nicht versprechen, dass ich recht habe. Vielleicht ist es tatsächlich übertrieben. Nur – wir kennen den Täter nicht. Und wissen auch nicht, was genau ihn antreibt.«

»Dann wäre es besser, wir würden dieses Gespräch vergessen, Commissario.«

»Nein, denn vielleicht können Sie uns bei der Aufklärung helfen.«

»Als Köder etwa? Das ist doch nicht Ihr Ernst. Und vor allem weshalb, Commissario? Wenn ich fragen darf.« Wieder saß sie kerzengerade vor ihm.

»Sie wissen ja bereits von den Fällen in Prosecco und Monte Grisa. Und ich habe Ihnen auch von den früheren Morden erzählt. Auch bei Giorgio Dvor haben wir einen solchen Hinweis gefunden. Eine Einladung zum eigenen Ableben sozusagen. Zu allem, was wir bisher über ihn wissen, gehört auch, dass er keinerlei Routinen nachging. Auch er war schwer abzupassen, und auch er wurde erst nach dem Krieg geboren. Die anderen Opfer waren berechenbar. Der Mörder musste nur lange genug recherchieren und dann zur richtigen Uhrzeit am richtigen Ort zu sein. Mit den eigenen Gewohnheiten zu brechen, mit den kleinen steten Regelmäßigkeiten im Leben, ist schwerer, als die meisten vermuten. Es sind erst wenige Tage vergangen seit den letzten beiden Morden. Vielleicht gelingt es uns, einen Schritt voraus zu sein. Sollte jedoch eine akute Gefährdung vorliegen, dann übernehmen Spezialisten den Schutz der gefährdeten Person.«

»Also halten Sie mich für akut gefährdet, Commissario? Am besten, ich buche gleich eine Reise und verschwinde für eine Weile. Vielleicht kann ich sogar zu meinem Mann aufs Boot. Dort wäre ich absolut sicher. Außer natürlich vor tropischen Stürmen.«

»Das, Dottoressa, würde das Problem vermutlich nicht lösen, sondern lediglich verschieben. Was passiert, wenn Sie zurückkommen?«

»Und was ist die Alternative?«

»Akzeptieren Sie, auf Schritt und Tritt begleitet zu werden, sobald Sie das Haus verlassen? Unsere Leute wären immer an Ihrer Seite. Sie sind sehr diskret. Ihre Privatsphäre wird nicht gestört. Es handelt sich um hervorragende Leute.«

»Das ist ja wie im Fernsehen.«

»Gerade nicht. Im Fernsehen sieht man die Personenschützer, sonst gäbe es keine Geschichte. Sie aber, Signora, würden sie nicht einmal bemerken. Nur Ihre Post erhalten Sie mit einem Tag Verspätung, weil wir sie abfangen und analysieren, bevor sie zugestellt wird. Auf diese Art könnten wir ähnliche Drohschreiben untersuchen, bevor sie durch weitere Hände gegangen sind.«

Zurück in der Questura fand Laurenti nur Moreno Cacciavacca vor. Alle anderen Büros der Abteilung waren verwaist, dafür belegte Sonia Padovan Mariettas Platz im Vorzimmer des Commissario. Vertretungsdienste fielen immer auf die Jüngsten im Dienst, bei Bedarf zu jeder Tages- und Nachtzeit und an jedem Wochentag.

»Neuigkeiten?«, fragte Laurenti. Die Espressomaschine war kalt, er schaltete sie ein. Anita Desselieri war gar nicht auf die Idee gekommen, ihm etwas anzubieten, und bei dem Wetter hatte er auf der Rückfahrt nicht einmal in der *Gran Malabar* vorbeigeschaut, die viele für sein zweites Büro hielten.

»Leg bloß die nasse Jacke ab, Proteo«, feixte Sonia mütterlich. »Sonst verkühlst du dich noch.«

»Hör auf, Marietta nachzuäffen. Ich habe gefragt, ob es irgendetwas Neues gibt. Wo sind denn die anderen?«

»Der Terrier versucht immer noch, das Faschistenschwein zu knacken.«

»Sonia, auch wenn wir uns gut kennen, im Dienst bleibst du bitte sachlich. Und falls du von Pina oder Ettore Grizzo sprichst, dann kann ich damit mehr anfangen.«

»Zu Befehl. Sie sitzen im Gerichtspalast. Sie, Cirillo, der ... «

Sie besann sich sofort. »Dieser Grizzo wird von Rechtsanwalt Proietti assistiert. Der sieht fast genauso aus wie Grizzo. Er ist nur ein bisschen besser gekleidet und auch älter. Aber ihr Friseur muss der gleiche sein. Als Cirillo dazukam, schickte mich Pina zurück ins Büro, um Mariettas Vertretung zu übernehmen. Dabei warst du gar nicht hier, und ich wäre gern dabeigeblieben. Zusammen hätten wir sicher mehr erreicht. Rechtsanwalt Proietti scheint sich seiner Sache ziemlich sicher zu sein, als hätte er eine Menge Erfahrung bei der Verteidigung Rechtsextremer.«

»Der Verein, dem Grizzo angehört, ist im ganzen Land vertreten und gut organisiert. Dazu gehören auch ihre Anwälte.« Laurenti ließ sich einen Espresso aus der Maschine.

»Ach, wenn du schon dabei bist, dann auch einen für mich«, sagte Sonia. »Mit zwei Löffeln Zucker.«

»Dein Vater scheint dich ganz schön zu verwöhnen«, brummte Laurenti. »Wo ist meine Post?«

Sie zeigte auf einen kleinen Papierstapel.

»Hast du sie durchgesehen?«

»Müsste ich das? Ich habe nur gesehen, dass die DNA des Haars vorliegt, das die Techniker beim Mahnmal in Prosecco gefunden haben. Deine Marietta hat vermutlich alle Register gezogen, damit wir die Auswertung so schnell bekommen.«

»Sonia, ich sage es noch einmal. Zügle deine Zunge. Auch wenn ich den direkten Umgang auf dem Karst liebe und auch die Respektlosigkeit gegenüber den Institutionen, du bist Polizistin, und wir befinden uns hier in der Questura. Dir fehlt jede Erfahrung und jede Berechtigung, so zu reden. Weder über Marietta noch über Pina. Verstanden?«

Der Commissario schnappte sich die Papiere und ging in sein Büro hinüber, machte aber auf dem Absatz kehrt. »Und bring umgehend diese Beweisstücke zu den Kriminaltechnikern. Sie sollen die Schreiben auf Fingerabdrücke und DNA überprüfen. Und zwar schnell. Jetzt kannst du mal zeigen, ob du es mit Marietta aufnehmen kannst.« Würde er die Tür offen lassen, käme die Tochter seines Steinmetz-Freundes sicher wegen jeder Kleinigkeit herüber, oder auch einfach nur, um zu plaudern. Er hörte gerade noch, wie sie sich einen Kaffee zubereitete, anstatt seine Anweisung zu befolgen. Natürlich hatte er ihr keinen Espresso gemacht.

Auf Laurentis Schreibtisch wartete das kalligrafische Gutachten des Schreibens, das bei Giorgio Dvor gefunden worden war. Selbst über das Alter des Verfassers hatte der Fachmann eine Einschätzung abgegeben, die nahelegte, dass es sich um die Handschrift einer betagten weiblichen Person handle. Immerhin hatten sie das nun schwarz auf weiß. Aber kaum mehr.

Das nächste Dokument war vom Labor der Spezialisten in Padua. Angesichts der Schnelligkeit hatte Marietta wirklich ganze Arbeit geleistet. Das Haar stimmte mit der DNA überein, die in der weiblichen Maske gefunden worden war, die Kurt Anater aus dem Müllcontainer gefischt hatte. Und die weitere Analyse ging sogar so weit, die Herkunft der Person, ihre Augen- und Hautfarbe, das Geschlecht sowie ein mutmaßliches Alter von Mitte fünfzig zu bestimmen. Auf Triest als Herkunft wiesen die typischen genetischen Spuren der Vorfahren aus ganz Europa und dem Mittelmeerraum hin, die sich in die Gene fast aller Einwohner eingeschrieben hatten. In der Tat fand sich bis vor wenigen Jahrzehnten so gut wie keine Familie in der Hafenstadt, der sich ethnische Monotonie hätte nachweisen lassen. Daran hatten nicht einmal über zwanzig Jahre Faschismus und seine schwachsinnige Beschwörung der Italianità etwas geändert. Heute blieben vorwiegend die neuen Einwanderer aus Osteuropa und mit niedrigerem Bildungsstand unter sich, was teilweise auf die mangelnden Sprachkenntnisse zurückzuführen war und zum anderen auf die Sehnsucht nach längst hinter sich gelassener Zugehörigkeit in der Fremde.

Es klopfte zaghaft an der Tür. Zu zaghaft für Sonias kräftige Hände. Moreno Cacciavacca trat ein. Was seiner Kollegin aus Aurisina an Respekt abging, zeigte der Sizilianer zumindest formal zu viel.

»Entschuldigen Sie bitte, ich wusste nicht, ob ich stören darf. Sonst ist Ihre Tür nie zu, Chef«, sagte Moreno. »Die Auswertung des Chips aus Neris Auto liegt vor. Ihr zufolge hat er abrupt abgebremst, er kann aber an jener Stelle sowieso nicht allzu schnell gefahren sein. Der Bremsweg bis zum Stillstand betrug gerade mal drei Meter. Wüssten die Leute, was die Elektronik in ihren Autos alles verrät, sie würden sich fürchten. Selbst in einem so einfachen Modell. Ich gehe davon aus, dass sich Neri jemand in den Weg gestellt haben muss. Aus der Position, in der Sie ihn am Sonntag kurz nach seiner Ermordung aufgefunden haben, ist zu schließen, dass da noch eine andere Person war. Dass es sich also um zwei Mörder handelt.«

»Ach ja? Wie das?«

»Angenommen, da sprang jemand kurz vor dem Wagen auf die Straße, dann wäre Neri doch ausgestiegen, um die Situation zu bereinigen. Aber der Pfeil muss ihn getroffen haben, als er die Tür öffnete. Er hat ihn schließlich regelrecht am Fahrersitz festgenagelt. Wie Jesus ans Kreuz. Ein Bein hing über den Türschweller, das andere war noch im Fußraum. Ausgerechnet an der Via Crucis. Wie dem auch sei, wichtig ist, dass sie zu zweit waren. Was uns wieder zu den Masken und den Aufnahmen vom Geldautomaten bringt. Es bekräftigt den Verdacht, dass es sich bei den Tätern um genau diese Leute handelt.«

»Zumindest, solange wir keine besseren finden, Cacciavacca. Gut gemacht.«

»Inzwischen liegt übrigens auch die Analyse der Daten aus Grizzos Computer vor. Bei den Bildern handelt es sich fast ausschließlich um Luftaufnahmen. Viele Vorher-Nachher-Situationen von Orten, die entweder zerstört wurden, oder mit extremistischen Schmierereien oder Plakaten verunstaltet. Die haben sich richtig ins Zeug gelegt. Wenn sich die Leute endlich dazu aufraffen würden, ihre Stadt so zu erkunden, wie es diese Fanatiker tun, dann käme vielleicht Hoffnung auf.«

Im Stillen gab Laurenti ihm recht. Auch er hatte zum ersten Mal von der Gedenkstätte für die am 2. Mai 1945 ermordeten sowjetischen Gefangenen erfahren, als er sich am Sonntag auf die Suche nach Giorgio Dvors Behausung machte. Er wäre jede Wette eingegangen, dass in Triest und Umland keine zwanzig Bürger davon wussten.

»Hoffnung worauf?«, fragte er den jungen Sizilianer.

»Na, dass sich einiges von dem, was in der Vergangenheit geschehen ist, in Zukunft nicht wiederholen wird«, sagte Cacciavacca verlegen. Er befürchtete sichtlich, sich lächerlich zu machen.

»Hast du das Gefühl, dass diese Gefahr besteht?«

»Gefahr ist vielleicht ein zu großes Wort. Die Aufmerksamkeit jedoch würde zweifellos erhöht werden. Und damit ließen sich vielleicht auch andere Übergriffe verhindern. Ich finde, die Sache sollte in der Presse eine größere Rolle spielen. Das würde schon helfen, die Bevölkerung aufzurütteln. Und noch besser wäre es, wenn ein Verzeichnis samt Landkarte von diesen Orten angelegt würde, samt Wegbeschreibung. Fünfundsiebzig Jahre nach Kriegsende, das wäre ein guter Aufhänger. Finden Sie nicht, Commissario?«

»Willst du Tourismuspolitik betreiben, Cacciavacca? Was ist denn mit den Bildern aus Grizzos Computer.«

»Wir sind auf eine ältere Aufnahme gestoßen, die Sie interessieren dürfte. Sie wurde vor etwas mehr als drei Jahren gemacht. Auch aus der Luft. Und zwar genau an dem Tag, als das Mahnmal beim ehemaligen Bahnhof von Prosecco geschändet wurde, von dem Battinelli berichtete. Auf der Aufnahme ist ein gebeugter bärtiger Mann mit nacktem Oberkörper und einem

Kinderfahrrad zu sehen. Sie endet damit, wie er von zwei Glatzen brutal zusammengeschlagen wird. Sie sollten sich das ansehen. Ich hab's auf dem Schirm.«

»Das würde Grizzo immerhin der schweren Körperverletzung überführen. Informieren Sie umgehend Pina darüber. Dem kann selbst der oberste Staatsanwalt nichts entgegensetzen. Bei den Vorstrafen fährt Grizzo ein. Auch Musumeci muss es wissen. Er ist vermutlich bei Kurt Anater. Wenn der sich die Aufnahmen ansieht und bestätigt, haben wir Grizzo definitiv. Ich komm gleich rüber und sehe es mir an. Versucht, den zweiten Mann zu identifizieren.«

»Ich verstehe einfach nicht, weshalb er das Zeug aufbewahrt hat. Ich würde belastendes Material sofort vernichten.«

»Gut gemacht, Kollege Cacciavacca.«

Kaum war der Sizilianer hinausgegangen, rief Enea Musumeci an. Sein neuer Freund aus dem Wald weigerte sich, noch einmal ins Krankenhaus zu gehen, und eine Zwangseinweisung würde kein Richter unterschreiben. Gegen Kurti lag nichts vor. Über seine Gesundheit konnte nur er bestimmen. Musumeci konnte ihn nicht einmal dazu bewegen, sich Grizzo auf der Videoübertragung aus dem Verhörraum anzusehen. Ganz offensichtlich fürchtete er, der Kerl könnte ihm trotz der Wand zwischen ihnen, trotz der gefesselten Hände und der Anwesenheit der Polizei noch einmal etwas antun.

»Sag ihm, wir hätten eindeutige Beweise gegen die beiden Männer, die ihn so zugerichtet haben. Versuch, ihn herzubringen. Wir brauchen seine Aussage. Cacciavacca hat dir gut zugearbeitet. Die Krankenakte kannst du übrigens auch einsehen, Cirillo hat unser Ersuchen abgezeichnet. Und wenn er nicht kommt, dann zeigst du Anater eben oben im Wald die Aufnahme auf dem Laptop. Erst wenn er sie bestätigt, muss er persönlich vorsprechen, falls er Anzeige erstatten und Schmerzensgeld fordern will. Ansonsten nicht, es handelt sich ohnehin um einen Straftatbestand, den wir auch ohne seine Unterschrift verfolgen müssen. Mach ihm klar, dass er bei den Verletzungen, die sie ihm zugefügt haben, mit einer hohen Summe rechnen kann. Sofern ihn das überhaupt interessiert.«

»Schwer vorstellbar«, erwiderte Musumeci.

»Und nur unter der Voraussetzung, dass Grizzo und sein Kamerad das Geld überhaupt aufbringen können«, sagte Gilo Battinelli, der die letzten Worte gehört hatte, als er das Zimmer betrat. »Da habe ich allerdings meine Zweifel. Er verdient nämlich kaum etwas. Selbst die Drohne überstieg seine finanziellen Möglichkeiten. Den Toyota Pick-up zu unterhalten, ebenfalls. Von der Stromrechnung für die Wohnung, Telefon und Internet ganz zu schweigen. Klar ist jedenfalls, dass er einen Teil seines Gehalts schwarz einstreicht oder über andere Quellen verfügt. Die Wohnung in der Via Grünhut läuft übrigens auf den Namen seiner Tante. Sie ist längst verstorben, Grizzo hat das Eigentum nie umschreiben lassen. Ich habe mir den Vorgang angesehen. Er ist der einzige Erbe. Die Wohnung lässt sich pfänden. Er ist nicht so schlau, wie er denkt.«

Zur Mittagszeit trafen außer Marietta und Pina Cardareto alle wieder in der Questura ein. Die Chefinspektorin setzte im Gerichtspalast das Verhör von Ettore Grizzo trotz Einspruchs seines Anwalts und der Anwesenheit des Leitenden Oberstaatsanwalts ohne Pause fort. Und ohne Rücksicht auf den Hunger der Anwesenden. Sie war berüchtigt dafür, bei harten Brocken ihre ganze Gnadenlosigkeit auszuspielen und nicht einmal auf die eigenen Bedürfnisse Rücksicht zu nehmen. Wer die Regeln vorgab, war klar im Vorteil. Nur einmal, während Grizzo eine Pinkelpause verlangte und von zwei Beamten hinausgeführt wurde, ergriff Cirillo die Chance, einen seiner parfümierten Zigarillos zu rauchen, und ging ebenfalls nach draußen. Pina checkte ihre Nachrichten. Als sie Cacciavaccas Meldung las, suchte sie umgehend den obersten Staatsanwalt auf, der vor dem Regen geschützt im Torbogen des Seiteneingangs qualmte. Er hatte das Telefon am Ohr, als bräuchte er ein Alibi dafür, dort zu stehen. Als er Pina Cardaretos Blick bemerkte, steckte er es nach ein paar Worten zurück in die Tasche.

»Ein bisschen frische Luft zwischendurch tut gut«, sagte er und zog an seinem Toscanello.

»Natürlich, Dottore.«

»Ist Ihnen wirklich entgangen, dass jedes Mal, wenn Sie die Schrauben anziehen, Grizzo noch gelassener wird, als er schon war?« Cirillos lächelte niederträchtig. »Gehen Sie davon aus, dass sein Anwalt ihm die Anweisung gegeben hat, uns so weit vorpreschen zu lassen, bis sie ahnen, wohin die Reise geht. Denn in den entscheidenden Momenten verstummt Grizzo und lässt Proietti schwadronieren. Und im Anschluss nimmt er das meiste des Gesagten wieder zurück. Aber abgesehen davon machen Sie alles richtig, meine Anerkennung. Nur werden wir ihn nicht wegen eines Gewaltverbrechens festsetzen können. Dafür ist Proietti zu gerissen.«

»Ich benötige eine Pause von einer Stunde«, sagte Pina nun zu seinem Erstaunen. »Wir haben neues Material bekommen, mit dem wir ihnen die Tour versauen können.«

»Und ich dachte, Sie wollten sich selbst genauso quälen wie Grizzo. Oder mich. Berichten Sie.« Cirillo hätte jederzeit die Leitung des Verhörs übernehmen können. Stattdessen hatte er ihr das Kommando überlassen und war nur zweimal in aller Schärfe dazwischengegangen, als er der Meinung war, Pina hätte konsequenter nachhaken müssen.

»Begleiten Sie mich in die Questura, es dürfte auch Sie interessieren.«

»Lassen Sie das Material an mein Büro schicken.«

»Bei allem gebotenen Respekt, Dottore, das geht nicht«, log die kleine Kalabresin.

»Was heißt, das geht nicht? Diesen Ausdruck möchte ich in unserer Arbeit nicht hören«, knurrte Cirillo. Er war es gewöhnt, dass man ihm alles möglich machte, wonach er fragte.

»Der Datensatz ist riesig, es würde zu lange dauern, bis alles auf einen externen Datenträger überspielt ist. Die Anträge für eine bessere Ausstattung wurden bisher abgelehnt. Den Verdächtigen haben wir aber jetzt.« Warum sollte sie das falsche Spiel ihm überlassen. »Wenn Sie Ihren Fahrer rufen, sind wir im Handumdrehen wieder zurück. Außer, Sie wollten noch eine Kleinigkeit essen gehen. Dann fahr ich allein mit dem Verhör fort, lange Pausen schaden beträchtlich.«

»Auch in Ausrüstungsfragen gilt es, gute Kontakte zu den zuständigen Stellen zu pflegen. Aber in dieser komischen Stadt, in der angeblich alle das Gesetz respektieren, ist man sich dafür zu fein. Allen voran Ihr Chef. Also gehen Sie schon hoch, beschließen Sie die Sitzungspause und lassen Sie Grizzo wieder in seine Zelle bringen. Der Anwalt soll schauen, was er so lange tut. Ich möchte nicht, dass sie sich abstimmen.«

Wortlos drehte Pina ab, eilte die Treppe hinauf und kam nach wenigen Minuten zurück. Cirillo saß bereits im Fond seines Dienstwagens. Sie setzte sich nach vorne neben den Chauffeur und informierte die Kollegen über ihre Begleitung. Sie würden keine Zeit verlieren und so schnell es ging wieder in den Justizpalast zurückkehren.

»Haben Sie gar keine Sehnsucht nach dem Süden?«, fragte Cirillo aus dem Fond, er hatte an ihrem Dialekt erkannt, woher sie stammte, und versuchte sich nun erstaunlicherweise in Small Talk.

»Wieso, Dottore? Ich habe mich ganz gut eingelebt«, antwortete Pina, ohne sich umzudrehen. »Ich finde, Triest hat zahlreiche Vorzüge. Auch wenn es nicht dem üblichen Italienklischee entspricht und manchmal die Bora pfeift. Zieht es Sie etwa zurück?«

»Diese Stadt lebt von ihren Gewohnheiten und den Lastern der Vergangenheit, Inspektorin. Nur verweigert sie dabei den Blick auf die Gegenwart. Selbst die vorgespielte Ordentlichkeit ist Fassade. Schauen Sie nur mal, wie die Leute hier Auto fahren. Und wie sie parken. Hätte ich nicht dafür gesorgt, dass die Stadtpolizei verstärkt wurde und endlich durchgreift, würde das reinste Chaos herrschen. Fahren Sie im Sommer mal die Küstenstraße entlang zur Autobahn oder zum Flughafen. Nirgendwo verlieren Sie mehr Zeit, weil alle mit ihrem Badezeug ans Meer wollen.« Cirillo schnaubte. »Als hätte hier niemand Arbeit.«

»Es gibt viele Leute, die sagen, Triest und Neapel seien sich sehr ähnlich, Dottore. Zur Arbeit pflege man in etwa die gleiche Beziehung«, provozierte Pina.

»Sie kennen Napoli nicht.«

»Stimmt, tut mir leid, ich war nur vier Jahre dort. Vor meiner Versetzung nach Triest.«

Cirillo schwieg.

»Übrigens, Laurenti hat erzählt, im Süden wäre man nachsichtiger und verteile nicht gleich Strafzettel, wenn die Leute mal ans Meer wollen. Und der Commissario muss es wissen, er stammt schließlich aus Salerno.« Pina wusste genau, dass sich die Kleinlichkeit der Stadtsheriffs erst auf Anweisung des Leitenden Oberstaatsanwalts übersteigert hatte. Die Behörden bis hin zum Bürgermeister fürchteten seinen Zorn, den er vermutlich anderswo aufgestaut hatte und nun hier ausließ. Vielleicht war es auch das Alter, das ihn frustrierte, nun, da das Ende seiner Laufbahn absehbar war. Menschen wie er hatten Angst davor, vergessen zu werden.

»Nun, sollte es Sie eines Tages zurück in den Süden drängen, dann lassen Sie es mich wissen. Ich brauche tüchtige Ermittler wie Sie, wenn ich versetzt werde.«

Pina rätselte, ob er bereits den Bescheid bekommen hatte.

Eigentlich war er dafür noch nicht lange genug hier. Ein, zwei Jahre müsste er auf jeden Fall noch durchhalten. Also war anzunehmen, dass er schon jetzt hinter den Kulissen auf den Tag X hinarbeitete. *Alles hat seine Zeit, und alles Vorhaben unter dem Himmel seine Stunde*, sagte schon der Prediger Salomon im Alten Testament. Und Cirillo wusste gewiss die richtigen Beziehungen zu pflegen.

»Ich werde darüber nachdenken, danke«, sagte Pina, als der Wagen vor dem Haupteingang der Questura stoppte.

Cirillo strebte bestimmten Schrittes die Stufen in die große Eingangshalle hinauf, wo sich die langen Schlangen der Migranten vor den Schaltern drängten. Die Chefinspektorin bahnte ihm den Weg an der Sicherheitskontrolle vorbei.

Sie rümpfte die Nase, als sie den Aufzugsknopf drückte. »Ich befürchte, wir müssen zu Fuß gehen, aber es ist nicht weit. Wir nehmen fast immer die Treppen, weil es schneller geht.« Es ist immer ein heikler Moment, einem hohen Tier die Bequemlichkeit zu versagen.

»In welcher Etage liegen Ihre Büros?«

»In der dritten, Dottore«, sagte sie und setzte den Fuß auf die Treppe.

»Habe ich es nicht gesagt? Nichts in dieser Stadt funktioniert.« Zögernd folgte er der Polizistin, die langsamer wurde, sobald sie bemerkte, dass sie in ihrem normalen Tempo trotz der kurzen Beine schnell eine halbe Etage Vorsprung hatte. Als sie den Konferenzraum erreichten, wo Kollege Cacciavacca gerade das letzte Kabel an den Projektor anschloss, war Cirillo vollkommen außer Atem. Eine Strähne seines Haars fiel ihm über die Stirn, rasch strich er sie sich wieder nach hinten. Gilo Battinelli brachte Cirillo einen Stuhl. Auch den Aschenbecher aus Mariettas Büro hatte er gesäubert und vor ihm auf den Tisch gestellt. Cirillo nahm dankbar einen seiner Toscanelli aus dem Lederetui und steckte ihn an. Der Geruch von Bourbon und Vanille verteilte sich mit der ersten Rauchwolke im Raum.

»Also, was gibt's?«, fragte der Leitende Oberstaatsanwalt.

»Müssen Sie die Daten etwa erst laden? Wo ist eigentlich Ihr Chef?«

»Der kennt die Bilder bereits. Wir brauchen ihn nicht. Er hat einen Telefontermin.«

Cirillo stieß den Rauch etwas zu heftig aus. Dass der Commissario sich nicht einmal die Mühe machte, ihn zu begrüßen, ging ihm nicht den Hals hinunter.

»Zeig uns den Film vom Mahnmal, Cacciavacca«, befahl die Chefinspektorin.

Die Aufnahmen des Fluggeräts waren an einem wolkenlosen Morgen gemacht worden und zeigten zuerst die Umgebung: Prosecco, dann Contovello und im Hintergrund die glitzernde Adria. Bäume und Sträucher trugen sattes Blattwerk, die Linden blühten, der Bergrücken des Nanos im Norden war schneefrei, die Bilder mussten im Frühsommer gemacht worden sein.

»Von wann ist die Aufnahme«, fragte Pina.

»2. Juni vor drei Jahren. 8 Uhr 30. Ein Freitag.«

»Tag der Republik«, knurrte Cirillo. »Überspringen Sie die Fremdenverkehrswerbung und kommen Sie zur Sache.«

Die schmucke Wehrkirche von Monrupino stand stolz auf ihrem Felsenhügel kurz vor der Landesgrenze. Die Autobahn kam ins Bild, auf der die Lkws trotz des italienischen Feiertags in Kolonne auf dem Weg zum Hafen waren. Die Drohne verlor an Höhe und nahm Kurt Anater ins Visier, der sich, auf sein viel zu niedriges Kinderfahrrad gestützt, zu Fuß näherte. Mehrfach versuchte er, die Drohne mit einer Armbewegung zu verscheuchen, als wäre sie eine Mücke. Dann hob das Gerät wieder an, überflog ein dichtes Gebüsch und gab den Blick auf eine Wiese mit drei mächtigen alten Libanonzedern frei. Im sattgrünen hohen Gras lagen schwere behauene Steine verstreut. Ein roter Fleck, dem sich die Kamera näherte, entpuppte sich als Trauerkranz mit Kunststoffschleife, auf der in goldener Schrift ein Name geschrieben stand.

Die Drohne gewann wieder etwas an Höhe und schwenkte Richtung Straße. Kurt Anater hatte das Gebüsch inzwischen durchquert und schob sein Rad an einem Pick-up vorbei, als er von hinten attackiert wurde. Ein Würgegriff warf ihn zu Boden, Fäuste flogen, dann richtete sich der Angreifer auf. Kahlköpfig und breitschultrig trat er auf den gekrümmten Mann ein, obwohl dieser kein Zeichen von Gegenwehr zeigte. Der Flugapparat stand still und filmte die Szene. Die Sneaker einer zweiten Person kamen ins Bild, die ebenfalls auf ihn eintraten.

»Halt. Spul noch mal ein Stück zurück«, sagte Pina plötzlich. »Drei Sekunden etwa und dann Bild für Bild.«

Cacciavacca tat wie geheißen.

»Stopp! Vergrößerung! Da, seht ihr das?« Pina sprang auf. »Am Sprunggelenk, das Tattoo.« Zwei Arme eines Hakenkreuzes waren erkennbar. »Ich weiß, wer das ist. Den kennen wir.«

»Natürlich«, sagte Cacciavacca. »Als er bei der Haussuchung auf dich losging, habe ich es auch gesehen. Das ist eindeutig Grizzos Bein.«

»Jetzt haben wir ihn«, sagte Pina Cardareto zufrieden. Endlich wendete sie sich auch an Cirillo, der ungeduldig mit den Fingern auf den Tisch trommelte. Er war es nicht gewohnt, dass Polizisten ihm nicht die geschuldete Beachtung zeigten.

»Dottore, das ist der Beweis, dass niemand anderes als Ettore Grizzo den Apparat gesteuert hat. Das Bein ist eindeutig seines. Er ist voller solcher Tätowierungen. Und wer der andere ist, erfahren wir auch bald.«

»Es fällt mir schwer, Ihnen zu folgen. Wenn er die Drohne

gesteuert hat, kann er wohl kaum gleichzeitig auf diesen bedauernswerten Kerl eingetreten haben.«

»Geh noch mal zurück, Cacciavacca. Zeig uns die Stelle noch einmal«, befahl die Chefinspektorin. »Sehen Sie, Dottore, zuerst bewegt sich die Kiste noch, aber dann steht sie still in der Luft. Man kann das einstellen, es wird dann am oberen Bildrand angezeigt. Sehen Sie da. Solange die Batterien genügend Saft haben, können Sie in der Zwischenzeit etwas anderes tun. Und selbst wenn der Strom knapp wird, ist das kein Problem. Dann kehrt das Gerät rechtzeitig und von allein zum Ausgangspunkt zurück.«

»Das ist allerdings nicht zu sehen«, lenkte der Kollege ein.

»Schauen Sie sich die letzten Bilder an. Sobald sich Anater nicht mehr rührt und er bereits aus Ohren, Nase und Mund blutet, nähert die Drohne sich wieder dem Boden und wird ausgeschaltet. Die beiden Angreifer sind dann nicht im Bild.«

»Verstanden und einverstanden. Damit ziehen wir Grizzo wegen schwerer Körperverletzung für ein paar Jahre aus dem Verkehr. Für eine Anklage wegen Mordes reicht das allerdings nicht, meine Herrschaften. Ich weiche nicht davon ab, dass Sie im falschen Milieu suchen. Dass Rechtsextreme dafür verantwortlich sein sollen, wäre zu billig und platt. Ein Klischee geradezu. So dämlich sind nicht einmal die Neofaschisten. Grizzo ist nicht viel mehr als Beifang. Und für ein gutes *Fritto misto* zur Vorspeise reicht das ja auch.« Cirillo schien Hunger zu haben, er erhob sich.

»Danke. Findet heraus, wer der andere ist«, sagte Pina Cardareto zu ihren Kollegen und wies dem Leitenden Oberstaatsanwalt den Weg durch die Flure und das Treppenhaus.

Cirillos Wagen wartete vor der Tür, der Regen hatte etwas nachgelassen, doch es war spürbar kälter geworden, und der Wind hatte auf Ost-Nordost gedreht. Ein gutes Zeichen dafür, dass die Bora gewann und in ein paar Stunden die Wolken verjagte. Sollte es vorher allerdings noch einmal zu Niederschlägen kommen, könnten sie Schnee bringen und Glatteis.

»Noch ist uns ein Rätsel, wie Ettore Grizzo sich finanziert, Dottore«, sagte Pina im Auto. »Offiziell verdient er sechshundertdreißig Euro. Die Drohne allein kostete ihn elfhundert. Und auch wenn so ein altes Auto billig zu haben ist, schlägt der Unterhalt zu Buche. Versicherung und Steuern gehen ins Geld. Vom Verbrauch gar nicht erst zu reden. Und weshalb hat er die Wohnung eigentlich nie auf sich umschreiben lassen, obwohl er sie regulär geerbt hat? Sie läuft immer noch auf den Namen seiner toten Tante. Erstaunlich, dass er seinen Wohnsitz dort gemeldet hat. Als wäre er ein Mieter.«

»Schwarzarbeit ist nichts Ungewöhnliches in der Baubranche. Ziehen Sie die Kollegen von der Guardia di Finanza hinzu, Inspektorin, und beraten Sie sich mit den Kollegen für Verbrechen mit politischem Hintergrund. Die von der Digos kennen diese Kerle alle.« Cirillo tippte dem Fahrer auf die Schulter. »Halten Sie an der nächsten Kreuzung und holen Sie mich in einer Dreiviertelstunde wieder ab. Und Sie, Inspektorin Cardareto, beenden endlich die Posse um diesen Grizzo. Verhaften Sie ihn wegen schwerer Körperverletzung und Widerstand gegen die Staatsgewalt. Ich stelle Ihnen die Papiere für den Untersuchungsrichter aus, sobald ich die Sache mit ihm besprochen habe. Aber eines muss ich Ihnen noch mit auf den Weg geben, Inspektorin: Sie leisten zwar gute Arbeit, doch mir gefällt nicht, wie Sie die Hierarchien außer Acht lassen. Sie handeln an Ihrem Vorgesetzten vorbei, als hätten Sie keinen. Sollten Sie mit mir in den Süden zurückkehren wollen, können Sie sich das nicht erlauben.«

Er stieg grußlos aus und steckte sich einen frischen Toscanello zwischen die Zähne. Als der Wagen wieder anfuhr, sah Pina ihn eine Rauchwolke ausstoßen und die Trattoria drei Häuser weiter ansteuern. Sie grinste, in ihren Augen waren

Männer schrecklich berechenbar. Nur Laurenti hatte bisher alle angespornt, selbst Verantwortung zu übernehmen. Er hatte sogar einmal verkündet, dass sich nur dumme Chefs mit noch dümmeren Mitarbeitern umgeben. Cirillo hatte zwar einen scharfen Verstand, doch er erstickte beinahe an seiner Eitelkeit. War das etwa das Gleiche?

Zehn Minuten später saß Pina Cardareto wieder Ettore Grizzo und seinem Anwalt gegenüber. Auch die Kollegin Sonia Padovan war dabei und führte das Protokoll, obwohl nur noch wenige weitere Zeilen hinzukamen. Als die Chefinspektorin einige ausgedruckte Standbilder der Aufnahmen vorlegte, fing der Rechtsanwalt an zu protestieren und verwies auf fehlende Quellen. Als sie schließlich Grizzo aufforderte, das Hosenbein anzuheben und auf seinem Sprunggelenk das Hakenkreuz sichtbar wurde, ließ sie das letzte Foto auf den Tisch segeln. Auch Proietti verstummte. Sein Mandant saß wie versteinert auf seinem Stuhl und weigerte sich, die Tätowierung ein zweites Mal zu zeigen.

»Kindisch«, kommentierte Pina, »wie alle Großmäuler. Dann lassen wir es eben richterlich anordnen. Am besten machen wir dann gleich von jedem Zentimeter Ihres Körpers Fotos. Für kommende Ermittlungen. Als besondere Erkennungszeichen. Sonia, lass eine Untersuchung durch den Gefängnisarzt anordnen, im Beisein Ihres Anwalts, Signor Grizzo. Und keine Sorge, meine Kollegin und ich werden natürlich dabei sein.«

»Perverse Sau«, entfuhr es ihm.

Nach der üblichen Verlesung des Vernehmungsprotokolls, das sich Grizzo wie erwartet zu unterschreiben weigerte, ließ sie ihn abführen und in die Zelle bringen. Sein Anwalt versuchte noch einige Drohgebärden und stieß dann einen knappen Abschiedsgruß aus.

Als er mit dem allradgetriebenen Fiat Panda zum dritten Mal an diesem Tag die Strada del Friuli hinauffuhr, die auf der kurzen Entfernung vom Meer bis zur Abrisskante des Karsts auf über dreihundert Höhenmeter anstieg, verwandelte sich der Regen in dicke Schneeflocken, die satt auf die Windschutzscheibe klatschten. Am fernen westlichen Horizont zeichnete sich jedoch bereits die dunkle Silhouette der Dolomiten vor dunkelblauem Himmel ab und kündete von einem baldigen blutroten Sonnenuntergang über dem aufgewühlten Meer. Die Bora würde sich bis zum Abend durchsetzen. Bald stünden die Sterne am Himmel über Triest. Und die kalte Sichel des Neumonds weit draußen über dem Golf.

Enea Musumeci schlug den Kragen seiner Jacke hoch und atmete tief durch, bis er den Mut fasste, die Autotür zu öffnen, in den noch tobenden Schneewind hinauszutreten und den mit dichtem Laub bedeckten Trampelpfad in das dunkle Wäldchen unter den hohen Felsen zu nehmen, der zu Kurt Anaters Versteck führte. Die Wipfel der Bäume schwankten beträchtlich. Als er sich gut fünfzig Meter von der Straße entfernt hatte, rief Musumeci zweimal ins Halbdunkel des Waldes. Sie hatten es so vereinbart. Und obwohl Anater nicht antwortete, ging er weiter. Vielleicht hatte er ihn ja einfach nicht gehört. Doch plötzlich spürte er einen starken Druck im Rücken und schon im nächsten Moment stolperte er über einen dicken Ast. Musumeci fuhr herum und sah, noch während er zu Boden ging, das Gesicht des Waldschrats über sich, der ein furchterregendes Jagdmesser in der erhobenen Hand hielt. Ein mit einem zentnerschweren Stein versehener junger Baum schlug Musumeci auf den Oberkörper und presste ihn zu Boden.

Kurt Anater stieß ein glucksendes Lachen aus, durchschnitt das Seil, mit dem der Stein den Baum zu Boden zog, worauf der dünne Stamm wie eine Peitsche zurückschwang und Musumeci freigab. Kurti streckte seine Hand aus, um ihm aufzuhelfen, doch Enea rappelte sich selbst hoch. Er war kurz davor, dem Kerl eine reinzuhauen, zwang sich aber zur Ruhe und klopfte sich das nasse Laub von den Klamotten.

Kurti ging wortlos voraus. Über dem Eingang seiner Höhle hatte er eine Plane gespannt, der Boden darunter war einigermaßen trocken. Er zog einen Baumstumpf als Sitzgelegenheit herbei und beugte sich über seine Feuerstelle, von der innerhalb weniger Sekunden eine kleine Flamme aufstieg, die immer größer wurde. Der Rauch strebte steil nach oben, das Feuer beleuchtete Kurtis Gesichtszüge. Musumeci öffnete seine Jacke und griff in die Innentasche, wo er die Ausdrucke der Bilder verstaut hatte. Kurti wich einen Schritt zurück und hob das Messer mit der breiten Klinge, bereit, es sofort einzusetzen, würde er die Waffe des Polizisten sehen.

»Ganz ruhig, Kurti«, sagte Enea. »Erschrick dich nicht. Es ist nicht, wie du denkst.« Gemächlich faltete er die Bilder auseinander. »Ich möchte, dass du dir die in Ruhe anschaust. Wir haben den Kerl, der dich so zugerichtet hat. Und wenn du das offiziell bezeugst, dann wirst du Schadensersatz von ihm bekommen. Viel Geld. Und er geht dafür ins Gefängnis. Genauso wie der andere Glatzkopf. Aber dafür musst du zu uns in die Questura kommen. Anders geht es nicht. Du hast Zeit bis morgen früh. Überleg es dir.«

Anater trat zögerlich näher und behielt Musumeci im Auge, als fürchte er sich vor dem Anblick der Aufnahmen.

Musumeci legte die Bilder auf dem Baumstumpf ab, beschwerte sie mit einem Stein. Dann trat er aus dem Schein des Feuers und tapste den Pfad durchs Dickicht zurück zur Straße, wo er das Auto abgestellt hatte, dessen Windschutzscheibe mittlerweile von nassem Schnee bedeckt war. Im Wald war davon nichts zu merken gewesen. Er startete den Wagen und gab Gas, wendete in der breiten Haarnadelkurve und fuhr zurück in die Stadt. Seine Hände zitterten noch die ganze Fahrt über vor Kälte, Schreck und Wut. Kurti war mit allen Wassern gewaschen und konnte sich trotz seiner Versehrungen besser wehren, als er vermutet hatte. Hatten das auch die beiden Glatzen gewusst, die er vielleicht nicht einmal überrascht hatte? Kannten sie sich etwa aus dem Bürgerkrieg im ehemaligen Jugoslawien, wo viele ausländische Extremisten als Söldner gekämpft hatten? Die meisten von ihnen waren nach der Rückkehr in ihr Heimatland straffrei geblieben. Möglicherweise waren die beiden Neofaschisten aber auch nur großmäulige Feiglinge, sobald sie mit einem Opfer allein waren. Wie die meisten, mit denen Musumeci bisher dienstlich zu tun gehabt hatte. Wenn überhaupt, dann hätten die Bolzen des Armbrustschützen eigentlich ihnen gelten müssen.

Zurück in der Questura, suchte er den Commissario auf, der nach Eneas Bericht auch Chefinspektorin Cardareto und Gilo Battinelli hinzurief. Laurenti berichtete von seinem Besuch bei Anita Desselieri und zog sie dann über seinen Plan ins Vertrauen.

»Ich trage mich schon den ganzen Nachmittag mit dem Gedanken, ob uns durch die Tatsache, dass wir die Mordwaffe beschlagnahmt haben, nicht ein Nachteil entsteht. Ich bin fest davon überzeugt, dass der Mörder oder die Mörder weitermachen werden. Kollege Musumeci sagte, dass niemand außer unserem Freund Kurti die Waffe überhaupt gefunden hätte, so gut war sie versteckt. Das deutet darauf hin, dass wer auch immer sie dort abgelegt hat, sie wieder benutzen will. Ansonsten hätte er wohl jegliche Spuren entfernt, sie eventuell noch zerlegt und dann weggeworfen. Meinetwegen wie die beiden Masken im Müllcontainer. Warum also hat der Täter das nicht getan? Weil er sie noch einmal braucht. Doch nun haben *wir* das Ding.« Laurenti hielt inne und schaute fragend in die Runde.

»Meinen Sie etwa, Sie wollen die Armbrust wieder zurückbringen?«, fragte Enea Musumeci zögerlich. »Ich fahr heute kein viertes Mal da rauf. Kurti hat mir vorhin sogar eine Falle gestellt. Und wenn er es darauf angelegt hätte, dann wäre ich jetzt tot. Nein, danke.«

Pina Cardareto hingegen grinste. »Ich bin dafür. Wir versehen sie mit einem Sender und können damit jede Bewegung verfolgen. So ließe sich die Situation umdrehen. Ich habe allerdings Zweifel, dass der Leitende Oberstaatsanwalt das absegnet.«

»Wer hat denn gesagt, dass er das muss?«, fragte Gilo Battinelli, der den Gesichtsausdruck seines Chefs richtig interpretierte. »Außerdem ist der um diese Zeit bestimmt schon auf dem Heimweg.«

»Setz dich mit den Technikern in Verbindung, lass die Waffe so präparieren, dass man es nicht bemerkt, und dann fährst du mit Musumeci zum Fundort und versteckst sie wieder sorgfältig. Und zwar heute noch.«

»Und wer behält das Ding im Auge?«

»Ihr alle. Sobald die Armbrust an ihrem alten Platz liegt, schiebt jeder von euch eine Schicht im Überwachungsraum. Und zwar ohne Unterbrechung. Macht einen Plan. Verstanden?«

Pina und Battinelli grinsten, nur Enea Musumeci stand der Missmut ins Gesicht geschrieben.

»Noch etwas, ich habe nach Rücksprache mit Cirillo Personenschutz für Anita Desselieri beantragt. Ab heute Abend. Sie war zwar alles andere als begeistert, hat sich aber schließlich damit abgefunden. Es ist immer das Gleiche: Solange man nur darüber redet, nimmt fast keiner die Bedrohung ernst. Sobald sie aber die Leute sehen, die auf ihr Leben aufpassen, bekommen sie richtig Bammel. Und wenn es dumm läuft, verraten sie sich, weil sie ständig zum Fenster rausschauen, was einem stillen Beobachter nicht entgeht. Oder sie drehen sich auf der Straße ständig um. Die meisten gewöhnen sich erst nach Tagen oder Wochen dran.«

So ist die Welt

»Das war vielleicht ein komischer Abend gestern«, erzählte Marco beim Abendessen. »Das Durchschnittsalter lag weit über achtzig. Ehemalige Notare, Familienrichter, Bankdirektoren, Chefs irgendwelcher Ämter – alle seit Langem pensioniert und in Begleitung ihrer mit schwerem Schmuck behangenen Gattinnen. Und obwohl man sagt, die Alten würden weniger essen, blieb von den sechs Gängen, die wir serviert haben, fast nichts übrig. Sie waren zwar nur zu zehnt, haben aber Arbeit für dreißig gemacht. Außerdem haben sie an allem rumgenörgelt, während sie in Windeseile ihre Teller leer fegten, manche wollten sogar Nachschlag. Deswegen konnte ich auch nichts für heute Abend abzwacken.«

»Ach, so machst du das?«, bemerkte Laura. »Du lässt unser Abendessen von der besseren Gesellschaft bezahlen?«

»Ja, soll ich's denn wegwerfen?«

»Die Burrata mit Sardellenfilets ist als Vorspeise auf jeden Fall immer eine Köstlichkeit«, lobte Proteo. »Was gibt's zum Hauptgang?«

»Einen Risotto mit Scampi, Papà. Aber lasst mich wenigstens noch zu Ende erzählen. Wir hatten alles so weit wie möglich vorbereitet und mussten vieles nur noch aufwärmen, wie die Fischsuppe zum Beispiel. Und dann habe ich mir beim Gratinieren der Jakobsmuscheln an dem lausigen Backofen doch noch die Pfoten verbrannt. Schon eigenartig, diese Menschen haben zwar Geld wie Heu, aber in ihren Küchen funktioniert fast nichts. Gott sei Dank hatten wir unser eigenes Zeug dabei. Auf deren Messern hätte ich bis nach Texas reiten können, ohne einen wunden Arsch zu bekommen. Ich sag's euch, Leute mit wenig Kohle sind besser ausgestattet. Und vom Platz in der Küche ganz zu schweigen. Überall standen uralte, geschmack- und geruchlose Gewürze und staubige Kräuter rum, die ich am liebsten in den Müll geworfen hätte. Der Küchentisch war zur Hälfte mit kitschigem und unnützem Zierporzellan und Silberzeug zugemüllt, mit dem diese Leute sich wohl gegenseitig beschenken. Recycling auf andere Art eben. Und dann das Geschirr erst. Die Teller stammten wohl von der Urgroßmutter, und das Silberbesteck wog Zentner. Von den Pfannen gar nicht erst zu reden. Könnt ihr euch vorstellen, dass es noch Menschen gibt, die beschichtete Pfannen verwenden, obwohl sie restlos zerkratzt sind und jede Menge Schadstoffe abgeben. Die kosten doch wirklich kein Vermögen.«

»Vielleicht glauben sie ja, eine Neuanschaffung lohne sich in ihrem Alter nicht mehr«, bemerkte Livia, die der kleinen Barbara auf ihrem Schoß den Mund abputzte.

»Zum Glück hat mein Chef genügend Erfahrung mit diesem Schlag Mensch, sonst hätten sie wohl auch noch bei der Weinauswahl geknausert. Er nimmt solche Aufträge nur an, wenn drei Viertel des Preises im Voraus bezahlt werden. Und den Rest bekommen wir dann in bar am Ende des Abends. Ihr glaubt es nicht, trotz ihres Alters leeren sie die Flaschen, als wäre nichts dabei. Man kann sich an solchen Abenden eigentlich nur auf eines verlassen: Nicht nur ihr Einrichtungsgeschmack ist von vorgestern, sondern auch das Geschwätz. Die einen hätten am liebsten wieder einen starken Mann an der Spitze des Landes, der mit allem aufräumt, was ihnen nicht in den Kram passt. Und die anderen schwärmen sehnsüchtig von Maria Theresia, als wäre sie ihre engste Freundin gewesen.«

»Das ist keine Altersfrage, Marco. Diesen Quatsch hören wir fast jeden Tag«, erwiderte Laurenti. »Auch ein paar meiner Kollegen sehnen sich nach dem starken Mann und vergessen dabei, dass dann zuallererst mit dem Schlendrian im Dienst Schluss wäre.«

»Einig waren sie sich allerdings darin, dass nichts mehr so ist wie früher. Trinkgeld gab's übrigens nicht. Und spät wurde es auch noch, weil sie vor dem Digestif auch noch einen koffeinfreien Espresso wünschten.«

»Klassischer Fall«, lachte Livia. »Die Triestiner verstehen besser als alle anderen, es sich gut gehen zu lassen. Geld haben viele wie Heu, aber knausrig sind sie trotzdem. Es wird noch Generationen brauchen, bis die das Erbe ihrer Vorfahren verbraten haben. Solche Eltern müsste man haben.«

Laura und Proteo warfen sich einen Blick zu. »Man kann sie sich leider nicht aussuchen«, kommentierte Laura trocken.

»War nicht so gemeint, Mamma«, gab Livia klein bei.

»Obwohl jeder Gang perfekt gewürzt war, haben die meisten übertrieben nachgesalzen. Und dann reden sie beim Essen nur vom Essen. Aber natürlich nicht von unserem Essen, sondern von dem vor hundert Jahren, als alles besser war. Ich bereite jetzt den Risotto zu. Das wird ein bisschen dauern.« Marco trug die Teller in die Küche.

»Ältere Menschen haben eben keine guten Geschmacksnerven mehr, nicht wahr, Mamma?« Laura wandte sich an ihre Mutter, die selig lächelte. Ihr Enkel könnte selbst gebratene Gummistiefel servieren, und sie wäre glücklich und zufrieden. Nur wenn er das Essen zubereitete, nörgelte die alte Dame nicht.

»Bist du eigentlich weitergekommen bei der Versteigerung der Bilder von Gino Parin?«, fragte Livia.

»Die Marktpreise sind schändlich niedrig. Man muss sich das mal vorstellen. Die Nazis haben ihn ermordet, und jetzt erzielt sein Werk nicht die angemessenen Preise, weil er viel zu früh ums Leben kam. Wenn sich kein Liebhaber findet, werden die Erben enttäuscht sein. Ich bin versucht, ein, zwei Bilder für uns zu Hause zu übernehmen. Einen Parin haben wir ja schon. Kommt bei mir im Büro vorbei und schaut euch die Bilder an, dann entscheiden wir das gemeinsam.«

Sie hatte Proteo längst vorgeschlagen, ein tolles Gemälde als Hochzeitsgeschenk für Livia und Dirk auszuwählen. Etwas, das bleibt. Nach Lauras Meinung ähnelte Livia sehr dem Modell auf einem der Werke.

Während Laurenti eine Flasche Vitovska entkorkte, die autochthone Weißweinsorte des Karsts, servierte Marco den Risotto. Seine Großmutter hielt schon die Gabel in der Hand, bevor er den Teller vor ihr abstellte, und strahlte übers ganze Gesicht. »Ich liebe Risotto mit Schinken.«

»Pass auf, Nonna«, sagte er. »Es ist noch sehr heiß.«

Doch Camilla schob sich hastig den ersten Bissen in den Mund. Bei älteren Menschen bilden sich offensichtlich nicht nur die Geschmacksnerven zurück, sondern auch das Wärmeempfinden, dachte Marco. Niemand hielt sie zurück. Daran, dass die vergesslich gewordene Camilla die frischen Scampi für luftgetrockneten Prosciutto aus San Daniele hielt, hatte man sich in der Familie gewöhnt. Sie war friedlich und gutmütig, solange man ihr gestattete, die Dinge so zu erfinden, wie sie ihr passten. Doch sobald ihre Tochter widersprach, reagierte sie gereizt und war beleidigt, allerdings vergaß sie auch das nach kurzer Zeit wieder. Und immer wieder hatte sie auch lichte Momente.

»Der arme Gino Parin«, kam Livia auf Lauras Arbeit zurück. »Dann hat dir meine Übersetzung des Textes über sein Schicksal gar nichts gebracht?«

»Ihn aufzubauen gelingt nicht auf einen Schlag, Livia. So etwas braucht Zeit. Aus Mitgefühl gibt niemand mehr Geld für Kunst aus, die keinen Markt hat. Die Menschen folgen Trends.

Auch Sammler. Aber ich gebe nicht auf. Wenigstens an ihrer Schönheit gibt es keinen Zweifel.«

»Wieso? Würdest du deine Parins wieder verkaufen, wenn ihr Preis steigt?«

»Warum denn nicht, wenn du schon keine steinreichen Eltern hast?«, bemerkte Laura. »Wer Kunst aus Sentimentalität sammelt, zahlt meist drauf. So ist das Leben.«

»Hat Ada ihn eigentlich gekannt?«, fragte Livia.

»Das sollten wir sie mal fragen. Vom Alter her wäre es denkbar. Sie war achtzehn, als er deportiert wurde.«

»Vielleicht hat sie ihm sogar Modell gesessen. Womöglich für einen Akt«, flachste Marco. »Sie soll ja in jungen Jahren ein scharfer Feger gewesen sein.«

»Wer hat dir denn das erzählt?«, fuhr seine Mutter dazwischen. »Auf jeden Fall ist sie kurz danach auch aufgeflogen und nach San Daniele geflohen, wo Nonnas Familie sie versteckt hat.«

»Immer noch bereit, einen Deutschen zu heiraten, Livia?«, provozierte Marco.

»Ach, du Blödmann. Du kannst auch nie ernst bleiben. Als wären wir Italiener einen Deut besser. Hast du etwa nicht von diesem Schwachkopf gehört, der als Bürgermeisterkandidat der Neofaschisten in Nimis antreten will? Er hat auf Facebook ein Foto von sich in SS-Uniform vor einem Hitlerfoto gepostet. Das ging landesweit durch die Presse. Ein Faschingsscherz, behauptete er. Aber eine perfekte Uniform samt Orden hat er zu Hause.

»Ist ja schon gut.«

»Lies wenigstens die Zeitung, wenn du dich schon nicht anders informierst.«

»Ich habe immer geglaubt, dass Soldaten vorwiegend arme Schweine waren, die der Krieg der Mächtigen nicht interessiert hat.«

»Dann schau dir mal die Fotos vom 18. September 1938 an, als Mussolini ausgerechnet in Triest auf der Piazza Unità die Rassengesetze proklamierte. So viel Begeisterung hast du noch nie auf einem Haufen gesehen. Ich versteh einfach nicht, wie heute in Europa noch irgendjemand Nationalist sein kann. Sie rotten sich zusammen und benehmen sich wie Höhlenmenschen.«

»Nur hier wirkt es noch absurder. Triest hätte seine Größe nie erreicht, wenn nicht Menschen aus halb Europa hierhergekommen wären. Und aus dem Mittelmeerraum natürlich. Euer Vater ist das beste Beispiel, er stammt ja selbst aus dem Süden.«

»Entschuldigung«, räusperte sich Laurenti amüsiert. »Für euch Norditaliener scheint es sich bei allem, was südlich von Rom liegt, um Afrika zu handeln. Dabei vergesst ihr das Wesentliche: Die meisten Menschen wollen sich zu etwas zugehörig fühlen. Und je überschaubarer es ist, umso einfacher haben sie es.«

»Das ist doch Unsinn, Papà«, widersprach Marco sofort. »Ich brauch das nicht.«

»Und wenn sie nichts Eigenes haben«, fuhr sein Vater unbeirrt fort, »dann laufen sie eben in Fallen. Egal ob nationalistische Parteien, Sekten, Kirchen, Fußballvereine oder irgendeine andere Ich-weiß-alles-besser-Gruppierung. Meinen halben Berufsalltag lang habe ich mit solchen Leuten zu tun. So ist die Welt nun einmal.«

»Du willst doch nicht etwa sagen, dass sie besser wäre, wenn die Leute keine Gruppen bilden würden?«

»Hab ich etwa gesagt, dass sie schlecht ist?«

Am Ende der Liste

»Er trägt also heute noch seine Blutgruppentätowierung. Innen am linken Oberarm, ganz nah an der Achselhöhle. Viele haben sie sich nach dem Krieg entfernt, um nicht als Mitglied der Waffen-SS erkannt zu werden. So steht es zumindest in den Unterlagen«, sagte Nicola Dapisin, nachdem sie auf ihrem Zimmer einige Stunden Schlaf nachgeholt hatten und nun den Aperitif in der Bar des zugehörigen Restaurants serviert bekamen.

Allein von Dubrovnik nach Rijeka hatten sie mit dem kleinen Mietwagen fast acht Stunden gebraucht. Bereits nach den ersten sechzig Kilometern an der Küste entlang Richtung Nordwesten mussten sie ewig am Grenzübergang nach Bosnien warten. Die Behörden schalteten manchmal auf stur, seit Kroatien mit finanzieller Hilfe aus Brüssel einen chinesischen Investor mit dem Bau einer Brücke übers Meer beauftragt hatte, die vor der kurzen bosnischen Küste verlaufen sollte. Es sei eine Frage nationaler Souveränität, lautete die Begründung aus Zagreb, dass die Bürger den Süden Kroatiens ohne Hindernisse erreichen könnten. In der Tat wurden die Grenzen der Europäischen Union in diesem Gebiet am deutlichsten. Bosniens Zugang zur Adria betrug gerade einmal zehn Kilometer, und weil auch Kroatien nicht zum Schengen-Gebiet gehörte, machte man sich je nach Gemütslage gegenseitig das Leben schwer. Alles, was zu einer Frage des Prinzips wurde, ließ eine pragmatische Lösung in weite Ferne rücken. Dass Kroatien noch nicht ins Europa der offenen Grenzen aufgenommen war, lag vor allem daran, dass das Land mit seiner stark nationalistischen Prägung seinen Landsleuten in Bosnien-Herzegowina den Eintritt ins Land nicht erschweren wollte. Ihrethalben ließ man jährlich lieber zehn Millionen Touristen aus dem Norden bei der Einreise in langen Schlangen warten, obwohl sie einen wesentlichen Einkommensfaktor des Landes ausmachten.

Um vier Uhr morgens waren Nora und Nicola endlich in Rijeka eingetroffen, hatten dort in der Nähe des Autoverleihs geparkt und sich die Füße entlang der Riva vertreten. Nora war schnell wieder in den Wagen zurückgekehrt, der Wind an der Kvarner Bucht pfiff eisig. Nicola rauchte in der Kälte noch zwei Zigaretten, bevor auch er die Rückenlehne seines Sitzes herunterdrehte, um ein bisschen zu schlafen. Um halb sechs warfen sie den Schlüssel in den Briefkasten der Mietwagenfirma und legten den Weg zum Busbahnhof zu Fuß zurück, wo wie fast jeden Morgen gut vierzig Frauen darauf warteten, dass der Fahrer endlich die Türen öffnete und sie nach Triest fuhr, wo sie ihr Geld überwiegend als Haushaltshilfen verdienten. Nicola und Nora waren die Einzigen, die Koffer mit sich führten. Der Busfahrer stieg schimpfend aus, um die Klappe des Gepäckraums zu öffnen. Sie verstanden kein Wort dessen, was er ihnen zugrummelte. Der Bus war fast ausgebucht, auch ihre online reservierten Plätze waren von tratschenden Frauen belegt, doch weiter hinten fanden die beiden schließlich eine freie Bank. Fünfundsiebzig Kilometer betrug die Entfernung, und nach dreißig wartete die letzte Kontrolle ihrer Reise an der slowenischen Grenze. Der Grenzbeamte warf einen flüchtigen Blick auf die Fahrgäste, die an Arbeitstagen vermutlich jeden Morgen zur selben Zeit an Bord waren. Für ihre Papiere interessierte er sich nicht. Und niemand kümmerte sich um ihn.

Alles war längst Gewohnheit. Nach der zweistündigen Fahrt stoppte der Bus in Triest. Und wieder schimpfte der Fahrer, dass er zu dieser Jahreszeit aussteigen und das Gepäckfach öffnen musste. Hätten sie nicht eine spätere Verbindung wählen können?

Zum Parkplatz am alten Hafen war es nicht weit, und als Nicola und Nora die beiden Koffer in dem roten Peugeot verstauten, wurde es schon hell. Sie schlängelten sich durch die beginnende morgendliche Rushhour und stoppten an einer Bar, um endlich mit gutem Espresso oder Cappuccino und duftenden Brioches zu frühstücken.

»Komm, lass uns erst ein wenig die Füße vertreten, ich mag diesen Wind, der einem fast den Atem verschlägt. Er macht einem den Kopf frei«, hatte Nicola trotz der starken Bora gesagt. »Vor zwölf Uhr kriegen wir auch in Slowenien kein Hotelzimmer, ohne dämliche Fragen beantworten zu müssen. Außerdem steigt bald die Sonne über den Karst. Und in einem der hübschen alten Kaffeehäuser fallen wir nicht auf, auch wenn wir länger sitzen bleiben. Manchmal kommt es mir vor, als wäre hier alles ein wenig aus der Zeit gefallen.«

»Ach was«, warf Nora ein und klammerte sich an seinen Arm, um nicht von einer der starken Böen umgeworfen zu werden. »Lass uns nur schnell in einer Bar noch einen Espresso trinken, und danach führ ich dich in mein Lieblingsbüfett, wo wir was Richtiges essen. Da hat man früher sogar morgens um sechs schon eine warme Mahlzeit bekommen. Damals, als die Hafenarbeiter in den ersten Morgenstunden bereits die erste Pause einlegten. Die Rhythmen haben sich zwar ein wenig verändert, aber die Gewohnheiten nicht. Es gibt noch immer ein paar dieser rustikalen Lokale, und die Rezepte sind auch die alten geblieben. Ich habe einen Mordshunger und eine Riesenlust auf einen dampfenden Teller Kutteln. Und dazu ein Glas Terrano vom Karst. Der ist so dunkel, dass er fast schwarz wirkt. Damit wurden vor hundert Jahren noch anämische Mädchen behandelt.«

»Na, das kann ja heiter werden.«

Das erste Hotel jenseits der Grenze hatte Eleonora dann doch ausgeschlagen. Und auch das zweite. Wer in Richtung der Kleinstadt Sežana auf dem Karst fuhr, fand die Etablissements gleich hinter der ersten Tankstelle oder einige Hundert Meter weiter neben den Einkaufszentren. Kaum eines dieser sogenannten Hotels war für mehr eingerichtet als für die speziellen Gäste, die kaum eine Stunde dort verbrachten. Nicola und Nora hatten daraufhin die Ortschaft durchquert und schon wenig später auf einem Hügel einen Gasthof mit Fremdenzimmern entdeckt, der zu dieser Jahreszeit auch relativ günstig war. Satt und müde waren sie aufs Bett gefallen und hatten nicht einmal ausgemacht, wann sie wieder aufstehen wollten.

»Was bin ich froh, dass wir diesem schwimmenden Gefängnis entkommen sind«, sagte Nicola, als sie nun beim Aperitif saßen, und prostete Nora mit einem Glas Spumante zu.

»Versprich mir aber, dass wir irgendwann eine Weltreise mit dem Schiff machen.« Nora legte ihre Hand auf seinen Oberschenkel und schmiegte sich an ihn.

»Ja, schon gut, aber zuvor müssen wir Tabula rasa machen. Morgen früh noch, danach sind wir frei. An was müssen wir alles denken?«

»Meinst du, die Armbrust ist noch in ihrem Versteck?«, gurrte sie.

»Ganz sicher. So, wie ich sie versteckt habe. Außer ein Eichhörnchen hat mich beobachtet. Aber für ein Eichhörnchen ist das Ding viel zu schwer. Die holen wir morgen gleich als Erstes«, lächelte Nicola und winkte dem Kellner, um ein paar Scheiben rohen Karstschinken zu bestellen, damit sie nicht schon vor dem Essen betrunken wurden.

Eleonora schlug ihre Aufzeichnungen auf. »Hör zu, was Vilma geschrieben hat. Über Bepe. Der uns auch nach Beausoleil führte.«

Bepe, mein ältester Cousin, wäre fast in die Hände von Wolf-Peter Petersen gefallen, der heute Pietro Petri heißt. Petersens Männer erwischten Bepe bei einer der unzähligen Jagden auf Partisanen. Jeden Tag zogen die Nazis los und verhafteten, wer ihnen über den Weg lief. Viele erschossen sie auf der Stelle, andere nahmen sie mit und folterten aufs Brutalste wertlose Geständnisse aus ihnen heraus. Kaum einer, den sie erwischten, überlebte. Karstjäger nannte sich die Truppe. Eine SS-Division in Himmlers Verantwortungsbereich, in der auch Italiener und Slowenen wüteten. Im Januar 1945 haben sie Bepe in Bagnoli della Rosandra erwischt, als er seine Familie besuchte. Irgendwer muss ihn verpfiffen haben. Andere Partisanen hatten es gesehen und verwickelten die Nazis in einen Schusswechsel, während dem Bepe fliehen konnte. Allerdings traf ihn eine Kugel an der Schulter und eine andere an der Wade. Doch schaffte er es tatsächlich über die Frontlinie und verschwand. Niemand wusste, wo er war und ob er noch lebte.
Wir waren bereits über ein Jahr in Chambéry, da stand er plötzlich bei uns vor dem Haus und suchte am Klingelschild nach meinem Namen, den er nicht finden konnte, weil dort nur der deiner Eltern stand. Ich kam gerade vom Einkaufen zurück und fragte, ob ich ihm helfen könne. Doch dann erkannte ich ihn, obwohl er sich völlig verändert hatte. Er trug eine kreisrunde Nickelbrille mit großen Gläsern, wie sie damals in bestimmten Kreisen in Mode war. Ich hatte ihn ohne Brille in Erinnerung und außerdem noch nie in Anzug und Krawatte gesehen. Am Revers seines Jacketts trug er einen Anstecker mit Hammer und Sichel. Und in der Hand hielt er einen kleinen Blumenstrauß. Noch bevor er ein Wort sagen konnte, fiel ich

*ihm um den Hals, und die Tränen schossen mir in die Augen.
Stell dir vor, Bepe und ich waren die einzigen Überlebenden
unserer Familie. Dabei war keiner unserer Angehörigen jemals
Soldat gewesen. Krieg ist etwas anderes als das, was man im
Fernsehen sieht. Krieg bedeutet Mord. Völkermord. Bepe
erzählte, wie schon im September 1943 der Befehl aus Berlin
kam, die* Operationszone Adriatisches Küstenland *zu
entitalienisieren. Das Gebiet reichte von Rijeka über Pola und
Ljubljana bis hoch zur Grenze nach Österreich und über das
Friaul bis nach Triest. In dieser Gegend lebten fast so viele
Menschen wie in Mailand.
Bepe wusste viel darüber. Er blieb über Nacht bei uns und
erzählte, wie es ihm ergangen war. Nur manchmal brach er
abrupt ab, als ringe er um Fassung. Mir kam es aber vor, als
hätte er etwas zu verbergen.
Die Partisanen verarzteten ihn notdürftig und brachten ihn
nach Belgrad in die Parteizentrale. Mein Blick fiel auf das
Abzeichen an seiner Jacke. Und dann fragte ich, ob auch er
nach Goli Otok deportiert worden war, als Tito mit Stalin
brach. Plötzlich liefen auch ihm Tränen über die Wangen, er
nickte nur und brachte keinen Ton mehr heraus. Doch das
musste er auch nicht, ich verstand auch so. Vieles haben wir
schon von denen erfahren, die das Lager auf dieser kahlen Insel
ohne Trinkwasser überlebt hatten und später ihre Verwandten
suchten. Verstehst du jetzt, Nora? Auf allen Seiten gab es
Mörder, Folterer und Verräter. Und alle taten es ja nur für
eine bessere Welt, wie sie wahrscheinlich selbst glaubten.
Für Bepe hatte es lediglich ein Gutes: Er konnte später in
Moskau studieren und wurde von der Partei dafür bezahlt.
Als er allerdings wegen seiner Sprachkenntnisse nach Italien
geschickt wurde, um dort mit den Parteibonzen zu verhandeln,
fuhr er nicht mehr zurück. Er hat in Rom die letzten Prüfungen
abgelegt, die er nachholen musste. Danach erhielt er eine Stelle*

an der Universität in Triest. Leider ist Bepe auch schon vor acht Jahren verstorben. Anders als dieser Pietro Petri, dem er unglücklicherweise noch einmal begegnen musste. Auch davon hat er mir erzählt.
Petri kam 1955 nach Triest zurück, ließ sich als Kriegsflüchtling mit dem neuen italienischen Namen registrieren und betätigte sich als Kaufmann. Import-Export. Vermutlich wurde er von der deutschen Regierung bezahlt. Als Mittelsmann, als Spion. Die Alliierten waren kurz zuvor abgezogen, aber es sah nicht so aus, als wären sie ihm gefährlich geworden. Es war die Zeit, als es in Triest von Spionen nur so wimmelte, wie in Berlin damals, in Wien, Istanbul oder Tanger. Die Stadt war ein Handelszentrum für Waren aller Art gewesen. Vor allem Waffen. Und Petri saß mittendrin. Bepe begegnete ihm in den Sechzigerjahren im Stadtteil San Giovanni vor dem Sportverein mit den überdachten Bocciabahnen. Bepe wohnte ganz in der Nähe. Also fing er an, sich über den Mann zu erkundigen. Dabei halfen ihm die alten Parteiverbindungen. Wolf-Peter Petersen, alias Pietro Petri oder Lupo, war es gelungen, am Kriegsende zunächst ins nahe Kärnten zu fliehen, wo die Engländer die Kontrolle hatten. Später war er in Deutschland einer der Gründer der Hilfsgemeinschaft auf Gegenseitigkeit der Angehörigen der ehemaligen Waffen-SS. *Zusammen mit seinem ehemaligen Vorgesetzten Generaloberst der SS Paul Hausser. Sie forderten die Rehabilitierung ihrer Leute. Und erreichten sie auch. Samt Rentenbezug in der Bundesrepublik, die ihre Mörder weiterbezahlte. Und sie sorgten für ihre früheren Angehörigen, die im Ausland im Gefängnis saßen.*
Warum ich das alles weiß, Nora? Als Bepe mir davon erzählte, habe ich mitgeschrieben. Später schickte er mir noch weitere Aufzeichnungen. Erst jetzt habe ich endlich alles zusammengetragen und geordnet. Es ist eine komische Sache, das

Gedächtnis. Auch wenn ich vieles, was später passierte, längst vergessen habe, sind diese Erinnerungen noch so frisch wie damals. Erschrick nicht, meine liebe Nora. Setz dich dafür ein, dass so etwas nicht wieder passieren wird.
Ach, eines habe ich vergessen: Lupo Pietro Petri lebt in Triest an der Piazza Carlo Alberto. Und jedes Jahr im Herbst fährt er trotz seines Alters mit einigen anderen nach Kärnten zu dem Nazi-Treffen am Ulrichsberg. Er tritt dort als Vertreter der Associazione Nazionale Artiglieri d'Italia *auf.*

»Diesen Herbst wird er nicht mehr nach Kärnten fahren, Norina, das verspreche ich dir.« Nicola scrollte durch ein Dokument auf seinem Computer. »Auch wenn Tante Vilma nur wenig über dieses Schwein geschrieben hat, wir wissen inzwischen mehr. Pietro Petri ist leicht zu erkennen. Er kleidet sich noch immer wie ein Deutscher und fährt einen schwarzen Mercedes, steht hier. Und er hat einen alten Rauhaardackel, den er zweimal täglich ausführt. Dreimal die Woche fährt er angeblich hoch über die Stadt zum Pian del Grisa, wo der ehemalige deutsche Soldatenfriedhof liegt. Von dort oben genießt man einen prächtigen Ausblick über die Stadt und den ganzen Golf von Triest. Eine Menge Leute führen dort ihre Hunde aus. Und ansonsten hat er noch eine zweite Angewohnheit: Vier Mal die Woche besucht er die *Bocciofila* in San Giovanni. Die Bocciabahnen. Dort spielt er allerdings nur eine Runde Karten in der Bar. Wir haben leichtes Spiel.«

»Niki«, fragte Eleonora, »warum tust du das alles für mich?«

»Was meinst du? Wir haben das doch so oft besprochen.«

»Aber ich will es noch einmal hören. Bitte, es ist wichtig für mich.«

»Erstens, weil du es nicht allein machen kannst. Je schneller wir es erledigen, umso schneller sind wir frei. Und zweitens, weil es richtig ist und ich dich liebe, Norina. Drittens soll es allen eine Warnung sein.«

»Eine Warnung?« Nora hob die Augenbrauen.

»Ja. Du wirst sehen, sobald die Medien oder die Ermittlungsbehörden den Zusammenhang herstellen, wird es einen großen Aufschrei geben. Auch ein Dreivierteljahrhundert später darf sich niemand sicher fühlen, der so ein Unrecht begangen hat. Und auch die Nachfahren der Täter nicht. Das haben wir gemeinsam beschlossen. Und vermutlich hätte es sogar Vilmas Cousin getroffen, Bepe. Wer weiß, was er als überzeugter Stalinist getan hat? Auch Mathieu hat sich nie um Menschenrechte gekümmert. Erinnere dich, wie brutal er deinen Vater bei dieser Demonstration zugerichtet hat.«

»Alle längst tot«, brachte Nora fast stumm über die Lippen.

Die Jagd beginnt

Als Proteo Laurenti um halb acht die Haupthalle der Questura betrat, herrschte Chaos. Die langen Schlangen vor den Schaltern waren zu wilden Trauben geworden. Alle schauten neugierig, belustigt und verwundert auf das Geschehen um zwei Uniformierte, eine unpassend leicht bekleidete Frau, die hier offenbar das Sagen hatte, und einen fast nackten Mann, der sich auf den Lenker eines viel zu kleinen Fahrrads stützte, an dem zahllose Plastiktüten baumelten und von dem er sich auf keinen Fall trennen wollte. Ganz offensichtlich ließ er sich von niemandem einschüchtern.

Gleich zwei, die den Temperaturen trotzen, dachte Laurenti, während er sich den Weg durch die Menschenmenge bahnte. Zumindest hatte sich Marietta rasch erholt, von der gestrigen Erkältung war ihr nichts mehr anzumerken. Sie forderte die Natur unbekümmert heraus: Die Bora tobte mit ihren Böen von über hundertvierzig Stundenkilometern durch die Straßen, warf ganze Reihen geparkter Motorroller wie Dominosteine um und verschob sogar Müllcontainer. Die Außentemperatur maß trotz des blauesten Himmels gerade einmal sechs Grad. Seine Assistentin hatte beim Griff in den Kleiderschrank wohl die Kontaktlinsen noch nicht eingesetzt gehabt. Ihr Röckchen wäre selbst im Hochsommer überall zu kurz, außer am Strand. Dass Kurt Anater barfuß war und außer seiner Hose nichts anderes trug, war nicht minder verwunderlich.

Er musste sich noch vor dem ersten Tageslicht auf den Weg ins Zentrum gemacht haben, um zu dieser Uhrzeit schon in der Questura zu sein.

Marietta scherte sich nicht darum, dass er den Blick nicht von ihrem Dekolleté lösen konnte, dafür redete sie wild gestikulierend auf die beiden Uniformierten ein. Sie sollten ihn in Ruhe lassen. Ihr Chef habe den Mann einbestellt, egal wie merkwürdig er ihnen vorkam. Von ihm gehe nicht die geringste Gefahr aus, behauptete sie kühn. Als die Beamten den Commissario selbst erblickten, der über das Spektakel sichtbar amüsiert auf sie zukam und dem komischen Männchen die Hand reichte, resignierten sie. Von dem hellgrünen Fahrrädchen wollte sich der Mann jedoch immer noch nicht trennen. Ohne Unterlass redete er in einer vollkommen unverständlichen Sprache.

»Ruf Musumeci, Marietta«, sagte Laurenti und gab Kurti ein Zeichen mitzukommen. »Die beiden verstehen sich.«

Die wunderliche Gestalt schulterte das Rad und folgte Laurenti gebückt, aber klaglos über die Treppe hinauf bis in den dritten Stock, setzte es im Flur wieder ab und brachte die Tüten am Lenker in Ordnung. Enea Musumeci hatte seit sechs Uhr die Schicht im Überwachungsraum übernommen. Noch hatte der an der Armbrust befestigte Sender keine Bewegung gemeldet. Es dauerte, bis er abgelöst werden würde, doch kaum saß ihm Kurt Anater gegenüber, erhielt er den Anruf, dass sich etwas tat. Ein Dilemma. Es wäre Eneas Aufgabe gewesen, zusammen mit Pina Cardareto auszurücken und der Spur auf dem direkten Weg zu folgen. Während sie aus der Stadt hinauffuhren, würde der Commissario mit Gilo Battinelli den Weg über Opicina nehmen, wo sie dank Sirene und Blaulicht schnell vorankämen. Ein drittes Zivilfahrzeug mit Sonia Padovan und Moreno Cacciavacca sollte sich über Santa Croce und Prosecco nähern. Die Streifen hatten hingegen Order bekommen, sich fürs Erste zurückzuhalten und im Hintergrund weitere Befehle abzuwarten. Wer auch immer die Armbrust aus dem Versteck geholt hatte, wäre so gut wie eingekreist.

Pina Cardareto trat ihren Dienst meist pünktlich um acht Uhr an. So lange konnten sie nicht warten. Auf Musumecis Anruf antwortete sie nicht. Und dann saß auch noch Kurt Anater vor ihm, gerade in dem Moment, als der Alarm ausgelöst wurde. Es fiel also wieder einmal Marietta zu, Kurti zu übernehmen. Fast überrannte er Pina, als Musumeci aus dem Seiteneingang zu den Fahrzeugen stürmte.

»Erstaunlich, dass das so schnell ging. Wir haben die Waffe wohl genau im richtigen Moment zurückgebracht«, sagte sie, während Enea sich mit Blaulicht und Sirene den Weg aus dem Stadtzentrum bahnte und beides auf Höhe des Faro della Vittoria abschaltete, um nicht schon von Weitem ihre Ankunft anzukündigen.

»Was heißt hier wir? Ich war gestern Abend deshalb zum vierten Mal in der Scheißkälte draußen, während ihr anderen es euch im Warmen gemütlich gemacht habt.«

»Du armer Tropf«, lächelte Pina bissig.

Musumeci bremste immer wieder scharf ab, beschleunigte jäh und setzte zum nächsten gewagten Überholmanöver auf der kurvigen Straße an. Pina konnte auf einer App ihres Mobiltelefons verfolgen, dass die Spur der Armbrust durch Contovello führte und wenig später in Prosecco rechts abbog. Da hatte jemand offensichtlich keine besondere Eile. Der Vorsprung verringerte sich rasch und betrug im Moment nur noch etwa zwei Kilometer. Pina ärgerte sich, dass nicht sie am Steuer saß.

Sie griff zum Funkgerät und fragte im Überwachungsraum nach, ob die Kollegen mithilfe der Überwachungskameras den Wagen ausgemacht hatten. Doch obgleich die Dinger im Stadtzentrum an jeder Straßenecke installiert wurden, waren sie auf dem Karst rar. Sie stellte die Verbindung zum Commissario her. »Das Auto muss euch gleich entgegenkommen. Wir wissen leider nicht, um was für ein Fahrzeug es sich handelt.«

»Das sehen wir, Pina. Wir sind jetzt am Obelisken.« Seit fünf Jahren war die alte Standseilbahn außer Betrieb, und ausgerechnet heute früh blockierte sie die Straße für eine Probefahrt. »Wir sind gleich bei euch. Wie groß ist euer Abstand?«

»Noch etwas mehr als ein Kilometer, Chef.«

»Okay, hoffen wir, dass das Signal hält. Sobald wir nahe genug dran sind, greifen wir zu.«

»Du warst so schnell zurück, dass ich mich frage, ob die Waffe wirklich gut versteckt war«, sagte Eleonora, als sie an der Abzweigung in Prosecco in Richtung Opicina abbog.

»Natürlich, sie steckte in derselben Felsspalte, in der ich sie am Sonntag zurückgelassen habe. Nur ist sie wahnsinnig dreckig nach dem Regen.« Nicola saß auf dem Beifahrersitz und reinigte die Armbrust mit Papiertaschentüchern vom gröbsten Schmutz. »Das Zielfernrohr ist leider kaputt. Meine Schuld. Ich habe beim Rausziehen nicht aufgepasst, es hat einen Schlag abbekommen. Schade, es war teurer als die Waffe selbst. Aber wir brauchen es jetzt nicht mehr.« Er zog es aus dem Schlitten und warf es samt den Taschentüchern in weitem Bogen aus dem Fenster ins Gestrüpp neben der Straße.

»Bist du sicher?« Nora warf ihm einen fragenden Blick zu.

»Ganz sicher. Den Deutschen erwischen wir mit seinem Köter im Wald. Der ist sowieso nicht darauf gefasst. Er ist so alt geworden, ohne dass ihn irgendwer belangt hat. Was sollte ihm jetzt noch zustoßen? Auf kurze Distanz treffe ich aus der Hüfte.«

»Und die Desselieri?«

»Auch kein Problem. Das mach ich aus dem Autofenster, sobald sie das Haus verlässt. Sie geht jeden Tag um elf herum einkaufen. Wie weit ist es noch?«

»Es fehlt nicht mehr viel. Punkt neun sind wir dort. Da muss der alte Nazi schon dort sein.« Nora war nervös und musste sich zur Ruhe zwingen. Sie hielt sich penibel an die Geschwindigkeitsbeschränkungen und setzte ordnungsgemäß den Blinker beim Abbiegen und beim Überholen. In eine Kontrolle zu geraten wäre jetzt das Letzte. Als sie in Richtung Osten abbog, setzte Nora ihre Sonnenbrille auf.

Nicola überprüfte die Armbrust zwischen seinen Knien und legte drei Bolzen ein. Dann spannte er sie in aller Ruhe. Er mochte diese Waffe lieber als Pistolen. Schnell, leicht, präzise und fast lautlos. Auch wenn sie nicht so handlich war wie eine Glock oder Beretta oder die SP 2022 Sig Saur der Gendarmerie National, die er früher im Dienst mit sich geführt hatte. Nicola klappte die Sonnenblende herunter.

»Pass bloß auf, dass du dir nicht ins Bein schießt, mein Lieber«, sagte Nora.

»Siehst du den kleinen Hebel hier? Das ist die Sicherung. Solange er sich in dieser Stellung befindet, kann nichts passieren.«

»Was machen wir eigentlich damit, wenn wir fertig sind?«

»Ich zerlege sie und werfe die Einzelteile in den Müll. In verschiedene Tonnen. Und wenn wir wieder zu Hause sind, bestelle ich mir eine neue. Ich brauche sie für die Fasanen im Weinberg.«

Kurz nach dem Obelisken setzte Nora den Blinker und bog in einen schmalen Weg ab, der in engen Kurven hinauf zum Parkplatz vor dem Campingplatz führte, wo ein Relief die möglichen Wanderwege anzeige, die von dort wegführten. Eine in die Jahre gekommene aber auf Hochglanz polierte schwarze Mercedes-Limousine parkte am Ende des Parkplatzes. Der Ausblick über die Stadt und den Golf von Triest war atemberaubend, die Luft kristallklar, und das von starken Böen wild aufgewühlte Meer mit seinen hohen weißen Schaumkronen schien kein Ende zu nehmen.

»Dreh um und warte auf mich, Norina. Traumhaft, hier oben. Ich bin sofort zurück«, sagte Nicola und schloss den Reißverschluss seiner Jacke, als er neben dem Auto stand. Kein Hindernis hielt die Bora auf dem Hochplateau auf, das Tor des Campingplatzes war verschlossen, Winterpause vermutlich. Und bei dem Wind war kaum mit Spaziergängern zu rechnen, die ihm in die Quere kommen konnten. Nicola hatte Mühe, seine Zigarette anzuzünden. Als er den Rauch ausstieß, fiel sein Blick auf eine leere Dunhill-Zigarettenschachtel zu seinen Füßen. *Fumatul poate ucide fătul nenăscut* stand darauf. Vertraten sich etwa auch Rumänen hier oben die Beine? Schnell ging er die letzten Meter am Zaun des Campingplatzes entlang und bog bei einer kleinen Mauer, an der ein altes rostiges Tor einst den Durchgang verschlossen hatte, vom Hauptweg ab. Der Pfad zwischen den krummen und kahlen Steineichen und den eingefallenen Trockenmauern war kaum ausgetreten. Nach weiteren hundert Metern sah er unter den kargen Bäumen einen Mann, der vor einem großen gemauerten Altar aus grauem Gestein stand und ihm den Rücken zukehrte. An der Vorderseite prangte noch immer ein riesiges weißes deutsches Soldatenkreuz. Die Deutschen mussten damals bereits über äußerst witterungsbeständige Farbe verfügt haben. Der Friedhof für ihre Gefallenen war schließlich bald nach dem Krieg geräumt worden, und die Überreste waren auf den offiziellen Gottesacker nach Costermano am Gardasee verlegt worden. Des Deutschen liebstes Urlaubsziel.

Damals hatte es einen Aufschrei in den Medien gegeben, weil mit der neuen monumentalen Gedenkstätte auch Kriegsverbrechern und Massenmördern als Helden des Vaterlands gehuldigt wurde, ohne die einstige Funktion der Toten zu hinterfragen. Hochrangige SS-Verbrecher und blutrünstige Generale lagen neben einfachen Wehrmachtssoldaten, die am Krieg nicht verdient hatten. Bis heute fand dort am deutschen Volkstrauertag eine offizielle Gedenkfeier mit diplomatischer Präsenz statt. Bei manchen Emblemen einiger aus dem Norden Angereisten kamen Zweifel auf, dass es sich dabei tatsächlich nur um trauernde Nachfahren der dort Bestatteten handelte.

Petri stand wie ein Fels vor dem Altar, und auch der Rauhaardackel, mit dem fast am Boden streifenden Bauch und seinem alterskrummen Rücken, nahm keine Kenntnis von Nicola. Waren etwa beide taub?

Nicola hielt vorsichtig nach knackenden Ästen Ausschau, während er sich bis auf zwanzig Meter näherte. Er legte den Sicherungshebel um und hob die Waffe.

»Sieg Heil«, rief er laut und legte an. »Umdrehen. Sofort!«

Der alte Mann mit dem grünen Filzhut und dem knielangen Lodenmantel drehte sich langsam um. In seiner Hand hielt er eine Walther P.38. Nicola war schneller. Dennoch löste sich ein Schuss und überschallte für einen kurzen Moment den tosenden Wind.

Commissario Proteo Laurenti blieb stumm, als sie übers Funkgerät Pina Cardaretos wütendes Fluchen vernahmen. Er zog ein Stück Papier aus der Tasche und notierte aus dem Gedächtnis Typ und Farbe der Fahrzeuge, die ihnen entgegengekommen waren. Er erinnerte sich an zehn. Als Gilo Battinelli schließlich neben dem Wagen der Chefinspektorin hielt, reichte er ihm den Zettel.

Bei Pinas erstem Aufschrei im Funkgerät hatte Battinelli schlagartig gewendet und die Sirene eingeschaltet, heftig beschleunigt, das Blaulicht aufs Dach gestellt und die Jagd nach den letzten Autos aufgenommen, von denen er eins nach dem anderen überholte, während der Commissario die Insassen musterte. Die üblichen zerknitterten Morgengesichter, denen die geringe Lust auf den Arbeitstag anzusehen war. Sieben

Autos hatte Battinelli bis zum nahen Kreisverkehr vor Opicina geschafft. Dort verlor sich schließlich jeder Anhaltspunkt im stärker werdenden Pendlerverkehr. Links wären sie ins Dorf gekommen und hätten wenige Kilometer darauf die Grenze nach Slowenien passiert. Geradeaus führte die Straße zur Autobahn, die um die Stadt am Meer herumführte. Und gleich rechts ging es hinab ins Zentrum, von wo sie gekommen waren. Keine Spur mehr von den anderen Wagen, die auf Laurentis Zettel standen. Auf Battinellis fragenden Blick zuckte der Commissario die Schultern und wies ihn an, zurück zu Pina zu fahren.

Pina Cardareto kochte vor Wut, stampfte immer wieder auf den Boden und machte dem eingeschüchterten Enea Musumeci eine Szene, wie man sie nicht einmal in der miserabelsten Seifenoper fand. Dabei deutete sie immer wieder auf die Papiertaschentücher am Boden, die sie mit Steinen beschwert hatten, damit der Wind sie nicht forttrug.

»Warum hast du Idiot das nur zugelassen? Wenn diese Trottel von Technikern schon zu blöd waren, den Sender so zu befestigen, dass er nicht verloren gehen kann, wäre es deine Aufgabe gewesen, das zu verhindern. Was für ein Anfängerfehler. Um ein Haar hätten wir sie gehabt.«

»Sie wissen doch auch nicht, in welchem Wagen sie saßen«, protestierte Musumeci kleinlaut. Immer wenn er Krach mit Vorgesetzten hatte, hoffte er durch zur Schau gestellte Demut vor der Hierarchie auf Gnade. Widerspruch war in solchen Situationen sinnlos.

»Lassen Sie ihn leben, Pina«, schritt Laurenti ein. »Ich weiß, wie Ihnen zumute ist. Rückgängig machen können Sie es durch Ihr Gebrüll aber auch nicht mehr. Wie konnten die Sie überhaupt abhängen?«

Musumeci schenkte ihm einen Hundeblick.

Pina zeigte zu Boden. »Unter diesen Fetzen liegt das Zielfernrohr mit dem Chip. Wie kann man ihn nur an einem abnehmbaren Teil befestigen? Uns fehlten noch fünf-, sechshundert Meter.«

»Unter dem Fernrohr ist er halt nicht aufgefallen. So klein der Chip auch ist, er wäre an jeder anderen Stelle viel zu leicht zu entdecken gewesen«, wagte Musumeci zu erklären.

»Welche Autos fuhren vor Ihnen?« Laurenti sah auf seinen Zettel, den Gilo Battinelli um einen roten Peugeot 308 und einen weißen Ford Fiesta ergänzt hatte.

Pina hatte die beiden auch auf ihrer Liste. Sie waren die einzige Übereinstimmung. Proteo Laurenti ging zum Wagen zurück, griff nach dem Funkgerät und gab den Fahndungsaufruf mit dem Hinweis durch, dass die Täter bewaffnet seien. Dann ließ er sich von der Zentrale zu den Personenschützern von Anita Desselieri durchstellen. Er unterstrich, dass es sich bisher nur um einen ersten Verdacht handelte und deswegen die allgemeine Wachsamkeit nicht sinken durfte.

Der Lieferwagen der Forensiker hielt neben ihnen, die beiden Beamten ließen sich die Situation kurz umreißen und fingen an, die Spuren zu sichern. Mit etwas Glück würde sich auf dem Zielfernrohr ein Fingerabdruck finden oder DNA-Spuren an den Papiertaschentüchern. Allzu lange würde es nicht dauern, um Gewissheit zu haben, vertrösteten sie die Beamten. In diesem Moment erhielten sie den Notruf.

Der Fahrer eines nachfolgenden Autos hupte wütend, als er hart abbremsen musste, weil Gilo Battinelli gleich nach dem Obelisken über der schraffierten Fläche in der Mitte der Fahrbahn hart abbremste und scharf links in eine enge Straße abbog, die an der Ruine des einstigen Grandhotel Obelisco vorbei zum Campingplatz hinaufführte. Zwei Streifenwagen warteten bereits auf dem Parkplatz. Neben ihnen standen einige Autos von Spaziergängern, die trotz der heftigen Windböen nicht auf den strahlenden Sonnenschein verzichten wollten. Der gesuchte Fahrzeugtyp war nicht dabei.

Ein Uniformierter überredete die Hundehalter zu einer Änderung ihrer täglichen Runde, weil es in Kürze viel Platz für die Kollegen mit dem technischen Gerät brauchte. Von der Abrisskante des Karsts fiel der Blick auf die im Licht gleißende Stadt hinunter, vor der schwere Schiffe auf Außenreede im wild schäumenden Meer lagen, die selbst mithilfe mehrerer Schlepper nicht gefahrlos gegen den starken Ost-Nordost-Wind an einer Mole anlegen konnten. Auch aus dreihundert Höhenmetern waren sie noch gut zu erkennen, im Licht der Sonne konnte man sogar die Namen der Reedereien am Bug entziffern. Solch klare Tage waren sonst ein Grund zur Freude.

Hinter dem Campingplatz lag das Areal, auf dem einst die Wehrmacht in einem Eichenwäldchen ihre Toten beigesetzt hatte, die bald nach dem Krieg von der Bundesrepublik Deutschland umgebettet worden waren.

Der Polizist wandte sich von den Spaziergängern ab, als Battinelli kurz die Sirene antippte und sie eine Gasse freigaben. Ein paar Meter weiter, bei den beiden Streifenwagen, musste auch er stoppen. Immer wieder drangen Jaulen und wildes Kläffen aus dem Wald zu ihnen.

»Was ist passiert, Commissario?«, klang es Laurenti entgegen, als wäre er ein Hellseher. Die Leute kannten ihn aus der Zeitung oder als Stammgast der *Gran Malabar* im Herzen der Stadt.

Battinelli drehte sich nur kurz zu den Spaziergängern um. »Vermutlich ist die Wehrmacht wiederauferstanden, was sonst?«

Er wusste, dass die Gaffer, die sich schwatzend in die andere Richtung davonmachten, als auch der Lieferwagen der Kriminaltechniker eintraf und sich Platz schaffte, aus nur drei Informationsbröckchen eine Geschichte schmieden würden, die

Minuten später auf wundersame Weise blitzartige Verbreitung erfuhr. Inklusive der Amateurfotos des Commissario und der Polizeiautos.

Laurenti machte sich, die Hände tief in den Jackentaschen vergraben, wortlos auf den Weg über die spitzen grauen Kalksteine, die den Platz begrenzten. Battinelli folgte ihm schweigend. Sie folgten dem Geheul des Hundes in den Wald. An einer Verzweigung des Hauptweges trafen sie auf die etwa fünfzigjährige zierliche Halterin eines riesigen Bullmastiffs, der sein Frauchen hätte mit wenigen Bissen verschlingen können.

»Einfach schrecklich«, sagte die Frau zu Laurenti. Sie hatte den Leichnam entdeckt und wartete vor den Plastikbändern, mit denen der Pfad in den Wald abgesperrt war. Zwei Uniformierte wachten über den Zugang.

»Kein schöner Morgen«, sagte Laurenti.

»Das arme Tier ist ganz verzweifelt. Hören Sie doch! Das Hündchen ist in Trauer. Es weiß genau, dass sein Herrchen tot ist.«

»Wir kümmern uns darum, Signora«, sagte Battinelli, »aber halten Sie sich bitte zur Verfügung. Wir benötigen Ihre Aussage.«

Laurenti und Battinelli stiegen über die Absperrung hinweg und gingen auf dem schmalen Pfad weiter in Richtung des Altars mit dem weißen Wehrmachtskreuz. Vereinzelt ragten die Reste der bemoosten Steinplatten aus dem Laub auf dem Waldboden, der seit der Umbettung der morschen Gebeine nie eingeebnet worden war. Keine Spur von deutscher Ordnung.

Die Szene wirkte gespenstisch: Ein Mann lag rücklings und mit halb geöffnetem Mund auf dem Altar, die Beine des Toten hingen in der Luft. Seine Arme lagen neben dem Körper. Alte Hände ragten aus den Ärmeln des dicken Mantels, in der Rechten hielt er eine Pistole.

Wunderlich war, dass auch der betagte Rauhaardackel es

trotz seines Bauchs und der kurzen Beine auf den hohen Sockel geschafft hatte. Er leckte seinem Herrchen immer wieder das Gesicht, bevor er den Kopf in den Nacken legte und sein Jaulen ausstieß, dem wildes Gekläff folgte, bevor sich das Tier wieder auf den Toten stürzte. Ein kurzer dunkler Pfeil ragte ein paar Zentimeter aus dessen Brust, es war kaum Blut zu sehen. Nur unter dem Rücken der Leiche hatte sich ein dunkler Fleck auf dem grauen Stein ausgebreitet.

Laurenti ging voran, selbst die Uniformierten hielten sich in respektvollem Abstand von dem kleinen Tier. Ohne zu zögern, nahm ihn der Commissario auf den Arm, wo es sich kurz wand, dann aber Ruhe gab. Nur seinen Kopf drehte der Köter immer wieder zu seinem toten Herrchen um, dessen weit geöffnete Augen starr zu den Baumwipfeln gerichtet waren, die Lippen waren wie vor verbittertem Schmerz verzogen. Der Hut des Alten lag hinter dem Altar im Laub. Noch einmal schaute Laurenti in das Gesicht. Dann bückte er sich zu der Waffe hinab.

»Wenn mich nicht alles täuscht, ist das eine Walther P.38«, sagte Battinelli.

»Eine was? Seit wann kennst du dich mit dem alten Zeug aus?«

»Ach, ich verfolge seit einigen Jahren Versteigerungen von Devotionalien im Internet.«

»Bist du etwa auch so einer?«

Battinelli schüttelte entschieden den Kopf. »Es ist nur einfach sehr skurril und ziemlich aufschlussreich. Man erfährt viel über die Klientel. Das Problem ist nur, dass sie das ohne jegliche Genehmigung machen können. Bezahlt wird online, und die Ware kommt per Kurier. Wir bekommen davon höchstens zufällig Wind. Obwohl die Waffen meist noch voll funktionsfähig sind.«

»Und wer sind diese Sammler?«

»Nostalgiker und Fanatiker. Ein normaler Waffennarr ist hinter den neuesten Modellen her. Auch dafür gibt es genügend dunkle Kanäle.«

»Das ist selbst mir nicht entgangen«, sagte der Commissario. »Am Schießstand oben in Opicina sieht man einige davon. Ein eigenartiges Publikum. Sogar einen Journalisten habe ich da mit seiner Pistole ballern sehen. Und einer der Schützen hatte ein ganzes Arsenal an alten Knarren dabei, die er fachmännisch vorführte und verkaufen wollte. Die Kollegen sollen sofort die Liste der Schützen überprüfen. Aber diese P.38? Weißt du da auch etwas darüber?«

»Achtschüssige Neunmillimeter. Wird gern von Sammlern ersteigert, die schon viel anderes Nazi-Zeug besitzen. Es war die verbreitetste Pistole der Wehrmacht. Auch in den KZs wurde sie eingesetzt. *Genickschusswaffe* nannten sie manche. Vor ein paar Jahren wurde in Illinois ein vergoldetes Exemplar von Hermann Göring sogar für ein paar Hunderttausend Dollar versteigert. Selbst seine seidene Unterhose soll in München dreitausend gebracht haben.«

»Wer die wohl heute trägt? Irgendwo hier muss sich die Patronenhülse befinden.« Laurenti richtete sich auf. »Ob er jemanden getroffen hat? Sucht nach Blutspuren. Schauen wir mal, wie viele Schüsse noch im Magazin sind.« Er setzte das Hündchen ab, zog sich Latexhandschuhe über und nahm die Pistole aus der Hand des Toten. Er sicherte sie, ließ den Schlitten zurückfahren, worauf eine Patrone aus dem Lauf fiel. Der Commissario löste das Magazin, in dem sechs weitere Kugeln steckten.

»Hatten Sie so eine etwa schon einmal in der Hand?«, staunte Battinelli über die Handgriffe seines Chefs.

»Nein.« Laurenti schüttelte den Kopf, ließ die Waffenteile in einen Plastikbeutel gleiten, den er Battinelli reichte, und griff dann in die Innentasche des Toten, der Stoff war jedoch durch den Pfeil fixiert. In den Manteltaschen fanden sich lediglich ein gebügeltes Stofftaschentuch mit eingesticktem Monogramm, *WPP*, ein Tütchen Cracker für das Hündchen und ein paar Plastikbeutelchen für dessen Hinterlassenschaften.

»Den Mantel müssen die Forensiker öffnen«, sagte er schließlich und hielt dem Dackel ein Leckerli vor die Schnauze, das dieser nach kurzem Schnuppern fraß. »Für uns gibt es hier nichts mehr zu tun, solange die Kriminaltechniker nicht am Werk waren. Passt auf, dass sich hier sonst niemand zu schaffen macht.«

»Da kommt endlich auch die Poggi.« Gilo Battinelli deutete den Weg hinunter, auf dem ihnen die Gerichtsmedizinerin entgegenlief. »Vielleicht erfahren wir ja, wer der Alte ist, wenn sie die Brieftasche befreit.«

»Wohl eher, wer er war. Der ungefähre Todeszeitpunkt interessiert mich noch brennender.«

»Hübsch sehen Sie aus mit Ihrem Hündchen, Commissario. Ist der neu?«, sagte sie. »Die erste Leiche am Sonntag in Prosecco war noch nicht kalt.« Sie hielt ihr Thermometer in der Hand. »Und der hier sieht auch noch ganz frisch aus. Gleich wissen wir mehr. Das Blut ist noch nicht einmal vollständig verkrustet. Der Täter geistert vielleicht noch irgendwo hier in der Nähe rum.«

»Wenn er nicht bereits sein nächstes Opfer erledigt«, kommentierte Battinelli.

Mara Poggi diktierte Uhrzeit und Außentemperatur in ihr Telefon, während sie auf das Messergebnis wartete. »Noch nicht stark abgesunken«, sagte sie schließlich. »Maximal eine Stunde. Mal sehen, ob ich den Pfeil bewegen kann, ohne ihn zu beschädigen.«

»Warum ausgerechnet hier? An so einem Ort riecht es doch geradezu nach Rache für uralten Kram«, meinte Battinelli. »Allein die Waffe spricht Bände.«

»Enttäuschte Liebe, Neid und Habgier. Warum greift ihr alle immer nach dem Naheliegenden?« In all den Jahrzehnten hatte Laurenti sich zu früh getroffene Vermutungen abgewöhnt, sie verstellten den Blick und leiteten viel zu häufig in die falsche Richtung. »Es kann doch auch positive Motive geben: Umverteilung ungerechten Reichtums, Gerechtigkeitsgefühle, Wiederherstellung von Ordnung, Euthanasie aus Liebe. Oder habt ihr beiden etwa den Glauben an das Gute verloren?«

»Die Menschen sind nicht so kompliziert, lieber Commissario.« Mara Poggi blickte zu ihm auf. »Egal ob Täter, Opfer oder Ermittler. Alle greifen zuerst zum Naheliegenden, weil es die höchste Trefferquote bietet.«

»Die einfachsten Lösungen, Dottoressa, sind häufig am anfälligsten für Fehler. Weshalb hat dieser Mörder es nicht schon früher getan? Ich frage mich eher, wie alt der Schütze ist. Späte Rache eines Gleichaltrigen? Oder der Nachfahre eines Opfers, der einen viel älteren Mann ins Jenseits befördert. Und überhaupt, wieso läuft dieser Greis mit einer alten Pistole durch die Gegend und schießt auch noch damit? Wir wissen ja noch nicht einmal, wer er ist. Also hört bitte auf, Ideen zu haben, und haltet euch an die Fakten.« Das Tier schaute beunruhigt zu seinem toten Herrchen hinüber und stimmte wieder ein langes Heulen an. »Ruhe, Kleiner.« Laurenti streichelte sanft sein Köpfchen.

»Pietro Petri«, sagte Mara Poggi schließlich. In der Hand hielt sie den Führerschein aus der Brieftasche des Toten. »Ich glaub es nicht. 1924 geboren, knapp sechsundneunzig. Komischer Geburtsort übrigens: Peenemünde. Irgendwas sagt mir der Name.«

»Ostsee«, rief Gilo Battinelli. »Eine Insel, glaube ich. Einer meiner Urgroßonkel war dort in Zwangsarbeit. Ich habe ihn noch kennengelernt. Die mussten dort irgendwelche Waffenteile fabrizieren. Die wenigsten haben die Tortur überlebt. Wer nicht mehr arbeitsfähig war, wurde umgebracht. Er hat von fast nichts anderem gesprochen und ständig erzählt, wie er nach der Befreiung halb verhungert zu Fuß zurückgekommen ist. Fast zwei Monate und über zweitausend Kilometer bis nach Campobasso.«

»Ein italienischer Name mit deutschem Geburtsort«, ergänzte die Pathologin. »Ob es damals schon Gastarbeiter in Deutschland gab?«

»Findet es raus«, befahlt der Commissario kurz. »Ich bringe den Hund weg. Gib mir den Wagenschlüssel, Gilo. Du bleibst hier, bis die Kriminaltechniker mit der Arbeit fertig sind. Und dann will ich permanent auf dem Laufenden gehalten werden. Auch von Ihnen, Dottoressa. Selbst wenn die Welt untergeht. Wir müssen dem Täter zuvorkommen. Ich will auch von der kleinsten Erkenntnis unterrichtet werden.«

Während Laurenti mit dem Hund auf dem Arm davonging, griff er zum Telefon und gab Sonia Padovan und Moreno Cacciavacca Anweisung, die Wohnung des Toten auseinanderzunehmen. In seinem Alter war der Mann vermutlich alleinstehend.

»Ich habe vor Jahren gehört, der Commissario hätte schon einmal einen alten Köter aufgenommen«, sagte Battinelli zur Gerichtsmedizinerin. »Damals soll es allerdings ein großer schwarzer Mischling gewesen sein, der vorher im Polizeidienst stand. Nur wollte Laurentis Frau das Vieh auf keinen Fall behalten, weshalb er es an einen Ihrer pensionierten Vorgänger weitergegeben hat, Dottoressa. Passen Sie auf, dass er dieses Hängebauchschwein nicht Ihnen aufzwingt.«

»Meine Kinder wären begeistert. Mein Mann aber nicht«, sagte sie und widmete sich wieder der Leiche. Sie diktierte noch einige Sätze ins Telefon und ließ sie dann abtransportieren. Mara Poggi übergab den Tatort den Kriminaltechnikern.

»Glück gehabt.« Nicola atmete tief durch. »Nur meine Jacke ist hinüber. Die Kugel ging direkt zwischen dem Oberarm und meinem Brustkorb durch. Fünf Zentimeter weiter links, und die Polizei könnte sich jetzt um zwei Leichen kümmern.«

»Du warst verdammt leichtsinnig, Nicola. Tut es sehr weh?«, fragte Nora besorgt, als sie sich durch den Stadtverkehr schlängelte und am legendären *Caffè San Marco* in zweiter Reihe parkte. »Wir haben noch Zeit für einen Espresso. Auf der Toilette kannst du dir das in Ruhe ansehen. Sollte es wirklich nur ein Kratzer sein, kaufen wir ein Desinfektionsmittel und Verbandszeug.«

Nora bestellte am Tresen, während Nicola direkt zur Toilette ging. Als er länger wegblieb, trank sie auch seinen Espresso, bevor er kalt wurde. Dann setzte sie sich an eines der uralten Tischchen mit Marmorplatte kurz vor der angegliederten Buchhandlung, durch die der Weg aufs Örtchen führte. Sie winkte dem Kellner, als sie Nicola eine Viertelstunde später herauskommen sah. Der nächste Espresso war für ihn.

»Keine Sorge. Es ist nicht weiter schlimm, Norina. Ich habe zwar zuerst abgedrückt. Aber der alte Drecksack war schneller, als ich dachte. Erstaunlich, dass er trotz seiner hundert Jahre noch eine so ruhige Hand hatte. So eine Knarre habe ich übrigens noch nie gesehen. Gut möglich, dass er die noch von früher hatte.«

»Hast du sie mitgenommen?«

»Bist du wahnsinnig? Die ist viel zu leicht zu identifizieren.«

»Wie viele Bolzen hast du noch?« Nora bezahlte gleich, als der Kellner Nicolas Espresso servierte.

»Zwei. Das wird reichen, verlass dich drauf. Und dann fahren wir endlich nach Hause, nicht wahr? Oder zumindest bis nach Mailand. Oder Turin. Ich freu mich schon auf den Aperitif heute Abend und aufs Abendessen. Wir nehmen uns ein schönes Zimmer für die Nacht und morgen fahren wir gemütlich bis nach Chambéry. Und falls einer der Pässe frei ist, fahren wir das letzte Stück nicht über die übliche Strecke, sondern nehmen eine mit schönem Ausblick. Was meinst du?«

»Lass uns das zuerst zu Ende bringen, Niki, dann haben wir Frieden. Wenn alles klappt, sind wir noch vor Mittag im Hotel und checken aus. Dann schaffen wir es bis zum frühen Abend locker nach Turin.«

Sie drückte den Rücken durch, zog die Haarnadel heraus und steckte ihren Chignon neu auf. »Lass uns gleich gehen und das Desinfektionsmittel kaufen. Ich verarzte dich vor der Rückfahrt. Bist du sicher, dass die Wunde dich nicht beim Schießen irritiert?«

»Ganz sicher, Nora.« Nicola lächelte. »Ich kann es kaum erwarten.«

Den alten Rauhaardackel hatte er im Tierasyl abgegeben, ganz in der Nähe der versteckten Bleibe von Giorgio Dvor. Auf der Rückfahrt in die Questura nahm der Commissario ein Gespräch über das Autotelefon an.

»Wir sind in Petris Wohnung an der Piazza Carlo Alberto. So etwas hast du noch nie gesehen.« Sonia Padovan klang aufgeregt, doch ihr Urteil war so überheblich wie ihre massive körperliche Erscheinung.

Den Zahn müsste er ihr bald einmal ziehen, dachte Laurenti. Zusammen mit ihrem sizilianischen Kollegen Moreno Cacciavacca nahm sie sich das Zuhause des alten Mannes vor.

»Lauter Fotos von früher. Eines zeigt ihn in einer schwarzen Naziuniform mit roter Armbinde. Am Kragenspiegel die Siegrunen der SS, um den Hals so ein schweres deutsches Kreuz. Die Nazis müssen verdammt eitel gewesen sein. Und dieser Petri scheint bei denen schon als junger Kerl ein hohes Tier gewesen zu sein. Du solltest dir das selbst anschauen. Die

Wohnung ist riesig, siebter Stock, Gebäude aus der Zeit des Faschismus, schätze ich. Zwei Zimmer gleichen einem Museum. Was da an Zeug rumliegt, kannst du dir gar nicht vorstellen. Auch ein paar tadellos gepflegte alte Knarren sowie ein Dolch mit Totenkopf und Hakenkreuz am Griff. Als befände der alte Sack sich noch immer im Krieg. Das muss man alles spurlos vernichten, bevor es in die Hände von irgendwelchen Arschlöchern gerät. Auf jeden Fall werden wir einiges zu tun haben, bis das gesichtet ist. Kannst du mir verraten, weshalb diese Unverbesserlichen wie er so viel Papierkram ansammeln? Als wären die auch noch stolz auf ihre Untaten?«

»Wen meinst du noch, Sonia?« Sie war sich viel zu sicher für ihr Alter und die fehlende Erfahrung, sagte sich der Commissario. Sie musste lernen, zuzuhören und zu analysieren.

»Na, bei Lauro Neri war es doch genauso.«

»Der war über zwanzig Jahre jünger und in guter Verfassung, bevor er ermordet wurde.«

»Gute Verfassung nennst du diesen Schwachsinn, den der Kerl in aller Öffentlichkeit verzapft hat?«

»Er war schließlich nicht entmündigt.«

»Hätte er aber verdient gehabt. So was gehört einfach verboten.« Sie schwatzte dahin, wie ihre Großväter in einer Osmizza auf dem Karst, wo sie im Freundeskreis beim Winzer einen Liter Weißwein nach dem anderen vernichteten und sich dabei unendlich wiederholten.

»Du lebst in einer Demokratie, Sonia. Vergiss das nicht. Jeder hat das Recht, seine Meinung zu sagen. Und wenn Petri so viel historisches Material hinterlässt, wie du sagst, kann das auch nach fast achtzig Jahren vielleicht noch Licht ins Dunkel bringen. Der Direktor des Instituts für die Geschichte des Widerstands kommt morgen Abend zurück. Wir werden ihn konsultieren. Wichtig ist, dass ihr die persönlichen Dokumente findet und sichtet. Und zwar rasch. Telefonlisten, Adressbuch,

Testament, Briefe und so weiter. Uns interessieren lebende Angehörige. Ehefrau oder Lebensgefährtin, Geschwister, Kinder, Neffen, Hausarzt, Zugehfrau oder Pflegepersonal.«

»Immerhin fragst du nicht nach seinen Eltern«, seufzte Sonia.

»Konzentriert euch. Lest euch nicht fest. Dann versiegelt ihr die Wohnung, kommt zurück und schreibt den Bericht für Cirillo. Nur Fakten, keine persönlichen Meinungen. So, wie du das gelernt haben solltest.«

Laurenti parkte vor der Questura und wurde auf dem Weg hinein von einem Reporter der lokalen Tageszeitung abgepasst. »Viel zu früh für Stellungnahmen«, winkte er ab, bevor der junge Mann den Mund öffnen konnte, und ging weiter. »Tun Sie gefälligst Ihre Arbeit.«

»Aber das ist meine Arbeit. Außerdem sagen Sie das jedes Mal«, protestierte der Journalist gekränkt, doch Laurenti war bereits außer Hörweite.

Als er kurz vor halb elf sein Vorzimmer betrat, war es zwar verqualmt, aber verwaist. Nicht alle Kippen in dem überquellenden Aschenbecher trugen die Spuren von Mariettas kirschrotem Lippenstift. Laurenti leerte ihn in den Papierkorb und öffnete das Fenster, bevor er sein Büro betrat. Eine Notiz von Marietta besagte, dass sie gemeinsam mit Enea Musumeci versuchte, Kurt Anater zur Kooperation zu bewegen. Und übrigens sei Chefinspektorin Pina Cardareto äußerst schlecht gelaunt und verfasse im Moment das Protokoll der gescheiterten Verfolgung des Armbrustmörders. Vor allem aber habe sich die Sekretärin Cirillos bereits dreimal nach dem Commissario erkundigt. Unter Mariettas Notiz fand sich ein Blatt, dessen Information gehaltvoller war. Der Ausdruck einer Mail der französischen Kollegen aus Chambéry, wonach Eleonora Rota zusammen mit dem achtzehn Jahre jüngeren Nicola Dapisin seit Sonntag auf Kreuzfahrt mit einem Schiff namens *Paradise of the Sea* unterwegs sei. Heimathafen Triest. Die Lichtbilder aus den Personalausweisen waren eindeutig. Laurenti erkannte die beiden aus der Pizzeria in Barcola. Ein Hinweis auf ihr Auto fehlte jedoch. Auch wenn sie trotz der französischen Staatsangehörigkeit italienische Namen trugen, war es wohl in Chambéry zugelassen. Ernest Debeljuh, der Zeuge aus Prosecco, hatte einen roten Peugeot mit französischer Nummer gesehen, als er den beiden am Geldautomaten begegnet war.

Laurenti wählte die Nummer der Personenschützer von Anita Desselieri. Es gab noch keine Neuigkeiten, keine verdächtigen Bewegungen vor dem Haus der Dame. Er kündigte an, in einer Viertelstunde zu ihnen zu stoßen. Cirillo konnte warten. Dafür nahm er seine 9mm-Beretta aus der Schublade, prüfte sie und steckte sie ins Gürtelhalfter.

Pina Cardareto schaute unwirsch vom Computer auf, als er eintrat. »Schnappen Sie sich Ihre Waffe und kommen Sie mit«, sagte er in der Tür und ging bereits den Flur hinunter.

Nur wenig später vernahm er ihre schnellen Schritte hinter sich. »Ist was passiert, Commissario?«, fragte Pina beunruhigt, als sie ihn eingeholt hatte.

»Vielleicht können wir es noch verhindern.« Er reichte ihr den Autoschlüssel. »Sie fahren.«

Pina stellte das Blaulicht aufs Dach und schaltete die Sirene ein, als sie sich grob in den dichten Verkehr drängte und den Corso Italia hinaufjagte. Laurenti saß schweigend auf dem Beifahrersitz und wies nur mit Handzeichen die Richtung an. In Gedanken ließ er die Situation um das Haus in San Giovanni ablaufen, Nachbargebäude, Parkflächen, Straßenverlauf.

»Schalten Sie diese Wichtigtuerei aus, Pina. Sollten wir auffallen, entkommen sie uns ein zweites Mal«, murrte der Commissario, kaum dass sie den Stadtpark passiert hatten und die Via Giulia in Richtung San Giovanni hinauffuhren. Sorgfältig musterte er die vorausfahrenden Wagen.

»Jetzt verstehe ich. Sie sorgen sich um Anita Desselieri.«
Als ihr Chef weiterhin schwieg, nickte die Chefinspektorin selbst wie zur Bestätigung. Sie drosselte das Tempo und hielt sich, so gut es ging, an die Verkehrsordnung. Wer in kritischen Situationen hetzt, neigt dazu, Wesentliches zu übersehen.
»Bleibt zu hoffen, dass er kommt.«
»Wer?«
»Der Armbrustmörder natürlich.«
»*Die* Mörder, Pina. Oder wer, glauben Sie, hätte das Zielfernrohr und die Taschentücher bei voller Fahrt auf der Beifahrerseite aus dem Auto werfen können, wenn er allein gewesen wäre? Wir bleiben im Auto sitzen. Suchen Sie einen Platz, von dem wir das Haus und die Umgebung im Blick haben. Aber ohne aufzufallen«, ergänzte er, als sie um die Pfarrei des enthaupteten Johannes herumfuhren und die Bushaltestelle bei den Bocciabahnen erreichten. Die Personenschützer hatte er noch nicht entdeckt, doch plötzlich kam ein Signal über Funk.

»Ich sehe Sie, Commissario. Bleiben Sie, wo Sie sind. Gegenüber dem Haus des Schutzobjekts wird gleich ein Parkplatz frei, ideal für die Verdächtigen.«

Laurentis Blick schweifte über die Straße. »Hoffen wir, dass niemand anderes reinfährt.« Er zog die Waffe aus dem Halfter und lud sie durch.

Die Chefinspektorin tat es ihm gleich, für ihren Geschmack waren echte Showdowns viel zu selten. Auch aufregende Verfolgungsjagden waren rar, und wenn es doch mal dazu kam, dann waren sie viel zu schnell wieder vorbei. In ihrem Job zählten vor allem Geduld, penible Analyse aller Details, eine Menge Papierkram, Gespräche und Verhöre sowie die Erkenntnisse aus den Labors und den Bewegungen auf Bankkonten oder abgehörten Telefonaten. Im richtigen Leben war der Zugriff fast immer unspektakulär.

Marietta hatte den Kollegen Enea Musumeci einen Moment mit Kurt Anater allein gelassen, um die Ecke duftende frische Brioches besorgt und in ihrem Büro drei Espressi aus der Maschine gelassen. Als sie es servierte, fragte sie sich nicht, ob der Zeuge wegen des Frühstücks so große Augen machte oder wegen ihrer Bekleidung. Mit zwei Bissen verschlang er ein mit Marmelade gefülltes Hörnchen, worauf Enea Musumeci die restlichen ans andere Ende des Tischs schob und dann die Krankenhausakte auspackte.

»Nasenbeinbruch, Jochbein, Schlüsselbein links, zwei Rippen rechts, Riss in der Schädeldecke, schwere Prellungen und Abschürfungen am ganzen Körper, großes Hämatom an der rechten Niere. Von den offenen Wunden ganz zu schweigen, die genäht werden mussten. Erinnerst du dich daran?« Er hob die Röntgenaufnahme des Schädels gegen das Licht.

Kurtis Blick flackerte, dann bekam er am ganzen Oberkörper Gänsehaut. Die goldglänzende Rettungsdecke, die Marietta ihm vor zwei Stunden angeboten hatte, hatte er anfangs unwillig abgelehnt. Jetzt hatte er nichts dagegen, dass sie seine Schultern damit bedeckte. Er zog sie sogar mit zitternder Hand vor seinem Hals zusammen, als hätte er plötzlich erkannt, was Kälte war.

»Wie hast du das bloß überlebt, nachdem du schon zwei Tage später wieder aus der Uniklinik abgehauen bist, Kurti? Hast du dir die Fäden selbst gezogen«, fuhr Musumeci fort. »Wir haben einen der beiden Täter, aber wenn du keine Anzeige erstattest, müssen wir ihn gehen lassen«, log er. »Und dann wird er dich sicher suchen kommen und dich ein für alle Mal zum Schweigen bringen. Ich habe ein Protokoll aufgesetzt, das du nur unterschreiben musst. Ich lese es dir vor. Sollte dir irgendwas nicht passen, dann heb die Hand, und wir ändern das.« Die vollständigen Personendaten des Mannes hatte er vom Melderegister in Paluzza oben in den Karnischen Alpen am Ausgang des Plöckenpasses bekommen, zu dem Timau heute gehörte, der Geburtsort von Kurt Anater. Als er das Geburtsdatum vorlas, schluckte Kurti, als hätte er Neues über sich erfahren. Marietta schob die gefüllten Brioches vor ihn, doch es dauerte länger, als sie dachte, bis er wieder zugriff. Musumeci übersetzte das italienische Protokoll dürftig ins Deutsche. Eine Spur Schokoladencreme hing in Kurtis Mundwinkel, als er unbeholfen den Kugelschreiber entgegennahm und die fünf Buchstaben seines Rufnamens darunterkritzelte, als hätte er seinen richtigen Namen seit Langem vergessen. Enea Musumeci legte das Blatt sofort zur Akte, als befürchtete er, der Mann könnte widerrufen.

»Für die Schadensersatzforderung, die auf Ettore Grizzo und seinen Kompagnon zukommt, solltest du dir einen Rechtsanwalt nehmen. Hier hast du einen Namen und die Adresse. Dieser Mann spricht auch etwas Deutsch. Wenn du Hilfe brauchst, dann lass es mich wissen. Aber ohne jeden Morgen hier einfach so hereinzuspazieren. Verstanden? Sonst denkt noch jemand, du wärst ein Geheimagent, und dann geht die Jagd auf dich erst richtig los.«

Kurti grummelte eine unverständliche Antwort und scherte sich nicht darum, dass die Rettungsdecke ihm von den Schultern glitt. Fast mütterlich legte Marietta sie ihm erneut um und verknotete sie vor seinem Hals.

»Jetzt siehst du fast aus wie Zorro«, sagte sie sanft.

»Wir sehen uns ein paar Bilder der Männer an, um den zweiten von ihnen zu identifizieren. Der, der dich von hinten angegriffen hat.« Musumeci rief ein Foto nach dem anderen auf. »Gib mir ein Zeichen, wenn du ihn erkennst«, ergänzte er zweifelnd.

Kurti hatte die ersten zehn Bilder mit steinernen Gesichtszügen an sich vorüberziehen lassen und keinerlei Regung gezeigt. Beim vorletzten endlich schlug er mit der Hand auf den Tisch.

»Der da?«, fragte der Polizist, vergrößerte das Bild, und achtete auf jede Reaktion.

Kurti zitterte und stöhnte, als spürte er die Schmerzen noch einmal, die ihm die Glatzen zugefügt hatten. Musumeci rief das Bild des Mannes auf, der ihm so zugesetzt haben musste. Am Hals des Verdächtigen befand sich ein hässliches Tattoo *Pondere et igne iuvat* – Beistand durch Masse und Feuer. Das Motto einer faschistischen Panzerdivision bei der Eroberung Abessiniens und Dalmatiens.

Musumeci druckte die Personenbeschreibung aus und fügte sie der Akte mit dem Protokoll der Anzeige bei. »Du sagst dem Anwalt, dass wir beide Namen haben. Er wird sie brauchen. Sobald du bei ihm warst, soll er mich anrufen, verstanden? Und mach das bitte bald. Hab keine Angst, wir werden auch diesen Kerl festnehmen. Nimm das letzte Hörnchen mit, wenn du willst.«

Kurt Anater richtete sich auf, griff nach dem Cornetto und ging aus dem Zimmer. Marietta schaute ihm nach und sah, wie er am Ende des Flurs sein Fahrrad schulterte und die Treppen hinabstieg. Sie rief am Empfang an und gab Anweisung, den Mann mit dem Goldumhang über der nackten Brust durch den Seiteneingang hinauszulassen, wo mit weniger Menschen zu rechnen war.

»Und wirst du mir jetzt verraten, in welcher Sprache ihr euch unterhalten habt?«, fragte sie endlich ihren Kollegen.

»Ursprünglich muss es Deutsch gewesen sein. Oder Bayerisch. Ich habe nicht einmal die Hälfte verstanden.« Enea hob die Brauen und winkte ab. »Und das obwohl auch ich in einer Gegend aufgewachsen bin, die sprachliches Sumpfgebiet war. In jedem Dorf haben sie einen anderen Dialekt gesprochen.«

»Glaubst du wirklich, dass er zum Anwalt geht?«

»Keine Ahnung, Marietta. Mich interessiert viel mehr, ob

es die Brioches waren oder dein kurzer Rock, was ihn dazu gebracht hat, mit uns zusammenzuarbeiten.«

»Typisch Mann«, seufzte sie. »Hast du etwa nicht gesehen, wie er reagiert hat, als du sein Geburtsdatum genannt hast? Als wäre ihm das wichtiger als sein wirklicher Name. Was er wohl alles durchgemacht hat?«

»Weiß der Teufel, was er als Söldner auf dem Balkan auf dem Gewissen hat. Wir müssten wahrscheinlich auch ihn festnehmen. Dann würde er erst in den Knast kommen und bald darauf in der Psychiatrie landen und einen Vormund gestellt bekommen. Dabei kann er sich selbst noch immer bestens helfen. Wenn auch auf seine Art. Als Gegner würde ich ihn jedenfalls nicht haben wollen. Mir reicht die Überraschung, die er mir im Wald bereitet hat, als ich nach ihm gesucht habe.«

»So viele Freunde wie dieser Tage hatte Kurti wahrscheinlich noch nie, fürchte ich«, stimmte Marietta zu.

Die Schatten auf dem Platz vor der Kirche waren kürzer geworden, in einer Stunde stünde die Sonne an ihrem höchsten Punkt. Das Außenthermometer des Wagens zeigte elf Grad und die Bora hatte, wie oft gegen Mittag, leicht abgeflaut. Es war zehn vor elf, als ein roter Peugeot mit dem Kennzeichen des Départements Savoyen rückwärts in die Lücke gegenüber von Anita Desselieris Haus fuhr, nachdem gerade ein schwarzer Fiat Punto dort ausgeparkt hatte, als hätte sein Fahrer nur darauf gewartet.

»Schwein gehabt«, sagte Nicola. »Wie bestellt, besser geht's nicht. Lass uns die Plätze tauschen, damit ich vom Fahrersitz aus anlegen kann. Dann ragt die Waffe nicht aus dem Fenster.« Er stieg aus und ging um den Wagen herum, während Nora über die Mittelkonsole auf die Beifahrerseite hinüberrutschte. »Fahr deinen Sitz so weit wie möglich zurück, meine Süße, und lass das Fenster runter.«

Er gab ihr einen Kuss, nahm die Waffe vom Rücksitz und lud durch, während der elektrische Fensteröffner summte. Nora machte sich auf dem Sitz klein.

»Geht das so?«, fragte sie nervös. »Soll ich mich nach hinten setzen?«

»Nein, nein. Ich hoffe, es ist dir nicht zu kalt mit dem offenen Fenster.« Er hielt die Armbrust mit beiden Händen fest im Griff und brauchte sie nur leicht anzuheben, um den Schuss auf die wenige Meter entfernte Gartentür abzugeben. Wie jeden Tag müsste die Frau, deren Foto er kannte, in einigen Minuten auf die Straße treten. Er konnte sein Ziel eigentlich kaum verfehlen.

»Wir können jederzeit zugreifen, Commissario«, tönte es leise, aber klar aus dem Funkgerät.

Laurenti schaute sich in alle Richtungen um, ohne einen der Männer zu entdecken.

»Nein, Indizien reichen nicht. Erwischt ihn, sobald er anlegt. Aber bevor er schießen kann. Der Typ ist ein Profi. Das mit dem Parkplatz habt ihr perfekt hingekriegt. Besser geht's kaum.«

»Für ihn allerdings auch nicht«, kommentierte Chefinspektorin Pina Cardareto giftig. Sie hatte die linke Hand am Türgriff und in der rechten die Beretta, als könne sie es kaum noch erwarten, auf die Straße zu springen und zu schießen.

»Nur, wenn es nicht anders geht, Pina«, ermahnte sie Laurenti. »Wir kommen den Personenschützern nicht in die Quere, verstanden?«

Er bekam ein unzufriedenes Kopfnicken zur Antwort. Die Haltung ihrer Hände veränderte Pina nicht. Die Chefinspektorin hätte am liebsten kurzen Prozess gemacht, während ihr Chef den Fall mit Perfektion abschließen wollte. Denn nur so gab es die Sicherheit, dass die Täter nicht allzu früh wieder auf freien Fuß kämen und ihr Werk fortsetzten. Doch auch Proteo Laurenti konnte seine Anspannung kaum verbergen. Auch er war bereit, pfeilschnell einzugreifen, auch wenn er schon seit Jahren das vorgeschriebene Schießtraining ausgelassen hatte. Immerhin konnte er sich auf seine jahrzehntelange Erfahrung stützen, seine Waffe war gepflegt und durchgeladen. Und dann waren da noch die perfekt ausgebildeten Personenschützer, die diesem Wahnsinn allein und ohne unnötige Opfer ein Ende bereiten konnten. Besser also, wenn zumindest Laurenti die Ruhe behielt.

Anita Desselieri hatte sich an diesem Morgen verzettelt. Sie wusste, dass sie nicht ständig zum Fenster gehen und hinausschauen durfte. Für einen Attentäter könnte das ein Hinweis darauf sein, dass die Behörden ihm auf der Spur waren und die Frau gewarnt, wenn nicht sogar unter Schutz gestellt hatten. Und dann wüssten sie auch, dass man ihnen auflauerte und womöglich einen Strich durch die Rechnung machen konnte. Für verdammt lange Zeit.

Die Tochter der Henkerin, wie sie sich bei ihren Vorträgen in Schulen und bei Gedenkveranstaltungen dramatisch bezeichnete, hatte bereits seit dem ersten Kaffee am Computer gesessen und Mails an gute Freunde verschickt. Anita versuchte, sie ohne übertriebenes Selbstmitleid auf den aktuellen Stand zu bringen, ohne zu viel zu verraten allerdings. Eine ihrer persönlichen Eigenschaften war es, sich kaum verstellen zu können oder sich anders zu geben, als sie nun mal war. Nicht einmal wenn sie sich damit einen Vorteil verschaffen konnte. Bei Behördengängen, sturen Busfahrern, Zugschaffnern oder Flughafenpersonal und auch bei den täglichen Einkäufen. Sie war ehrlich und aufrichtig, aber nicht schlau und verschlagen. Geduldig ließ sie meist den anderen den Vorrang. Vor allem seit der Pensionierung. Als Direktorin war sie überaus durchsetzungsfähig gewesen, und nicht selten hatte sie deswegen ihr Gewissen geplagt. Damit war nun Schluss. Warten können war eine Tugend. Heute allerdings hoffte sie auf ein baldiges Ende der Situation und auf die Rückkehr in die unbekümmerte Normalität, die sie seit Beginn ihres Ruhestands lieben gelernt hatte.

Sie war viel zu spät dran, merkte sie beim Blick auf die Uhr. Vor mehreren Tagen schon hatte sie im Fischladen einen fangfrischen wilden Steinbutt bestellt. Sobald den Fischern einer an den Haken ging, sollten sie sich bei ihr melden. Erst dann würde sie kurzfristig und je nach Größe des Fangs Freunde für dieses Festmahl einladen. Sie war eine solide Köchin. Bereits um sieben Uhr war sie vom Anruf des Händlers geweckt worden, und nun wartete ein knapp drei Kilo schwerer Butt auf sie. Noch etwas benommen hatte Anita versprochen, ihn gegen Mittag abzuholen. Sie hatte längst aufgelegt, als ihr die eigene Situation wieder bewusst wurde. Es waren keine Tage für Einladungen. Sollte der Fischhändler den Butt nicht schon für sie ausgenommen und gesäubert haben, könnte sie vielleicht noch vom Kauf zurücktreten. Wie sollte sie ausgerechnet in diesen Tagen ein entspanntes, ausgelassenes Abendessen im Kreis von acht bis zehn Freunden ausrichten. Wie hätte sie in ihrer Stimmung ein gutes Essen zubereiten können?

Anita Desselieri schlüpfte in ihre wetterfeste Jacke und steckte einige Jutebeutel ein, während sie im Kopf den Einkaufszettel durchging. Sie würde mehrmals gehen müssen, aber alle Geschäfte lagen in der Nachbarschaft. Auch Wein musste sie besorgen, den würde sie schließlich auch ohne Gäste brauchen. Ohne die Hilfe des Alkohols hätte sie schon letzte Nacht kaum schlafen können, so sehr machte ihr die nervöse Unruhe seit dem Gespräch mit dem Commissario zu schaffen. Als sie die Türklinke schon in der Hand und den Schlüssel im Schloss gedreht hatte, klingelte das Telefon. Anita

Desselieri ging noch einmal zurück und ärgerte sich sogleich, als sich eine junge Frauenstimme danach erkundigte, ob sie auch wirklich mit ihr verbunden sei. Einer dieser verdammten Köderanrufe aus einem Callcenter. Sie legte grußlos auf und ging hinaus.

Kaum spürte sie den kalten Wind, zog sie den Reißverschluss ihrer Jacke bis unters Kinn. Sie öffnete das Gartentor und trat auf den Gehweg. Schüsse fielen. Fast zeitgleich meinte Anita den Wind eines Geschosses im Gesicht zu spüren, das mit einem dumpfen Geräusch knapp neben ihrem Kopf ins Gartentor einschlug, doch im selben Moment wurde sie zu Boden gerissen und hinter ein parkendes Auto gezogen. Wieder vernahm sie einen Schuss aus einer Feuerwaffe. Oder waren es zwei?

»Bleiben Sie ruhig. Sie sind in Sicherheit«, erklärte eine unaufgeregte Männerstimme. Der starke Arm, der sie umschlungen hielt, lockerte seinen Griff. »Ihnen kann überhaupt nichts passieren, Signora Desselieri. Bleiben Sie unten, und rühren Sie sich nicht vom Fleck.«

»Woher kennen Sie meinen Namen?«, zischte sie. Bei ihren heimlichen Blicken aus den Fenstern hatte sie keinen der Beschützer entdecken können, von denen der Commissario gesprochen hatte. Jetzt sah sie, dass der Mann, der sie beschützte, eine Pistole in der Hand hielt und seine Augen in alle Richtungen schauten, während die Waffe offensichtlich seinen Blicken folgte. In den ersten Sekunden hatte Anita noch auf dem Rücken gelegen, nun lehnte sie am Rad eines parkenden Autos, das ihnen als Deckung diente. Der Mann befand sich vor ihr in der Hocke. Dann vernahm sie einen herzzerreißenden langen Schrei.

»Nooooooraaaaa«, rief Nicola verzweifelt und so laut er konnte, obwohl er auf dem Bauch lag und seine Hände schmerzhaft auf den Rücken gefesselt waren. Blut rann von seiner Schläfe, eine fünf Zentimeter lange Wunde. Knapp über dem Ohr hatte ihm das Projektil einen blutigen Scheitel gezogen. Auch am Oberarm war er verwundet und blutete stark. »Norina, verlass mich nicht. Rufen Sie einen Krankenwagen, einen Arzt. Helft ihr doch.«

»Ich befürchte, dafür ist es zu spät, Nicola Dapisin«, sagte eine kalte Männerstimme über ihm.

»Was heißt zu spät?«, wimmerte Nicola. Aus dem Augenwinkel sah er ein Paar guter Schuhe und die Bügelfalte einer dunkelgrauen Hose. »Helfen Sie ihr doch endlich.«

»Sie haben Sie selbst getötet, Signor Dapisin. Ihr Pfeil hat ihren Kehlkopf und den Halswirbel durchschlagen. Er steckt in der Kopfstütze Ihres Autos. Trösten Sie sich damit, dass Eleonora Rota kaum gelitten haben kann.« Kein bisschen Mitgefühl klang in der Stimme mit. »Sie sind festgenommen. Mehrfacher Mord und Mordversuch. Gleich kommt ein Krankenwagen und nimmt Sie mit. Sie haben Glück gehabt. Ein Millimeter weiter links, und Sie wären auch tot. Ihre Nora dafür am Leben. Sie haben sich das sicherlich anders vorgestellt. Ich bin Vize Questore Aggiunto Commissario Capo Proteo Laurenti. Und die Jagd ist vorbei.«

»Verlass mich nicht«, flehte Nicola und sah die Schuhe aus dem Blickfeld verschwinden, dann wurde ihm schwarz vor Augen. Erst die Sirene des Notarztwagens rief ihn in die Gegenwart zurück. Als man ihn auf die Bahre verfrachtete und in den Krankenwagen schob, waren seine Handgelenke seitlich fixiert. Ein Sanitäter schnitt seine Kleidung entlang des Rumpfes auf und hörte sein Herz ab. Als er ihn an einen Monitor anschloss und sich um die Wunden kümmerte, vernahm Nicola einen Chor aus näher kommenden Sirenen. Ein grimmig dreinblickender Polizist saß mit seiner Waffe unter dem Bildschirm, der die Frequenz seines Herzschlags und des Blutdrucks wiedergab. Ein grünes Licht zeigte, dass keine Gefahr für Nicolas Leben bestand. Und Eleonora, fragte er sich?

»Sie ist in dem anderen Wagen? Stimmt's?«, fragte er den Rettungssanitäter verzweifelt, der ihm eine Kanüle in den linken Arm setzte. Doch der Mann schien taub zu sein.

Anita Desselieris Gesicht war aschfahl, sie zitterte vor Schreck und Wut. Es war ihr unschwer anzusehen, dass sie am liebsten auf den Commissario losgegangen wäre, der ihrer Meinung nach ihr Leben unnötig aufs Spiel gesetzt hatte. Sie schaute ihm ungläubig dabei zu, wie er seine Waffe in einen Plastikbeutel gab, so wie es die Vorschrift nach einem Schusswechsel verlangte, und dann lächelnd auf sie zukam.

»Es ist vorbei, Signora«, sagte er und hoffte, sie damit zu beruhigen. »Es lief alles wie geplant.«

»Sind Sie noch ganz bei Trost?«, schrie die Frau und zeigte auf den Bolzen, der auf Kopfhöhe im Holz der Gartentür steckte. »Nicht viel, und dieses Ding hätte mich umgebracht.«

»Hat es? Oder hat es nicht? Der Unterschied zwischen Finsternis und Licht. Sie stehen lebend und unversehrt vor mir und haben allen Grund, wütend zu sein. Ich weiß, was Schreck bedeutet. Die, denen Ihre Wut gelten sollte, sind nicht zum Ziel gekommen. Zwei Personen, Signora Desselieri. Eine ist tot, der andere verletzt und kampfunfähig.«

»Ich dachte, Sie wollten mich beschützen. Bis vor Kurzem habe ich noch an die Arbeit der Polizei geglaubt. Geglaubt, dass sie den Rechtsstaat verteidigt und die Bürger schützt und nicht als Köder verwendet. Um ein Haar wäre auch ich nun tot. Wer war das überhaupt? Wer sind diese Leute?«

»Signora, Sie leben. Dafür haben diese Leute dort drüben gesorgt.« Er deutete auf die Zivilbeamten, die den Tatort vor den Schaulustigen abschirmten, bis Verstärkung eintraf. »Sobald wir wissen, wer die Täter sind, werden Sie es als Erste erfahren.«

»Aber warum haben Sie es überhaupt so weit kommen lassen?« Anita Desselieri schrie immer noch, aber das leichte Beben in ihrer Stimme ließ erste Zweifel vermuten. »Sie wussten doch genau, was da vor sich ging«, sagte sie dann mit leiserem Ton. »Warum haben Sie diese Leute nicht einfach festgenommen, anstatt unnötig mein Leben aufs Spiel zu setzen?«

»Weil wir nicht wussten, wo sie waren. Es war unsere einzige Chance, sie zu stellen. Ihnen das Handwerk zu legen. Für immer, Signora. Wir wussten doch nicht einmal mit Gewissheit, dass sie hierherkommen. Und glauben Sie mir, Ihr Leben war zu keinem Zeitpunkt in Gefahr.«

Laurenti sagte nicht die ganze Wahrheit. In der Tat hatten sie mit dem Zugriff bis zur letzten Sekunde gewartet, um die beiden Franzosen dingfest zu machen. Mit guten Anwälten hätte sich Nicola Dapisin aus einem Indizienprozess herauswinden können und wäre vielleicht nur wegen unerlaubtem Waffenbesitz verurteilt worden, aber dafür kaum länger hinter Gittern gelandet. Eleonora Rota hätte sich auf Anraten eines gewieften Strafverteidigers selbst als Opfer ihres Partners ausgeben können und anschließend auf seine baldige Freilassung gewartet. Und dann?

Jede Form von Fanatismus führt zwangsläufig zum Tod. Wie bei Lauro Neri und seiner religiös-reaktionären Vergötterung des Faschismus. Verdachtsmomente gab es genug, doch anders als bei einer Schusswaffe ließ sich bei dieser Tatwaffe der ballistische Beweis nicht antreten. Die Bolzen wurden nicht von einem geschlossenen Lauf geleitet. In einer Sache aber hatte Anita Desselieri recht: Laurenti hatte es wirklich darauf ankommen lassen, die Täter auf frischer Tat zu schnappen und damit definitiv aus dem Verkehr zu ziehen. Ihr kalt berechnetes Handeln hatte auf weitere Taten schließen lassen.

Fehlgeleitet von einer Vergangenheit, die nie vergeht, wie die alte Ada Cavallin gesagt hatte.

Dennoch waren Sekundenbruchteile entscheidend gewesen. Als der Mann auf dem Fahrersitz des roten Peugeots die Waffe anlegte, war der erste Schuss des Kollegen am Lenkrad abgeprallt, der zweite Personenschützer hatte sich sofort auf Anita Desselieri gestürzt. Laurenti erwischte Dapisin am Oberarm, worauf dieser die Waffe verriss. Sein letzter Bolzen tötete ausgerechnet die Frau neben ihm. Pina Cardareto verfehlte ihren tödlichen Schuss nur um Haaresbreite, was sie sich lange nicht vergeben würde.

Ein Fahrzeug nach dem anderen traf nun auf dem Kirchenvorplatz ein, die Chefinspektorin instruierte die Spezialisten über die Lage. Auch sie übergab ihnen ihre Waffe.

Laurenti winkte den Notarzt herbei, der vor der Gerichtsmedizinerin eingetroffen war. »Lassen Sie sich bitte untersuchen, Signora Desselieri. Ich will Gewissheit, dass Ihr Leben nicht wegen der Folgen des Schocks auf dem Spiel steht. Doktor Rossi ist ein Spezialist für Krisensituationen.«

»Ach, *jetzt* sorgen Sie sich plötzlich um meine Gesundheit. Mir fehlt nichts. Aber das ist purer Zufall. Ich brauche keinen Arzt, ich muss den Fisch abholen, verdammt«, fauchte sie und zog einen Jutebeutel aus der Tasche ihrer dicken Jacke. Aufgebracht eilte sie davon.

»Um die müssen Sie sich keine Sorgen machen, Commissario«, sagte der Arzt. »Sorgen Sie sich eher darum, was sie den Leuten erzählt. Ihren Herzschlag senkt sie schon, indem sie sich mit Besorgungen ablenkt. Nur ihr Adrenalinspiegel befindet sich im Zenit. Und den baut eine Frau wie sie durch viel reden ab. Sie braucht jetzt einen Sündenbock, und der sind vermutlich Sie. Sie wird jedem davon erzählen, ob er es wissen will oder nicht. Kümmern Sie sich besser um den Journalisten, der gerade eingetroffen ist, bevor er die Frau entdeckt und zum

Reden bringt. Füttern Sie ihn mit Material, bis er satt ist oder bis die Ärmste zurückkommt und die Tür hinter sich schließt.«

Es war der gleiche junge Mann, den Laurenti noch vor einer Stunde vor der Questura hatte abblitzen lassen. Er hatte einen Fotoreporter im Schlepptau, den der Commissario seit Jahren kannte und der noch nie ein peinliches Bild von ihm freigegeben hatte. Er winkte die beiden herbei und begrüßte sie mit Handschlag.

»Bevor Sie fragen: Aufgrund einer konkreten Bedrohung haben wir für eine Person, deren Namen ich jetzt noch nicht nennen kann, Personenschutz angeordnet. Sie ist unbescholten und ohne Vorstrafen, in keine kriminellen Strukturen verstrickt, noch stand sie irgendwie unter Verdacht. Das Wichtigste zuerst: Sie ist wohlauf und unversehrt. Es gab konkrete Hinweise, sodass sie geschützt werden musste. Einzelheiten dazu können wir zum aktuellen Zeitpunkt nicht nennen. Die Aufgabe der Polizei ist, dem Bürger Sicherheit zu garantieren und den demokratischen Rechtsstaat zu schützen. Beides war bei diesem Fall in Gefahr.«

»Ein politischer Hintergrund?«, unterbrach ihn der Reporter.

»Ja und nein. Auf jeden Fall nicht aus der Tagespolitik, wenn Sie so wollen.«

»Also eine unbequeme Zeugin?«, insistierte der Mann, was Laurenti überging.

»Nun zu den Tätern: Das rote Auto gehört einer Frau namens Eleonora Rota aus Chambéry, Savoyen, Frankreich. Sie wurde von einem deutlich jüngeren Mann begleitet, der vermutlich ihr Komplize war. Er hat sie getötet. Wir vermuten, dass sich ein Schuss aus seiner Waffe löste, der eigentlich der Zielperson gegolten hatte. Meine Kollegen konnten das dank ihrer großen Professionalität verhindern. Der Schütze dagegen wurde beim Zugriff verletzt. Er wird im Moment ins Klinikum gebracht und rund um die Uhr bewacht werden. Sobald er vernehmungsfähig ist, werden wir Genaueres sagen können. Sie werden es als Erster erfahren. So weit basta für den Moment.«

»Sein Name? Kommt er auch aus Frankreich?«, bohrte der Journalist weiter.

»Vorerst keine weiteren Angaben zu seiner Person. Und bitte schreiben Sie nichts von Wildwest-Szenen oder Ähnlichem. Alles war bis ins letzte Detail geplant. Die Kollegen haben ihn lediglich unschädlich gemacht, um Schlimmeres zu verhindern. Die Ausbildung unserer Leute ist hervorragend. Für Unbeteiligte bestand zu keiner Zeit eine Gefahr. Weder für Passanten noch für Autofahrer. Dafür können Sie vermelden, dass wir dem Armbrustmörder das Handwerk gelegt haben. In einer restlos unspektakulären, ja fast bürokratischen Aktion, der lange akribische Ermittlungsarbeit vorangegangen war. Morgen mehr.«

Die gelieferten Informationen würden ausreichen, eine Zeitungsseite zu füllen, wenn nicht eine Doppelseite mit entsprechend wilden Schlagzeilen. Als ein Team des Regionalfernsehens anrückte, verwies Laurenti noch auf die Fassade der Kirche, die dem enthaupteten Johannes dem Täufer gewidmet war. »Fällt Ihnen denn gar nichts auf. Das wäre einmal ein schöner Aufmacher: San Iohanni D. MDCCCLVIII. Das D steht für *decollato*, enthalst. Sie haben der Symmetrie halber auch die Enthauptung gekürzt, damit es samt Jahreszahl schön mittig steht.«

Der Zeitungsfotograf lächelte verschmitzt und richtete sein Kameraobjektiv auf die Kirche. Würde es nach ihm gehen, wäre das ein intelligenter Aufmacher. Als die beiden sich wieder umdrehten, war Laurenti verschwunden. Sie sahen ihn hinter der Absperrung stehen, bei dem roten Auto. Er blätterte in einem Konvolut an Papieren, das er dann in einen Asservatenbeutel schob und versiegelte. Mit dem Packen unter dem Arm entfernte er sich auf die Piazzale Gioberti, wo die Endhaltestelle der Buslinien lag.

In der Via Battisti verließ Laurenti die Linie 6, stellte sich im *Caffè San Marco* an den Tresen und bestellte einen Espresso, den er mit zwei Schlucken leerte. Dann eilte er an der Synagoge vorbei zum Gerichtspalast. Flüchtig grüßte er die Kollegin von der Dienststelle, die am Seiteneingang Dienst schob, und nahm die Treppe bis zur Etage der Büros der Staatsanwaltschaft. Ohne anzuklopfen, trat er beim Leitenden Oberstaatsanwalts ein. Cirillo blitzte ihn wütend an. Vor ihm saß Staatsanwalt Scoglio mit niedergeschlagenem Blick. Vermutlich ließ er gerade eine Predigt über die Unfähigkeit und die Trägheit der Triestiner Sicherheitsbehörden über sich ergehen.

»Bevor Sie sich weiter aufregen, Dottore, der Fall ist abgeschlossen«, sagte Laurenti, bevor Cirillo ihn zurechtweisen konnte. »Gut, dass ich Sie gleich beide erwische.« Er nahm einen Aktenstoß von einem Stuhl und zog diesen heran, während er einfach weiterredete. Ließ man Despoten erst einmal zu Wort kommen, konnte sie nichts mehr aufhalten. Erst nachdem er die Sache umrissen und dabei die Rolle der Chefinspektorin deutlich überhöht und die eigene heruntergespielt hatte, schwieg er.

»Die einzige Tüchtige in der Questura«, kommentierte Cirillo böse. »Ich hoffe, die weiteren Untersuchungen des Einsatzes bringen keine unangenehmen Tatsachen ans Licht. Meldungen über wilde Schießereien sind das Letzte, was wir brauchen können. Die Stimmung in der Stadt ist schon aufgeladen genug. Die Untätigkeit gegenüber den Schleuserbanden und der illegalen Immigration ist nur eines der Probleme. Die Bevölkerung erwartet, dass Sie durchgreifen und die Sicherheit wiederherstellen, Commissario.«

Aus Laurentis Jackentasche drang das Klingeln seines Telefons, als Cirillo sich gerade in Rage redete. Der Commissario entschuldigte sich nicht, es war unmöglich, den Anruf nicht anzunehmen.

»Ah, Dottoressa, ich bin gerade bei Ihrem hiesigen Kollegen, dem Leitenden Oberstaatsanwalt. Als ich Ihre Nummer sah, musste ich einfach antworten. Ein Sakrileg. Er wird mich bei lebendigem Leib fressen, wenn Sie mir keine Neuigkeiten mitteilen.«

»Was ist denn in dich gefahren«, fragte Živa Ravno. Manchmal erlaubte sich Laurenti Scherzanrufe mit verstellter Stimme und versprach ihr die ewige Liebe. Dann wieder ewige Treue und erklärte ihr ausführlich den Unterschied. Diesmal jedoch hörte sie aus seinem Tonfall die besondere Situation heraus.

»Ach, Neuigkeiten über Borut Štefanić?«, fragte Laurenti mit gespieltem Ernst. »Das bewegt ihn sicherlich zur Nachsicht.«

»Mensch, Proteo, ruf mich an, wenn du wieder allein bist, damit wir uns verabreden können.« Živa Ravno klang fröhlich. »Auch wenn du mir versprochen hast, dass du die Informationen nur persönlich entgegennimmst, helfe ich dir zumindest in Andeutungen aus der Patsche. Euer Borut Štefanić hat gar nichts mit dem Kriegsverbrecher zu tun. Es muss sich um eine Verwechslung handeln. Der, den ich meinte, der Ustascha, hatte keine Nachfahren oder lebenden Verwandten, als sie ihn erschlagen haben. Genaueres erzähl ich dir, wenn wir uns sehen. Ich küsse dich.«

»Ich Sie auch, verehrte Frau Generalstaatsanwältin.« Laurenti legte auf und schaute in die betretenen Gesichter Cirillos und Scoglios.

»Fehlanzeige«, sagte er zu den beiden Staatsanwälten. »Besser, ich gehe jetzt. Das Protokoll wird viel Zeit brauchen. Bei dem Toten von der Autobahntankstelle in Prosecco, Dottor Scoglio, handelt es sich lediglich um eine tödliche Verwechslung. Ich habe soeben die Bestätigung von Generalstaatsanwältin Ravno aus Zagreb erhalten. Die entsprechenden Unterlagen werden demnächst auf den Weg gebracht. Damit ist auch dieser Fall gelöst. Gleich zwei an einem Tag, das kommt nicht so häufig vor.« Er war bereits aufgestanden und sah beim Hinausgehen noch, wie Cirillo sich an die Stirn tippte. Scoglio hingegen unterdrückte ein Lächeln. Er kannte die Gerüchte um die Affäre zwischen Laurenti und Živa Ravno. Dem Leitenden Oberstaatsanwalt waren sie offensichtlich noch nicht zu Ohren gekommen.

In ihrer Sturheit hatte sich Sonia Padovan entgegen Laurentis Anweisung in den Papieren des alten Mannes festgelesen, während Kollege Moreno Cacciavacca die enorme Wohnung mit den knarzenden Parkettböden an der Piazza Carlo Alberto inspizierte. Er konnte Sonia nicht einmal mit dem Vorschlag, in der Nähe einen Imbiss zu nehmen, von ihrer Lektüre weglocken.

Sie hatte alle Schubladen geleert und damit begonnen, die Papiere auf dem schweren Biedermeier-Schreibtisch zu sortieren. Alle, die ihr von historischem Belang schienen, bildeten einen eigenen Stapel. Papiere auf Deutsch, manche noch mit Hakenkreuz, alte Ausweise und der noch ältere Führerschein. Sowie Geburtsurkunde und Zeugnisse und eine Invaliditätsbescheinigung aus Deutschland. Andere wiederum waren auf Englisch. Am interessantesten schien ihr, dass Petri nicht nur vom italienischen Staat Rentenbescheide bekam, sondern auch aus der Bundesrepublik und den USA. Zusammengezählt ergab sich daraus eine monatliche Zahlung, die Sonia vor Neid blass werden ließ. Schon Mitte der Sechzigerjahre hatte der Mann die ersten Bezüge erhalten, als er noch nicht einmal fünfzig war. Sonia selbst würde vermutlich arbeiten müssen, bis sie siebzig war, und dann immer noch darum bangen, überhaupt die Mindestrente zu bekommen. Die Alten haben uns alles weggefressen, dachte sie. Vielleicht sollte sie doch das Angebot ihres Vaters annehmen und in seinen Steinmetzbetrieb einsteigen, wo sie gelegentlich Einnahmen aus der schwarzen Kasse zur Seite legen könnte. Andererseits war sie der Meinung, dass der Staat als Arbeitgeber, dank geregelter Arbeitszeiten, bezahlter Überstunden, Weihnachtsgeld und Ferien das bessere Leben garantierte. Und solange sie nicht in Gegenden mit höherer Kriminalität versetzt wurde, könnte sie ihrem Vater immer noch nebenbei zur Hand gehen und unter der Hand ein wenig dazuverdienen. Sie riss sich aus ihren Tagträumen und suchte weiter.

In den Unterlagen befanden sich auch alte Durchschläge, die mit einer mechanischen Schreibmaschine und Kohlepapier auf dünnem Papier erstellt worden sein mussten. Soweit sie es überblicken konnte, waren es Berichte von illegalen Waffenlagern samt Ortsbeschreibung und Arsenal. Mindestens zwei davon waren in den Siebzigern auf dem Karst entdeckt worden, eines in einer Grotte bei dem alten Weiler San Pelagio. Ein anderes hoch über dem Meer in einem ehemaligen deutschen Bunker in der Nähe des Wasserturms *Tiziana Weiss*, der einer in jungen Jahren verunglückten Bergsteigerin gewidmet war. Sonias Vater hatte immer wieder von den Funden erzählt. Es handelte sich um nach 1959 gelieferte fabrikneue Waffen aus den USA und Franco-Spanien für die von der CIA in den NATO-Staaten hinter den Kulissen geleitete Geheimorganisation *Stay Behind* sowie Explosivstoffe und Zünder aller Art. In Italien lief die Organisation unter dem Namen *Gladio*. Sie hatte mindestens hundertneununddreißig geheime Depots im Land angelegt, die angeblich der Abwehr einer kommunistischen Invasion dienten. Davon einhundert im Großraum Triest. Es gab Leute, die bis heute der Ansicht waren, dass die Geheimorganisation das Ziel hatte, anstelle der jungen Demokratie mit einer starken kommunistischen Partei wieder ein autoritäres Regime einzusetzen. Alte Faschisten führten das Kommando und stützten sich dabei auf radikalen Nachwuchs. Einer der Dunkelmänner an den Schalthebeln schien Wolf-Peter Petersen alias Pietro Pieri gewesen zu sein. Wer hatte ihn beauftragt, und wie konnte es sein, dass er nie belangt wurde und sogar einen neuen Freundeskreis aufbauen konnte? Waren die Leute wirklich so vergesslich? Sonia würde wieder einmal ihren Vater oder die Großväter dazu befragen müssen.

Als sie die persönlichen Dokumente von Pietro Petri zusammengetragen hatte, fiel ihr Blick auf die leeren Schubladen. Sie stutzte, eine von ihnen war kürzer als die anderen. Sonia kniete hinter den Schreibtisch, griff in die beidseitigen leeren Schubladenkästen, klopfte kräftig gegen das Holz und tastete es ab. Kollege Moreno Cacciavacca kam neugierig herein, als er das laute Pochen vernahm. Endlich tauchte der rote Schopf seiner Kollegin hinter dem Schreibtisch auf.

»Sag noch einmal jemand, dass ich keine gute Spürnase wäre«, grinste sie breit und legte eine lederne Mappe auf die Tischplatte. »Ein Geheimfach. Ich wusste es doch.« Sie schlug die Mappe auf. Eine Namensliste, Telefonnummern, Adressen. Und maschinengeschriebene Briefe in antiquiertem Italienisch, die alle mit der Anrede *Caro Lupo* begannen. Dass Lupo im Deutschen Wolf bedeutete, wusste sie aus den Grimm'schen Märchen, die ihr ihre Großmutter früher vorgelesen hatte. Unterzeichnet waren sie von dem gefürchteten Kommandanten der X^a Flottiglia MAS, die unter der Nazibesatzung ungehindert ihr grausames Werk fortsetzen konnte. Direkt nach Kriegsende hatte er unter dem Schutz des amerikanischen Nachrichtendienstes OSS gestanden und musste nicht für seine Untaten büßen.

Als Sonia das Schreiben des von den Nazis mit zwei Eisernen Kreuzen ausgezeichneten Korvettenkapitäns aus Cádiz fand, wo er unter dem Schutz des spanischen Diktators Franco bis zu seinem Tod in Sicherheit war, stieß sie einen Schrei aus.

»Ich glaub, ich spinn, Moreno. Hör gut zu«, rief Sonia und las ihrem Kollegen die wenigen Zeilen vor. Sie brüllte fast.

Caro Lupo,
erst jetzt habe ich erfahren, dass Sie stolzer Vater wurden. Ich übermittle hiermit aufrichtig meine herzlichsten Glückwünsche an Sie und die stolze Mutter Vittoria Libia. Jetzt, da jene gescheitert sind, die uns im Unrecht verfolgten und ein besseres Vaterland verachteten, wünsche ich Ihnen, dass Ihre Tochter Anita bei bester Gesundheit zu einer aufrechten und treuen Dienerin unserer Sache heranwachsen und den stolzen Eltern die verdiente Ehre bringen wird, sobald sie unserem Kampf beitritt und ihn weiterführt. Zum Ruhme unserer Vaterländer. Und zur Verteidigung der Freiheit.
Hochachtungsvoll und in herzlicher Verbundenheit.

Bevor Cacciavacca nachfragen konnte, wer der Unterzeichner war, wählte sie schon die Nummer des Commissario. Er antwortete erst beim zweiten Versuch.

»Mensch, dauert das immer so lang?«, platzte sie, ohne zu grüßen, los. »Wie hieß die Mutter von Anita Desselieri gleich?«

»Sonia, so geht das nicht«, schimpfte Laurenti. »Du musst lernen ...«

»Mir doch egal. Wie hieß sie? Sag schon.«

»Du musst zuhören lernen.«

»Verdammte Scheiße, Proteo, ich habe keine Zeit für dumme Witze, ich meine die Mutter von Anita Desselieri.«

»Sind Sie übergeschnappt, Agente?«

»Wie hieß sie, habe ich gefragt.«

»Präsentieren Sie sich sofort in der Questura. In zehn Minuten.« Er erinnerte sich weder daran, wann er zuletzt einen derart autoritären Tonfall gewählt hatte, noch wann er jemanden, mit dem er eigentlich per Du war und den er seit der Kindheit kannte, plötzlich mit Sie angeredet hatte, um seine Autorität herauszukehren.

»Mensch, mach keinen Aufstand. Hieß sie mit Vornamen etwa Vittoria Libia?«

»So hieß sie, Agente. Und Sie stehen in zehn Minuten hier in meinem Büro.« Laurenti legte auf. Sobald die Sache restlos aufgeklärt war, würde er für ihre Versetzung sorgen. Am besten in eine andere Stadt. Nach Gorizia oder Udine vielleicht. Immerhin hätte sie es dann nicht allzu weit zu ihren Eltern auf dem Karst.

»Der Commissario will, dass wir sofort zurückkommen«, sagte Sonia zu ihrem Kollegen.

»Kann ich mir gut vorstellen, bei dem, was du dir rausnimmst.«

»Bist du verrückt, Moreno. Der kennt mich seit meiner Geburt.«

»Ja und? Was hat das mit der Arbeit zu tun? Mach dich auf alles gefasst. Er hat noch nie jemanden so rasch antreten lassen.«

»Aber dieser Brief ist doch der Hammer. Der alte Nazi ist der Vater der Lehrerin, und ihre Mutter ist eine alte Faschistin.«

»Sie ist keine Lehrerin, sondern Direktorin im Ruhestand.« Cacciavacca schüttelte den Kopf, als er die Wohnungstür versiegelte.

»Das ist doch das Gleiche.«

Sie hatten alles stehen und liegen lassen und bahnten sich mit Blaulicht und Sirene den Weg. Zweihundert Meter vor dem Polizeipräsidium stellte Moreno das Getöse ab. Er folgte der Kollegin das Treppenhaus hinauf.

Marietta schaute sie streng an und deutete auf einen Stuhl im Vorzimmer. »Du kannst gehen, Cacciavacca. Und du, Sonia, setz dich gefälligst dorthin, halt die Klappe und warte, bis der Chef frei ist. Er hat zu tun. Und ich auch.«

Marietta drehte ihren Stuhl wieder zum Computer und begann wie wild zu tippen. Am Verhalten des Vorzimmerdrachens ließ sich schon immer die Laune des Chefs ablesen. Und auf Marietta war in jeder Hinsicht Verlass.

Keine letzten Worte

Es war längst dunkel und durch die starke Bora bitterkalt, als Laurenti die Questura verließ und nach Hause fuhr. Den letzten regulären Parkplatz an der Küstenstraße belegte Adas Maserati. Der Commissario stellte seinen Wagen dahinter ins Halteverbot.

Das Einsatzprotokoll über die Verhaftung von Nicola Dapisin, den Tod seiner Komplizin Eleonora Rota und den vereitelten Anschlag auf Anita Desselieri hatte viel Konzentration erfordert. Der Commissario musste es mehrfach überarbeiten, bis sich nicht mehr der letzte Zweifel am tadellosen Vorgehen der Ermittler hineininterpretieren ließ. Cirillo sollte keine Vorlage für irgendeine Nörgelei geschenkt bekommen. Punkt achtzehn Uhr hatte Marietta es schließlich losgeschickt. Sonia Padovan hatte er so lange vor seiner Bürotür schmoren lassen.

Das Gespräch mit der jüngsten Polizistin seiner Abteilung verlangte ebenfalls eine Menge Kraft. Es dauerte, bis sie aufhörte zu widersprechen, seine Worte verinnerlicht hatte und ihre vorlaute Klappe hielt. Anfangs gab sie sich sogar beleidigt, weil sie ein Lob dafür erwartet hatte, das Geheimfach gefunden zu haben und damit die Lösung zum Rätsel um die Vaterschaft der pensionierten Schuldirektorin, die vermutlich selbst nichts davon ahnte. Sonia reagierte aufgebracht, als der Commissario ihr klarmachte, dass das auch andere geschafft hätten. Normaler Standard eines Ermittlers, der seiner Aufgabe mit

Sorgfalt nachkam. Dass das nicht auf alle Kolleginnen und Kollegen in der riesigen Questura zutraf, erwähnte er wohlweislich nicht.

Wer der Vater von Anita Desselieri war, spielte im Fall der beiden fehlgeleiteten Franzosen nicht die geringste Rolle und erfreute höchstens Tratschbasen. Der aufrechten Frau erschwerte es wahrscheinlich zusätzlich das Leben. Im Stillen fragte sich der Commissario, ob er den Beweis nicht verschwinden lassen sollte. Kein einziger Fall würde dadurch gelöst, doch ein schwerwiegendes Argument sprach dagegen: Der Unterzeichner der Briefe in der Ledermappe nannte in einem seiner Schreiben an Petri namentlich den Nachwuchs der verfassungsfeindlichen Organisation. Zwei dieser Männer hatten ihn als junge Kerle kurz vor seinem Tod sogar noch in Cádiz aufgesucht, seinem von Caudillo Franco gewährten spanischen Refugium. Einer von ihnen hatte später im italienischen Parlament gesessen und es damals sogar für kurze Zeit in ein Regierungsamt geschafft. Die dafür zuständigen Stellen würden einiges zu tun bekommen. So ruhig, wie es schien, war die Situation bei Weitem nicht. Vielleicht sollte er das Fundstück einfach unter der Hand einem seriösen Journalisten zustecken. Er musste ohnehin davon ausgehen, dass Sonia Padovan nicht den Mund halten würde.

Sie hatte noch einmal aufgemuckt, als er sie dazu ermahnte, ihm gegenüber im Kollegenkreis keine Vertrautheit zu zeigen und ihn nicht wie den lieben Onkel zu behandeln, wenn sie sich selbst keine Steine in den Weg legen wollte. Schon bei Dienstantritt hatte sie herumposaunt, dass der Commissario ein guter Freund ihres Vaters und sogar zu ihrer Taufe eingeladen gewesen war. Doch seien er und seine Frau Laura erst nach der kirchlichen Zeremonie zum anschließenden Fest in einer wunderbaren Osmizza auf dem Karst aufgetaucht. Als wäre es ihre eigene Erinnerung, hatte Sonia es zum Besten gegeben.

Es duftete verlockend, als Proteo Laurenti müde und hungrig das Haus betrat.

»Da bist du ja endlich«, sagte Laura, als er sein Jackett über einen Stuhl warf.

»Kochst *du* etwa heute?« Proteo zeigte auf ihre Schürze. »Was gibt's denn Feines? Und wo ist Marco?«

»Er holt Patrizia am Bahnhof ab. Sie sollten gleich da sein. Der *Frecciarossa* aus Mailand war wie immer pünktlich. Ada ist auch da. Schon seit heute Nachmittag. Sie hat sich um meine Mutter gekümmert und um die Kleine, weil Livia zu tun hatte. Häng dein Jackett bitte an die Garderobe.«

»Musste sie wieder mit ihrem künftigen Ehemann streiten, weil sie ihm von hier aus nicht die Pantoffeln hinstellen kann? Sag endlich, was du zubereitest.« Er sah einen riesigen Topf, in dem die Gräten und der Kopf eines enormen Fisches simmerten.

»Absolut fangfrisch, aber das wird eine Brühe für morgen, die braucht noch länger.« Laura drückte ihm eine eiskalte Flasche Spumante in die Hand. »Schenkst du den Aperitif ein? Ein Fischerfreund hat heute früh mit der Harpune eine enorme Marmorbrasse erlegt, die ich ihm abschwatzen konnte. Ich habe sie filetiert und bereite sie in *acqua pazza* zu, wie bei euch zu Hause. Ich hoffe, das ist dir recht?« Laura stellte oft Fragen, die keinen Widerspruch vorsahen. Sie kam selten zum Kochen, wenn sie im Vorbereitungsstress einer Versteigerung steckte. Dafür hatte sie ein feines Händchen, wählte immer die besten Zutaten und behielt die richtigen Garzeiten penibel im Blick.

»Wenn wir auch noch frische Tomaten hätten, wäre es eine Wucht«, seufzte er und entfernte umständlich das Drahtgeflecht über dem Korken.

»Wir haben doch alles noch vom letzten Jahr. Unsere Tomaten als Confit eingelegt, die Kapern, die Oliven, den Knoblauch. Alles von hier, sogar der Fisch. Aber du solltest Ada begrüßen, und mach endlich die Flasche auf, dann kocht es sich besser. Du siehst übrigens auch aus, als würdest du einen guten Schluck zur Wiederbelebung brauchen.«

Sie hatte ja recht. Er nestelte immer noch an dem Draht über dem Korken herum, als er in den Salon ging und die exzentrische alte Dame begrüßte, die soeben vor dem Fernseher den letzten Schluck Negroni runterkippte. Er würde ihr nach dem Essen also wieder einmal ausreden müssen, mit dem eigenen Wagen zu fahren. Noch so ein unmögliches Unterfangen. Ada war schließlich der Meinung, dass ihr in ihrem Alter und nach den überstandenen Prüfungen eines langen Lebens nichts mehr passieren könnte.

»Ah, da bist du ja endlich«, sagte sie und zeigte auf die Nachrichten des Regionalfernsehens. »Schau, da spricht dieser eitle Kerl über deine Arbeit, als hätte er sie selbst vollbracht.«

Als Laurenti Cirillos Gesicht sah, der sich vor dem Interview das Haar frisch gegelt und den Schnauzer geglättet haben musste, entglitt ihm der Korken und schoss mit einem lauten Knall an die Decke, dort prallte er ab und traf wie ein Blindgänger Adas Barett. Der Spumante spritzte in hohem Bogen ausgerechnet auf den Bildschirm und dem Mann ins Gesicht. Laurenti nahm rasch das erste Glas und schenkte ein. Ada Cavallin lachte so heftig, dass ihr die Mütze verrutschte.

Im Fernsehen hielt Cirillo ein paar Blätter in der Hand, die er keines Blickes würdigte. Es konnte sich nur um das Protokoll des Commissario handeln. Langatmig erklärte er, wie seine strenge Koordination der Ermittlungen und der eingesetzten Kräfte dazu geführt hätte, einer Serie von Gewaltverbrechen ein Ende zu setzen, Verbrechen, die schon seit geraumer Zeit in der ganzen Region verübt, aber erst von ihm persönlich in einen Zusammenhang gebracht worden waren. Selbstverständlich kannte man die konkreten Motive, würde sie aber erst veröffentlichen, wenn Sicherheit darüber bestünde, dass keine weiteren Menschen in Gefahr seien. Ferner liefe auch die Suche nach Hintermännern, Handlangern und Informanten weiter.

Wollte er damit etwa andeuten, dass er erst die politische Tragweite der Namen abwägen müsste, bevor er sie veröffentlichen würde? Die Bürger hätten auf jeden Fall das Recht zu erfahren, dass ihre Sicherheit immer und zu jeder Zeit gewährleistet sei, fuhr Cirillo fort. Seit er den Dienst in dieser wunderbaren Stadt aufgenommen habe und alle Maßnahmen im Detail koordiniere, hätte sich das Blatt zum Guten gewendet. Viel zu oft müsse man leider gegen die eingeschliffenen Gewohnheiten vorgehen. Doch nun ginge von den beiden aus Frankreich angereisten Killern keine Gefahr mehr aus.

»Killer aus Frankreich?«, raunte Ada. »Ich dachte, die heuert man in Osteuropa an.«

»Killer ist ein allzu großes Wort, Ada. Das waren keine Auftragsmörder.«

»Auf jeden Fall scheinen alle außer diesem Wichtigtuer Idioten zu sein«, schimpfte Ada. »Eine Partei sollte er gründen bei dem Selbstbewusstsein.«

Laurenti stürzte sein Glas in einem Schluck hinunter und stieß einen verächtlichen Rülpser aus. »Oh, entschuldigt bitte, aber es gibt Situationen ...« Dann schenkte er endlich den anderen ein und prostete Ada, Livia und seiner Frau zu. Camilla schaute noch immer auf den Fernseher, und Barbara spielte auf dem Parkettboden sitzend mit einer leeren Wasserpistole. Laurenti nahm die Kleine auf den Arm und legte das Spielzeug beiseite.

»Wer hat ihr denn dieses Ding geschenkt?«, fragte er besorgt.

»Ich dachte, sie würde sich freuen«, meinte Ada. »Ihr Großvater hat ja auch eine.«

»Leider nicht mit Wasser«, seufzte Proteo Laurenti.

Als er nach dem Einsatz in die Questura zurückgekommen war, musste er für die Ersatzwaffe erst einmal einige Formulare ausfüllen.

Inzwischen hatten die Hauptnachrichten begonnen. Antirassistische Proteste in mehreren amerikanischen Großstädten, es kam zu gewaltsamen Auseinandersetzungen. »Anarchisten, Unruhestifter, Plünderer oder Gesindel«, lautete der Kommentar des US-Präsidenten. Laurenti suchte vergebens die Fernbedienung, um den Kasten abzustellen oder zumindest die Lautstärke zu reduzieren. Doch seine Schwiegermutter würde sie nicht aus der Hand geben, auch wenn sie der Sendung nicht folgte. Ihr ging es um die Geräuschkulisse und bewegte Bilder. Dann tauchte auch noch das Gesicht dieses frei von allen Hemmungen agierenden Populisten auf, dessen Maske der Armbrustschütze beim Mord an Giorgio Dvor getragen hatte. Sein Kommentar begann mit *Prima gli Italiani*, Italiener zuerst, als hätte er eine Gehirnwäsche aus Washington bekommen. Er arbeitete ununterbrochen daran, Neuwahlen zu provozieren, und scherte sich nicht darum, dass er sich dabei fast täglich selbst widersprach. »Sobald wir an der Regierung sind«, wiederholte er einen Satz und fasste sich dabei wichtigtuerisch an die Brille mit den ungeschliffenen Gläsern, »werden Polizei und Carabinieri freie Hand bekommen, um die Städte sauber zu halten. Wir werden eine kontrollierte ethnische Säuberung vornehmen. Genauso, wie sie die von den illegalen Einwanderern unterdrückten Italiener erleiden.«

Proteo Laurenti wurde es zu viel. Er setzte die kleine Barbara der Schwiegermutter auf den Schoß, die glücklich strahlend von der Fernbedienung abließ. Er konnte gerade noch den Fernseher ausschalten, als die Kleine ihre Ärmchen wieder nach ihm ausstreckte. Wären in diesem Moment nicht Patrizia und Marco laut lachend in den Salon geplatzt, hätte Camilla sicher eine Szene gemacht. Patrizia nahm ihre Tochter auf und begrüßte den Rest der Familie.

Laura rief aus der Küche ihren Sohn zu Hilfe und bat die anderen zu Tisch. Nur sollte ihr Mann vorher eine Flasche Wein öffnen, der Spumante war längst ausgetrunken.

»Wie war's in Mailand?«, fragte Laurenti, während Marco die große Platte mit der Marmorbrasse *all'acqua pazza* hereintrug und neben ihm einen Stapel Teller auf den Tisch stellte, um den Fisch mit geübten Handgriffen zu servieren. »Mamma hat ein gutes Händchen, wenn sie will«, sagte er anerkennend.

»Ganz schön was los dort, sag ich euch«, begann Patrizia fröhlich zu erzählen. »Sogar im Februar. Ich liebe diese großen Städte, in denen es alles gibt. Allerdings kosten die Drinks im Zentrum mindestens doppelt so viel wie bei uns.«

Patrizia trank unter dem kritischen Blick ihres Vaters einen großen Schluck Wein. Er war schon lange nicht mehr in der Metropole gewesen. Was gab es in Mailand, was sie hier nicht hatten, außer Mode? Smog vielleicht und viel zu viele Menschen auf engem Raum. Ihm würden das Meer und die Weite des Horizonts fehlen. Und hier in Triest war er vor allem beruflich besser dran als in der Großstadt, wo die Dichte der Verbrechen um ein Vielfaches höher war.

Die Frage nach dem Grund ihrer Reise verbiss er sich. Livia hatte ihn gebeten, er möge das Thema Schwangerschaft bis auf Weiteres meiden.

Doch Patrizia kam von allein darauf zu sprechen. »Eine alte Freundin besucht. Wir haben damals in Neapel zusammen studiert. Und ihr Vater ist ein angesehener Gynäkologe.«

»Ach ja?« Jetzt war es Laura, die nachbohrte. »Und was hat er gesagt?«

»Hormonelle Fehlmeldung.« Patrizia nahm noch einen Schluck Wein. »Ich hatte mich geirrt.«

Ihre Eltern wechselten ungläubige Blicke, doch das Thema war vorerst vom Tisch, weil Patrizia sogleich von der zentral gelegenen Wohnung über den Dächern Mailands erzählte, von deren Terrasse man sogar den Blick auf den Dom genieße. Sie musste ein Vermögen wert sein.

»Es kann übrigens sein, dass es gar nicht zur Versteigerung kommt«, lenkte Laura gleich auf ein neues Thema um. »Kaum standen die Bilder auf unserer Website, meldete sich auch schon ein Anwalt aus Lugano. Ein anonymer Sammler sei daran interessiert, das gesamte Los auf einmal zu übernehmen, hat er gesagt. Ein einziges Werk können Proteo und ich vielleicht vorher noch erwerben.« Sie zwinkerte ihrem Mann zu. Laura hielt also an ihrer Idee für das Hochzeitsgeschenk fest. Etwas Bleibendes, wie sie gesagt hatte.

»Ist das nicht gut, wenn einer alles übernimmt?«, fragte Livia.

»Ja und nein. Hängt ganz vom Preis ab. Aber da Gino Parin unter Wert gehandelt wird, würde es vermutlich sowieso nicht zu einer überraschenden Bieterei kommen. Wir werden sehen, wie das letzte Angebot des Interessenten ausfällt. Auf jeden Fall ist es schön, dass dieser Künstler noch Liebhaber hat. Und wenn der Deal zustande kommt, ist das eigentlich eine Zeitungsmeldung wert.«

»Apropos Zeitung, ich habe gelesen, dass das Foto des toten Odilo Globočnik ein *Bluff* der Amerikaner oder Engländer gewesen sein soll«, sagte Livia zur Überraschung aller.

»Wer soll denn das sein?«, fragte Marco.

»Ein Nazi-Kommandeur«, sagte Livia. »Du weißt aber auch gar nichts. Der war damals das blutrünstigste Schwein von allen hier.«

»Dass Livia sich für Geschichte interessiert, ist mir allerdings auch neu«, bemerkte Laurenti erstaunt.

»Seit Mamma mir das Buch von Paul Parin geliehen hat.

Die Geschichte der eigenen Gegend ist etwas ganz anderes als die Weltpolitik. Die ist immer viel zu abstrakt.«

»Und wo hast du aufgeschnappt, dass Globočnik angeblich doch nicht tot war?« Es war der Ermittler, der nun aus Laurenti sprach und selbst beim Abendessen im Kreis der Familie wieder die Oberhand bekam.

»Ich wollte ein bisschen mehr wissen und hab das Internet durchsucht. Im *Independent* gab es vor Jahren einen ellenlangen Artikel einer Journalistin namens Gitta Sereny. Globočnik wurde von den Engländern in der Nähe des Weißensees in Kärnten gefasst. Er soll eine Zyankali-Kapsel zerbissen haben. Das Foto seiner Leiche ist auch in der Ausstellung der Risiera zu sehen. Ziemlich unscharf allerdings: Man könnte ihn nicht identifizieren, und das trotz der technischen Ausrüstung, die sie hatten. Sieht echt nach Fake aus. Dann gibt es auch noch die Hypothese, dass Globočnik zuerst nach Kanada geschleust wurde und später in Miami lebte, wo er angeblich bis zu seinem Tod in den Siebzigern als *entartet* verfemte Kunst gehandelt habe.«

Laura horchte auf. »Wenn das stimmt, dann waren das wohl Bilder, die er seinen Opfern geraubt hatte. Hatte er einen neuen Namen bekommen? Und weißt du, wie seine Galerie hieß? Dann könnte ich mal in den einschlägigen Verzeichnissen nachsehen.«

»Keine Ahnung, Mamma. Ich weiß gar nicht, wem ich glauben soll. Er soll allerdings bei der Flucht einen riesigen Schatz nach Kärnten gebracht und dort versteckt haben. Es gibt eine Liste mit unzähligen Tonnen Gold und Edelmetallen, Edelsteinen, Bargeld in den verschiedensten Währungen und vielem mehr. Es sei längst nicht alles gefunden worden, und ihm selbst soll ein Teil davon auch wieder von britischen Offizieren gestohlen worden sein. Dafür heißt es, die Amerikaner und Engländer wollten ihn zuerst als Experten für Partisanenbekämpfung in den Nahen Osten bringen. Nach Syrien angeblich, worauf er sich aber nicht eingelassen haben soll. Was ich nicht verstehe, ist, weshalb solche Typen überhaupt noch verhandeln konnten und nicht sofort hingerichtet wurden.«

»Wenn er wirklich einen so riesigen Schatz hatte, war das Verhandlungsmasse genug. Hast du die Quellen überprüft? Im Internet wird alles Mögliche verbreitet.« Laurenti erinnerte die Geschichte an Pietro Petri, alias Wolf-Peter Petersen oder Lupo, das letzte Opfer der beiden Franzosen. Den Unterlagen aus seiner Wohnung zufolge war offensichtlich auch er wieder gebraucht und von den Amerikanern zurück nach Italien geschickt worden. Zuerst in die Gegend um Pistoia. Und nach Abzug der Alliierten schließlich nach Triest, zur Koordination der illegalen *Stay-Behind*-Aktivitäten, für die er alte und junge Faschisten rekrutierte.

»Vorgetäuschter Tod durch die Alliierten?«, raunzte Ada Cavallin. »Dass dieser Scheißkerl Globočnik ein Experte war, bezweifle ich allerdings, der war nur skrupellos brutal. Wenn ich ihm in die Hände gefallen wäre, säße ich jetzt nicht hier, sondern wäre unter der Folter krepiert. Zum Glück habt ihr mich aufgenommen.« Sie streichelte lächelnd die Wange Camillas, die neben ihr abwesend den Fisch zum Mund führte.

»Ja, ich weiß noch genau, wie du bei uns angekommen bist«, behauptete Camilla. »Ich musste ja ständig auf dich aufpassen.«

Niemand machte sich die Mühe, sie zu korrigieren. In Wahrheit trennten die beiden alten Damen fast zehn Jahre. Camilla ging noch zur Grundschule, als Ada bei ihnen ankam, die bei Kriegsende zwanzig war und ihr bei den Hausaufgaben geholfen und sie in ihre Obhut genommen hatte. Offiziell war sie die Haushaltshilfe und das Kindermädchen der Familie Tauris gewesen. Die gefälschten Papiere hatten sie vier Jahre jünger gemacht.

»Mein Vater war schon längst deportiert, aber ich weiß, was das Schwein und seine Schergen mit meiner Mutter gemacht haben, um mich zu fassen. Sie erholte sich bis zu ihrem Lebensende nicht davon. Wir Frauen hatten eine Schlüsselrolle im Widerstand. Wir überbrachten die Informationen, anhand derer sich die Partisanen koordinierten. Wir schmuggelten Kassiber, Waffen und Lebensmittel, sorgten für Verwundete und für Verstecke. Und manche von uns kämpften in der ersten Linie«, setzte Ada ihre Erzählung fort. »Ich kann mir aber schon vorstellen, dass er davongekommen ist, wenn er den Amerikanern irgendwie von Nutzen war. Er wäre nicht der Einzige. Überlegt doch mal: Dass Globočnik eine Zyankalikapsel zerbissen und sich damit selbst ein schnelles Ende gesetzt hätte, wäre doch für alle die bequemste Lösung gewesen. Seine Landsleute mussten sich keine unangenehmen Fragen über die eigene Rolle mehr stellen. Endlich ein Schuldiger, auf den man zeigen konnte. Ein Problem hat sich von selbst aus dem Weg geschafft. Wer weiß, vielleicht wurde ja seine Akte inzwischen freigegeben? Meinen ersten Ehemann hätte das brennend interessiert.«

»Wie oft warst du eigentlich verheiratet, Ada?«, fragte Marco auf einmal. Bisher hatte er eher uninteressiert zugehört und seinen Fisch gegessen.

»Nur viermal.«

»Das hört sich aber nicht gerade nach Widerstand an. Wer hätte eigentlich heute noch etwas davon, wenn man die Wahrheit wüsste? Ich meine, das ist doch ewig her.«

»Das kann ich dir sagen, Marco«, antwortete Proteo. »Es ist, wie Ada vor einigen Tagen sagte, eine Vergangenheit, die nicht vergeht und die noch immer zu Verbrechen führt. Wir hatten gerade mit nichts anderem zu tun, weil zwei jüngere Personen sich auf ungeprüfte Aussagen stützten und meinten, sie müssten selbst das Recht in die Hand nehmen. Dass offizielle

Quellen und Nachschlagewerke auf den Suizid Globočniks hinweisen, wie Livia sagt, ist allerdings interessant.«

»Ich glaube nicht an Verschwörungstheorien«, sagte Ada Cavallin. »Dazu ist die Welt zu groß. Jeden Moment kann sich ein Zeitzeuge melden und erzählen, wie es wirklich war. Kein Regime ist stark genug, die Geschichtsschreibung so zu verdrehen, dass es nicht irgendwann auffliegt.«

»Solange die Mehrheit nichts anderes hören will, funktioniert es leider«, meinte Livia.

Ada schob ihr leeres Glas über den Tisch und ließ sich von Marco nachschenken. »Und dann gerät etwas in Vergessenheit, weil alle mit dem Wiederaufbau beschäftigt sind. Das ist nicht wie in deinem Beruf, Commissario. Du musst einen Mörder finden, und wenn du das schaffst, dann bekommt er seine Strafe.«

»So gut wie alle«, knurrte Laurenti und hielt Marco ebenfalls sein leeres Glas hin, der daraufhin die Flasche in die Mitte des Tisches schob.

»Ach, dein Job funktioniert selbst in einer Diktatur«, lachte Ada. »Zumindest solange der Täter keine besonderen Beziehungen hat, die ihn raushauen. Doch wenn jemand zusammen mit anderen Kriminellen und dem Rückhalt seines Volks Abertausende Unschuldige systematisch umbringt, dann sitzt nach dem Fall des Regimes er oder einer seiner Komplizen bei Verhandlungen mit am Tisch und pokert um Gegenwart und Zukunft.«

»Du glaubst also, er entkommt ungestraft, weil die Gewinner ihn brauchen, um die Lage zu stabilisieren?«, mischte sich schließlich auch Patrizia ein.

»Vielleicht hilft ein Beispiel«, sagte Ada schnell. »Noch 1960 waren bei uns fast alle Präfekten und Polizeipräsidenten oder ihre Stellvertreter Funktionäre, die schon während des Faschismus im Amt gewesen waren. Und stell dir mal vor, wie das erst in Deutschland oder Österreich gewesen sein muss, wo es fast überhaupt keinen organisierten Widerstand gab. Siehst du, wie eng verbunden die Länder noch immer sind.« Sie nestelte nach einer ihrer dünnen Zigaretten. Als sie Patrizias besorgten Blick sah, legte sie die Packung zurück, bevor sie zur Ordnung gerufen wurde. Dafür schenkte sie sich noch einmal Wein nach.

»Ada, in welchem Jahr hast du eigentlich deine Villa gekauft?«, fragte Laurenti.

»Mitte der Siebzigerjahre. Ich war gerade wieder Witwe geworden. Nach dem Prozess über die Risiera war sie auf den Markt gekommen. Warum fragst du?«

»Die Mutter der Frau, der der letzte Anschlag galt, hat dort gewohnt. Sie verschwand nach dem Prozess fluchtartig aus der Stadt und wurde angeblich nie wieder gesehen. Sie war selbst eine der Henkerinnen gewesen. Eine der vielen Amnestien hat sie allerdings vor einer Strafe bewahrt.«

»Das wäre ein dummer Streich des Schicksals«, murmelte Ada und klopfte nervös mit den Fingern auf ihre Zigarettenpackung.

»Du meinst, weil du selbst bei den Partisanen gewesen bist?«, fragte Marco. »Aber dann warst du doch bei den Guten?«

»Zumindest habe ich das lange geglaubt.« Ihre Antwort kam so zögerlich, dass alle am Tisch sie neugierig anstarrten. Diesmal zog sie eine Zigarette aus der Packung und steckte sie an. Niemand protestierte, Patrizia trug ihre Tochter ins Schlafzimmer.

»Hast du auch geschossen?«, insistierte Marco. »Ich meine, dir traue ich fast alles zu.«

»Du willst doch nur eine Heldengeschichte hören, wie alle anderen. Aber Heldengeschichten sind Märchen. Ja, ich habe geschossen. Und damit basta.«

»Aber du warst doch im Recht, Ada«, bohrte Marco weiter. »Sonst hättest du ja wohl dafür büßen müssen.«

»Vergiss es, niemand ist unschuldig«, wich die alte Dame aus. »Auch unter den Partisanen gab es Ideologen. Kommunisten, Katholiken, Liberale, Nationalisten und Internationalisten. Naive, Schlaue, Profiteure und auch Idealisten. Sobald der gemeinsame Feind fehlte, bekämpfte man sich gegenseitig. Die Guten gibt es nur, solange man daran glaubt.«

»So ein Quatsch«, protestierte Patrizia, als sie zurückkam. »Es waren doch nicht alle im Unrecht. Es gibt so viele Berichte von Leuten, die Verfolgte versteckt haben.«

»Ich spreche doch nicht von den Ausnahmen. Die Regel ist deprimierend«, sagte Ada gereizt.

»Jetzt spielst du dich doch auf«, widersprach Patrizia trotzig. »Als wüsstest du alles, nur weil du verfolgt wurdest. Auch Omas Familie hat dich gerettet. Bisher schienst du eher Heldin als Opfer zu sein.«

»Wer hatte denn den Mut, den Mund aufzumachen?«, fegte Ada den Einwand vom Tisch. »Im Recht befindet man sich immer nur auf der Seite der Stärkeren. Es braucht nicht viel, und schon ändern sich die Gesetze. Und dann?«

»Aber es waren doch nicht alle so.« Patrizia starrte die Alte entsetzt an.

»Ja, natürlich gab es einige Aufrechte, aber die trugen selten Waffen.« Ada schien sich wieder zu fangen »Einige, die daran glaubten, die Welt müsste besser, gerechter sein. Doch viel zu viele hatten die Hoffnung, dass sie ihr Leben nach dem Krieg weiterführen könnten wie zuvor. Niemand konnte das. Und wenn du in mein Alter kommst, hast du genug gesehen. Das Gedächtnis stellt hässliche Fallen. Und ein Verbrechen kann man nicht gegen ein anderes aufrechnen. Jetzt wisst ihr mehr, als mir selbst lange Zeit klar war. Ich sage euch, wie es ist, also bitte, glaubt mir nicht!«

»Hast du jetzt geschossen oder nicht?«, ging Marco dazwischen.

»Vielleicht nicht oft genug.« Die alte Dame lächelte. »Gib mir noch einen Schluck Wein, dann fahre ich nach Hause. Ich muss nachdenken.«

»Nein, Ada«, widersprach Proteo Laurenti. »Du kannst trinken, so viel du willst. Aber du fährst nicht mehr. Du schläfst hier, so wie das letzte Mal. Oder ich ruf dir ein Taxi. Gib mir deine Autoschlüssel.« Er streckte die Hand aus, doch die Alte rührte sich nicht vom Fleck.

»Ich kann gut auf mich selbst aufpassen, mein Lieber. Wie, glaubst du, bin ich sonst so alt geworden? Wenn die Gesundheit hält, gebe ich den Führerschein an meinem hundertsten Geburtstag ab. Die fünf Jahre hält mein Auto schon noch durch. Danach ist's dann aber wirklich genug.«

»Nein, Ada. Kommt nicht infrage. Du fährst auf keinen Fall mehr«, konnte er noch sagen, bevor der Rest der Familie sie in wildem Stimmengewirr zu überzeugen versuchte.

»Ihr habt ja keine Ahnung davon, wie schön das damals war, als ich mich noch mitten in der Nacht auf dem Heimweg spontan entscheiden konnte, die Stereoanlage mit einer Verdi-Oper aufzudrehen und in einem Stück bis nach Rom oder Paris, Budapest, Wien oder Belgrad zu fahren, um dort zu frühstücken. Oder manchmal nur bis nach Venedig oder Florenz. Und spätestens am übernächsten Tag war ich wieder zurück, und die anderen schauten mich ungläubig an, als ich ihnen davon erzählte. Sie dachten, ich wäre durchgeknallt. Das ging natürlich nur, wenn ich wieder mal ohne Ehemann war. Kein Schwein hatte diese dämlichen Telefone, mit denen man überall erreichbar ist. An frühen Morgen in fremden Ländern unter fremden Himmeln zu sitzen ist wunderschön.«

Nur die alte Camilla lächelte immer noch, als wäre sie stolz auf ihre Freundin, die sich von niemandem etwas sagen ließ.

Nicht einmal vom Commissario, der ihr Glas jetzt fast bis zum Rand vollschenkte. Sie würde spätestens nachgeben, wenn sie restlos betrunken wäre, dachte er. Viel konnte nicht fehlen. Selbst er spürte inzwischen den Wein.

»Du bleibst bei uns, Ada. Da gibt's keine Widerrede.«

»Ich fahre nach Hause, da kann ich rauchen, so viel ich will. Außerdem bin ich seit Jahrzehnten daran gewöhnt, mein letztes Glas vor dem Schlafengehen allein zu trinken.«

»Unsinn, Ada. Ich mach dir jetzt dein Bett«, sagte Laura bestimmt und erhob sich. »Und jetzt, wo die Kleine schläft, kannst du auch hier rauchen. An Wein fehlt es auch nicht. Oder willst du eine Grappa? Camilla freut sich, wenn ihr Morgen zusammen frühstückt, und die Kinder ebenfalls, wenn sie deine Erzählungen hören. Es ist ein großes Glück für sie, dass es noch jemanden gibt, der so viel weiß. Sie saugen es auf wie trockene Schwämme.«

»Na gut, aber ein Whisky wäre mir lieber. Man soll ja im Alter nicht mehr mit den Gewohnheiten brechen.« Ada lächelte geheimnisvoll, rückte ihr Barett mit dem leuchtend roten Stern zurecht und schien sich dem Einspruch zu fügen.

Laura brachte ihre Mutter zu Bett, während Marco, Livia und Patrizia sich von Ada verabschiedeten und verkündeten, sie würden noch ausgehen.

»Wir können dich auch heimbringen, Ada«, bot Livia an.

»Nein, dann steht doch mein Wagen hier.«

»Du bleibst«, sagte Laurenti und goss ihr ein Glas Whisky ein. »Die Flasche lassen wir für dich auf dem Tisch stehen, damit du den allerletzten Drink allein nehmen kannst. So, wie du es gewöhnt bist. Aber kippe bitte die Fenster, bevor du schlafen gehst. Den Weg ins Gästezimmer kennst du ja. Ich hatte einen teuflischen Tag und muss jetzt ins Bett. Nur eine letzte Frage, Ada: Nimmst du das Barett eigentlich ab, bevor du schlafen gehst, oder behältst du es auch im Bett auf. Man hört, du würdest es nicht einmal in der Badewanne absetzen.«

»Mit mir saß seit Jahrzehnten keiner mehr in der Badewanne. Du bist und bleibst ein Blödmann, Proteo.« Ada Cavallin lachte und schenkte sich Whisky nach. »Die Welt wäre besser, wenn alle Bullen wären wie du. Danke für alles.«

Finale

Wenn er mitten in der Nacht durch einen Anruf aus dem Schlaf geholt wurde, antwortete Commissario Proteo Laurenti in der Regel nach dem zweiten Klingeln, während Laura sich für gewöhnlich zur Seite drehte und selig weiterschlief. Doch dieses Mal war es die Hand seiner Frau, die an seiner Schulter rüttelte, bis er das Telefon hörte und schlaftrunken nach dem Gerät tastete. Es war kurz nach drei Uhr morgens, als die Meldung kam. Der Commissario war schlagartig auf den Beinen, als er die Nachricht begriff.

»Laura«, rief er. Noch nie hatte er sie wegen eines Einsatzes gestört. »Laura, etwas Schlimmes ist passiert.«

»Die Kinder«, schrie sie erschrocken und knipste ihre Nachttischleuchte an. »Wo sind sie?«

»Nein, den Kindern geht's gut. Aber Ada ist tot.«

»Was?«

Er blickte ratlos auf sein Telefon. »Ein Unfall, nicht weit von hier. Ich fahre sofort los.«

»Aber, ist sie nicht bei uns geblieben?«

Er lief ins Bad, kam kurz darauf zurück und schlüpfte in seine Klamotten.

»Ich habe noch gehört, wie die Haustür leise ins Schloss gezogen wurde«, sagte er. »Doch ich hab geglaubt, die Kinder würden nach Hause kommen, und bin wieder eingeschlafen.«

»Das ist ja furchtbar«, entfuhr es Laura.

»Ich melde mich nachher. Ruf Livia an oder Patrizia und frag, wo sie stecken.«

Obwohl das Unglück schon vor einer Stunde passiert war, musste er nicht lange suchen. Noch immer fuhren Einsatzfahrzeuge stadtauswärts. Er folgte einem schweren Kranwagen der Feuerwehr, dessen Blaulicht von den steil aufragenden Kalkfelsen über der Küstenstraße zurückgeworfen wurde. An der letzten Abzweigung wollte ein Uniformierter ihm die Weiterfahrt verwehren und entschuldigte sich, weil er den Commissario erst erkannte, als der das Seitenfenster herunterließ. Proteo Laurenti hielt am Straßenrand hundert Meter vor der Stelle, an der Ada Cavallin mit ihrem Maserati BiTurbo von 1985 bei vollem Tempo die Leitplanke durchbrochen hatte und siebzig Meter tief gestürzt war. Männer mit Helmen seilten sich bis zum Meer ab, über dem ein Hubschrauber sowie zwei Schiffe der Küstenwache und der Feuerwehr mit ihren starken Scheinwerfern das Ufer ausleuchteten. Und all der Lärm wurde nur durch das *Lied von der Weide* aus der ersten Szene des vierten Akts von Giuseppe Verdis *Otello* übertönt, das aus der aufgedrehten Stereoanlage des Autowracks drang. Es war Maria Callas, die Desdemona ihre Stimme lieh. *Ich, um zu lieben und zu sterben, muss singen, muss singen.* Auch eine Geschichte von Lügen, Fälschung, Verrat und Mord. Ada Cavallin war zeit ihres Lebens eine glühende Verehrerin Verdis und der Callas gewesen, und genau diese Stelle dieser Oper war die perfekte Inszenierung für ihren Tod. Laurenti kämpfte gegen die Tränen und wurde vom uniformierten Einsatzleiter aus seinen Gedanken gerissen.

»Entschuldigen Sie, Commissario«, sagte der Mann. »Sobald uns klar war, um wen es sich handelt, habe ich Sie rufen lassen. Ich weiß, dass Sie und Ihre Familie eng mit der armen alten Dame befreundet waren.«

»Danke«, sagte Laurenti und räusperte seine Stimme frei.

»Ausgerechnet hier hat sie die Kontrolle über ihren Wagen verloren? An dieser Stelle ist doch seit Jahrzehnten nichts mehr passiert.«

»Ohne voreilige Schlüsse zu ziehen, aber bis jetzt sieht es nicht so aus, als hätte sie die Kontrolle verloren. Eher ...« Der Mann verstummte schlagartig und fuhr erst dann sehr zögerlich fort, als er Laurentis forderndem Blick verstand. »Ich meine, um hier von der Straße abzukommen und neben dem Gedenkstein vor der Tunneleinfahrt die Mauer und die verstärkte Leitplanke zu durchbrechen, also, dazu braucht man einen starken Wagen und man darf nicht den Fuß vom Gas nehmen. Im Gegenteil, Commissario.«

»Vielleicht«, sagte Laurenti nur und ging an einem grob behauenen Felsbrocken vorbei, den Ada nur knapp verfehlt hatte. Auf der Tafel des Gedenksteins stand ein Auszug aus einem langen Gedicht von Umberto Saba. Laurenti kannte diese Verse des Triestiner Poeten auswendig.

Ich hatte eine schöne Stadt zwischen den Bergen,
so felsig, und dem lichterfüllten Meer. Die meine,
weil ich hier geboren wurde, und mehr als andere auch meine,
weil ich als Knabe sie entdeckte, erwachsen sie
im Gedicht für immer Italien verband.
Man musste von etwas leben. Unter Übeln
hab ich das Schicklichste gewählt: ein kleines,
erlesenes Geschäft für alte Bücher war es.
Alles haben sie mir genommen, der schäbige Faschist
und der gefräß'ge Deutsche.

»Jetzt wisst ihr mehr, als mir selbst lange Zeit klar war«, waren ihre letzten Worte gewesen, als die Laurentis schlafen gingen. Was hatte sie damit gemeint?

Im Haus der Laurentis brannte das Licht die ganze Nacht.

Zitatnachweise

Seite 5: Graham Greene: Der stille Amerikaner, aus dem Englischen übersetzt von Nikolaus Stingl. © 2013 Paul Zsolnay Verlag GmbH, Wien. Der Abdruck erfolgt mit freundlicher Genehmigung des Verlags.

Seite 189 ff: Paul Parin: Kurzer Aufenthalt in Triest oder Koordinaten der Psychoanalyse, in: Paul Parin Werkausgabe Bd. 10. Hrsg. v. Johannes und Michael Reichmayr. © 2021 Mandelbaum Verlag, Wien Berlin. Der Abdruck erfolgt mit freundlicher Genehmigung des Verlags.

Seite 319: Umberto Saba: Canzoniere. Übersetzt von Gerhard Kofler, Christa Pock und Peter Rosei. © 1988 Arnoldo Mondadori Editore Spa, Milano. Klett-Cotta, Stuttgart 1997. Der Abdruck erfolgt auch hier mit freundlicher Genehmigung des Verlags.